Nataly von Eschstruth
Der Stern des GlücksTitel

Nataly von Eschstruth
Der Stern des Glücks

1.Aufl.
Taschenbuch – Literatur - Klassiker
Herausgeber Frank Weber, Marburg
Bibliografische Information der Deutschen Nationalbibliothek:
Die Deutsche Nationalbibliothek verzeichnet diese Publikation in der Deutschen
Nationalbibliografie; detaillierte bibliografische Daten sind im Internet abrufbar über
http://dnb.dnb.de
© 2021 Nataly von Eschstruth
ISBN: 9783754324578
Herstellung und Verlag: BoD – Books on Demand, Norderstedt

Inhalt 5

Erstes Kapitel

Es ist das Glück ein flüchtig Ding
Und war's zu allen Tagen,
Und jagtest du um der Erde Ring,
Du könntest es nicht erjagen!
Leg lieber dich ins Gras voll Duft
Und singe deine Lieder –
Urplötzlich, aus der blauen Luft
Fällt es auf dich hernieder!

Geibel.

Jean Baptiste Sternberg, der hochbewährte Kammerdiener, räumte in seiner sorgsamen Weise den Schreibtisch Seiner Exzellenz, des ehemaligen Finanzministers auf, wie vor dreißig Jahren, als dieser sich noch im Wirbelsturm der Geschäfte ganz und gar auf seinen getreuen Sternberg verlassen und den Diplomatentisch voll hochgestapelter Papiere, Mappen und Broschüren dem Ordnungssinn seines Kammerdieners überlassen konnte.

Jetzt lagen weder Akten noch Broschüren, noch eilig aufgerissene Briefumschläge auf dem grünen Tuch; die Tinte war längst zu Staub zusammengetrocknet, die Feder verrostet, und die Pendule, von zwei edelsteingeschmückten Mohren getragen, tickte so schläfrig und müde, wie das Herz in der Brust ihres alten, verabschiedeten Herrn.

Die Zeit war abgelaufen für ihn und für sie, – aber Jean Baptiste wollte es nicht Wort haben, er räumte den Schreibtisch auf, – einen Tag wie den andern – obwohl keine, gar keine Unordnung darauf zu sehen war, obwohl kein Federzug mehr aus dem Tintenfaß geschrieben, kein einziger geheimer Brief mehr in die braunlederne Mappe geschoben ward. Exzellenz hatte sich schon lange, lange von Welt und Leben zurückgezogen, hierher in sein stilles, einsames Schloß, das ehemals nur die erquickende kleine Ruheinsel in dem stürmischen Lebensmeer des Ministers gewesen.

Freiherr von Floringhoven zahlte ehemals zu den besten und bevorzugtesten Mitgliedern des Kabinetts. Glückliche, erfolggesegnete Unternehmungen machten seinen Namen bekannt und beliebt, seine äußerst liebenswürdige, geistreiche und repräsentable Persönlichkeit erwarb ihm die Sympathien aller Gesellschaftskreise, und sein hohes Wissen, sowie seine außerordentliche diplomatische Tüchtigkeit sicherten ihm durch lange Jahre hindurch eine hervorragende Stellung unter den leitenden Vertretern des Staates. Ein Leben voll ununterbrochener geistiger Anstrengung zehrt. – Auch Freiherr von Floringhoven empfand die Last der Jahre, und die schnell sich folgenden herben Schicksalsschläge, die seine engste Familie heimsuchten, machten ihn vor der Zeit zum lebensmüden Greis. Seine beiden einzigen Kinder sanken vor ihm in das Grab.

Der Sohn, ein blühender, zu den besten Hoffnungen berechtigender Kavallerieoffizier, verunglückte bei einem Manöverritt in einem Graben, über den das Regiment in scharfem Galopp, eingehüllt von schier undurchsichtigen Staubwolken, hinwegsetzte.

Das Pferd des Leutnants von Floringhoven sprang zu kurz und brach zusammen, und nachstürzende Reiter begruben den jungen Offizier unter sich, dem ein Aufschlag die Brust zermalmte. Wenige Stunden danach erlag der einzige Sohn des Ministers seiner schweren Verletzung.

Und just, als sei das Unheil gekommen, um nicht wieder von der Schwelle des Hauses zu weichen, folgte die Mutter dem Sohn durch einen ebenso jähen Tod. Eine Herzlähmung raffte die immerhin noch rüstige, allgemein verehrte und geliebte Frau von der Seite ihres Gatten.

Schwer gebeugt zog sich Floringhoven in längerem Urlaub von seinem anstrengenden und verantwortlichen Posten zurück, Kraft und Erholung in dem Hause seiner verheirateten Tochter zu suchen. Sie hatte einem Vetter Floringhoven die Hand zum Bunde gereicht, ein seinerzeit viel bejubeltes und von der Familie innig ersehntes Ereignis, das nun doch einen Floringhoven zum Erben und Nachfolger von Schloß Floringhof machte, nachdem der einzige Sohn des Ministers ohne Nachkommen gestorben war.

Aber die Menschen denken – und Gott lenkt.

Als ob ein unbarmherziges Schicksal dem alten Herrn alles nehmen wollte, woran sein Herz voll Liebe und Zärtlichkeit hing, entriß es ihm auch die Tochter, sein letztes und liebstes Kleinod, das er besaß. Und doch nicht sein letztes!

Ein kleines, rosiges Ebenbild seiner Margarete lächelte ihm durch Tränen aus der Wiege entgegen. Sein Enkelkind, der einzige Überrest von all dem großen, vielbeneideten Glück!

Die Welt war für den ehemaligen, so rastlos tätigen, nimmer müden Staatsmann plötzlich abgestorben. Für wen arbeitete er noch?

Für König und Vaterland.

Er tat's, er wollte nach wie vor sein Bestes geben und leisten, aber das Haar auf seinem Haupte ward schneeweiß, und in seinem Innern ward es ebenfalls Winter.

Wenn eine Glocke einen Sprung bekommen, tönt sie wohl noch, – aber sie klingt nicht mehr.

Und das Herz des alten Mannes glich einer solchen Glocke. Es schlug nach wie vor in pflichttreuem Mühen und Arbeiten, aber was in die Welt hinaushallte, hatte nicht mehr den guten Klang wie früher. Krieg! Mehr denn je braucht das Vaterland frische, jugendstarke Männerhände an dem Staatsruder, der Freiherr von Floringhoven aber ist ein Greis an Leib und Seele geworden. Er fühlt es, er kann nicht mehr in dem Sturmschritt der Zeit mit fort. Er ist müde geworden. Soll er gehen?

Ja, er muß es. Vor ihm liegt die kurze, entsetzliche Depesche, die die Nachricht bringt, daß seine kleine Enkelin Benedikta eine Waise geworden. Ihr Vater ist vor Metz gefallen.

Nun sind sie beide ganz allein, das kleine, hilflose Würmchen in der Wiege und er, der alte, lebensmüde Mann.

Sie darf aber nicht ganz verlassen sein, und er darf noch nicht sterben – um des Kindes willen.

Da sagte er der Welt und ihrem Leben und Treiben Valet und siedelte über in sein schönes, einsames Schloß Floringhof. Benedikta nahm er zu sich, und gleichsam, als klammere sich das morsche, alte Lebenspflänzlein an dies jungaufblühende Reis, lebte der Minister nur noch den Interessen des Kindes, wieder jung werdend bei dem innigen Zusammenleben mit diesem frischen Blut.

Als habe der Todesengel eingesehen, daß er die Mitglieder der Familie viel zu früh und voreilig abgeholt, schien er nun doppelt lange zu zögern, den alten Herrn mit seinen Lieben zu vereinen. Der Minister sagte oft selbst mit wehmütigem Kopfschütteln: »Man hat mich vergessen droben!« Jahr um Jahr verging, immer älter, immer stumpfer und abständiger ward der alte Mann, aber er starb nicht.

Die Vergangenheit verwischte sich mehr und mehr, und Benediktas jugendschöne Lichtgestalt verklärte einzig sein Dasein, wie eine liebe, goldige Sonne, in deren Glanz sich sein kühles Herz wärmte und erquickte.

Nun dachte er nicht mehr an Sterben und Scheiden. Er lebte so still und behaglich in seinem Schlosse dahin, – der gute Jean Baptiste sorgte für alles, und Benedikta lächelte wie der junge Frühling; wenn sie sang, lauschte er mit gefalteten Händen, als sehe er den Himmel offen, und wenn sie Großväterchen liebkosend um etwas bat, dann hätte eher das ganze Weltall aus den Fugen brechen mögen, ehe er dem Liebling etwas abschlug.

Und die junge Baroneß wuchs immer schöner und imposanter heran, und Jean Baptiste erklärte eines schönen Tages: »Nun ist das Kind groß geworden, Exzellenz, – mit den Gouvernanten taugt's nicht mehr, die letzte ist vor acht Tagen abgereist, jetzt muß eine Dame in das Schloß, die unsre junge Gnädige in die Welt führt!«

Der Minister schaute verblüfft mit seinen matten, ausdruckslosen Augen auf. »Aber Jean – dazu bin ich ja noch da!«

»Das halten Exzellenz nicht mehr aus.«

Der alte Herr wiegte ärgerlich das Haupt mit den spärlichen weißen Löckchen.

»Warum soll ich es nicht mehr aushalten? Ich habe mehr auf diesen schwachen Schultern zu tragen, als ein paar schlaflose Ballnächte!«

Jean Baptiste sah streng aus; sein hageres Gesicht mit den intelligenten Augen unter den weißbuschigen Brauen schien aus Stein gemeißelt.

»Bei ein paar Nächten allein bleibt es nicht, Exzellenz; das gnädige Fräulein muß regelrecht ausgeführt werden, und dahin, wo solch junge, behende Füßchen springen, können wir Grauköpfe nicht mit. – Wenn Gäste hierher zu uns kommen, müssen sich Exzellenz selbstverständlich zeigen, denn das erfordert die Repräsentation und Reputation, – und wenn ein Diner in der Nachbarschaft abgehalten wird, bei Standespersonen oder hohem Adel, dann müssen Exzellenz auch hin, – das sind wir der eignen Stellung und dem guten Namen schuldig. Da werden keine übermäßigen Anforderungen an Ew. Exzellenz gestellt – Essen, Trinken, ein Täßchen Kaffee, und dann bin ich schon wieder zur Stelle und melde den Wagen.«

Freiherr von Floringhoven nickte apathisch vor sich hin. Seine angeregte Stimmung hielt nie mehr lange an und machte bald einer wortkargen Stumpfheit wieder Platz: »Gut, gut – ganz wie du meinst, Jean. Was für das Kind notwendig ist, muß selbstverständlich geschehen. – Richte es nur alles ein.«

»Und die Repräsentationsdame, Exzellenz?«

Der Minister starrte nachdenklich vor sich hin. Wie hilfeflehend schlang er die welken Hände ineinander. »Ja, du lieber Gott! Ich weiß keine, gar keine.«

»Ich werde mit Baronesse sprechen, und dann fahren wir zusammen zur Frau Gräfin Borken nach Kerptow hinüber, – es wäre gut, wenn eine Dame, wie die Frau Gräfin, diese Angelegenheit in die Hand nähme!«

Wie erlöst atmete der alte Herr auf: »Gut ... sehr gut ... Du weißt doch immer Rat, Jean ... und nun ... nun lies mir nochmal den Zeitungsartikel über die neuen Zollgesetze vor, lieber Jean!... Ich habe das vorhin doch nicht so ganz erfaßt –«

»Darf ich zuvor noch melden, Exzellenz, daß wir soeben eine Einladung zum Jagddiner erhalten haben. Morgen mittag fünf Uhr im Jagdschloß Altenfähre.«

Floringhoven hörte nur mit halbem Ohre. »So, so ... zu wem denn?« – fragte er gleichgültig, seine Pelzdecke fester um die Knie ziehend.

»Zu dem Herrn Herzog Hans Friedrich, Königliche Hoheit. Hochderselbe hat wieder für vierzehn Tage Aufenthalt in Altenfähre genommen, um, wie alljährlich, die Sauhatzen in den königlichen Forsten abzuhalten.«

»So, so ... und du meinst, Jean ... daß ich zusagen muß?«

»Fraglos, Exzellenz; das erfordert der Respekt und unsre Achtung vor uns selbst.«

»Hm ... hm ... du weißt ja Bescheid, Jean: – wer kommt denn da?«

»Ich bin's, Exzellenz, – bringe eine Tasse Bouillon. Bei dem kalten Wetter ist's zu brauchen.«

»Hm, hm, die Jungfer Riekchen! ... Gut ... sehr schön ... ah – so etwas Warmes tut gut.«

Die alte Haushälterin rührte sorglich in der großen, silbernen Tasse und fischte noch ein letztes Fettauge ab. Ihre kleine, zusammengeschrumpfte Gestalt trug ein winziges Köpfchen, das eine riesige Haube umrahmte. Silberweiße Haarsträhne lagen glatt an den eingesunkenen Schläfen, und die zahllosen Runen und Fältchen in der pergamentfarbenen Haut ließen auf eine hohe, sehr hohe Zahl schließen, wollte man das Alter der Jungfer Riekchen angeben.

Dennoch war sie rüstig, flink und behende wie ein kleines Wiesel, lief treppauf und treppab wie ein Backfisch, und jede ihrer Bewegungen zeugte von ungeschwächter Energie und Lebendigkeit.

Und dieweil Mamsell die Fleischbrühe mundgerecht machte und Jean in den Zeitungen stöberte, öffnete sich die Tür abermals.

Ein uraltes Männchen in der Uniform der Leibjäger stand auf der Schwelle.

»Wollte gehorsamst anfragen, ob Exzellenz bei diesem Schneesturm befehlen spazierenzufahren?«

»Nein, Konrad ... es ist bitterkalt. Solches Wetter taugt nicht für uns alte Garde.«

»Befehl, Exzellenz.«

Wunderlich – in dem behaglichen »Arbeitszimmer« des ehemaligen Ministers trafen sich in diesem Augenblick ein paar Jahrhunderte zusammen.

Vier Menschen mit weißem Haar, alte, greisenhaft alte Menschen: und die, die in Küche und Keller zu ihnen gehörten, waren nicht viel jünger, waren alle Überbleibsel aus schöner, vergangener Zeit, treuer, dauerhafter Efeu von Fleisch und Blut, der unlöslich mit Schloß Floringhof verwachsen war.

Was Wunder, wenn die heitere, jugendliche Außenwelt ihre Betrachtungen darüber anstellte und scherzweise nicht vom Schloß Floringhof – sondern von dem »Petrefaktenhof« sprach?

Versteinert und verknöchert!

So unrecht hatten die Schelmenzungen nicht. Das ganze Schloß, mit allem, was darinnen war, glich trotz seiner tadellos stolzen Mauern doch nur einer Ruine, in der versteinerte, uralte Wesen hausten, wie die Bewohner jener Gespensterburg, die um Mitternacht von ihren Marmorpostamenten niedersteigen und als steinerne Gäste durch die Hallen schreiten.

Ja, Floringhof war ein Trümmerhaufen wandelnder Grabdenkmäler, und Benedikta das einzig neue Leben, das dieser Ruine entsproß, – und dennoch gab es kein gemütlicheres, fröhlicheres Völkchen, wie diese »Petrefakten« im Hofstaate des alten Ministers. –

Der Schnee wirbelte durch die kalte Winterluft, höher und höher deckte er die froststarre Erde, und der Nordwind pfiff um die Türme und Giebelchen, als ärgere er sich des rosigen Lebens hinter den hohen Spiegelscheiben, das er trotz all seines Grimmes noch nicht hatte zu Tode frieren können.

Ihm zum Hohne hallten und schallten die jugendfrischen Stimmen durch das hohe Gemach, und je glückseliger die Frühlings- und Liebeslieder zu ihm herausjubelten, je zorniger rüttelte er an dem Turmbau, als wolle der König Winter die holden Melodien zerfetzen, die das liebliche Regiment des Lenzes priesen.

Wo das Feuer im Kamin lodert und die altmodische, aber kostbare und geschmackvolle Pracht des Turmzimmers sich in trauliche Wärme hüllt, sah Baroneß Benedikta am Flügel, mit freudestrahlenden Augen von ihrer liebenswürdigen, jungen Lehrerin zu lernen.

Sie sangen, – Duette, Soli, Lieder und Arien, alles, was die unerschöpfliche Notenmappe der Marga Daja zutage förderte.

»Marga Daja«, stand in goldnen Lettern auf der rotjuchtenen, sehr eleganten Musikmappe gedruckt, und die Trägerin dieses absonderlichen Namens lehnte, ebenso absonderlich und geschmackvoll anzuschauen, neben dem Instrument, just eine neue Arie leidenschaftlichen Empfindens in die winterliche, tief verschneite Einsamkeit hinauszujubeln.

Marga Daja war ein Rätsel, seine Auflösung hieß Margarete Dallberg. Aber die Welt kannte diese Lösung nicht, sie wußte nur von einer Marga Daja, deren Namen sie mit besonderer Freude in der Residenz auf dem Theaterzettel las, – vorerst nur hinter den kleinern Nebenrollen, denn Marga Daja war eine Anfängerin, eine junge Sängerin, die es nur der Protektion des ehemaligen Ministers Floringhoven verdankte, daß sie ihr erstes Engagement bereits an der Hofoper gefunden.

Die frische, klangvolle Stimme der jungen Sängerin entzückte das Publikum ebensosehr, wie ihre äußerst anmutige, graziöse und madonnenhafte Schönheit, deren einziger Fehler es war, daß sie nicht recht zu den übermütigen Pagen- und Soubrettenrollen voll Pikanterie und Schalk passen wollte, die man einsichtslos der Künstlerin zugeteilt hatte.

Marga Daja war die Verkörperung lyrischer Zartheit und poesievoller Schwärmerei.

Ihre kleine, elfenhafte Gestalt schwebte wie ein Hauch durch das Leben, und die großen lichtblauen Augen blickten so verklärt und »überirdisch« aus dem blassen Gesichtchen, wie bei einem kranken Kind, dem man liebe Märchen erzählt.

Goldblonde Haare lockten sich um das Köpfchen, mit Vorliebe offen und lang niederwallend getragen, mit den weißen Kleidern harmonierend, die Marga Daja, voll eigenartigen Geschmacks, stets in der Babyfasson einer Bettina von Arnim trug.

Auch sie hieß in der Künstlerwelt der Residenz »das Kind!«, und ihr kindlicher Zauber fand viel Anbetung, wie auch eines ihrer meist ausgestellten Bilder durch seine rührende Naivität Aufsehen erregte.

Das lockenumwallte Köpfchen mit den großen, träumerisch zum Himmel blickenden Augen, das weiche Kinn auf die gefalteten Hände gestützt: Eine berückende Mignon – eine undenkbare Susanne – ein geradezu unmögliches «lustiges Weib von Windsor!« – Die Zahl der für sie geeigneten Opernpartien blieb klein, und das war ein großer Stein im Wege ihrer Bühnenkarriere.

Margarete Dallberg war die Nichte des Gutspächters von Floringhof.

Jahrelang verlebte sie, eine Waise, all ihre Ferien und spätere Urlaubzeit bei den Verwandten, und da die Jugend sich noch schneller und widerstandsloser anzieht als Eisen und Magnet, so hatten sich die beiden einzig jungen Lebewesen des Schlosses schnell gefunden und durch gemeinsame Gesangstudien den Grund für eine treue und aufrichtige Zuneigung und Freundschaft gelegt.

Keine größern Gegensätze konnte man verkörpert sehen als in diesen beiden Freundinnen.

Marga Dajas sylphenhaftes Figürchen verschwand neben der wundervollen, junonisch stolzen Erscheinung Benediktas. Stolz, selbstbewußt, vom Scheitel bis zur Zehe die distinguiert vornehme Gestalt der Aristokratin, überragte Baronesse Floringhoven »das Kind«, wie eine Edeltanne über das schmiegsame Schilf emporwächst. Ihr schönes, regelmäßiges Antlitz kannte keinen Ausdruck schwärmerischer Sentimentalität, im Gegenteil, ein Zug herber Resignation ließ es älter als gerechtfertigt erscheinen. Große, leuchtend schwarze Augen, unvergeßlich jedem, der hineingeschaut, belebten als größte und auffallendste Schönheit das zartfarbene Antlitz, und wenn man vor Benedikta von Floringhoven stand und den Blick über die schlanke Gestalt in dem dunklen Trauergewand gleiten ließ, so schlich ein Gefühl ehrfurchtsvoller Bewunderung in das Herz, wie es empfindsame Seelen bei dem Anblick einer geliebten und idealisierten Prinzessin oder Königin empfinden.

In der Erscheinung des jungen Mädchens lag eine hoheitsvolle Würde, die nie ihre Wirkung auf die Umgebung verfehlte. Eine unbewußte Hoheit, eine ahnungslose Würde. Sie prägte sich ungesucht und ungeübt in jeder Bewegung aus.

Marga Daja hatte oft geseufzt: »Was gäbe ich darum, könnte ich ein einziges Mal so über die Bühne schreiten, wie Sie tagtäglich und stündlich durch Schloß und Park gehen, – könnte ich meine Hände bewegen wie Sie! – Könnte ich das Haupt so königlich auf dem Nacken tragen wie Baroneß! Wie machen Sie das? – Lehren Sie es mich!«

Aber es ließ sich nicht lehren, – es lag im Blut, es war ein angeborenes »Genie des Vornehmen«, das unbewußt zutage tritt und eine Person durch das Leben geleitet, wie der Blumenduft dem Blütenkelche der Königin Rose anhaftet.

Marga Daja sang, – sang mit strahlenden Augen und herzaufquellender Innigkeit die Arie aus der Gazza Cadra: »Was ich oft im Traume sah – wird nun in Erfüllung gehn – Vater und Geliebter nah – Himmelstochter – Wiedersehn! Hold wie das Morgenlicht lächelt die Ferne, – glückliche Sterne – täuschet mich nicht!«

Nachdenklich glitten die schlanken Finger Benediktas von den Tasten, ihr großer, ernster Blick haftete wie in fragendem Staunen auf der Sängerin.

»Diese Arie würde ich niemals auch nur annähernd so singen können wie Sie, liebe Marga!«

Überrascht lieh die so jählings Unterbrochene das Notenblatt sinken: »So! Und warum nicht?«

Eine herbe Falte senkte sich um Benediktas Lippen. »Weil ich nie der Zukunft derart zujubeln, weil ich nie an ein Glück glauben könnte, das sie mir zu bringen vermöchte!«

Marga warf die Noten beiseite und trat näher, sie legte leis die Hand auf die Schulter der Sprecherin.

»Welch eine absonderliche Grille! Wem möchte die Zukunft so heiter, so wolkenlos glücklich lächeln wie Ihnen, Sie Glückskind! ›Schön, reich und klug genug, in der Welt zu glänzen‹ – wahrlich, Benedikta, Sie brauchen doch nur die marmorweißen Händchen auszustrecken, um das Glück in jeder – selbst in der vollkommensten Gestalt zu greifen.«

»Glauben Sie es? Ich nicht!« Ein schwermütiger Blick schweifte in den Schneesturm hinaus. »Zwar weiß ich selber nicht recht, womit ich mein trübes Zweifeln an allem Glück motivieren soll, aber ich empfinde es wie in düsterer Vorahnung, daß ich das Glück so, wie es einzig für mich ein wahres Glück sein würde, nie und nimmer finden werde!«

»Und was deucht Ihnen die wahre Seligkeit?«

»Die Liebe! Die echte, durch alles unbeeinflußte, große, heilige Liebe!« Benedikta preßte wie in jäher Leidenschaft die Hände gegen die Brust. »Und gerade das, was Sie mir soeben als Glück auslegen wollten, – ›klug und reich genug‹ – das wird zur Klippe werden, an der das einzige Schifflein scheitert, das mich in ein irdisches Paradies zu bringen vermöchte!«

»Ich verstehe Sie nicht, Sie liebe Pessimistin!«

Marga Daja zog sich ein kleines Taburett herzu und ließ sich an der Sprecherin Seite nieder, ihre Hände mit innigem Druck zu umschließen. Forschend blickte sie in das schöne Antlitz empor, das sie mit den leis zuckenden Lippen noch nie so erregt gesehen hatte wie in dieser Stunde. »Haben Sie etwa eine unglückliche Liebe, Benedikta?« flüsterte sie weich.

Fräulein von Floringhoven schüttelte beinahe heftig das Haupt. »Noch nicht!« stieß sie kurz hervor.

Marga lachte. »Mein Gott, das klingt ja, als hätten Sie sich ganz bestimmt und expreß eine solche für die Zukunft bestellt?«

»O nein. Aber die dreizehnte Fee erscheint zumeist ungerufen, um Gevatterin bei einem armen Unglückskind zu stehen.«

»Benedikta! Welch unbegreifliches Schwarzsehen! Ohne Grund und Ursache kommt man nicht auf so ketzerische Gedanken! Wie können Sie – Sie – die alles besitzt, was Männerherzen entzückt und gewinnt, derartige Hirngespinste nähren!«

»Ich habe alles! – Ganz recht, ich habe zuviel!«

»Ein Überschuß ist nie ein Übel!«

»In manchem Sinne doch.«

»Beweise! Ich verlange Beweise!«

»Ich bin reich. – Gott sei es geklagt! Wissen Sie nicht, Marga, daß die reichsten Mädchen im Grunde genommen die ärmsten sind? Ich habe es erfahren. Vergangenen Sommer nahm mich Gräfin Borken mit nach Norderney. Ich war anfangs wenig beachtet; während einer ersten Privatreunion tanzte ich so gut wie gar nicht. ›Es ist Herrenmangel, wir sind noch gar nicht bekannt in der Gesellschaft‹, tröstete mich die Gräfin, mich, die keines Trostes bedurfte, denn ich verlangte nicht nach Tänzern und amüsierte mich sehr gut mit den ältern Herren, die es nicht an Liebenswürdigkeiten fehlen ließen. Wenige Tage darauf war ich der umlagerte, angeschwärmte, ausgezeichnete Anziehungspunkt für die Herrenwelt. Ich begriff diesen Wechsel nicht, aber ich freute mich all der Artigkeiten, die man mir erwies. Die Gräfin forschte eifrig, welcher meiner Verehrer mir am besten gefalle, welcher die meisten Chancen habe. – Keiner; sollte es vielleicht mit der Zeit sich ändern, war wohl ein junger Gutsbesitzer der sympathischste, in dessen Augen ich mehr, viel, viel mehr aufrichtige Gefühle zu lesen glaubte, wie in denen der andern Herren.

Es war eine köstliche Mondscheinnacht. Sehr spät noch begleitete ich die Gräfin an die Dünen. Im Schatten eines Strandkorbes saßen wir, schweigsam die wunderbare Schönheit des lichtbeglänzten Meeres genießend. – Schritte, lautes, weinseliges Sprechen. ›Nein, nein, cher père – kannst Gift drauf nehmen! Ich bin meiner Sache ganz gewiß! Die Kleine ist ja auf Brautschau hierhergeführt ... haha ... Kein Mensch ahnte anfangs, daß hinter der stolzen Juno ein dukatenfunkelnder Kometenschweif rausche – aber die alte Borken flüsterte selber ein paar alten Herren in das Ohr, daß Benedikta die Erbin des alten Floringhoven ist. Na – das Wettrennen, das nun begann: Jeder wollte natürlich der zu dieser Juno gehörige Zeus werden, und da man in dieser Beziehung zum Heiden wurde und die Mythologie zur Modereligion machte, florierte der Tanz um das goldne Kalb in einer Art und Weise, die den Kampf um den Sieg verteufelt heiß machte.‹«

»Empörend! Wer konnte es wagen, derart frivol und herzlos zu reden, Benedikta?«

»Wer? – Ich sah seine elegante Gestalt scharf gegen den Himmel abgezeichnet, ich erkannte jede Linie seines hübschen, sonst so ganz anders dreinschauenden Gesichtes, und ich merkte es auch an dem jähen Zusammenzucken der Gräfin, daß sie genau wußte, wer der Sprecher war. ›Na, dann in Gottes Namen los, lieber Junge! Wenn du glaubst, Chancen zu haben, wäre ja diese Verbindung eine leidlich passende Partie für dich. Vor allen Dingen vergaloppiere dich aber nicht, sondern ziehe noch einmal genaue Erkundigungen über die Höhe ihres Vermögens ein. Wenn du um dieser Erbin willen Alice vergessen und aus Vernunftgründen eine Konvenienzehe eingehen willst, muß wenigstens eine sehr glänzende Mitgift das Opfer aufwiegen. Dein altes Familiengut vor dem Ruin zu retten, ist immerhin keine Bagatelle. Man sagt aber, Benedikta sei nebenbei recht hübsch?‹

›Hm ... etwas frostige Schönheit, – mehr Statue als Fleisch und Blut. – Man liebt das im allgemeinen nicht sehr an dem Ewigweiblichen. – Aber ... ein paar hunderttausend Talerscheine decken ja manches zu ...‹ Die Stimmen entfernten sich langsam, und die einzelnen Worte wurden von der stärker anschwellenden Meeresbrandung übertönt. – Es ward still, sehr, sehr still am Strande. Tränen rinnen lautlos, und ein Herz verblutet unhörbar an solch moralischem Todesstoß. Endlich erhob sich die Gräfin, legte jählings den Arm um mich und flüsterte erbittert: ›Armes, beklagenswertes Kind! – Ich denke, jener Freier wird sich einen Korb bei dir holen!‹

›Er wird nicht dazu kommen, anzuhalten!‹ antwortete ich.

Die Sterne funkelten über uns wie Augen der Liebe, die zornig aufblitzen, weil man einem Herzen wehe getan, – und das Meer rauschte näher und näher, lockend und schmeichlerisch seine weißen Wellenarme nach mir ausbreitend, als wollte es sagen: ›Komm herab zu mir, du armes, reiches Kind, dessen Geld ja doch für ewig der Liebe den Weg zu deinem Herzen versperren wird!‹«

»Oh, Benedikta, welch unglücklicher Wahn! Weil ein einziger sein frevles, selbstsüchtiges Spiel mit Ihnen getrieben, wollen Sie an dem Glück Ihrer ganzen Zukunft verzagen? Noch hat Ihnen die Liebe ja durchaus keine Wunde geschlagen, – oder ... oder –« die Stimme Margas sank zu bangem Flüsterlaut herab –»oder liebten Sie jenen Falschen etwa doch?«

Baroneß Floringhoven lehnte das schöne Haupt zurück und starrte mit weitoffenen Augen in den wirbelnden Schnee hinaus. »Nein, – ich liebte ihn nicht, – Gott sei Lob und Dank dafür!« antwortete sie mit fester Stimme: »ich werde mich überhaupt nicht langsam, allmählich, nach und nach in einen Mann verlieben, – niemals. Das nenne ich überhaupt keine Liebe, das ist lediglich ein ›Sich-aneinander-Gewöhnen‹. Sollte aber der Liebe wahrer, heiliger Götterfunken jemals in mein Herz fallen, so ist's ein Blitz, – schnell, ungeahnt, plötzlich, wie ein Stern jählings erstrahlend die Wolken durchbricht, – der Stern des Glückes! Ein einziger Blick, ein einziges tiefes Lesen in dem Antlitz des Betreffenden – und mein Herz wird aufflammen in einer Liebe, die über Grab und Zeit währt. Ich ahne das – und ich fürchte mich davor. Glücklich kann und wird eine solche Liebe niemals sein, jede Regung der Vernunft spricht dagegen.«

Marga nickte betroffen: »Ich würde es wenigstens auch für äußerst gefährlich und riskiert halten, sich lediglich in ein schönes Gesicht – in die trügerische Hülle einer vielleicht sehr wenig edlen Seele zu verlieben!«

Benedikta wandte jählings das Haupt, ein flammender Blick senkte sich in der Sprecherin Auge. Dann lächelte sie, ein beinahe schmerzliches Lächeln. »Sich für ein schönes Gesicht begeistern – ja, das kann man; sich in das schöne Gesicht einer fremden Person verlieben – das kann man meiner Ansicht nach nicht. Sie haben mich mißverstanden, liebe Marga. Eine solch sinnlose Schwärmerin vermuten Sie wohl selber nicht in mir. Schönheit und äußere Vorzüge würden mein Herz niemals allein gewinnen, wenn nicht jenes gewisse, namenlose, nie erklärte Etwas damit verbunden wäre, das man schlechtweg Sympathie nennt. Ein Männerantlitz, das mir sympathisch, so sympathisch sein würde, daß es beim ersten Sehen mein ganzes Ich zu eigen nehmen könnte, das muß so viel Tiefinneres ausdrücken, daß man alles, vielleicht das häßlichste Äußere darüber vergißt. Der Ausdruck eines Gesichts würde diese geheimnisvolle Gewalt auf mich ausüben – ein Ausdruck, der sich nicht mit Worten beschreiben läßt. Er wird mein Verhängnis sein – und weil ich Fatalistin bin und daran glaube, fürchte ich mich davor, ihn in einem Menschengesicht zu schauen.«

»Wenn es der liebe Gott verhütet, daß es das Antlitz eines verheirateten Mannes oder eines solchen ist, der durch unüberwindliche Hindernisse andrer Art von Ihnen geschieden sein muß, so wäre wohl der Augenblick eines solchen Begegnens der Anfang und Inbegriff alles Glückes für Sie! – Wunderlich, wie verschieden wir Mädchen doch beanlagt sind! Als ich meinen Herzlieben zuerst sah ...«

»Marga!«

Die Sprecherin verstummte jäh erschrocken und sprang empor, ihr heiß erglühendes Gesichtchen abzuwenden. Benedikta aber ergriff stürmisch ihre beiden Hände und erzwang sich mit einem strahlenden Lächeln einen Blick in die ausweichenden Blauaugen.

»Das nenne ich Verrat an sich selber!« jubelte sie. »Marga! liebe Marga – nun lassen Sie mich, bitte, alles wissen!«

Die junge Sängerin strich tief aufatmend die Locken aus dem heißen Antlitz. Sie lachte auf wie ein eigensinniges und doch glückseliges Kind. »Gewiß sollen Sie es wissen, Benedikta! Wenn Sie mich nur danach fragen wollen! – Wie er heißt? – Roman Ermönyi! – Was er ist? Komponist einer vielgenannten Oper! Ob ich ihn liebe? Nachdem ich ihn haßte bis auf Gift und Dolch – nachdem ich ihm am liebsten die Augen ausgekratzt, die schwarzen Locken einzeln ausgerauft hätte – ja – da liebte ich ihn bis zur Raserei. – Ob er mich wiederliebt? Er tut so. – Er schwört es. – Er überschüttet mich mit Blumen, er küßt meine Füße – er ist wie von Sinnen. Noch eine Oper will er schreiben, – die Titelrolle für mich, – und dann heiraten wir. – Er sagt es, – ob es geschehen wird? ...« Und Marga Daja griff mit bebenden Händen zu dem Notenblatt zurück und jauchzte mit ihrer silberhellen Stimme aufs neue die Worte, die Benedikta soeben unterbrochen:

> *»Hold wie das Morgenlicht*
> *Lächelt die Ferne.*
> *Glückliche Sterne –*
> *Täuschet mich nicht!«*

Zweites Kapitel

Die Fröhlichkeit wirkt ansteckend, und da Benedikta auf verschiedentliche, dringende Fragen doch nur den einen übermütig gesungenen Refrain: »Hold wie das Morgenlicht lächelt die Ferne« zur Antwort erhielt, lachte sie schließlich mit und tat ihrer glückseligen Lehrerin gern den Gefallen, in die liebejauchzendsten Weisen einzustimmen.

Die Tür öffnete sich leise.

Pannkeuken, der alte sächsische Diener, erschien auf den Fußspitzen und durchschritt – die Lautlosigkeit zu erhöhen – mit möglichst einwärts gesetzten Füßen den Salon.

Sein rundes Gesicht mit den glänzend roten, wie lackiert erscheinenden Bäckchen, mit den ebenso runden, pfiffig vergnügt blinkernden Äuglein und dem breitgezogenen bartlosen Mund wandte sich währenddessen, gleich einer Sonnenblume, dem Licht zu, dem gar zu angenehmen Licht, das die beiden anmutigen jungen Gestalten verklärte.

Pannkeuken liebte die Musik und die Jugend, und wenn sein Blick, wonneglänzend, von einem der jungen Mädchen zu dem andern hinübereilte, dann beschlich ihn ahnungslos dasselbe Gefühl, wie einst den Dichter Heinrich Heine, – auch er erachtete sich gleich dem Esel zwischen zwei Bunden Heu.

Heute deuchte ihm die Baroneß bei weitem schöner, morgen taten es ihm Margas schwärmerische Augen wiederum an; in diesem Augenblick hätte er, ohne zu zaudern, die Palme des Sieges nur Benedikta überreicht, um sie im nächsten Moment der Elfengestalt im weißen Kinderkleidchen zu Füßen zu legen. Pannkeukens Haar war auch schon grau, wie sich das für einen Bediensteten des Schlosses Floringhof gehörte, aber unter der Asche seines Herzens glühte dennoch ein Funken, den die Zeit noch nicht zu löschen vermochte.

Mit breitem Schmunzeln, langsam, sehr langsam, durchmaß der Alte den Salon, um sich möglichst lange an dem Kaminfeuer schaffen zu machen. Die beiden Kinderchen sangen derweil so schön, daß ihm das Herz lachte, und weil Pannkeuken nebenbei noch eine Bestellung auszurichten hatte, so verweilte er so lange vor dem Feuer, bis das »hibsche Stickchen« fertig gesungen war.

»Heizen Sie tüchtig ein. Alterchen!« winkte ihm Marga lustig zu, »damit sich unsre Seele, die wir in den Liedern aushauchen, keinen Schnupfen holt!«

Pannkeuken grinste: »Jemersch! Das wäre e schlechter Spaß! – Nachen müssen de Dämchen aber dichtig Obacht geben, daß jede och ihre richtige Seele wieder erwischt, wenn Se se wieder einfangen woll'n!«

»Haha! Vielleicht wäre es ganz dienlich, wenn Baroneß einmal mit mir austauschen wollte –«, lachte Marga mit neckischem Seitenblick. »Der meinen sind rosige Schwingen gewachsen, die voll freudiger Zuversicht in lachende Fernen hinausstreben, – Benediktas Seele aber ist vorläufig noch ‚matt wie Luisens Limonade', sie wagt keinen glückseligen Ausflug, sondern bindet sich selber ihre schillernden Flügelchen mit Trauerflor.«

Pannkeuken starrte die Sprecherin voll freundlicher Neugierde an: »Wie meinen Se denn das ejendlich, Freilein Dallberg? – Das habe ich Sie nämlich ganz und gar nicht gapiert!«

»Ich muß hinaus! Ich muß zu dir!« trällerte Marga mit ausgebreiteten Armen.

»Nu eben! Das wollte ich Sie nämlich och grade den gnädigen Freileinchen vorschlagen! Konrad ließ nämlich gehorsamst anfragen – ob'r vielleicht e bißchen mit'n Schlitten komm' sollte? – Dorthin in' königlichen Forste is Se nämlich heit 'ne Saujagd ... und da meente Konrad, wär's für die jungen Dämchen doch sehre hibsch, wenn se die Reitersch in den roten Röcken möchten vorbeireiten sehn!«

»Richtig! Herzog Hans Friedrich hält in Altenfähre die Jagden ab!«

»Es sollen viele auswärtige Gäste da sein, verschiedene Prinzen und Fürstlichkeiten!«

»Es wäre sehr nett, könnten wir die Jagdgesellschaft vorüberreiten sehen! – Würde es Ihnen Vergnügen machen, liebe Marga?«

»Fraglos! Ich sah im Leben noch keine Jäger zu Pferd!«

»Weiß Konrad, nach welcher Gegend sich die Jagd hinziehen wird, Pannkeuken?«

»Na aber nadierlich! Heite jagen se auf'n Dohlenkamp bis nunter nach'n Pfaffengraben! Wenn mer mit'n Schlitten so sacht'chen bis an' Kulm fahren, sehen mer'sche grab über de Hude reiten!«

»Und das Wetter ist herrlich! Ein wenig Schnee erhöht die Poesie!«

»Buddeln Se sich aber dicht'g ein, gnädge Freileins! – Es geht eenen doch ludermäß'gt kalt an de Beene, wenn mer so e Weilchen in Schnee romlatscht!«

»Selbstredend, Pannkeuken! Wir wickeln uns in Watte!«

»Am Ende och'n Tichelchen um de Ohren? Un 'ne heeße Flasche in' Beenebeitel!«

»Eine Wärmflasche? Hahaha! Wenn wir fünfzig Jahre älter sind, Pannkeuken!«

»Schnickschnack, Baroneßchen! De Jugend muß och – un erscht recht – hibsch warm in' Neste sitzen! Na – das woll' mer allens schon herrichten! – Un wie wärsch denn mit Gummischiechen?«

»Gewiß, gewiß! Wir wickeln uns dreifach in Flanell! Eilen Sie sich nur, Alterchen, und lassen Sie Konrad rechtzeitig anspannen, damit wir auch etwas von der Jagd zu sehen bekommen!«

»Nadierlich! Ich spute mich ja reene wie närrsch!« – versicherte Pannkeuken in seiner unverwüstlichen Gutmütigkeit und schlurrte langsam, ganz langsam durch das Zimmer zurück, dieweil die beiden jungen Damen eilig die Noten zusammenpackten und den Flügel schlossen.

Marga war wieder völlig »das Kind«, klatschte in die Hände und freute sich mit einer Naivität, von der die Residenzler behaupteten, sie sei bei einer Bühnensängerin doch etwas allzu selten, um echt zu sein! –

Der Schlitten fliegt wie auf Sturmesflügeln dahin durch die winterliche Pracht.

Wie ein Märchenbild, von weißem Duft überhaucht, liegt der Wald zu beiden Seiten.

Die bereiften Zweige neigen sich graziös unter der blendend hellen Last des immer höher und höher fallenden Schnees; von den kleinen Fichten- und den niederen Tannenbäumchen sind nur noch formlose, weiß umhüllte Klumpen zu sehen, und auf dem Erdboden türmen sich die flimmernden Massen, als wollten sie jedwedem Leben Weg und Steg in die traumhaft stille Einöde versperren.

Kein Laut nah und fern.

Nur der Wind fährt leise klingend durch das Gezweig und schüttet einen Sprühregen dicht wirbelnder Sternchen auf das einsame Gefährt hernieder, – nur das Schellengeläute und zeitweise Ausschnaufen der Pferde unterbricht die grabestiefe Ruhe.

Benedikta hat mit großen, ernsten Augen geradeausgeschaut; sie schrickt leis zusammen, als Marga plötzlich ihren Arm an sich preßt und mit unterdrücktem Jubel sagt: »Wenn ich einmal eine Hochzeitsreise mache, so muß es im Schlitten durch einen solch verschneiten Märchenwald sein, wie dieser hier! Können Sie sich ein solches Glück ausmalen, Benedikta, mit dem Herzallerliebsten Arm in Arm durch dieses menschenleere Paradies – im warmen, bequemen Pelz dahinzufliegen?«

Fräulein von Floringhoven lächelte: »Nein, ich kann mir eine solche Seligkeit nicht ausmalen, kleine Schwärmerin, denn dazu gehört in erster Linie das Bild eines geliebten Mannes, den man an seine Seite wünschen möchte. Da ich aber keinen, keinen auf Gottes weiter Welt wüßte, den ich momentan anstatt Ihrer hier neben mir sehen möchte, so versteigt sich auch meine Phantasie zu keinen Traumbildern, die sich ja doch niemals verwirklichen werden. Aber es ist gut, daß Sie unser interessantes Thema wieder berühren. Glauben Sie, mich mit ein paar flüchtigen Stichworten abspeisen zu können, wenn es sich um Ihr ganzes Lebensglück handelt? Gewiß nicht. ES ist keine neugierige Indiskretion von mir, sondern das warme, aufrichtige Interesse der Jugendgespielin, das eine ausführliche Beichte verlangt. Wer Roman Ermönyi ist, weiß ich, denn der Name des genialen, feuerblütigen Komponisten, sowie Auszüge seiner Werke sind mir rühmlichst bekannt; wie man aber einen Mann auf das erbittertste hassen und ihn kurze Zeit danach leidenschaftlich lieben kann, das ist mir vorläufig noch ein Rätsel, das Sie mir lösen müssen, Marga!«

»Das Kind« lachte und wickelte sich fester in den Pelz, so daß das rosig überhauchte Gesichtchen beinah hinter dem goldgelben, langmähnigen Löwenfell ihres eleganten Mantels untertauchte.

»Es ist eine wunderliche Welt!« kicherte sie, »ebenso verrückt wie die verliebten Menschen, die sie bewohnen! Warum ich Roman haßte? Sehr einfach. Er studierte seine neue Oper persönlich mit uns ein. Für mich hatte er die kleinste, jämmerlichste, undankbarste Rolle ausgesucht, die darin vorhanden war. Er behauptete, ich hätte nicht das Temperament, um eine heißblütige, racheglühende Südländerin verständnisvoll zu verkörpern. – Das Kind sei nicht Weib genug, um wie eine teuflische Sirene die Männer zu betören.«

»Das war viel eher eine Schmeichelei als eine Unart, die er Ihnen sagte!«

»Vielleicht; – vielleicht auch nicht. – Später dachte und glaubte ich es auch, aber anfänglich erbitterte und verletzte es meinen Künstlerstolz auf das Peinlichste. Als er mir vorgestellt wurde, drehte ich mich auf dem Hacken um und würdigte ihn keines Blickes. Darauf sollte – sollte er spottend zu den Umstehenden gesagt haben: ›Fräulein Daja präsentiert sich doch stets von ihrer vorteilhaftesten Seite!‹ – Das war in meinen Augen eine tödliche Beleidigung, die mich vor allen Kollegen lächerlich machte. – Ich haßte ihn darum und ich zeigte es ihm, ich ballte die Hände, – und er lachte. – Ich sang in den Proben unter aller Kritik. ›Ich dachte es mir ja gleich, daß sie nichts kann!‹ spottete er abermals, daß ich es hören mußte, ›wie gut, daß ich ihr keine bedeutende Rolle anvertraute‹. – – Ich schäumte! – Nun sang ich gut. ›Sie lernt etwas bei mir‹, mokierte er sich. Ich hätte ihn morden können. – Das Kostüm bei der Aufführung stand mir besonders gut. Sie kennen mein Bild darin, Benedikta! Ich hatte mir vorgenommen. so schlecht, so schlecht zu singen, daß seine ganze Musik zuschanden wurde, gleichviel, ob ich mir selber dadurch die Zukunft verderben würde oder nicht. Mit haßsprühenden Augen erwartete ich ihn. Er trat aus den Kulissen, sein Blick schweifte suchend über die Bühne, er traf auch mich. Wie ein Blitz flammte es durch sein Auge. Er starrte mich ein paar Sekunden an – aber er trat mir weder entgegen, noch grüßte er mich. Das Blut kochte in meinen Adern, und ein fremdes, ganz wunderliches Gefühl preßte mein Herz zusammen. Tränen zornigen Wehs schossen mir in die Augen. Wie schön, wie schön war er! Ich wollte es nicht zugestehen, aber ich mußte es. Sie Augen flammten wie große, schwarze Sonnen in dem bleichen Antlitz, die Lippen wölbten sich so stolz wie bei einem Gott – aber ein feiner, sarkastischer Zug gab dem Gesicht ein Gepräge, das mir in jenem Augenblick noch viel teuflischer als göttlich vorkam. Die Erregung des Premierenfiebers schien ihm fremd, er war äußerlich dieselbe Marmorstatue – der ›steinerne Gast‹, wie ich ihn genannt – wie alle Tage vorher; aber in seinem Blick, da brannte ein Funken – der verriet dennoch, welch ein Feuer tief unter dieser Maske von Gleichgültigkeit loderte. – Und wie er mich ansah mit diesem seelenmordenden Blick, da hätte ich ihn töten mögen. Er trug einen Strauß roter Rosen in der Hand. – Für wen? – Natürlich für die Diva! Die Heldin! Das Weib, das ihm feuerblütig und leidenschaftlich genug zur Verkörperung seiner Titelrolle gewesen! – Ich biß die Zähne zusammen und wandte mich trotzig ab, – ich wollte – ich konnte es nicht ansehen, wie er jener andern die Rosen in die Hände drückte.

Ich trat hinter die Kulissen, – dorthin, wo niemand mehr etwas zu suchen hatte, – ich wollte allein sein mit meinem Haß und meinen Tränen. – Und wie ich ein paar Minuten dort auf einem umgeworfenen Pfeiler aus Iphigenias Tempel sitze und mit zitterndem Herzen die schauerlichsten Rachepläne ersinne, – da steht er plötzlich vor mir. – er! Wirklich er. Und zwar nicht aus Zufall. ›Ich suchte Sie, Fräulein Daja‹, sagte er mit einer Verneigung, die mir übertrieben, mit einer Stimme, die mir ironischer wie je klang: ›Da ich weiß, daß Sie dem Komponisten heute abend Ihr Bestes geben werden, – so gestatten Sie ihm einen bescheidenen, vorläufigen Dank!‹ – Und damit reichte er mir die Rosen! – Er mir! – Ich sprang auf: ›Ich denke gar nicht daran, Ihnen mein Bestes zu geben!‹ rief ich mit zornblitzenden Augen – ›ich hasse meine Rolle und werde das beweisen!‹ – Sprach's, schleuderte die Rosen zur Erde und lief davon. – Und als ich hochatmend zwischen all den Kulissenschiebern und Choristen stand, ward es mir so unbeschreiblich weh um das Herz, daß ich am liebsten hätte sterben mögen. Warum nahm ich seine Rosen nicht? Ich fühlte es – ich hätte mein Herzblut für diese Rosen gegeben – das heißt – ich haßte die Blumen um seinetwillen, es tat mir leid, daß ich nicht noch mit den Füßen darauf herumgetreten hatte. Konnte ich's nicht noch? – Leise, atemlos huschte ich zurück. Drunten im Orchester erklangen die ersten Töne der Ouvertüre – Roman Ermönyi saß wohl in der Loge des Intendanten und hob spöttisch die Lippen bei dem Gedanken an das ›kindische Kind!‹ – Ich eilte zu den Rosen zurück – ich stand vor ihnen und wollte sie mit dem Hacken meines Atlasschuhes zerstampfen –

aber ich tat es nicht – ich raffte sie jählings empor und preßte sie wie eine Sinnlose an mein brennendes Gesicht, an meine fieberheißen Lippen. Und dann haßte ich ihn nicht mehr, denn er stand neben mir, zog mich ungestüm in die Arme und küßte – küßte – küßte mich – – – – Warum lachen Sie, Benedikta? Meine Geschichte ist furchtbar ernst. Sie haben noch nie einen Mann geküßt, tun Sie es auch niemals, Männerlippen sind giftig, man stirbt an ihnen! Und ich starb auch in jenem Augenblick – aus Liebe! – – Roman sah mich an und lachte, wie nur ein Mann lachen kann, der sehr glücklich ist. ›Nun hast du mir doch dein Bestes gegeben, Trotzköpfchen, dein Allerbestes – dich selbst!‹ – – Und die Musik, *seine* Musik, brauste zu uns herüber, – das Publikum raste Beifall – er fragte nichts danach, er küßte mich. – Ich habe an jenem Abend gesungen. – In der Kritik stand: ›Fräulein Daja schuf aus ihrer kleinen, an und für sich undankbaren und dennoch musikalisch sehr wichtigen Rolle ein wahres Meisterstück. Wir haben die junge Sängerin noch nie mit derartiger Leidenschaft eine Aufgabe lösen sehen. Die tiefe Innerlichkeit der Musik kam voll zur Geltung, und der Komponist kann mit äußerster Zufriedenheit auf diese Premiere zurückblicken, an der jegliche Rolle in unvergleichlich vollendeter Weise gestaltet wurde.‹ So stand in der Zeitung, – und andern Tags war ich Romans Braut!«

»Noch ward die Verlobung nicht veröffentlicht?« fragte Fräulein von Floringhoven leise, – es lag wie ein feiner, kaum merklicher Ausdruck der Sorge in ihren priesterlich reinen Zügen.

»Nein, noch nicht!« lachte Marga harmlos. »In erster Linie fehlen uns beiden noch die Mittel, – in zweiter will Roman zuvor noch ein neues Werk vollenden, und drittens hat er sich in den Kopf gesetzt, mich zuvor noch zu einer Berühmtheit zu machen! Auf seinen Wunsch studiere ich noch bei unsern ersten Sangesgrößen, der Reklame wegen! Und wenn ich in der neuen Oper die Titelrolle, die wie geschaffen für mich ist, recht vortrefflich und herzstürmend verkörpert habe, hofft Roman auf eine glänzende Karriere und sehr günstiges Engagement für mich!«

»Gebe Gott, daß sich diese glücklichen Zukunftsträume verwirklichen!« nickte Benedikta nachdenklich; es wollte ihr nicht recht gelingen, daran zu glauben, als Marga ihr ein Medaillon mit dem Bilde Roman Ermönyis entgegenhielt. – Sie herzte und küßte es in ihrer überschwenglich begeisterten Weise und war mit allen Gedanken bei dem Erwählten ihres Herzens, daß sie ganz vergaß zu fragen, ob Benedikta das Bildchen ebenso bezaubernd fände, wie sie. – Vielleicht hielt sie es für selbstverständlich. Aber Benedikta fand es durchaus nicht.

Sie blickte sinnend auf den allerdings recht genialen Männerkopf hernieder, dessen Gesichtsausdruck ihr jedoch durchaus unsympathisch war. Etwas Kaltherziges, egoistisch Berechnendes, – ja sogar etwas Zynisches lag darin, – etwas, was auf Benedikta direkt abstoßend wirkte. – Sie entsann sich auch verschiedener Zeitungsnotizen über den jungen Komponisten, dessen grenzenloser Ehrgeiz, dessen krankhafte Sucht nach Ruhm und Erfolg leider die Veranlassung zu viel gesuchter und effetthaschender Musik sei, die schon jetzt das edle, großangelegte Talent auf falsche Bahnen dränge. Man tadelte wiederholt, daß Roman Ermönyi mit allen möglichen erlaubten und unerlaubten Mitteln arbeite, um einen Erfolg zu erzwingen.

Pannkeuken wandte den Kopf. »Mer missen e bißchen seitwärts an' Graben fahren, Baroneß, – Herr Eckert kommt uns akkrad auf der schmalsten Stelle von'n ganzen Wege entgegen!«

»Herr Eckert!« – Marga barg das Bildchen hastig in der Hand, und Fräulein von Floringhoven atmete unwillkürlich auf, einer längeren Auslassung über die Photographie enthoben zu sein.

»Was hat denn der langweilige Philister hier in unserm Zauberhain zu suchen?« grollte die Sängerin mit ungnädigem Blick nach dem massiven Apfelschimmel, der vor ihnen an der Wegbiegung erschien. »Schon genug, daß er mich jeden Mittag und Abend im Pachthaus anödet, – muß er mir auch hier noch die schöne Natur verunglimpfen!«

»Aber Marga, wie kann man so räsonieren, wenn man den ganzen Himmel voll Baßgeigen hängen sieht!« lächelte ihre Nachbarin gutmütig. »Schelten Sie mir nicht auf Eckert! Er ist ein braver, vortrefflicher Mann, der treuste, aufopferndste Vater, den man sich denken kann!«

»Das ist seine Pflicht und Schuldigkeit.«

»Eine Pflicht, die herzlich selten geübt wird. Pst ... er kommt.«

Der Apfelschimmel ward neben dem Schlitten pariert.

Militärisch grüßend legte Inspektor Eckert die Hand an die Pelzmütze. »Wollen die Damen noch weit waldein fahren?« – fragte er mit tief tönender Stimme, den Blick wie gebannt auf Marga heftend: »Es kommt ein bedenklicher Schneesturm herauf, und die Kälte dürfte in ein bis zwei Stunden recht empfindlich sein!«

»So leichte Ware sind wir ja nicht, daß uns ein bißchen Schneesturm wegpustet!« entgegnete Marga schnippisch, das Köpfchen in das Löwenfell ihres Pelzes zurückbiegend. Benedikta aber sah freundlich zu dem Sprecher auf und nickte ihm gütig zu. »Besten Dank für Ihre Warnung, Herr Eckert, die wir leichtsinnigerweise heute ganz und gar nicht befolgen werden! Der Anblick einer königlichen Parforcejagd lockt uns an die Hude! Sehr lange werden wir uns aber nicht aufhalten und hoffen noch vor der schlimmsten Kälte zurückzukommen.«

Der Inspektor verneigte sich respektvoll. Sein frisches, rotwangiges Gesicht mit dem blonden Vollbart lächelte. »Da darf man viel Vergnügen wünschen, denn für gewöhnlich ist wenig Vergnügen für die Zuschauer dabei.« – Wieder traf sein Blick Marga. »Befehlen die Damen, daß ich den Schlitten zum Schutz eskortiere?«

»Danke! Danke! Bemühen Sie sich um Gottes willen nicht!« wehrte Marga voll beinahe unhöflicher Hast ab. »Ihr kleiner Willi möchte aus seinem Mittagsschlaf erwachen und uns blutige Fehde schwören, wenn sein Papa nicht gehorsamst mit der Milchflasche bereitsteht!«

Benedikta zog errötend die Brauen zusammen, und auch über das ehrliche Gesicht Eckerts flog momentan glühende Röte, die einem wehmütigen, beinahe schmerzlichen Ernst wich. Er starrte nach wie vor in das spottende Mädchengesicht, dessen Besitzerin sich mit den Allüren eines Prinzeßchens in die eleganten Polster schmiegte.

»Ich bedaure, Fräulein Dallberg, meine Dienste verschmäht zu sehen!« antwortete er, sich mit kurzem Ruck zu soldatischer Strammheit im Sattel aufrichtend, »aber ich werde andrerseits glücklich sein, sie meinen Kindern widmen zu dürfen. Arme, hilflose, kleine Wesen, denen der liebe Gott so früh die Mutter genommen, bedürfen leider doppelter Vaterliebe, die sich nicht scheut – selbst mit der Milchflasche bereitzustehen.«

Er hob abermals die Hand an die Mütze, grüßte die junge Baroneß mit großer Hochachtung und spornte sein Pferd an, – erst im Abreiten wiederholte er den Gruß vor Marga, und es schien, als wende er gewaltsam das Haupt, um den Blick von ihr loszureißen.

Der Apfelschimmel griff aus, und Eckert mußte seine markige Gestalt tief herniederbeugen, um den Zweigen auszuweichen, die ihm in das Antlitz schlugen. Sie schüttelten den Schnee über ihn, als wollten sie mit weißem Bahrtuch ein sterbend Herz bedecken.

Drittes Kapitel

Die ungeduldigen Pferde, die nur mit Mühe von Konrad gezügelt worden waren, hoben aufschnaubend die federgeschmückten Köpfe, um mit lautem Schellenklingeln aufs neue den einsamen Weg entlang zu stürmen.

Ein Schatten lag auf Benediktas Antlitz. »Warum behandeln Sie den armen Eckert mit solch ausgesuchter Unhöflichkeit, Marga?« fragte sie vorwurfsvoll.

»Weil er mich mit allzu ausgesuchter Höflichkeit behandelt!«

»Ist das ein Vergehen?«

»Ja, ich hasse es, wenn ein Mann dasitzt wie die verkörperte Anbetung und nichts Bessres weiß, als einen anzustarren wie ein Mops den Fleischerladen. Wer gab ihm ein Recht dazu? – Ich wahrlich nicht!«

»Ob ich dich liebe, – was geht's dich an!«

»Viel, sehr viel geht es mich an, denn es geniert mich im höchsten Grade. Lächerlich, wenn dieser Unteroffizier in Zivil sich mit lyrischen Gedanken tragen wollte! Seine Kinder sind sehr niedliche, allerliebste Dinger, und weil ich aus Langeweile ein paarmal mit ihnen spielte, leidet ihr Vater plötzlich an dem Größenwahn, Marga Daja könnte ihre zweite Mutter werden!«

»Nein, Marga, das tut er nicht!«

»Tut es nicht?« – – Ihr eben noch so hochmütiges Gesichtchen sah überrascht aus. »Woraus schließen Sie das?«

»Aus mancherlei Beobachtungen. Eckert schwärmt Sie an wie einen Stern, den man nicht begehrt. Er ist viel zu vernünftig und praktisch denkend, um es sich je zu wünschen, eine verwöhnte und anspruchsvolle Sängerin unter sein bescheidenes Dach führen zu dürfen –«

»Neil die verwöhnte Sängerin *au fond* ein armes Mädchen ist und nicht die nötigen Mittel mitbringt, um dem Gatten zu ermöglichen, selbständig ein Gut zu pachten?« – – Ein scharfer Klang lag in der Stimme der Sprecherin. »Glauben Sie etwa, Benedikta, Herr Eckert rechnet und spekuliert nicht? Wo sitzt der Geldteufel sichrer und fester im Nest als hinter einer Bauernstirn?«

»Eckert ist kein Bauer. Er stammt aus sehr respektabler, wohlhabender Beamtenfamilie, und hätte nicht sein Schwiegervater Bankerott gemacht, säße er nach wie vor als vielbeneideter Gutsbesitzer auf dem schönen Gartlau.«

» *Tempi passati* – Jetzt ackert und pflügt er, wie – nun wie jeder andre untergeordnete Gutsinspektor!«

»Er findet sich mit bewundernswerter Ruhe und Selbstverleugnung in diesen herben Umschwung!«

»Und überlegt sehr klug und weise, daß eine Opernsängerin von Ruf, glänzend honoriert und – bei einiger Sparsamkeit in wenig Jahren eine höchst gute Partie ist!«

»Sollten andre Männer das nicht auch überlegen?«

Marga lachte. »Gewiß! Leider viel zuviel! Was für Heiraten haben unsre großen Divas zumeist geschlossen!«

»Und wie manch verfehlte Spekulation ist nicht an solch eine Künstlerin geknüpft worden! Hörten Sie noch nie von Sängerinnen, die über Nacht ihre Stimme verloren, und von der Höhe einer Königin in die tiefste Armut gestürzt wurden? – Warum halten Sie sich so entsetzt die Ohren zu, liebe Marga? – Gott im Himmel behüte Sie vor einem solch entsetzlichen Schicksal. Ich will Ihnen nur diese Tatsache nennen, um für Eckert in die Schranken treten zu können. Ist er tatsächlich ein solcher Spekulant und Geldmensch, wie Sie annehmen, so hat er auch diese Möglichkeit eines Mißerfolges in Ihrer Karriere erwogen. Dennoch bin ich überzeugt, daß *er* –« Benedikta betonte dieses Wort, und feine Röte stieg in ihre Wangen – »nie die Heirat hinauszögern würde, bis Ihr Ruf ihm eine Garantie gäbe, sondern daß er in ehrlicher Treue auch das arme, zukunftslose Mädchen zu der Seinen machen würde!«

Marga schüttelte mit ungeduldigem, etwas ärgerlichem Lächeln das Köpfchen: »Ich begreife Sie gar nicht, Benedikta, warum Sie sich plötzlich so sehr zu dem beredten Anwalt jenes blonden Riesen machen! Als ob ich Ihnen nie das Geständnis gemacht hätte, daß ich in Roman all mein Glück und den seligsten Inbegriff meiner Zukunft gefunden hätte! Ihr gutes Herz erträgt die Toggenburgmiene des Papa Adalbert nicht, – und das Mitleid macht Sie zur Verräterin an meinem herrlichen Ermönyi! Wehe Ihnen, wenn er's erfährt! Er würde Sie mit seinen Feueraugen zu Tode brennen!«

Fräulein von Floringhoven hielt den Muff vor das Antlitz – und Marga tat das gleiche. Der Schlitten verließ den Wald und fuhr eine kleine Anhöhe auf freiem Feld empor.

Der Sturm pfiff eisig über die Blöße und peitschte einen Schauer seiner Hagel- und Schneemassen in die frostgeröteten Gesichter, – der Himmel verdunkelte sich mehr und mehr, die grauen Wolken zogen so tief, als müßten sie ihre Dunstschleier an den kahlen Eichwipfeln des Waldes zerfetzen.

Pannkeuken schlug die Arme gegen den Körper, und Konrad trampelte mit den Füßen. Der Schlitten hielt auf der Anhöhe, und die Pferde stampften ärgerlich den Schnee.

»Wenn die Herren nur werklich bei dem ludermäß'gen Schnee un' der Mordskälte reiten werden!« – philosophierte Pannkeulen in pessimistischer Anwandlung. »Aber die Schneise riber sin se noch nich, wer mißte es sonst am ausgebuddelten Schnee sehn!«

Benedikta hatte sich aufgerichtet und überflog mit dem Blick die schmale Ebene, die sich zwischen den mächtigen Waldungen talabwärts zog. Neugierig hob auch Marga das Näschen aus dem Pelz und schaute lebhaft um sich.

»Wenn die Jagd tatsächlich hier vorüberkommt, können wir es vortrefflich sehen!« jubelte sie, wieder ganz und gar kindliche Naivität und Übermut. »O Himmel, wenn sie nur nicht so nahe bei uns schießen wollten – das kann ich um die Welt nicht hören!«

»Schießen? Herrejemersch, heite wird ja reene gar nich geschossen! Heute ramenten se je blus höngerdorch bei'n Schweine!«

»Still! – Hört ihr nicht Hundegebell?«

Pannkeuken lüftete hastig die dicke Pelzmütze etwas von dem Ohr und streckte lauschend den Kopf vor.

»Nee, nich 'n Fippschen! – 's is ja alles muttermeischen stille! –« schüttelte er vergnügt das pelzumstarrte Haupt.

»Doch! – doch! – Ganz fern aus dem Walde drüben.«

»Richtig! Ein Signal! – Die Wasserfanfare! – Sie werden den See umreiten!«

»Nadierlich! Abgepritscht! Se missen'um See rum« –

»Wieder ein Signal – bedeutend näher schon. – Ich höre auch die Meute dort unten in dem Hochwald!«

»Mer mißte am Ende noch e bißchen dort runter fahr'n!«

»Daß se uns in Dreck reiten!« wehrte Konrad, sein Schweigen unterbrechend, lakonisch ab.

»Nein, nein! Hier sehen wir's am besten!«

»Da unten jagen ein paar Hunde – ein Piqueur hinter ihnen! – Sie kommen!«

»Hm – den Biggör seh' ich och – wo aber de andern stecken – Potz Deitchen! Ich gloobe gar, se hocken so sacht'gen oben beim Pfaffengraben rom'! Der Biggör verkriemelt sich och wieder in' Holze!«

»Das Geläut der Meute und das Signal klingt ja plötzlich ganz fern da drüben!«

»Der Piqueur macht kehrt und jagt hierher!«

»Es ist ja gar kein Piqueur! Ich erkenne den roten Rock der Parforcereiter!«

»Jetzt saust er durch die Tannen –«

»Alle Wetter! Der is wohl reene närrsch? Was karjohlt 'n der ejal von eener Seite uff die andre?«

Hochaufgerichtet stand Fräulein von Floringhoven und schaute dem Reiter mit starrem Blick entgegen. Sie, die selbst eine vorzüglich geschulte Reiterin war, erkannte, daß die Bewegungen des Pferdes keine beeinflußten, sondern vollkommen willkürliche waren. Auch der Sitz des Jägers war kein regelrechter.

Pannkeulen grinste. »Der Musje hängt och wie e Heifchen Unglick in' Sattel! – Na, na, keen Porzlament nich! – Ich seh's schon kommen, daß 'r die scheenste Friehlingslerche mitten in Jann'ware schlägt!«

Ein leiser, zitternder Aufschrei von Benediktas Lippen. »Herr des Himmels! Er hat ja die Zügel verloren! Da ist ein Unglück passiert! Seht doch, seht, – er sinkt ganz vornüber!«

Das Pferd kam mit allen Zeichen wilder Flucht dem Schlitten entgegengerast. Sein scheues Aufschnaufen und zielloses Hin- und Herschlendern ließen erkennen, daß keine kraftvolle Hand es mehr bändigte. Wie angelockt von dem Anblick der Schlittenpferde verließ es seine Bahn längs des Waldes und jagte schnurgerade auf den Schlitten los. Konrad griff mit eisernen Fäusten die Zügel, und Pannkeuken sprang hastig zur Erde.

Leichenblaß stand Benedikta und verfolgte mit stierem Blick jede Bewegung des Reiters, während Marga mit leisem Angstschrei das Antlitz auf den Muff drückte.

»Er sinkt! Er sinkt seitlich vom Pferd!« schrie Benedikta auf. »Barmherziger Gott! – Helft, helft, daß er nicht geschleift wird!« – Schneller als der Gedanke, ehe nur Pannkeuken Hilfe leisten konnte, schwang sich die junge Dame aus dem Schlitten und stürmte dem Pferd entgegen, das durch die jählings veränderte Last des Reiters und durch die Wucht seines Niedersinkens zusammengerissen wurde. Mit wildgeblähten Nüstern brach es auf die Vorderbeine nieder, wollte wieder empor, strauchelte und sank abermals in einer tiefen Schneerinne des Ackers zusammen.

Ehe es zum zweitenmal empor konnte, packten zwei kraftvolle Mädchenhände die Trensenzügel und zwangen das aufbäumende Tier mit schier übermenschlicher Gewalt zurück.

Pannkeuken folgte in atemloser Hast seiner Herrin, er hielt den Durchgänger mit beiden Fäusten und schrie ihm sein beschwichtigendes »Hu! jo! heu – heu!« in die Ohren. Schaum trat vor das Gebiß, der Rappe zitterte an allen Gliedern und sprang auf die Füße.

»Halt ihn! Halt ihn um Himmels willen fest, Pannkeuken, der Fuß hängt noch im Bügel!« rief Benedikta mit dunkelgerötetem Antlitz, wandte sich schnell wie der Gedanke und löste, nicht ohne Mühe und Anstrengung, den Stiefel des Reiters aus dem Steigbügel.

Ein Aufatmen der Erlösung aus Todesangst. Gerettet lag der Bewußtlose in dem tiefen Schnee. Pannkeuken führte das schreckende Pferd ein paar Schritte zur Seite. »Donner und Doria, Baroneßchen, das arme Luderchen wäre raddegal zu Marmelade gewercht, wenn Se nich de Geistesgäjenwart gehabt hätten, den Racker hier zu fassen!« lobte er schmunzelnd. »Wat hat 'n der Herr ejentlich in' Sinne gehabt? – Ei du mei Jesses – ich globe werklich, 's Blut leift 'n an Koppe runter!«

Benedikta hörte es nicht. Sie kniete neben dem Verunglückten und bettete voll zitternder Angst sein Haupt in ihren Schoß. So gut es ging, trocknete sie das rinnende Blut von seiner Stirn.

»Binde das Pferd an einen Baum und hilf mir, Pannkeuken!« rief sie leise.

Und dieweil der Getreue ihrem Befehl Folge leistete, winkte sie nach dem Schlitten zurück:»Bitte bring' mir dein Taschentuch, Marga, meins reicht nicht aus!«

Voll schaudernder Abwehr hob»das Kind« die Arme.»Ich kann kein Blut sehen!« schluchzte sie und warf sich weinend auf die Pelzdecken nieder.

Fräulein von Floringhoven biß die Zähne zusammen. Sie versuchte, so gut es ging, ihr Taschentuch um den Kopf des Verletzten zu schlingen, die Wunde vor der grimmigen Kälte zu schützen. Das kleine Stückchen spitzenbesetzten Battistes reichte nicht dazu aus. Ohne Besinnen riß sie den seidenen Schal von ihrem Kopf und schlang ihn um das Haupt des Fremden. Ihr Blick blieb wie gebannt an dem leblos stillen Antlitz auf ihren Knien, und wie sie in diese bleichen, blutüberströmten Züge sah, da krampfte sich ihr Herz zusammen wie unter Todesqualen. Wie eine glühende, übergewaltige Flamme loderte es von diesem Herzen auf und füllte ihre ganze Seele, ihren ganzen Körper mit Feuergluten.

Welch eine wundersame Gewalt ging von diesem tobesstarren Antlitz aus? – Die rätselhafte, unbegreifliche und göttliche Allgewalt jener Sympathie, die geheimnisvoll und rettungslos ein Herz in den Zauberkreis des andern zieht.

Benedikta hatte es vorempfunden, daß dieser Augenblick der Entscheidung für ihr Leben kommen mußte, sie hatte gezittert vor ihm, wie vor einem drohenden Unglück, und nun, da er seine unheimliche Macht auf sie ausübte, war es, als löse sich ihre Seele auf in einem Jubelschrei unaussprechlichen Entzückens, eines Entzückens, in das sich dennoch die Todesangst der Verzweiflung mischt.

Während ihre bebenden Hände des Bewußtlosen warteten, hing ihr Blick wie in unersättlichem Schauen an dem Antlitz des Fremden, das still und ernst, selbst in der starren Ruhe der Ohnmacht unvergleichlich edel und hoheitsvoll in ihrem Schoße ruhte. – Bleiche, schmalgeschnittene Züge, Lippen, um die Wohlwollen, Liebenswürdigkeit und ein Ausdruck beinah keuscher Reinheit ihre unverkennbaren Linien zogen.

Mochte es der momentane Blutverlust sein, daß das Gesicht leidend und eingefallen aussah – oder wichen die tiefen, bläulichen Schatten unter den Augen, wenn Leben und Bewußtsein kehrten? Ein dunkelblonder Schnurrbart harmonierte mit dem Haupthaar, das sonst wohl glatt und schlicht, in diesem Augenblick aber blutverklebt und wirr in die Stirn hing, und die Hand, die gekrampft und leicht zuckend niederhängt, ist selbst unter dem Reithandschuh schlank und schmal wie die Rechte einer vornehmen Frau. Will er immer – immer noch nicht die Augen aufschlagen?

Voll hilfeflehender Angst blickte Fräulein von Floringhoven auf Pannkeuken, der hereneilt und mit seinen ewig freundlich und gutmütigen Augen prüfend auf den Verunglückten blickte. »Hätten wir doch irgendeine belebende Essenz, Pannkeuken, daß wir ihn zum Bewußtsein bringen könnten! Die Kälte ist zu groß – er schwebt in äußerster Gefahr, Pannkeuken!« Der Alte greift schmunzelnd in die Rocktasche: »Nur gemietlich bleiben, Baroneßchen! Alles Verzweefeln hilft da reene gar nischt! Ans Leben geht's noch beileibe nich. – Du Jemersch! Da habe ich se bei 'n Dippler Schanzen schlimmer bluten sehen! – Da hier ... was hätt' mer den hier? – So 'n Schnäpschen duht's och schon!« – Und Pannkeuken neigte sich, hielt eine kleine Feldflasche an die Lippen des Reiters und goß ohne Umstände, etwas zwangsweise nachschiebend, den Nord- häuser in seinen, Mund. Ein Zusammenzucken und tiefes Aufatmen. Die Hände greifen wehrend in die Luft, und das Haupt regt sich wie im Schauder.
»So ... nochemal, Musjöchen! Prosit! ... Das wird Sie schon uff de Beene bringen! – Na, gottlob ... da wär'n mer ja!« Der Gestürzte riß jählings die Augen auf, sein irrer, ausdrucksloser Blick traf das geneigte Antlitz Benediktas. Mit leisem Aufstöhnen gab er sich einen Ruck und stützte sich, wild um sich schauend, auf den Ellenbogen. Er sah sein Pferd, sah die weitverschneite Ebene, sah in geringer Entfernung den Schlitten halten. Das Bewußtsein schien zurückzukehren, die Erinnerung kam blitzartig wieder.
Ein leiser, gurgelnder Laut, – er tastet nach seiner Stirn und blickt auf das Blut, das seinen Handschuh färbt.
Dann sinkt sein Haupt abermals zurück auf die Knie des jungen Mädchens, und sein umschattetes Auge schlägt sich voll auf. Benedikta neigt sich über ihn, Blick ruht in Blick, so tief, so fest und unauslöschlich, als wolle er zwei Seelen für ewige Zeit verschmelzen. Dann schauert die junge Samariterin leicht zusammen und zwingt die Gedanken, die so hohen, fernen Flug genommen, gewaltsam zu der traurigen Wirklichkeit zurück.
»Wo dürfen wir Sie hinbringen?« flüstert sie weich.
Er will sprechen ... »Altenfähre«, lallte er. – Blutstropfen perlen über seine Lippen, und mit leisem Schreckensschrei schlingt Benedikta die Arme um ihn. »Schnell, Pannkeuken! Um Gottes willen, schnell! Marga soll den Schlitten verlassen ... Der Verwundete muß so bequem als nur möglich gebettet werden!«
»Daß auch keene Menschenseele von der ganzen Jagdgesellschaft sich herbemüht!« grollte der Alte mit sorgendem Ausblick über die todesstille Ebene. »Können Sie denn den schweren Herrn tragen helfen, Baroneßchen?«

Sie nickt hastig; wie gebannt hängt ihr Blick an seinem Auge. Er möchte sich verständlich machen, erhebt die Hand und strebt mit dem Oberkörper empor. »Gehen ... gehen ...« stammelt er. Aufs neue sickert Blut über die Lippen.

»Unmöglich ... Sie dürfen nicht gehen ... Ihre Brust —« Er deutet mit dem Finger nach dem Mund ... »Nur Zunge ... nicht schlimm ...« Und als er dazu beruhigend den Kopf schütteln will, umfloren sich seine Augen abermals, das Haupt sinkt schwer zurück, und der Fremde ruht in erneuter Bewußtlosigkeit in dem Arm seiner Retterin.

Pannkeuken ist währenddessen zum Schlitten gelaufen, er hebt die schluchzende Marga heraus und breitet die Pelze und Decken sorglich über die Polster aus.

»Wenn Baroneß die Pferde halten will, kann ich ja den Herrn tragen helfen!« sagte Konrad.

Pannkeuken überfliegt mit schnellem Blick die morsche, gebrechliche Gestalt des Alten. »Nee, nee – kenn mer ganz alleene, Kunnrädchen!« Spricht's und stampft eilig durch den Schnee zurück.

Benediktas schlanke Arme scheinen von Eisen.

Sie hebt den Verwundeten an dem Oberkörper, dieweil Pannkeuken seine Füße faßt, und trägt ihn keuchend bis zu dem Schlitten. Die ungewohnte Anstrengung treibt pochende Glut in die Schläfen des jungen Mädchens. Schweißperlen rinnen von der Stirn – und dazu pfeift der eisige Schneesturm um ihr ungeschütztes Köpfchen. Niemand achtet darauf, Fräulein von Floringhoven am wenigsten. Eine schwere, saure Mühe ist es noch, den hilflosen, wuchtigen Körper des Ohnmächtigen in den Schlitten zu heben. Dann hüllt ihn Benedikta voll zarter Sorge warm und sicher ein, dieweil Pannkeuken auf ihren Befehl das Pferd des Jägers holt und dem Schlitten ankoppelt.

»So – nun in Gottes Namen so schnell wie möglich nach Altenfähre, Konrad! Pannkeuken fährt mit Ihnen, falls sie unterwegs irgendwelche Hilfe brauchen.«

Der Getreue schüttelt bedenklich den Kopf. »Und was soll aus den Damen derweil werden?«

»Wir gehen zu Fuß den Waldweg voraus. Ihr bringt den Herrn zum Jagdschloß und folgt uns so schnell wie irgendmöglich, um uns wieder aufzunehmen.« Sie neigt sich näher zu Pannkeuken: »Wenn möglich, bring mir meinen Kopfschal wieder mit, Alter.«

»Jemersch und du mei Herrgott! Se haben ja reene gar nischt ums Kepfchen, Baroneß!« – entsetzte sich der Genannte. »Wollen Se nich mei Pelzkäppchen nehmen?«

»Damit du betagter Mann dir den Tod holst!« – Sie wehrt ihn energisch ab. »Der Jugend schadet so etwas nichts,– – ich will ja den Schal auch nicht der Wärme wegen!« Und ihre Verlegenheit bezwingend, gibt sie

Konrad noch einmal hastigen Befehl: »Schnell – schnell! Fahr zu, was die Pferde zu laufen vermögen, der Schnee liegt hoch, und das schnelle Fahren erschüttert nicht!«

Der Kutscher schnalzt leise mit der Zunge an, und der Schlitten fliegt wie ein Schattenbild über die breite, weißverschneite Talfläche dem Jagdschloß entgegen.

Still ringsum – totenstill. Der Lärm der Jagd ist verklungen, tiefer Frieden liegt über der graudunstigen Welt, und die Stimme des Windes schrillt allein wie bange Klage durch den laublosen Wald.

Hochaufatmend steht Benedikta und streicht über die feuchtperlende Stirn. Eisiger Schauder rieselt ihr durch die Glieder, ihre Zähne schlagen zusammen vor Kälte, sie achtet es nicht. Ihr Blick schweift wie verklärt über die Welt, als wolle er Himmel und Erde in unendlicher, grenzenloser Liebe umfassen.

Margas Hand legte sich auf ihren Arm und weckt sie aus dem träumerischen Sinnen.

»Was fangen wir denn nun an, Benedikta!« grollt sie mit weinerlicher Stimme. »Es ist ja ein entsetzlicher Gedanke, daß wir nun womöglich eine Stunde lang durch diesen kniehohen Schnee waten sollen! Ich zittere schon jetzt wie Espenlaub vor Kälte, wie soll das nun erst in einer Stunde werden!«

»Wir schreiten tüchtig aus und erwärmen uns im Gehen!«

»Sie werden sich eine schöne Erkältung holen! Bei diesem grausigen Schneesturm nichts auf dem Kopf! Das ist ja eine rasende Idee! Das Wasser läuft Ihnen schon jetzt aus den Haaren, und nicht mal ein trocknes Taschentuch, um es Ihnen um die Ohren zu binden!«

»Ich schlage den Pelzkragen so hoch wie möglich! Auch bin ich sehr abgehärtet und reibe den Kopf tüchtig ab, wenn wir nach Hause kommen!«

»Entsetzlich! – Ein solches Mißgeschick! Warum konnte nur das einfältige Kamel von einem Pferd nicht nach einer andern Gegend laufen!«

Ein jäher, leidenschaftlicher Blitz in Benediktas Augen. »Damit er einsam, hilflos, fernab im Walde läg' und womöglich seinen Wunden und der Kälte erläge, ehe Rettung kam'? Schämen Sie sich, Marga! Für eine solche herzlose Egoistin hätte ich Sie nicht gehalten!«

Das »Kind« schluchzt leise auf; ob aus Reue oder Ärger, ist nicht zu konstatieren. »Mein Gott, so schlimm meine ich es ja nicht, es hätte ihn sicher jemand anders gefunden! Oh, ich bin ganz elend von der Aufregung, ich kann kein Blut sehen, und obwohl ich gern den armen Menschen angesehen hätte, hatte ich doch nicht den Mut dazu!«

Ein paar Minuten schritten die beiden jungen Mädchen schweigend nebeneinander her. Plötzlich blieb Marga stehen und stampfte mit den Füßen wie ein ungezogenes Baby.

»Ich kann nicht weiter!« weinte sie, »ich bin todmüde! Man versinkt ja in dem Schnee und kommt nicht vorwärts! O Himmel, wie soll das enden!«

»Es würde sehr gut gewesen sein, hätte Eckert uns begleitet!«

»Inwiefern?« brauste die Kleine eigensinnig auf.

»Er würde Sie jetzt auf sein Pferd nehmen und Sie im Galopp nach Hause bringen!«

»Und Sie? – Wo bleiben Sie?«

»Ich komme wohl noch aus eigenen Kräften heim!«

»Ja, wenn man so groß und stark ist, wie Sie!« klagte das Elfchen wehleidig, »aber ich armer Liliput! Ich werde ja demnächst selber fortgepustet wie eine Schneeflocke!«

»Geben Sie mir Ihren Arm, hängen Sie sich fest ein, ich nehme Sie gern in das Schlepptau.«

»Ach, wie gut, wie gut Sie sind! Ja, Benedikta, Sie sind in allen Dingen so gut wie ein Engel, Und ich? Oh, ich bin ein abscheuliches, nichtsnutziges Ding! Ja, hätte ich Eckert mitreiten lassen!«

Und wieder schritten die beiden einsamen, sturmumtobten Mädchengestalten durch den hochverschneiten Wald. Es brauste und heulte im Geäst, hohe Schneewehen hemmten ununterbrochen den Weg, niederbrechendes Gezweig tönte unheimlich durch den dunkler und dunkler weidenden Forst.

Die Zeit verging.

Zitternd schmiegte sich Marga an ihre Begleiterin und versteckte das Gesicht in ihrem Ärmel: »Ich fürchte mich so, wir sind so allein ... ach, und es wird schon so furchtbar dämmerig!«

»Der Schlitten muß uns ja jeden Augenblick einholen!«

»Ich höre noch nichts – noch nicht eine einzige Schelle!«

»Doch ... da ... da vor uns ... da klingt etwas –«

»Richtig – aber das ist nicht der Schlitten, – es kommt uns entgegen.«

Marga sank vor Schreck beinah in die Knie. »Benedikta, wenn es Räuber wären!«

»Narrheit! Wie kann ein großes, vernünftiges Mädchen so kindisch sein! Da kommt es schon...durch die Tannen...sehen Sie? Ein Reiter «

»Eckert! – Eckert!« Wie ein Jubelschrei klang es.

»Wahrlich, es ist der getreue Eckehard!«

Marga riß sich los und lief dem »Unteroffizier in Zivil« mit ausgebreiteten Armen entgegen: »Herr Eckert! Ach helfen Sie! – Retten Sie uns!«

Überrascht parierte der Gerufene seinen Apfelschimmel vor den jungen Damen.

»Allgütiger Gott! – Wie kommen Sie zu Fuß hierher? Bei diesem Unwetter ... ganz allein?«

Atemlos, sich übersprudelnd in Erregung, erzählte die junge Sängerin ihr Erlebnis –»wie wir« den Reiter retteten, wie »wir« ihn in den Schlitten schafften, wie »wir« ohne Besinnen selber zu Fuß gingen ...«

Fräulein von Floringhoven stand schweigend daneben und hörte lächelnd, welche Heldentaten »wir« vollbracht hatten. Dann schnitt sie den Wortschwall schnell ab.

»Die kleine Sängerin von Gottes Gnaden verzweifelt vor Angst, Müdigkeit und Frost! Haben Sie die Güte, Herr Eckert, Fräulein Dallberg zu sich empor in den Sattel zu heben und sie so schnell und sicher wie möglich nach Hause zu bringen!«

Namenlose Verlegenheit malte sich auf dem ehrlichen Gesicht. Aber er verneigte sich voll gehorsamen Respekts.

»Was aber soll aus Ihnen werden, gnädiges Fraulein, wenn ich Fräulein Dallberg nach Hause bringe? Sie können doch unmöglich allein hier im Walde zurückbleiben?«

»Und warum nicht?« lächelte Benedikta; »ich fürchte mich nicht. Außerdem muß der Schlitten ja bald kommen und mich aufnehmen. Ich bitte Sie dringend, Marga schleunigst in Sicherheit zu bringen!«

»Ach ja. schnell, schnell! Ich friere so!« bat das Elfchen, das im dicken Pelz und der warmen Kapotte gar nicht so aussah, als ob das möglich sein könne.

»Auf jeden Fall schicke ich sofort noch einen Wagen hierher!« richtete sich Eckert stramm auf. »Wir wissen ja, wo Baroneß zu finden sind; irregehen ist auf diesem Wege nicht möglich ...«

»Gewiß nicht! Und nun Glück zur Fahrt.«

Der Inspektor neigte sich, um die zierliche Gestalt der Sängerin zu sich emporzuheben.

»Schlingen Sie Ihren Arm um mich und halten Sie sich fest!« Er vermochte kaum zu sprechen.

»So, und nun in Gottes Namen!« Benedikta klopft dem Apfelschimmel freundlich auf den Schenkel, und behutsam, Schritt um Schritt, reitet Eckert an.

»Ich schicke sofort einen Wagen, Baroneß!« ruft er zurück.

Und dann verklingt der Hufschlag im weichen Schnee: nur ein angstvoller Aufschrei Margas, als sich das Roß in eine schnellere Gangart setzte.

Allein, mutterseelenallein.

Benedikta schaute nicht rechts noch links, sie schritt, unbekümmert um das Ungemach, das sie bedräute, durch die wirbelnden Flocken dahin. Ihr starrer, leuchtender Blick war ins Leere gerichtet. Sie schaute die wüsten, unstet ziehenden Wolken an, und sah sie doch nicht, – sie lauschte dem Sausen und Schrillen des Sturmwindes, und hörte es doch nicht.

Eine halbe Stunde mochte vergangen sein.

Ihre durchnäßten Kleider froren zu Eis an ihrem Körper, in den schwarzen Haaren flimmerten die kleinen Kristalle und legten sich kalt, unaussprechlich kalt auf das Haupt.

Sie bemerkte es nicht.

Schneeklumpen ballten sich unter ihren Füßen, sie glitt und strauchelte, – tiefer, immer tiefer versank sie in dem Schnee.

Sie beachtete es nicht.

Ihre Gedanken weilten fernab – in einem traulich warmen Gemach des Jagdschlößchens Altenfähre. Ihr geistiges Auge schaute über Raum und Ferne. Sie sah, wie ein bleicher, bewußtloser Mann voll Sorge und Angst emporgetragen wird auf sein stilles Lager.

Er schlägt die Augen auf – er hält alles, was er erlebte, für ein Wahngebilde des Fiebers. Die Jagd –, den unglücklichen Ritt –, das große, schwarzäugige Mädchen, das ihn barmherzig im Schoß gehalten.

Und dann greift er nach dem Haupt und fühlt den seidenen Schal. Er löst ihn ab –, er sieht ihn an –, lange, lange, – das feine, weiche, weiße Seidengewebe, auf das sein rinnend Blut rote Rosen gemalt.

»Wem gehört dieses Tuch? Wer war meine Retterin?« will er fragen, aber er kann es nicht, rote Tropfen perlen abermals über seine Lippen.

Der Arzt kommt und untersucht hastig die Wunden Er lächelt und verbindet sie mit freundlichem Zuspruch. Dann ein paar stärkende Tropfen, ein behagliches Betten, und die schönen, sinnend ernsten Männeraugen schließen sich zu erquickendem Schlummer.

Wenn er erwacht, ist der weichseidene Schal von seinem Bett verschwunden, er sieht ihn nicht mehr und gedenkt seiner nicht mehr.

Es war alles ein Traum, – die Jagd, sein Sturz vom Pferde, das große, dunkeläugige Mädchen, das die bebenden Hände auf seine Stirn gelegt und ihn so lange, lange durch Tränen angeschaut hat.

Benedikta krampft die eiskalten, erstarrten Finger in dem Muff zusammen, – sie lächelt.

Wenn er dem Leben erhalten bleibt, wenn er rechtzeitig gepflegt und gerettet in Altenfähre genesen wird, so ist es ihre Tat.

Sein Bild schwebt vor ihr; sie sieht nichts andres mehr als das so eigenartig fesselnde, hoheitsvolle Antlitz, das bleiche, todesstarre, mit den weitgeöffneten Augen, deren Blick regungslos in dem ihren geruht.

Und sie starrt wie eine Trunkene in diese Augen und wankt weiter durch Schnee und Sturm.

Seltsam – die Augen tanzen vor ihr her, werden große, dunkle Flecken, um die blutroter Nebel wallt, sie wirbeln hin und her, wie die windgejagten Flocken, sie dringen, riesengroß anwachsend, auf sie ein und legen sich wie schwarze Schatten über sie. Zentnerlasten werden es. Sie sinken nieder und drücken auf ihre Brust – zermalmend schwer – sie kann kaum noch atmen –

Wie Eis rieselt es durch ihre Adern – nur im Kopf, da glüht und hämmert und saust und braust es – Nacht, dunkle Nacht wird es um sie her.

Wirr um sich tastend greift die einsame Wanderin in die Luft – Schneeflocken – Sturm – er rast über ihre schlanke Gestalt und wirft sie nieder auf die Knie. Horch ... Stimmen? – *Seine* Stimme? – Nein, es ist Glockenton.

Der Schlitten! – Endlich – endlich!

Mit letzter Anstrengung rafft sich Benedikta zusammen. Sie preßt die Arme gegen die Brust und starrt ihm entgegen. Wie ein Schattenbild fliegt er heran.

Sie hört Pannkeukens Stimme, aber sie versteht nicht was er sagt. Sie sinkt mit geschlossenen Augen in seinen Armen zusammen.

Noch fühlt sie, daß er sie in den Schlitten hebt, weiche Felldecken schmiegen sich um sie, und dann es stille, dunkle Nacht.

Als Marga die Schloßtürme aufsteigen sah, stieg auch ihr Mut und ihre Laune um ein Beträchtliches.

Sie verleugnete ihren Spitznamen »das Kind« auch jetzt nicht. Gleich wie ein unartiges Baby sehr zahm und gefügig wird, wenn es sich allein und geängstigt im Dunkeln befindet, griff auch Marga schmeichelnd und liebenswürdig nach einer Hand, die sich ihr rettend und schützend entgegenbot, ohne lange zu fragen, ob es für gewöhnlich auf ihrem Programm stand, die Hand fortzustoßen. Jetzt, wo der erste Lichtstrahl in das Dunkel fiel und das Gefühl wiederkehrender Sicherheit ihre Lebensgeister anregte, wo die auftauchenden Schloßtürme ihr die Nähe der Heimat garantierten, glich sie abermals dem Kind, das sich undankbar und ungezogen von der leitenden Hand losreißt, wenn es sich in Sicherheit wähnt.

Die Sängerin hob aufatmend das Köpfchen.

»Wenn nun Ihr Herr Sohn schilt, daß der Papa so eigenmächtig war, ohne Konsens auszureiten?« hob sie von neuem an, und diesmal klang schon verschleierter Spott durch ihre Stimme.

Eckert war viel zu erregt und mit seinen eigenen Gedanken beschäftigt, um es zu bemerken. Er lächelte.

»Ich werde mir alle Mühe geben, den kleinen Mann schnell zu versöhnen!« sagte er gutmütig.

»Sie verziehen Ihre Kinder in geradezu unerlaubter Weise! Glauben Sie, daß so etwas gute Früchte tragt? Ein Junge muß streng – sehr streng – ja mit eiserner Strenge erzogen werden, sonst wird nichts aus ihm!«

Er lächelte noch mehr. »Wirklich? Die Ansichten darüber sind so verschieden. Ich bin ein einfacher, schlichter Mann und kenne mich nicht auf die modernen Erziehungstheorien aus, aber ich bin ein guter Christ und weiß, daß ›die Liebe die größte unter ihnen‹ ist. Was Liebe nicht ausrichtet, erreicht auch die Strenge nicht.«

»Ein guter Christ?« – Marga bog das Köpfchen zurück und blickte ironisch in sein freundliches Gesicht empor. »Dann kennen Sie doch wohl auch das Bibelwort: Wer sein Kind lieb hat, der züchtigt es?«

Er ward plötzlich ernst. »Gewiß kenne ich es. Ich strafe jede Unart. Die Rute steckt drohend hinter dem Spiegel.«

Sie lacht leise auf. »Sie steckt – und steckt – und bleibt stecken, bis der Staub sie zudeckt!«

»Wer sagt Ihnen das, Fräulein Dallberg?«

»Meine eigenen Augen.«

»Was sahen sie? – Tatsächlich Staub auf den Birkenreisern?«

»Moralischen wenigstens! Ihre Liebe ist Schwäche, große, unmännliche, beklagenswerte Schwäche! Ich begreife nicht, wie ein herkulischer, energischer Mann sich von zwei Liliputs in Windelhöschen derart tyrannisieren lassen kann!«

Er zuckte leicht zusammen, aber er blieb vollkommen ruhig. »Sie tyrannisieren mich nicht. Was ich für die Kinder tue, ist das Ergebnis meines ureigensten Willens. Ich habe sie lieb, – sie zu hegen und zu pflegen ist meine Freude und Erquickung. Ich habe Sinn und Herz für Kinder, ich erniedere mich nicht in ihrem Dienst, sondern erhebe und erbaue mich. Ich für meine Person hasse die rohe und brutale Art von Vätern, die mit ›Liliputs in Windelhöschen‹ schon abrechnen wollen, wie mit großen, vernünftig denkenden Menschen! Mag vorläufig noch Staub auf der Rute liegen – ich schäme mich dessen nicht, denn die ›Liliputs in Windelhöschen‹ tun vorläufig weder etwas Unrechtes noch etwas Schlechtes, und nur für Bösartiges oder Schlechtes werde ich meine Kinder züchtigen. Ein wenig Eigensinn, ein beschmutztes Schürzchen, ein zerbrochener Gegenstand sind nicht der Rute wert. Ich habe mich überzeugt, daß ich durch liebevolles Zurechtweisen und Zureden ebenso weit, wenn nicht weiter komme.«

»Nun, das ist eben Ansichtssache. Ich für meine Person finde ein solches Glaubensbekenntnis im Munde einer schwachen, verliebten und zärtlichen Mutter wohl begreiflich und entschuldbar; bei dem Vater, einem *Mann*, der in allen Dingen, selbst, in der Kinderstube, ein ›Mann‹ sein soll, imponiert mir solch weichliche Sentimentalität durchaus nicht. Nehmen Sie mir diese Offenheit übel, Herr Eckert?«

»Nicht im mindesten.« Sein Antlitz ward selbst unter der Röte des Winterfrostes bleich. »Man muß in allen Dingen des Lebens auf Widerspruch gefaßt sein und sich damit abzufinden wissen, mit seiner Ansicht allein zu stehen. So unbegreiflich, wie Ihnen mein Handeln jetzt erscheint, so unfaßlich sind mir Ihre Worte im Munde einer Dame. Ich war der Ansicht, daß es jede Frau entzücken und beglücken müsse, ihre Kinder als Inbegriff aller Liebe und Zärtlichkeit des Vaters zu sehen. Meine Mutter hat mir oft versichert, jeder Schlag, den wir von Vaters Hand erhielten, und wenn er sehr Wohl verdient gewesen – habe ihr doch stets weher getan, als uns. Sie sind noch unverheiratet, Fräulein Dallberg, Sie kennen Mutterliebe noch nicht und sprechen wie die Blinde von der Farbe. – Es ist mir herzlich leid, daß Sie eine solch wenig gute Meinung von mir haben, aber selbst um den Preis, Ihnen zu imponieren, werde ich nie meine Ansichten oder mein Benehmen gegen meine Lieblinge änndern.«

Sie warf schnippisch das Näschen zurück. »Ich habe mir auch durchaus nicht eingebildet, aus Ihnen einen Proselyten meiner Theorien zu machen. Ich bin Ihnen von Herzen dankbar für Ihr hilfreiches Geleit und bitte Sie, mich in der Residenz zu besuchen, damit ich Sie *en revanche* für diesen Spazierritt in einer Droschke erster Güte spazieren fahren kann. Und nun bitte Sie, zu halten. Wir sind am Parktor, ich möchte dieses kleine Stückchen zu Fuße gehen.«

Er hielt das Pferd sofort an. Seine Lippen bebten unmerklich. »Ich erlaube mir, Sie darauf aufmerksam zu machen, daß just hier in der Allee der Schnee sehr hoch liegt und die Passage sehr erschwert ist.«

»Gleichviel. Die Allee wird von dem Hofe aus überblickt, und ich möchte doch nicht den Leuten den Anblick einer schönen Illustration zu dem ›geretteten Königskind‹ gewähren!«

»Der Anblick ist durchaus kein häßlicher!«

»Aber ein allzu origineller für die spießbürgerliche Gesinnung dieser Provinzler!«

»Sie mögen wohl recht haben!« Vorsichtig, wie man ein zerbrechliches Püppchen anfaßt, nahm Eckert »das Kind« in seine großen, derben Landmannshände und hob sie behutsam zur Erde.

Sein Gesicht sah sehr ruhig aus, nur um den Mund ging ein leises Beben. Er schaute sie so lang und regungslos an wie immer, schweigend, weil auch sie schwieg. Marga stampfte ein paarmal mit den frosterstarrten Füßen und stützte sich momentan auf den Sockel des Parktores.

Dann flutete neues, warmes Leben durch die steifen Glieder. Sie bot ihm mit überraschend freundlichem Blick die Hand empor. »Ich danke Ihnen, Herr Eckert, für diese Hilfe in der Not, – Sie waren sehr liebenswürdig zu mir! Bitte, gedenken Sie nun auch der armen Baroneß und schicken Sie schnell einen Wagen zu ihr hinaus!«

Er hatte ihre Hand flüchtig ergriffen und ließ sie nun schnell wieder los, um salutierend an die Pelzmütze zu greifen. Er verneigte sich in stummem Gruß und drängte das Pferd zurück.

Während Marga mit noch immer unsicheren Schritten durch das Tor trat, wendete er den Apfelschimmel und trabte auf kurzem Umweg direkt in den Wirtschaftshof.

Der Blick der jungen Sängerin hatte ihn beobachtet. Ein sarkastisches Lächeln zuckte über ihr hübsches Gesicht. Wie manchmal hatte sie im Tiergarten oder Tattersall gesehen, wie die Reiter ihre Pferde kurz zusammenrissen, Sporn gaben und davonsprengten, – Eckert aber hatte auch dem wohlgenährten Gaul gegenüber dieselbe Zartheit der Behandlung, wie bei seinen Kindern.

Die Sporen hatte »Blanta« wohl noch nie gespürt, und die Reitgerte ebensowenig, wie Willy und Gretchen daheim die Rute!

Welch ein Possenspiel der Natur! In einen Körper, hoch, stramm, bärenhaft stark und trutzig, hauchte sie eine Seele, so schwach, weich und weibisch, wie bei einem lyrischst beanlagten Mägdlein!

Marga liebt einen derartigen Männercharakter nicht! Sie hat sich ihr Ideal stets voll rauher, jeder Sentimentalität fremder Mannhaftigkeit gedacht. Lieber zu schroff, als zu zart, lieber zuschlagen, wie streicheln! Das würde ihr imponieren. Es liest sich so gut in Romanen von solch trotzig rauhen Helden, die die ganze Welt mit eisernen Fäusten packen und schütteln und dann zum Schlusse doch das Haupt mit der Löwenmähne fein demütig und lammfromm auf den Schoß der Geliebten neigen!

Roman war ein derartiger Charakter. Ein Titan!

Marga hatte es voll scheuer Bewunderung mit angesehen, wie er voll Wut über eine Nachlässigkeit des Orchesters seinen teuern Geigenbogen in Stücke brach wie ein Schwefelholz! Sie hatte es erlebt, daß er sein Taschentuch zerfetzte in maßlosem Zorn, daß er bleich vor Ingrimm einem Sänger mit geballter Faust gegenüber stand.

Er klopfte einmal seinem Bernhardinerhund selber mitleidig den Rücken. »Das arme Vieh frißt ein saures Brot bei dem Künstler

Ermönyi! Er ist der Blitzableiter meiner schlechten Laune und muß manchen Fußtritt auffangen, der eigentlich einem andern gilt. – Hundelos! – Was hat solch elendes Geschöpf anderes vom Leben zu erwarten, als behandelt zu werden – wie ein Hund! «

Und dann hatte er selber von seiner Jugend erzählt, wie oft die wilde Leidenschaftlichkeit des Künstlers schon damals über ihn gekommen sei, daß er sich auf ein Pferd geworfen und wie ein Wahnsinniger meilenweit durch die Pußta gejagt sei, bis sein Pferd blutend und halbtot unter ihm zusammengebrochen sei! – Dann wäre er zur Vernunft gekommen. Aber manches Roß habe er dabei zuschanden geritten!

Wie interessant war das! Wie unheimlich schön war der Sprecher dabei anzuschauen, mit den schwarzen Augen, aus denen noch jetzt das Feuer ungezähmter Wildheit sprühte, mit den schlanken, weißen Händen, die bei der kleinsten Erregung wie im Fieber zitterten!

Und er, dieser ungestüme, zügellose, himmelanstürmende Riese der Kunst, lag zu den Füßen »des Kindes« wie ein geduldiges Spielzeug, das ihre kleinen Hände tändelnd zausen, – wie ein Adler, der sich flügellahm und demütig vor dem Täubchen in den Staub duckt!

Was kann einem eitlen, hübschen Mädchen mehr schmeicheln, als, kraft seiner zauberhaften Nähe, den Tiger in ein Lamm zu wandeln?

Und Marga war eitel, grenzenlos eitel. Sie war auch verwöhnt und eigenwillig, sie verlangte, daß sie von jedermann auf Händen getragen werde, sie verlangte die zartesten, liebevollsten Rücksichten, weil sie seit Kindesbeinen auf daran gewöhnt war, die Menschen durch ihre Schönheit und Anmut wie huldigende Sklaven zu beherrschen.

Welch ein Triumph aber war größer als der, Roman Ermönyi, den Brausekopf, den Leidenschaftstollen, den Rücksichtslosesten aller Künstler, so ganz und gar wie Wachs zwischen den Fingerchen zu kneten?

Marga atmete mit leuchtenden Augen hoch auf. Sie eilte ungestüm dem Schloß entgegen, in dessen riesig großem, linkem Seitenflügel die Wohnung des Gutspächters eingerichtet war.

Herr Dallberg war ein älterer Mann, – wie er es notwendig sein mußte, wollte er auf dem »Petrefaktenhof« existenzberechtigt sein –, der mit seiner kränklichen Frau sehr still und zurückgezogen in der Einsamkeit dieses Landsitzes lebte.

Da die Ehe anfänglich kinderlos geblieben, war Marga, die Jung-verwaiste, schon in ihren ersten Lebensjahren von dem vortrefflichen Ehepaar aufgenommen und mit größter Liebe und Zärtlichkeit wie ein eigenes Kind erzogen. Als nach fünf Jahren plötzlich der Klapperstorch Einkehr hielt und den entzückten Eltern einen prächtigen Jungen in die Arme legte, dem sogar nach zwei Jahren noch ein Brüderchen folgte, blieb Marga dennoch nach wie vor als allgemein verhätschelter Liebling im Hause, doppelt auf Händen getragen, weil man das arme Kind bemitleidete, dem die Erbschaft der Pflegeeltern nun entgehen mußte.

Die beiden Söhne Dallbergs befanden sich in der benachbarten Provinzialstadt in Pension, weil sie auf Wunsch des Vaters das Gymnasium besuchen sollten, und wenn die blasse, leidende Mutter so still und einsam am Fenster des Schlosses saß, blickte sie voll Sehnsucht über die reizendste aller Gebirgsgegenden, nach jener Richtung, wo ihr Liebstes weilte. Am Sonnabend leuchteten die müden Augen auf in unaussprechlicher Freude, denn am Sonnabend kamen die beiden Rotkappen als sehr junger und stets sehr aufregend lebhafter Besuch nach Schloß Floringhof. –

Marga eilte im Sturmschritte die Treppe empor, entsetzte die Tante durch ihren laut gejammerten, recht wirren Vortrag über das Geschehene und klingelte sehr ungestüm das gesamte weibliche Dienstpersonal zu ihrer persönlichen Hilfeleistung zusammen. Heißen Tee! – Kognak! Auskleiden! Bett durchwärmen, alle Glieder mit Franzbranntwein reiben, – eine Reihe von Befehlen schwirrten über die Lippen, und der ganze stille Haushalt stand auf dem Kopf, bis die verwöhnte kleine Dame endlich in den weißen, gestickten Kissen lag, Glühwein trank und sehr behaglich in einem Romanbuch blätterte.

Auf ihren Befehl mußte jedoch sofort ein reitender Bote in die Stadt gejagt werden, um den Arzt zu holen, denn Marga ängstigte sich sehr, daß sie womöglich Schnupfen oder Halsentzündung bekommen könne. Tante Dallberg aber war in allen Zuständen der Sorge und Verzweiflung, denn Marga verstand es, ihre Umgebung durch die düstersten Zukunftsbilder, über alles, was ihr nun passieren könne, aufzuregen.

Viertes Kapitel

Schellengeläut drang die Parkallee entlang.

Der Schlitten kehrte zurück, und Sophie trat an die Portaltüre, ihre junge Herrin zu empfangen.

Das Bewußtsein war Benedikta zurückgekehrt, aber Sophie stieß einen Schrei des Entsetzens aus, als sie die Schwache, stets wie im Schwindel Taumelnde mit Pannkeukens Hilfe aus dem Schlitten hob.

Gott im Himmel, wie sah das junge Mädchen aus! Leichenfahl, mit tiefumschatteten Augen und farblosen Lippen, hinter denen die Zähne permanent wie im Schüttelfrost zusammen schlugen.

»Allmächtiger Gott! Was ist geschehen?« schrie die Alte auf.

Pannkeuken aber wehrte mit entsetztem, angstverzerrtem Gesicht ab und flüsterte: »Zu Bett! Schnell zu Bett mit ihr!«

Eine unbeschreibliche Aufregung erfaßte die Bewohner des Schlosses. Sophie und Mamsell betteten die noch immer halb Bewußtlose, sie rieben die froststarren Glieder, sie flößten ihr starken Wein und heiße Getränke ein.

Mechanisch, wie im Traum, ließ Benedikta alles mit sich geschehen.

»Gott im Himmel! Nicht mal Pelzschuhe hat sie angehabt! Das Leder ihrer Stiefelchen ist ganz hartgefroren in all dem Schneewasser!« jammerte Sophie.

»Die Füßchen sind fraglos erfroren!« stöhnte Mamsell leise auf.

Endlich kehrte etwas Wärme in den Körper zurück. Dick in Federbetten und Kissen gepackt lag Benedikta in dem mächtigen Himmelbett, von dessen geschnitztem Baldachin die grünseidenen Damastvorhänge, spitzenbesetzt, herniederflossen.

Mit leisem Aufseufzen schloß das junge Mädchen die Augen.

»Wenn sie nur in Schweiß kommen wollte!« – rang Sophie die Hände.

»Still – still – sie schläft ein.«

Welch eine schreckliche Nacht! Die Eiseskälte in Benediktas Körper wich rasender Fieberglut. Kopf und Gesicht schwollen hoch auf. Namenlose Schmerzen ließen die Unglückliche durch ihre wilden Phantasien hindurch gellend aufschreien.

Gegen Morgen erst fuhr der Wagen des Arztes in den Hof.

Fräulein Dallberg fand er sehr frisch, wohl und gesund wie einen Fisch im Wasser, aber an dem Lager des Fräulein von Floringhoven stand er momentan in ratloser Bestürzung.

»Wird es die Kopfrose, Herr Doktor?« schluchzte Sophie; »ach du barmherziger Gott, der ganze Kopf glüht ja dunkelrot wie Feuer – und schwillt auch schon auf – oh, und dieses Fieber! Man brennt sich ja, wenn man die Händchen anfaßt!«

Der Arzt zuckte die Achseln. »Abwarten! Auf alle Fälle haben wir es mit einer sehr schweren und sehr ernsten Erkältung zu tun. Hat das gnädige Fräulein öfters an Ohrenschmerzen gelitten?«

»Ach ja, ja, gewiß! Als Kind sehr viel sogar! In den letzten Jahren war es besser; nur einmal kam nach zu langem, kaltem Bad ein Ohrengeschwür.«

»Hm, hm, – so haben die Schmerzen, unter denen die Kranke leidet, fraglos ihren Sitz in den Ohren. Hm, sehr übel, sehr übel!« –

Man hatte dem Minister, der sehr müde und angestrengt von dem Jagddiner heimkehrte, nichts von der Erkrankung Benediktas gesagt; er hatte sich frühzeitig zur Ruhe begeben und ahnte es nicht, daß wenige Zimmer von ihm entfernt der Arzt die ganze Nacht hindurch am Schmerzenslager seines Lieblings wachte, daß ein reitender Bote noch zu spätester Stunde in die Apotheke zur Stadt jagte. –

Benedikta war schwer erkrankt. Die ganze Wucht der Erkältung hatte sich auf das Köpfchen geworfen, und die unbeschreiblichsten Qualen eines entzündlichen Ohrenkatarrhs, begleitet von Geschwüren, schüttelten den jungen Körper, als sei er nicht in weiche Daunen, sondern auf den schrecklichsten aller Marterroste gebettet. Tagelang hegte der aus der Residenz telegraphisch berufene Medizinalrat die ernstesten Besorgnisse. Dann hatte endlich das Fieber ausgetobt und ließ nach, der schwache Schimmer von Bewußtsein stärkte sich, man sah es dem Blick der großen Augen an, daß Benedikta ihre Umgegend wieder erkannte und an deren Tun und Walten Anteil nahm.

»Sophie!« – flüsterte sie.

Die Alte trat geschäftig hinzu, neigte sich über das Bett und küßte zärtlich die bleichen, abgezehrten Hände der jungen Herrin.

»Ach Baroneß, wie schön, wie schön, daß Sie mich wieder rufen! Wie wird sich Exzellenz freuen!«

»Warum seid ihr alle so furchtbar still und leise, Sophie? Bin ich denn so sehr krank?«

»Keine Spur, Baroneßchen! Ein wenig Ohrenschmerzen, das geht alles vorüber, bis wir auf der Hochzeit tanzen!«

»Warum bewegst du immer die Lippen und redest nicht?«

..Ich? Ei du mein Himmel, – ich spreche ja!«

Erregt richtete sich Benedikta auf und umklammerte die Hand der alten Frau: »Sophie! Um Gottes Barmherzigkeit – sprich zu mir!«

Die Matrone entfärbte sich: »Herzchen! Kindchen! Ich rede ja! Rede in einem fort! – Hören Sie mich denn nicht?«

Da gellte ein Schrei der Verzweiflung durch das Krankenzimmer. Die gefalteten Hände wie in namenlosem Entsetzen hebend, sank das junge Mädchen in die Kissen zurück.

»Sophie! – Ich bin taub!«

Der Jammerruf fand ein Echo im Munde der Getreuen. Alles Blut wich aus den Wangen der Kammerfrau. Mit gerungenen Händen sank sie neben dem Bett nieder. »Das verhüte Gott im Himmel, Sie armes, armes Unglückskind!«

Die Türvorhänge regten sich. Der Arzt trat ein. Sein schreckverstörtes Gesicht bewies es, daß er Zeuge der kurzen Unterredung gewesen.

Mit bebenden Händen nahm er, soweit wie es bei dem jetzigen Zustand der Kranken möglich, eine Untersuchung der Ohren vor, – er forschte, prüfte – und alles ergab nur die eine, entsetzliche Tatsache – Benedikta hatte das Gehör verloren.

Tränen stürzten aus den Augen des Ministers, als ihm die furchtbare Mitteilung schonend beigebracht wurde, er neigte das weißhaarige Haupt auf die gefalteten Hände und weinte bitterlich.

Der Arzt suchte ihn zu ermutigen. Er versicherte, daß aller Wahrscheinlichkeit nach das Leiden nur ein vorübergehendes sein werde, daß ein tüchtiger Spezialist es fraglos heben würde,– – umsonst, der alte Mann weinte leise und haltlos vor sich hin.

Das war der Todesstoß, der den morschen Stamm bis in das Mark des Lebens traf.

An demselben Tage brachten die Zeitungen eine Notiz unter der Rubrik:»Hofnachrichten. Prinz Percy zu X.X., zweitältester Sohn des Herzogs von X., der kürzlich, anläßlich einer Perforcejagd zu Altenfähre, das Unglück hatte, mit dem Pferde zu stürzen, ist von seinen leichten Verletzungen vollständig heigestellt, so daß sich der hohe Herr nach wie vor seinen wissenschaftlichen Studien mit bekanntem Eifer widmen kann.«

Marga war abgereist. Nach einem Ausbruch leidenschaftlicher Verzweiflung, der sie stets von neuem vor dem Krankenlager Benediktas auf die Knie zwang, unter herzbrechendem Weinen die schlanken Hände der Freundin zu küssen.

Nachdem sich das erste Entsetzen, die erste Verzweiflung gelegt, überkam die Kranke eine tiefe, starre Resignation, die in den ersten Tagen noch Tränen, bald aber weder diese, noch Seufzer mehr kannte.

»Kann ich nie wieder einen Laut auf Gottes Welt hören?« fragte sie den Arzt mit tiefumflortem Blick. Der Medizinalrat kritzelte ein paar Worte auf die Tafel, die neben dem Bett auf kleinem Marmortischchen lag.

»Gewiß werden Sie es, Baroneß; sowie Ihre Erkältung gehoben, bessert sich das Gehör, und sowie Sie fähig sind zu reisen, konsultieren wir einen Spezialisten, der Sie fraglos wieder herstellen wird.«

Ein Aufatmen hob die Brust des jungen Mädchens. Sie klammerte sich fest an diese Hoffnung, und die Tafel mit den tröstenden Worten glich einem Stern, der sanftes Licht in tiefer Dunkelheit verbreitet.

Die kurzen, trüben Wintertage zogen langsam dahin, und Benedikta lag still und geduldig in den Kissen, mit weit offenen Augen vor sich hinträumend. Oft huschte ein kurzes, seliges Lächeln um ihre Lippen. Das schöne, ernste Antlitz leuchtete wie verklärt, und wenn Sophie es zufällig bemerkte, seufzte sie tief auf:»Welch schöner Traum mag dem armen Kinde wohl vorgaukeln?«

Ja, es war ein schöner Traum. Stets ein und derselbe, der Traum, der doch eine so traurige, unglückselige Wahrheit gewesen.

Alle ihre Gedanken kreisten nur noch um ein Ereignis, um jenes Unglück auf der schneesturmumbrausten Heide, um die Gestalt jenes

Fremden, den sie rettete, um sich selber und ihr ganzes Lebensglück dabei aufzuopfern. Rettete sie ihn wirklich? Wie mag es ihm gehen? Ist er hergestellt von seinen Verletzungen, oder liegt er, gleich wie sie, still und freudlos auf dem Schmerzenslager zu Altenfähre, um von dem schwarzäugigen Mädchen zu träumen, dem er Leben und Gesundheit verdankt? Oder haben Fieber und Bewußtlosigkeit jede Erinnerung daran verwischt? Ahnt er nichts mehr von den einzelnen Umständen seiner Rettung? Erzählt ihm niemand – und forscht er bei keinem, wie er nach Altenfähre zurückgekommen, welch ein Schlitten es gewesen, der ihn barmherzig aufgenommen?

Keine Antwort auf alle diese brennenden Fragen ihres Herzens. Still – grauenvoll still.

Sie sieht, wie der Uhrpendel sich regt, aber sie hört kein Ticken; sie sieht, wie die Bäume vor den Fenstern sich biegen und schnellen, – aber sie hört nichts sausen und brausen.

Mamsell tritt ein und bringt das Frühstück, – aber die Kranke hört weder einen Schritt noch das Klirren und Rasseln des Porzellans und Silbers.

Unbeschreiblich qualvolle Ruhe um sie her.

Nur einmal, einmal wieder eine menschliche Stimme hören! Nur einmal noch am Flügel sitzen und spielen und singen können, nur einmal im Leben *seines* Mundes Worte in sich aufnehmen können wie einen Klang aus besserer Welt!

Er! Immer wieder er! Keine Gedanken mehr ohne ihn.

Sie möchte nach ihm fragen, sie möchte für ihr Leben gern seinen Namen erfahren und wissen, wie es ihm geht!

Aber eine unerklärliche Scheu schließt ihr die Lippen. Etwas Ungünstiges, Beängstigendes über sein Befinden hören, würde sie zur Verzweiflung bringen.

Sie graut sich auch davor, zu sprechen, ohne ihre eigenen Worte zu hören.

Wollte sie doch genesen! Wollte diese unnatürliche Schwäche und Kraftlosigkeit doch endlich weichen, damit sie die Reise zu dem Spezialisten antreten kann! Eine fieberische Ungeduld erfaßt sie.

Das günstige Zeichen, daß die unangenehm sausenden und kochenden Geräusche im Ohr nachlassen, erfüllt sie mit zitternder Freude.

Seltsam, sie, die vor wenig Tagen noch so gleichgültig und resigniert in die Welt blickte, sie, die von der Zukunft weder Glück noch Erfüllung ihrer Wünsche erhoffte, sie denkt und sinnt plötzlich nichts andres mehr, als wieder in den Vollbesitz ihrer jugendfrischen Sinne, ihrer gesunden Glieder, ihrer jungen, strahlenden Schönheit zu kommen!

Warum?

Wenn sie ihre Gedanken ausspinnt, so werden sie zu duftigem Schleier, der ein bräutlich Haupt umwallt. Anders, ganz anders wie früher. Leben und Welt locken sie plötzlich an wie mit Zaubergewalt. Sie kennt nur noch einen Wunsch – ihn, jenen Fremden, Namenlosen, wiederzusehen; sie kennt nur noch ein Verlangen: ihm alsdann auch zu gefallen!

Und jetzt, gerade jetzt, wo all ihre Sehnsucht und ihr leidenschaftliches Wünschen sie hinaus in den bunten Strom des Lebens zieht, – jetzt, wo sie mehr denn je jung, gesund und lebensfrisch sein möchte, – jetzt muß sie abgestorben, invalide und ausgestoßen von der menschlichen Gemeinschaft hier in der Einsamkeit von Floringhof dahinsiechen. Taub! Taub!

Sie *will* es nicht sein! Sie *kann* es nicht sein!

Ihre ganze Seele sträubt sich dagegen. Ein Schrei der Verzweiflung ruft nach ihrem gemordeten Glück, nach ihrer vernichteten Jugend. Sie *will* leben – für ihn! – Sie *will* glücklich sein – mit ihm! Sie *will* hören – aus seinem Munde das einzig süße Wort, das all ihr Denken und Träumen erfüllt.

Der Arzt redet ihr zu, er tröstet, er stärkt sie in der Hoffnung, und Benediktas Wangen färben sich zum erstenmal wieder mit einem rosigen Schimmer der Freude, als sie das Bett verlassen und ein paar Stunden im Sessel zubringen darf.

Das rückt sie dem Ziel schon um ein Bedeutendes näher. Wie hell das Feuer im Kamin lodert, wie die Funken emporsprühen und gleich einem Sternschnuppenschwarm einherwirbeln! Benedikta läßt das Buch sinken, in dem sie gedankenlos geblättert, und schaut sinnend in die Feuersglut hinein.

Sie hört nicht, daß sich die Tür öffnet, sie hört nicht, daß Schritte näher kommen, – sie lächelt vor sich hin und denkt: wie mag der Fremde heißen? Er gehörte zu den Gästen auf Altenfähre, er muß ein Offizier oder ein Kavalier von Hof sein. Was ist er wohl – und wer ist er? – Arm oder reich? – Das ist gleichgültig, Benedikta fragt nicht nach Namen und Mitteln, sie hat in dem schönen, edlen Angesicht gelesen, daß dieser Mann der Reichste an stolzer Tugend, der Vornehmste unter den Besten seiner Zeit sein muß. – Ein Schatten fällt gegen die weißen Porzellankacheln des Ofens, und Baroneß Floringhoven wendet langsam das Köpfchen.

Jean Baptiste steht neben ihr. Sein altes vertrocknetes Gesicht blickt kummervoll auf die schlanke Gestalt, die in dem weißen Kaschmirmorgenkleid so zart und leidend, wie der Getreue es nie für möglich gehalten, aussieht.

Er verneigt sich und bietet ihr die kleine Tafel entgegen.

Mit der andern Hand hält er einen Brief auf silbernem Tablett.

Benedikta neigt sich über die Tafel und liest, was Jean für sie aufgeschrieben.

»Gnädigste Baroneß. Ich habe schon seit zwei Tagen einen Brief für Exzellenz in Empfang genommen. Er trägt einen Namenszug mit Fürstenkrone und den Vermerk: ›Herzogliche Angelegenheit‹. Ich wage darum nicht, den Brief zu öffnen. Nun kann ich aber Exzellenz auch nicht dazu bewegen, es zu tun. Der alte Herr ist vollkommen stumpfsinnig geworden und schiebt den Brief immer wieder zurück. Da es etwas Eiliges sein könnte, erlaube ich mir nun, Baroneß zu bitten, das Schreiben gütigst öffnen zu wollen.«

Jean Baptiste war ein gewandter Schreiber gewesen, aber es deuchte Benedikta, als ob seine Schrift sehr viel zittriger als früher ausschaue.

Sie nickte ihm freundlich zu und griff nach dem Schreiben, einen aufmerksamen Blick auf die Initialen des Umschlages werfend. Ein Ordensband schlang sich zum Ring, eine lateinische Inschrift tragend. Ganz klein inmitten zwei verschlungene Buchstaben, und über dem Ganzen die geschlossene Fürstenkrone.

Eine klare, große, sehr ruhige und feste Schrift, aber keine Schreiberhand.

Nach kurzem Zögern öffnet Benedikta das steife Papier.

Ein elfenbeinfarbener Bogen, ebenfalls die Initialen des Umschlags, klein und anspruchslos, nicht mehr als einen Stempel tragend, klappt unter ihren schlanken Fingern auseinander.

»Exzellenz, hochzuverehrender Herr Minister!

Durch meine Krankenwärter habe ich in Erfahrung gebracht, daß ich Ew. Exzellenz sowohl wie Dero hochzuverehrenden Baroneß Enkelin zu ganz besonderm Dank verpflichtet bin. Während ich durch den Sturz von dem Pferde bewußtlos auf freiem Felde gelegen, hat Baroneß Floringhoven die unendlich liebenswürdige Barmherzigkeit geübt, mich in ihrem Schlitten nach Altenfähre befördern zu lassen. Leider machte es mir meine beschleunigte Abreise in die Klinik des Professors Dr.B. unmöglich, persönlich meinen Dank im Hause Ew. Exzellenz abstatten zu können, und hole ich denselben nunmehr auf schriftlichem Wege in verbindlichster und erkenntlichster Weise nach. Wollen Ew. Exzellenz die große Liebenswürdigkeit haben, mich Baroneß Floringhoven voll dienstwilliger Verehrung angelegentlichst zu empfehlen, und die Versicherung meiner vorzüglichsten Hochachtung zu genehmigen, mit der ich stets verbleibe Ew. Exzellenz aufrichtig ergebener

Percy, Prinz zu X.X.

Das steife Briefblatt wankte und zitterte wunderlich in der Hand der Lesenden.

Sie hob, wie unter gewaltsamer Anstrengung, das leichenfahle Antlitz und befahl Jean mit kurzer Handbewegung, sich zu entfernen.

Betroffen starrte der Alte in die jäh veränderten Züge seiner Herrin, aber er befolgte gehorsam ihren Wink und trat wie ein lautlos gleitender Schatten zur Tür zurück.

Benediktas gläserner Blick folgte ihm, bis sich die weiße, goldgeschnitzte Tür hinter ihm geschlossen. Dann sank ihr Oberkörper mit einem Aufstöhnen schwer vornüber, sie legte die Arme auf den kleinen Marmortisch, drückte das Antlitz darauf und weinte, weinte wie ein Mensch, der seine ganze Seele in den Tränen ausströmen lassen möchte.

Sie merkte es nicht, daß Sophie mit angstvollem Gesicht in das Zimmer schaute, minutenlang die Schluchzende voll hilfloser Angst anstarrte und sich langsam wieder zurückzog; sie merkte es nicht, daß der Zeiger auf der Uhr weiter vorrückte, daß die Nebelschleier der Dämmerung sich über das stille Turmgemach senkten.

Als sie das Haupt endlich wieder hob, war ihr junges Antlitz verändert. Eine steinerne, leblose Ruhe lag auf den schönen, bleichen Zügen. Sie strich langsam über die Stirn und griff abermals nach dem Brief und blickte darauf nieder – lang und regungslos. Und dann hob sie ihn mit zitternder Hand und küßte den Namen Pery, wie man die Stirn eines teuern Toten küßt.

Prinz Percy! – Ja, ein Prinz Percy war tot für sie – tot und unerreichbar, wie die lichtverklärten Gestalten, die unsre Liebe und unsre Sehnsucht in einer fernen, bessern Gotteswelt suchen muß. Prinz Percy – ihn hatte sie gerettet – ihn! Um hohen Preis!

Wahrlich so hoch? Vor ein paar Stunden noch hat sie es geglaubt, jetzt lächelt sie wehmütig und schüttelt das Haupt mit den tränenmüden Augen.

Nein, nun deucht sie ihr Elend keiner Klage wert. All die törichten Wünsche und Hoffnungen, die ihr Herz an den unbekannten geknüpft, sanken haltlos vor einem Prinzen Pery zusammen, wie Schatten vor der Sonne zerrinnen.

Wenn eine Baroneß Floringhoven einen herzoglichen Prinzen liebt, so ist es gleichgültig, ob sie hören kann oder nicht, ob sie zu sehen vermag, oder ob sie blind geworden.

Der Abgrund, der sie trennt, ist so breit und so schwindelnd tief, daß es gleichgültig ist, ob eine gesunde, blühende Schönheit an seinem Rande steht, oder ein unglückliches, gebrochenes Bild des Jammers; eine wird dem Prinzen Percy so fern und gleichgültig bleiben wie die andre.

Nun, da Benedikta weiß, wer zu ihrem traurigen Schicksal geworden, empfindet sie ihr Unglück beinahe wie eine milde Tröstung.

Ein freundlicher Engel war an ihr Lager getreten und hatte seine Hände weinend auf ihr Ohr gelegt, es bei Welt und all ihren verwirrenden Klängen und Weisen zu verschließen.

Da sie doch niemals den Laut höchster Beseligung von den Lippen des Geliebten hören konnte, brauchten auch die Mißklänge der Welt nicht die Grabesruhe zu stören, in der ihr Herz nun liegen und träumen sollte. Und diese Resignation und das freundliche Fügen in ein unabwendbares Schicksal schienen anzudauern, ja sie traten stets augenfälliger zutage, je weiter die Besserung in dem körperlichen Befinden der Kranken fortschritt.

Marga hatte es natürlich auch erfahren, daß der Verunglückte Prinz Percy gewesen. Sie schrieb ganz begeistert von der kühnen Tat Benediktas, die der Welt einen so vorzüglichen, hervorragend tüchtigen Mann erhalten.

»Denken Sie doch nur, liebste Benedikta, der Prinz wohnt jetzt hier in der Residenz, um in der Privatklinik des Professors H. umfangreiche medizinische Studien zu machen. Daß er aus Passion schon seit Jahren Medizin studierte, wissen Sie doch wohl. Er hat sogar ein glänzendes Doktorexamen gemacht, und seine Lehrer und die Universitätsprofessoren sollen ganz erfüllt von seiner hohen Begabung und seinen beinahe außergewöhnlichen Kenntnissen sein. Mein Gott, ein Prinz als Arzt! – Wenn man sich so etwas denkt! Da gehört doch wirklich Passion dazu, um in einer derartigen Stellung sich mit den aufreibendsten Studien abzuquälen. Gestern war er in der Oper. Leider hatte ich nur eine kleine Partie zu singen, dafür aber in den Zwischenpausen Zeit, durch den Vorhang zu gucken! Ihr Prinz Percy interessiert mich natürlich sehr. – Schön kann ich ihn nun zwar absolut nicht finden, höchstens die hoheitsvolle Figur, die sich gestern besonders gut präsentierte. Er trug die Uniform der Gardeulanen. Sein Gesicht ist fabelhaft geistreich und interessant, er sieht so sehr liebenswürdig aus, aber hübsch finde ich ihn nicht. Oder lag es an der Beleuchtung, daß er so elend aussah, – vielleicht auch etwas überarbeitet. Er blickte so viel unter sich, machte die Augen gar nicht recht auf – wenn er mit Königin-Mutter sprach, neigte er den Kopf immer sehr tief. Aber die Unterhaltung schien sehr angeregt und interessant.« Und dann brach Marga ab und berichtete von Roman Ermönyi.

Strahlend, jubelnd vor Entzücken. Er sei in hohem Grade aufgeregt und entsetzt gewesen, als er von der schrecklichen Schlittenaffäre gehört habe. ›Herr des Himmels, Marga! Wenn du anstatt der beklagenswerten Baroneß taub geworden wärest. Deine ganze Karriere wäre ja vernichtet gewesen!‹ – hatte er tödlich erschrocken ausgerufen und sie alsdann beschworen, sich nie wieder derart in Gefahr zu begeben! –»Als ob mir solch ein Unfall nicht bei jeder Reise zustoßen könne! – Sie glauben nicht, Benedikta, wie über alle Begriffe Roman verliebt ist! Wenn ich ihm aus der neuen Oper meine Partie vorsinge, ist er wie rasend! Er behauptet, meine Stimme entwickle sich unter der vortrefflichen Schule der Madame Astot zauberhaft! – Ich glaube es in gewisser Beziehung auch, denn der Intendant will mir nächsten Winter größere Partien geben, und das Publikum zeichnet mich durch immer lebhafteren Applaus aus.«

Die Berichte über Prinz Percy interessierten Benedikta auf das höchste. Ihre Phantasie beschäftigte sich in ungeschwächt lebhafter Weise mit ihm, und jede neue Anregung war ein unerschöpflicher Quell des Sinnens und Träumens für sie.

Seine medizinischen Studien verfolgte sie voll lebhaften Eifers, ihre Bewunderung und Verehrung gesellte sich zu der schwärmerischen Liebe, mit der sie sein Bild umgab.

Ein Bild aber, das sich lediglich beim flüchtigsten Sehen im Auge gespiegelt, verblaßt und verschwimmt mit der Zeit, und so angstvoll sich auch Benedikta bemühte, es festzuhalten und stets aufs neue dem Gedächtnis einzuprägen, bemerkte sie es doch selber mit sorgender Angst, daß es ihr immer unklarer dahinschwand.

Welch eine unbeschreibliche Aufregung und Glückseligkeit erfaßte darum das einsame junge Mädchen, als im Laufe des Frühlings ein großer, beschwerter Brief von Marga eintraf, aus dessen Umschlag eine Photographie auftauchte.

»Percy! – Percy!« – rang es sich in lautem Jubelschrei jählings von Benediktas Lippen.

Nach einer kurzen Andeutung, daß Roman die Stelle eines ersten Kapellmeisters in einer großen süddeutschen Residenz angeboten bekommen habe, die er auch annehmen wolle, wenn seine Oper reüssiere und Marga einen derartigen Triumph verzeichne, daß sie an besagter süddeutscher Oper als erste Sängerin engagiert werde – springt »das Kind« ohne jeden Übergang zu dem Thema Percy über.

»Soeben sah ich in einer Buchhandlung das ausgezeichnete Bild des Prinzen stehen. Da er Sie wohl immer noch interessiert, sende ich es Ihnen mit, liebe Benedikta. Ich fahndete schon so lange danach, aber Monseigneur Percy scheint kein Freund vom Photographenkasten zu sein. Jetzt, wo alle Welt seine mutmaßliche Verlobung mit unsrer verwitweten Kronprinzessin bespricht, muß er sich wohl oder übel ausstellen und besichtigen lassen! – Ich bin sehr gespannt, ob diese besagte Verlobung zustande kommt, glaube es eigentlich nicht. Sie passen so gar nicht zusammen! Er so ernst und, wie man sagt, etwas weiberfeindlich beanlagt, voll großer, menschenbeglückender Pläne, und sie – ein doch etwas oberflächliches, lebenslustiges, blutjunges Wesen, das nie an seinen Bestrebungen teilnehmen würde. Je nun, oft finden sich ja gerade die grellsten Gegensätze, und ein Prinz und eine Prinzessin werden bekanntlich nicht lange gefragt, ob sie wollen – sie müssen!«

Ein tiefer Atemzug hob die Brust der Lesenden; ihr Antlitz war wieder erbleicht, und die Augen hatten den strahlenden Glanz verloren.

»Ja – sie müssen.« – Ob früher oder später – Prinz Percy wird eine Prinzessin heimführen, und Benedikta von Floringhoven wird lächelnd die Hände falten und für sein Glück beten.

Muß sie nicht seine Heirat als etwas ganz Natürliches und Selbstverständliches erwarten? Kann sie es verhindern, daß droben am Himmel zwei Sterne ihre Strahlen ineinanderflechten?

Jener unbekannte Reiter, den sie einst blutend und bewußtlos im Arm gehalten, der gehört ihr für alle Ewigkeit, Prinz Percy aber, der gesunde, lebensfrische Sohn des Fürstenhauses, gehört dem Vaterland und seinen dynastischen Interessen. –

Der Arzt drang mehr denn je darauf, einen Spezialisten zu konsultieren. Professor X. in der Residenz sei ein ganz hervorragender Gelehrter, ein Beweis dafür sei es doch wohl, daß Prinz Percy eine Zeitlang bei ihm studiert, ja, gewissermaßen als Assistenzarzt bei ihm in der Klinik tätig gewesen sei.

Benedikta zuckte unmerklich zusammen. »Und ist er noch immer daselbst beschäftigt?« fragte sie mit abgewandtem Köpfchen.

»Der Prinz? Gott bewahre! Lasen Sie nicht in der Zeitung, daß er zur Zeit in Wien seine Kenntnisse erweitern will, Baroneß?« kritzelte er eifrig auf das Täfelchen und bemerkte dadurch nicht das feine Rot, das die Wangen seiner Patientin überhauchte. »Wie man allgemein glaubt, um dem Gerede wegen seiner Vermählung aus dem Wege zu gehen! Wunderliche Passion eines solch hohen Herrn, derart rastlos zu studieren. Wie man sagt, will er seine Wissenschaft später in den Dienst der leidenden Menschheit stellen und aus seinen eignen Mitteln eine Armenklinik bauen, der er persönlich vorsteht. Ein Sonderling, dieser Prinz! Aber ein ganz vortrefflicher.«

»Er ist Chirurg?« fragte Baroneß Floringhoven, sich beim Lesen sehr tief niederbeugend.

Wieder flog der Stift über die Tafel in des Arztes Hand.

»Bis jetzt schien ihn die Chirurgie besonders zu interessieren, dann wandte er sich eine Zeitlang sehr auffällig den innern Krankheiten, namentlich den Erkrankungen des Hirns zu. Er studierte eigentlich bei allen Fachmännern, ohne sich bislang für eine Spezialität zu entscheiden. Er soll es aber im Sinne haben, und ich glaube, daß die Chirurgie den Sieg davonträgt.«

»Ein Zeitpunkt ist dafür noch nicht angegeben?«

»Wie wäre das möglich! Ein Prinz ist nicht so frei und unabhängig wie unsereiner. Da sprechen gar zu viele andre Dinge mit, z.B. seine eventuelle Vermählung, seine militärische Karriere, die er auf Wunsch des Regenten auch nicht völlig vernachlässigen soll, usw.!«

Der Schreiber hielt inne, reichte das Täfelchen seiner Patientin herüber und erhob sich, um dem Minister entgegenzugehen, der, auf Jeans Arm gestützt, in das Zimmer trat, um die eventuelle Abreise Benediktas in die Klinik des Spezialisten zu besprechen.

Fünftes Kapitel

Wie im Traume fuhr Baroneß Floringhoven durch die belebten Straßen der Residenz.

Wunderliche, unheimliche Empfindung, all das atemlose Hasten, Treiben und Wagenrollen um sich her zu erblicken und dasselbe an der zitternden Erschütterung wahrzunehmen, ohne einen Laut des durchdringenden Lärms zu hören.

Wie bunte, wirre Bilder zieht es spukhaft an ihr vorüber, lautlos, gleich den Schemen einer Geisterwelt; nur manchmal, wenn eine Pferdebahn just neben ihr die schrille Klingel rührt, findet sie ein leises, ganz leises Echo in ihrem Ohr.

Anfänglich leidet Benedikta unter diesem fremdartigen Eindruck, bald gewöhnt sie sich daran.

Sie hat mit ihrer treuen Sophie Aufenthalt in der Klinik genommen, und der Professor sprach nach eingehender Untersuchung seine zuversichtliche Hoffnung aus, die junge Dame vollständig herzustellen, oder doch eine große Besserung ihres Leidens zu erzielen.

So streng wie der Winter regiert, so üppig und milde hatte der Frühling die Welt zu eigen genommen. Wundervolles, beinahe allzu warmes Wetter lockte die Residenzler auf die Promenade, und Marga Daja stürmte in das Zimmer der Jugendfreundin und drückte ihr mit strahlenden Augen die lange »Bittschrift« in die Hand, die sie fürsorglich schon daheim zu Papier gebracht hatte.

Heute fand die Premiere statt! Eine fiebernde, unerträgliche Aufregung quälte Marga. Mit Roman war überhaupt nicht zu verkehren. Er lief wie ein Verrückter in seiner Wohnung umher, lud den Revolver, mit dem er sich im Fall eines Nichterfolges erschießen wollte, warf sich in den Klaviersessel und spielte die einzelnen Partien, bis er die Fäuste gegen die Stirn schlug, die Noten zerfetzte und sich auf das Chaiselongue warf, um in rasenden Ausdrücken der Leidenschaft die ganze Musik der Welt zu verfluchen. Zum ersten Male hatte er Marga, die ihm zärtlich zur Vernunft reden wollte, ungestüm,»beinahe« grob beiseite geschoben. Er wolle allein sein. – Sie lachte darüber. So sind die Musiker alle! Glückliche Unglückselige! – So etwas muß austoben. Was aber soll Marga an diesem langen, sonnenhellen Tag beginnen?

Auch ihr gießt die Aufregung Feuer in die Adern, auch ihr zehrt dieses Hangen und Bangen an den Nerven, obwohl sie sich durchaus nicht ängstigt, sondern sehr guten Mutes ist.

Sie singt ihre Partie tadellos, sie spielt ihre Rolle, eine Art schwärmerischer Mignonfigur, bezaubernd, und soviel sie beurteilen kann, muß auch ihr Kostüm bestrickend wirken. Nun, und die Oper? Wie könnte man an einem Erfolge Roman Ermönyis zweifeln! Frische Luft! Zerstreuung! Erheiterung! Das Wetter lockt zu einer Spazierfahrt. Die Equipage harrt vor der Tür, und Marga umarmt die ernste Freundin voll schmeichelnder Zärtlichkeit, schlägt so lange bittend die kleinen Hände zusammen und fleht mit den Kinderaugen so inständig, daß Benedikta lächelnd Gewährung nickt.

Ihr Blick schweift voll Entzücken über Margas auffallend reizende Erscheinung.

Ein großer, weißer Spitzenhut, ganz in Babyfasson gehalten, ein weißes Kaschmirkleid mit hängenden Schleifen, flatternden Bänden und Spitzen, wirkt äußerst zart und geschmackvoll, und wenn»das Kind« mit den langwallenden blonden Locken die großen Augen aufschlägt und aus dem Greenewayhut hervorlächelt, dann müßte wohl ein Männerherz von Eis und Stein sein, wollte es sich nicht für solch einen Anblick erwärmen.

Welch ein Kontrast gegen Benedikta!.

Schwarze Wollfalten schmiegen sich um die schlanke, majestätische Figur und schleppen düster auf dem Teppich nach; ein Hut, der mehr ein geschmackvoll geschlungener Schleier scheint, umrahmt mit seinem Kreppgewebe das Haupt und läßt das sinnende, zartbleiche Antlitz wie ein edles Marmorbild erscheinen.

Marga schüttelt ein wenig vorwurfsvoll das Köpfchen und macht sich durch Gesten verständlich, daß sie solch einen Traueranzug absolut nicht an der Freundin liebe, – Fräulein von Floringhoven lächelt wehmütig, läßt sich von Sophie die Handschuhe reichen und wendet sich zur Tür.

Die weichen Teppiche decken die schmalen, vielfach durchquerten Korridore der Klinik.

Marga Daja flattert wie ein Schmetterling der Treppe entgegen, so erregt und mit allen Gedanken fernab, daß sie beinahe gegen zwei Herren stößt, die scharf um einen Pfeiler biegen.

»Pardon —«

Marga lächelt und nickt. Sie hat den Assistenzarzt des Professors jüngst im Wartesälen kennengelernt. Hastig schreitet sie weiter, den Begleiter des Arztes keines Blickes würdigend, da der junge Doktor ihren flüchtigen Gruß allein empfangen.

Dessen Haupt schnellt herum und starrt der reizenden Erscheinung nach, er bemerkt nicht, daß auch der Herr an seiner Seite wie angewurzelt stehen bleibt.

Benedikta tritt in das helle Oberlicht des Treppenhauses. Ihr Blick streift den Begleiter des Arztes, und jäh zusammenzuckend, starrt sie wie gelähmt in sein Antlitz. Das muß ihm wohl auffallen.

Auch er hält jählings im Schreiten inne und blickt sie an wie ein Mensch, der in hohem Grade überrascht und betroffen ist.

Abermals ruht Auge in Auge, ein einziger, zwingender Blick voll rätselhaften Zaubers – und dann färbt sich Benediktas Antlitz zu dunklem Purpur, sie schrickt zurück vor ihm und wendet sich zur Treppe, als gälte es eine Flucht.

Regungslos starrt der Fremde ihr nach. Er streicht langsam mit der Hand über die Stirn und drückt den Hut wieder auf das Haupt.

»Wer war diese Dame, lieber Doktor?« fragt er.

»Kannten Sie unsre kleine Nachtigall in Zivil nicht wieder, Hoheit?« lachte der junge Mann sehr animiert. »Es war ja Marga Daja, ›das Kind‹, die heute abend die Titelrolle in Ermönyis neuer Oper singen soll!«

»Eine Sängerin!«

»Mein Gott, das klingt ja wie ein Seufzer der Enttäuschung, Hoheit! Glaubten Sie, ein veritabler Engel schwebe über den Weg?«

»Nein – nicht im mindesten. Ich war frappiert von ihren Augen, von ihrem ganzen Gesicht, das ich schon einmal im Leben gesehen haben muß, – aber wo, wo?«

»Nun, wo andres als wie auf der Bühne? Wer Marga Dajas Augen ein einziges Mal gesehen, kann sie so leicht nicht wieder vergessen.«

Der Prinz schüttelte sinnend den Kopf: »Auf der Bühne? Nein, mich haben die Divas nie interessiert, – ich entsinne mich auch nicht, Marga Daja jemals gehört zu haben. Seltsam, ich hätte darauf geschworen, eine Dame der ersten, allerersten Gesellschaft vor mir zu sehen, – und diese Ähnlichkeit ... wenn ich nur wüßte, wo ich dieses sympathische Gesicht schon gesehen habe!«

»Sie entsinnen sich vielleicht, Hoheit, wenn Sie heute abend die Sängerin auf der Bühne wiedersehen?«

Percy schüttelte beinahe heftig den Kopf. Ein unerklärliches Gefühl beschleicht ihn. Es würde ihm geradezu unangenehm sein, diese vornehme Gestalt, dieses seelenvolle imponierend edle Gesicht unter Schminke und Lampenlicht wiederzusehen. Es würde ihm – leid tun.
»Bedaure, lieber Doktor, mein Zug geht bereits um sieben Uhr und wartet nicht, bis ich Fräulein Marga Daja applaudiert habe. Ich bin sehr eilig, und triebe mich nicht die aufrichtigste Verehrung zu unserm vortrefflichen Professor und Meister, würde ich selbst zu dieser kurzen Visite keine Zeit gefunden haben. Wollen Sie so freundlich sein, bester Doktor, und mich bei Ihrem Chef melden?«
Mit glühenden Wangen hatte Benedikta den Wagen bestiegen.
Ihre Erregung und außergewöhnliche Unruhe fielen Marga nicht auf, sah sie doch selber mit fiebernden Pulsen neben der Freundin, keinen andern Gedanken als den, »was wird der heutige Abend bringen, wie wird er über deine ganze Zukunft entscheiden?«
Prinz Percy schien sie bei der flüchtigen Begegnung gar nicht erkannt zu haben, und diese Tatsache erfüllte Fräulein von Floringhoven mit großer Beruhigung. Margas unberechenbarem Temperament, ihrem nicht allzu peinlichen Takt und der leichten Lebensauffassung, die sie sich im Verkehr mit dem lustigen Theatervölkchen angeeignet, war es zuzutrauen, daß sie durch irgendwelch gewagte Manöver versucht hätte, eine Annäherung mit dem Prinzen herbeizuführen, denn die große Tat edler Barmherzigkeit, – »wie wir einst Prinz Percy gerettet!« – spukte noch sehr lebhaft in dem Köpfchen des großen Kindes.
Der Wagen rollte in mäßigem Tempo durch die Frühlingspracht der neuen Anlagen.
Blütenzweige nickten wie selige Grüße auf die beiden Mädchenköpfe hernieder, Vogelschwingen durchschnitten gleich Boten der Liebe die blaue Luft, um Erd' und Himmel zu verbinden, und die fröhliche Menge der festlich geputzten Menschen drängte sich zu Fuß, Roß und Wagen auf der Promenade, als gelte es, dem holden Knaben Lenz eine große Ovation zu bereiten. Marga hatte recht, hier flogen die Stunden schnell und anregend dahin.
Während des gemeinsamen Diners nahm Benedikta den Platz neben dem Professor ein, der zumeist mit den Patienten seiner beschränkten kleinen Privatklinik zu speisen pflegte, da er schon seit Jahren verwitwet war. Er liebte es, jedwede Einrichtung seines sehr eleganten Hauses einer persönlichen Kontrolle zu unterwerfen, was wohl den Grundstein zu dem vorzüglichen Renommee gelegt hatte, dessen sich die Anstalt weit und breit erfreute.
Auch heute fand Benedikta eine erlesene kleine Tafelrunde, die durchaus nicht den Anschein hatte, als ob sich zumeist taube, oder sehr schwerhörige Personen in ihr zusammen fänden.

Eine heitere, sehr animierte Unterhaltung flog her und hin, die kleinen Schreibtafeln waren weniger in Aktion wie das Hörrohr, ein Zeichen für die vortrefflichen Kuren des Professors, unter dessen Patienten Fräulein von Floringhoven zur Zeit wohl die kränkste und beklagenswerteste war.

Er selber war ein geistvoller alter Herr von tadellosen gesellschaftlichen Formen, der voll warmen Interesses Anteil an dem Schicksal des jungen Mädchens nahm, dessen auffallend schöne und imponierende Erscheinung trotz der anspruchslosen Toilette einen tiefen Eindruck auf alle machte, die in die schwermütigen Augen schauten.

Mehr denn je fesselte Benedikta heute die Blicke der Tischgesellschaft. Ihr rosig überhauchtes Antlitz, das eine außergewöhnliche Erregung ausdrückte, lächelte in einer wahrhaft verklärten Liebenswürdigkeit, und mehr wie einmal deuchte es dem Professor, als habe Baroneß Floringhoven irgendeine Frage an ihn auf dem Herzen, die ihr nicht recht über die Lippen wollte. Könnte er ihr ihr nur helfend entgegenkommen, aber der alte Herr zerbricht sich vergeblich den Kopf, welch ein Thema seine Patientin interessieren könne. Endlich glaubt er die richtige Spur gefunden, nachdem Benedikta seine ärztliche Erlaubnis zu einem Besuch des Opernhauses erbittet.

Das beinahe verblüffte Gesicht des Gefragten lockte das erste Lachen über ihre Lippen.

»Sie sind vollauf berechtigt, überrascht zu sein, Herr Professor«, fährt sie heiter fort; »es ist ein merkwürdiges Vergnügen für taube Menschen, sich Musik anzuhören, ebenso wie für blinde, die eine Bildergalerie besuchen! Aber mein Besuch in der Premiere Roman Ermönyis gilt nicht der Musik allein, er gilt dem Erfolg, und ob eine Oper reüssiert oder ausgepfiffen wird, das versteht man selbst mit tauben Ohren!«

»Sie kennen Roman Ermönyi persönlich, Baroneß?« forscht der Professor mit einem Blick, der noch viel mehr fragt wie die Worte. Abermals ist er enttäuscht. Die rosigen Wangen und leuchtenden Augen der jungen Dame gelten ihm nicht.

»Nein, noch kenne ich ihn nicht persönlich,« lächelt sie, »doch interessiert mich seine Karriere, weil sich das Lebensglück einer lieben Jugendgespielin daran knüpft!«

»So, so! Ein kleiner Roman hinter den Kulissen!« amüsierte sich der Professor, »das ist allerdings ein zwingender Grund, um Sie heute noch einmal von den strengen Satzungen dieses Hauses zu dispensieren! Schade, daß die Premiere nicht ein Weilchen später stattfindet, Baroneß könnten dann, so Gott will, voll eigenster Überzeugung applaudieren!«

Benediktas Antlitz erglüht noch tiefer, der Professor aber schreibt abermals auf das Täfelchen:»Sie sind heute spazieren gefahren, gnädiges Fräulein, leichtsinnigerweise, ohne sich zuvor den Kopf bandagieren zu lassen! Wissen Sie auch, daß von morgen ab die guten Tage von Aranjuez aufhören? – Ich werde Ihr Tyrann sein und Sie wochenlang strenger gefangen halten, als einst der Felsen seinen Prometheus!«

»Herr Dr. Bröckler begegnete uns leider auf der Treppe!« lächelt Benedikta und neigt sich tief auf ihren Teller,»er hat mich sicherlich bei Ihnen verklagt?«

»Bröckler? Dieser leichtsinnige Schelm baut meiner schönen Patientin eher mit eigener Hand die Brücke zur Flucht, als daß er sie jemals denunzieren würde!«

Der Professor muß sich im Schreiben unterbrechen, da ihm eine Speise serviert wird.

Die Hand seiner Nachbarin bebt auf der Serviette; jetzt wäre wohl der geeignete Moment, nach Prinz Percy fragen; sie will die Lippen öffnen, will es tun, aber sie glaubt an ihrem Herzschlag ersticken zu müssen. Scham und Verlegenheit schnüren ihr die Kehle zusammen.

Wie harmlos könnte sie nun dem Professor die Veranlassung – die detaillierte Veranlassung zu ihrer unglückseligen Erkrankung erzählen! Er würde fraglos den Prinzen von der opfermütigen Tat seiner Retterin unterrichten, und der hohe Herr würde fraglos noch jetzt seinen persönlichen Dank überbringen. Sie wäre seines warmherzigen Interesses gewiß, sie würde sich zeitlebens seiner Teilnahme erfreuen. Benedikta atmet schwer auf. Aber welch ein Gefühl vernichtender Reue, welch ein Schuldbewußtsein, welch eine bittere Selbstanklage würden andrerseits auch den Prinzen quälen, welch ein verzweifelnder Gedanke würde es für seinen ritterlichen Sinn sein, an dem bitteren Unglück einer jungen Dame die Schuld zu tragen!

Nein, Prinz Percy soll und darf niemals die traurige Wahrheit erfahren. Benedikta hat darum auch Marga das heilige Versprechen abgenommen, nie und vor keiner Menschenseele die Ursache von der Erkrankung zu erzählen.

Aber sprechen von ihm! – Etwas über ihn erfahren und hören, – das möchte sie für ihr Leben gern, und doch will die Frage nach Prinz Percy nicht über ihre Lippen. Oft hat sie die instinktive Empfindung, daß der Professor mit den andern Tischgästen von dem Besuch des hohen Freundes spricht, aber sie sitzt mit tauben Ohren dabei, unfähig, auch nur ein Wort von dem zu verstehen, was sie doch so über alles interessiert.

Der Nachtisch ist noch nicht aufgetragen, als der Professor sich von seiner Nachbarin verabschiedet, da eine wichtige Operation ihn abruft.

59

Er erhebt sich, ruft reihum ein heiteres Lebewohl, grüßt und nickt, wie ein guter Freund mit Freunden verkehrt.

Ein pensionierter General rückt ungeniert auf des Professors leeren Stuhl und greift nach der kleinen Elfenbeintafel, um mit schweren derben Schriftzügen darauf zu malen: »Ein Soldat muß den Vorteil einer verlassenen Position auszunutzen verstehen! Ich rücke nicht als Eroberer näher, dazu ist mein Kopf schon zu grau – aber als Alliierter. Wie befinden sich Baroneß heute?«

»Da ich in all diesen heiter sprechenden und hörenden Herrschaften die Patienten des Professors erblicke, machen mich Hoffnung und Zuversicht schon jetzt halb gesund.«

»Bravo. So muß es sein. Ich alter Kerl werde lernen von Ihnen, bin mit meinem einen harthörigen Kanonenrohr so unzufrieden und mißmutig, daß es eine Schande ist, – ich werde Sozialdemokrat!«

Fräulein von Floringhoven lacht auf, als sie es liest und in das rote, fröhlich feiste Antlitz der alten Exzellenz mit dem Graupintscherkopf blickt.

»Wie gut, daß Sie dieses Bekenntnis einer schönen Seele nur ganz leise aufgeschrieben haben!«

»Hoho! Ich habe es heute dem Prinz Percy in das Gesicht gesagt, denn er eben ist es, der mich dazu macht!«

Benedikta wird blutrot. »Der Prinz?« stottert sie.

Wie gut, daß der alte Herr sich so tief bei dem Schreiben bückt. Er stöhnt auch mächtig dabei und findet, daß er nie Talent zum Schriftsteller verraten.

»Ja, der Prinz! – Er! Gerade er! Hol der Teufel seine Kunst, wenn sie für uns verdiente, alte Krieger doch nur eine verdeckte Schüssel sein soll! – Treffe ich den hohen Herrn heute im Zimmer beim Professor und höre, daß er in Wien eine großartige Kur an einem taub geborenen Jungen gemacht hat, und daß er eben das Terrain ankauft, um eine Klinik erbauen zu lassen. ›Hoheit,‹ sage ich – ›Donnerwetter! Ich bin Ihr erster Patient in der Klinik! Schneiden Sie mir auch mal die verfluchte Schwarte aus dem Löffel raus. Unter dem Messer Eurer Hoheit werde ich selbst bei dem tollsten Zwicken vor Freude schmunzeln!‹ – Und was sagt der königliche Doktor darauf? ›Is nich, Exzellenz, – Mund wischen! Für einen so reichen Erbonkel wie Sie gibt es genug geschickte und berühmte Ärzte, die ihre Sache noch besser verstehen und Patienten brauchen, um leben zu können. Ich bin nur ein Arzt der Armen, und wer noch so viel Geld hat, daß er einen andern Doktor bezahlen kann, der wird nie in meiner Klinik aufgenommen!‹

Na, Baroneß, was sagen Sie nun? Und da soll ein braver alter Kerl wie ich nicht Sozialdemokrat werden?«

Exzellenz pustete und wischte sich die Stirn. So viel hatte er im ganzen Leben noch nicht freiwillig geschrieben, – hätte es auch heute nicht getan, wenn das nette Mädel nicht so verteufelt schöne Augen hätte. – Als Benedikta wieder ihr Zimmer betrat, war es ihr lieb, Sophie noch nicht darin vorzufinden.

Mehr denn je sehnte sie sich nach einem Augenblick der Einsamkeit und Sammlung.

Als der Professor die Tafel verlassen, glaubte sie jeder Nachricht über Prinz Percy verlustig zu sein, und als sie eine Viertelstunde später sich erhoben, nahm sie eine Neuigkeit mit in ihre Einsamkeit, die sie so hochgradig erregte, daß sie sich vor dem Schreibtisch niedersetzte und das Haupt in beide Hände stützte, um der pochenden Glut in ihren Schläfen Herr zu werden. Prinz Percy hatte ein Ohrenleiden mit großem Erfolg behandelt, er baute tatsächlich eine Klinik für arme Kranke, um sie persönlich zu behandeln! – Wie ein Zittern rang es durch die Glieder des jungen Mädchens.

Oh, daß er auch ihr Arzt und Retter sein könnte!

Jählings blitzt ihr der Gedanke durch den Sinn: Nur er kann dir helfen! – Er, der all dein Elend über dich gebracht, muß es auch wieder von dir nehmen! Nur eine Sekunde, dann birgt sie das Antlitz wie mit leisem Schauder in die Hände. Niemals! Auch hier ist ihr Reichtum das unüberwindliche Hindernis, das sich zwischen sie und ihr Glück drängt!

Für sie sind alle andern Ärzte da, die von ihrer Kunst und ihren Kenntnissen leben müssen. Das ist eine sehr richtige und anerkennenswerte Ansicht des Prinzen; er will der Wissenschaft keine Konkurrenz machen, sondern nur da helfend und nützend eintreten, wo die natürlichen, sozialen Verhältnisse selber die Grenze gezogen.

Und wenn die andern Ärzte trotz aller Kunst und alles guten Willens nicht helfen können?

Ein tiefer Atemzug ringt sich aus der Brust der Sinnenden. Noch hat sie keine Berechtigung, daran zu zweifeln, noch steht sie am Anfang einer Kur, von deren Ende sich der Professor so viel Erfolg verspricht. Langsam streicht Benedikta über die Stirn, die alte Ruhe und Müdigkeit, die alte Resignation kommt über sie. Ihr Blick schweift voll feuchten Glanzes zu dem Himmel empor, über dessen Frühlingspracht die ersten Dämmerschleier der Nacht sinken. Sie lächelt. – Sie dankt es ihrem Reichtum, daß er eine Scheidewand zwischen sie und den Arzt Percy schiebt. Würde sie überhaupt die Kraft und den Mut besitzen, ihm unter die Augen zu treten? Als Fremde, Unbekannte – ja! Als Benedikta von Floringhoven nie.

Die einzige Möglichkeit, daß der Prinz eine Ausnahme machen und die Enkelin des Ministers in seine Armenklinik aufnehmen würde, wäre die, daß seine Verpflichtung gegen die Retterin seines eignen Lebens ihn dazu zwänge.

Alsdann mußte er jedoch erfahren, was Benedikta für ihn getan, was sie für ihn erlitten und geopfert. Das würde ihn zu ihrem Schuldner machen, der, dadurch auf das peinlichste beeinflußt, alles aufbieten würde, diese Schuld abzutragen. Das würde den Verkehr zwischen Arzt und Patienten äußerst verlegen und unerquicklich gestalten; ja, es würde durch die Fesseln eines moralischen Zwangs die Hand des Operateurs lähmen. Und wehe, wenn auch er alsdann nicht helfen könnte!

Doppelte Gewissensbisse würden seine empfindsame Seele peinigen; das entsetzliche Gefühl, die Ursache – wenn auch die unschuldige – an so viel Unglück zu sein, ein Mädchen, dem er selber Leben und Gesundheit verdankt, für alle Zeit elend gemacht zu haben, würde ihn Tag und Nacht ruhelos verfolgen. Und zu solch einem Dasein voll nagender Vorwürfe soll Benedikta ihn verurteilen, ihn, für dessen Heil und Frieden sie täglich die gefalteten Hände zum Himmel hebt?

Sie preßt die Lippen zusammen und schüttelt jählings das Haupt. Eher sterben!

Die dreizehnte Fee, die an ihrer Wiege gestanden, hat ihr das Gold zum Angebinde gebracht, das rote, dämonische Gold, an dem Loges böser Geist für ewig haftet, das den Fluch Alberichs unlöslich durch die Welt trägt. »Kein Froher soll seiner sich freuen, keinem Glücklichen lache sein lichter Glanz!« heißt es in der »Götterdämmerung«.

Gold oder Liebe! – Die Unheilsnorne hat für Benedikta gewählt.

Eine leichte Erschütterung der Dielen läßt die Träumerin aufschauen. Sophie eilt sehr hastig, mit allen Zeichen freudiger Erregung, ihrer jungen Herrin entgegen. Sie nimmt sich gar nicht die Zeit, die köstlichen Veilchensträuße, die sie für die Theatertoilette der Baroneß besorgt, der jungen Dame zu überreichen, achtlos wirft sie dieselben auf den Tisch, ergreift die Schreibtafel und malt, so schnell sie kann, ihre schwerfälligen Buchstaben darauf nieder.

»Eckert steht draußen!«

Ein Freudenlaut klingt über die Lippen Benediktas. Sie gibt keinen Befehl, den Inspektor eintreten zu lassen, sondern stürmt zu der Tür, um sie persönlich zu öffnen und ihm voll großer, freudiger Überraschung die Hand zu bieten.

»Eckert, welch ein unverhoffter Besuch aus Floringhof! – Grüß Sie Gott!« – Und als der stramme, blondbärtige Mann sich respektvoll über ihre Hand neigt und seine junge Gebieterin alsdann mit seinen milden Blauaugen anlächelt, fährt Fräulein von Floringhoven aufatmend fort: »Ich sehe es Ihnen an, Eckert, Sie bringen gottlob gute Nachricht!«

Er macht eine bejahende Geste und überreicht einen Brief, der die Schriftzüge Dallbergs trägt. »Das scheint eine lange Lektüre zu werden«, nickte die Enkelin des Ministers freundlich. »Nehmen Sie bitte Platz, lieber Eckert, und lassen Sie Sophie für eine Erfrischung sorgen. – Hören Sie, Sophie? Ich möchte noch vor meiner Fahrt in die Oper den Tee trinken, und Herr Eckert wird mir liebenswürdigerweise Gesellschaft leisten. Es soll so schnell wie möglich hier in meinem Salon serviert werden.« Benedikta war an das Fenster getreten und überflog mit hastigem Blick die Zeilen ihres Gutspächters. Ein wehmütiger Zug schlich sich um ihre Lippen, und ein tiefes Aufseufzen hob ihre Brust.

»Herr Dallberg teilt mir mit, daß mein armer Großvater leider Gottes vollständig teilnahmslos und unzugänglich für jede geschäftliche Besprechung ist. Er sei auch durchaus nicht zu bewegen gewesen, die Abrechnung und Bücher am ersten April zu revidieren und zu unterzeichnen. Das sei nunmehr absolut notwendig, da es außerdem mit manchen Neueinrichtungen dränge und Zahlungstermine vor der Tür ständen.« – Die Sprecherin machte eine kleine Pause und blickte nachdenklich auf den Brief nieder, während Eckert sich in schweigender Zustimmung verneigte. »Herr Dallberg wendet sich nun an mich, mit der Bitte, die schwebenden Angelegenheiten mit Ihnen zu besprechen und zu erledigen, Herr Inspektor, da die Hinzu- rechnungsfähigkeit des greisen Großvaters mir schon jetzt den Besitz und die Verwaltung der Güter zuschiebe. Als seine Stellvertreterin stehe mir die Befugnis zu, in den dringenden Angelegenheiten der Verwaltung zu entscheiden, und meine notariell beglaubigte Unter- schrift ersetze in diesem Notfall durchaus diejenige des Großvaters?« Wieder machte der Gefragte eine zustimmende Kopfbewegung, und wieder sah Benedikta einen Augenblick unschlüssig vor sich nieder. »Da ich von allen diesen Dingen sehr wenig verstehe, ist die Verantwortung für mich eine sehr große«, fuhr sie tief aufatmend fort, hob jählings das Haupt und blickte Eckert fest in die Augen, »doch werde ich mich Ihren Vorschlägen in allen Dingen fügen, lieber Eckert, da ich Ihnen und Herrn Dallberg von ganzem Herzen vertraue und überzeugt bin, daß Sie beide nur mein Bestes wollen!«

Ein warmes Aufleuchten strahlte aus den ehrlichen Augen des Inspektors, er griff nach dem kleinen Täfelchen, und sein Gesicht ward ernst.

»Ich danke, Baroneß, für das ehrenvolle Vertrauen, das mich stolz und glücklich macht und das ich mit Gottes Hilfe vollauf rechtfertigen werde. Ihnen das Vermögen und den Grundbesitz Seiner Exzellenz nicht nur zu erhalten, sondern auch zu vergrößern, ist der redliche Wunsch von uns allen.«

Die Speisen wurden serviert, und die Baroneß Floringhoven füllte eigenhändig das Glas ihres Gastes. Sie hob ihm das ihre entgegen und lächelte in ihrer so vornehmen und dabei doch so herzgewinnend liebenswürdigen Weise.

Eckert verneigte sich dankend. Dann fragte er mittels des Stiftes, ob Baroneß befehle, noch heute abend die Bücher durchzusehen?

Benedikta schüttelt hastig das schöne Haupt:»Heute abend will ich gar nichts mit solch abscheulicher Prosa zu tun haben, Herr Eckert, heute stehe ich ganz und gar im Dienst der Poesie und Kunst und hoffe, auch Sie für diesen anwerben zu können. Ich fahre heute abend in das Theater, um Marga Daja in der Hauptpartie einer neuen Oper zu bewundern und zu sehen, – zu ›hören‹, kann ich ja leider nicht sagen. Sie werden ebenfalls Ihr Scherflein Lorbeer in Gestalt Ihrer Anwesenheit beisteuern?«

Er neigt das Haupt sehr tief, um zu schreiben:»Ich habe mich leider vergeblich um ein Billett bemüht, das Haus war ausverkauft.«

»Ihnen einen Platz zu verschaffen, lassen Sie bitte meine Sorge sein!«

Er versucht auszuweichen.»Ich würde besser tun, mich heute zeitig zur Ruhe zu begeben, die letzten Tage waren überreich an Arbeit!«

Benedikta machte eine heiter abwehrende Geste:»Sie sehen durchaus nicht müde oder abgespannt aus. Es würde mich so freuen, könnten Sie Marga auch einmal auf der Bühne kennenlernen!«

Er blickt sie mit seinen ehrlichen Augen fest an und schüttelt wehmütig das Haupt:»Ich glaube nicht, daß ich ihre Leistungen richtig zu würdigen verstehe!«

»Auf den Versuch kommt es an. Sehen Sie, das erinnert mich an unser erstes Gespräch. Marga ist ein Wesen, das genau so denkt wie Sie. Alles Glück macht sie vom Golde abhängig. Ein großer, durchschlagender Erfolg deucht ihr eine Garantie für Glück und Liebe, und der heutige Abend wird gewissermaßen die Entscheidung bringen. Heute wird von zwei Menschen die große Frage ausgesprochen: ›Wird der Erfolg uns Gold – wird das Gold uns Glück und Liebe bringen?‹ – Sie selber jubelt schon jetzt ein übermütiges ›Ja!‹ der Überzeugung, aber die große, wahre Antwort kann wohl erst die Zeit und die nächsten Jahre darauf geben!«

Eckerts Antlitz war um einen Schein erbleicht, aber er blieb vollkommen ruhig.

»Gebe Gott, daß diese Antwort günstig lautet«, und dann trat Sophie ein und meldete, daß es wohl Zeit sei, einen Wagen holen zu lassen.

Benedikta erhob sich.»Nun muß ich doch bitten. Herr Eckert, das Souper ohne mich zu beschließen. Wie ich sehe, will meine eitle Sophie mich noch mit Veilchen schmücken und benötigt dadurch meine Anwesenheit vor dem Spiegel. Bitte, bedienen Sie sich einmal ohne ›Bedienung‹ und halten Sie sich alsdann bereit, mich zu begleiten!«

Als Benedikta wieder eintrat, stand Eckert wartend hinter seinem Sessel und wies mit einem fragenden Blick auf die kleine Tafel nieder. »Befehlen Baroneß wirklich, daß ich noch einmal mitfahre? Es wird durchaus vergeblich sein, da kein Billett mehr zu haben ist!« – stand darauf.

Fräulein von Floringhoven lächelte: »Versuchen wir es noch einmal!« Der Wagen rollte durch die belebten Straßen, die Fensterscheiben klirrten leise, und die Strahlen der elektrischen Lichtflammen zuckten wie schnelle Blitze durch das Dunkel.

Eine Unterhaltung war ausgeschlossen, und die einzige, die dies vielleicht sehr bedauerte, war Sophie.

Benediktas Gedanken weilten fernab bei dem Bild eines Mannes, das ihr in lebensvoller Wirklichkeit so plötzlich und unerwartet den Weg gekreuzt. Voll fieberischer Aufregung lebte sie nur noch der einen Hoffnung, ihn heute abend wiederzusehen.

Was war begreiflicher als der Wunsch des Prinzen, einer Premiere beizuwohnen, die momentan das volle Interesse der gesamten Kunstwelt, des ganzen musikliebenden Publikums war! – Sollte er ein solches Ereignis versäumen, da er nun doch einmal in der Residenz anwesend war, und fraglos Hof und Hofgesellschaft heute abend vollzählig das Opernhaus besuchten?

Benediktas Pulse stürmten. Mit unsicherer Hand tastete sie nach dem Wagengriff, als die Equipage vor dem strahlend erleuchteten Portal des Musentempels hielt. Der Schlag ward aufgerissen.

Eckert sprang zur Erde und hob Fräulein von Floringhoven mit einer Ehrerbietung aus dem Wagen, als ob ein Vasall seiner Fürstin dient.

Noch war es sehr frühzeitig, und die mantelgehüllten Gestalten des Publikums erstiegen vereinzelt und voll behaglicher Gelassenheit die breiten Steintreppen.

»Bitte, folgen Sie mir zu den Garderoben, Herr Eckert, ich kenne den Weg durch einen Besuch bei Marga während einer Aufführung. Die einzige Möglichkeit, noch einen Platz für Sie zu erhalten, ist die, daß Marga ihn schafft.«

Eckert zuckt zusammen. »Ich bitte dringend, Baroneß, in diesem Falle davon abzusehen!« – stieß er bittend hervor, aber gleichzeitig entsann er sich, daß seine Begleiterin ihn nicht verstand, und daß es momentan unmöglich sei, schriftlich mit ihr zu verkehren. Auch schritt sie so hastig voraus, daß er wohl oder übel folgen mußte.

Er nahm sich jedoch vor, Fräulein Dallberg zu versichern, daß er nur den Wunsch seiner Schloßherrin folge und selber nicht den mindesten Wert auf eine Eintrittskarte lege.

Fräulein von Floringhoven eilte um das Opernhaus herum, nach einer schmalen Seitentür unter vorgebautem Regenschutzdach, das nur durch zwei Gaslaternen beleuchtet wurde.

Sie trat in den schmalen Korridor ein, in dem ein Feuerwehrmann gelangweilt auf und nieder schritt und der Nahenden mit dem Finger am Helm höflich meldete:»Hier geht's zu den Garderoben, meine Dame! Haupteingang auf der andern Seite, rechts.«

Benedikta nickte ihm freundlich zu und antwortete, den Inhalt seiner Worte ahnend:»Wir werden in den Garderoben erwartet!«

Der Feuerwehrmann trat höflich zur Seite, und Benedikta stieg eilig die Treppe empor.

Lautes, lustiges Leben und Treiben. Gesang, Gelächter, hin und her eilende Personen in absonderlichem Kostüm. Die geschminkten Gesichter wirken in der unmittelbaren Nähe beinahe erschreckend.

Man mustert die Kommenden ungeniert, läßt aber die majestätische Frauengestalt anstandslos passieren, da sie Bescheid in diesen Räumen zu wissen scheint.

Benedikta bleibt vor einer Seitentür stehen.

»Das ist Margas Zimmer« – sagt sie hochatmend,»bitte erwarten Sie mich hier auf dem Korridor, Herr Eckert.« – Gleichzeitig klopft sie an.

»Ja! – Was ist denn los?« ruft Margas silberhelle Stimme etwas ungeduldig.»Näher treten!«

Fräulein von Floringhoven blickt fragend auf den Inspektor.»Hat sie geantwortet? Darf ich eintreten?« fragt sie.

Eckert nickt zustimmend, gleichzeitig wird die Tür aufgerissen und eine Jungfer erscheint darin, das heiße Brenneisen noch in der Hand.

»Ah, Baroneß! – Gnädiges Fräulein!« knickst sie und schlägt die Tür vollends zurück, mit einladender Geste bittend, näher zu treten. Dieweil die junge Dame hastig über die Schwelle schreitet, mustert die Kammerjungfer mit neugierig ungeniertem Blick die fremdartige Erscheinung des Gutsinspektors. Er hält weder einen Brief noch einen Strauß in der Hand, – also gänzlich uninteressant.

Rücksichtslos schmettert sie ihm die Tür vor der Nase zu, denn auch in ihren Augen machen lediglich die Kleider – Leute.

Eckert blickt vor sich nieder. Er hört Margas Stimme nebenan in leisem Aufschrei, und dann ihr lustiges, betörendes Lachen.

Das Herz erzittert ihm. Ein namenloses Etwas steigt in ihm auf, bis hoch in den Hals, – da sitzt's fest und würgt ihn.

Er will auf und davon, er findet es verächtlich, als Bittender vor der Tür eines Wesens zu stehen, das nichts als Spott und Verachtung für ihn hat.

Das schneidet ihm in das weiche, tief fühlende Herz.

Sie, die mit den kleinen Kinderfüßen rücksichtslos und mitleidslos dieses Herz in den Staub tritt, soll doch nicht glauben, daß er als willenloser Sklave nach der Wonne seufzt, Marga Daja auf dem Gipfel des Ruhmes und Erfolges zu sehen.

Nein, er will auch einmal stolz und hart sein, er will ihr sagen, daß er sich mit Baroneß nicht verständigen konnte, daß er ihr nur aus Höflichkeit folgte und Fräulein Dallberg absolut nicht wegen einer Einlaßkarte belästigen will. Ja, das will er sagen.

Ein herber Zug schleicht um seine Lippen. Er richtet sich stramm empor zu seiner riesenhaften, imponierenden Größe und blickt schier feindselig auf das lose, leichtfertige, geschminkte Völkchen, das wie ein kecker Maskenschwarm um ihn herum tollt. Da wird die Türklinke neben ihm hart niedergedrückt, und Eckert zuckt zusammen.

Ein Ruck und Aufschlagen des Türflügels – zwei kleine, schneeweiße Hände strecken sich ihm entgegen.

»Kommen Sie, Eckert! Kommen Sie nur herein! Ich kann zur Not schon Herrenvisiten empfangen!« lacht es ihm entgegen. Margas Köpfchen flimmert in märchenhaftem Schmuck vor seinen Augen, die Hände fassen ihn und ziehen ihn über die Schwelle.

Da steht er vor ihr, und wie geblendet, wie übermannt von ihrem unvergleichlichen Anblick starrt er wortlos auf ihre Elfengestalt hernieder.

Sie liest die Wirkung ihrer Erscheinung in seinem Antlitz wie in einem aufgeschlagenen Buch, und weil sie gar so viel darin liest, siegt die Eva in ihr.

Geschmeichelte Eitelkeit, Mitleid mit dem armen Falter, der sich die Schwingen am Licht verbrennt, und eine unbezwingbare Koketterie, einen noch immer tiefern Eindruck auf diesen Sklaven ihrer Anmut zu machen, zwingt ihr eine Liebenswürdigkeit auf die Lippen und in das Antlitz, die Eckert noch nie an ihr kennenlernte.

Im Verein mit ihrem Aussehen wirkt sie berauschend.

»Welch eine Überraschung! Welch eine freudige Überraschung, lieber Eckert!« ruft sie mit zauberisch leuchtenden Augen. »Sie heute abend hier – im Theater – in meiner Nähe zu wissen, hat etwas geradezu Tröstliches für mich! Heute, wo jede Freundeshand unbezahlbar ist! – Seien Sie willkommen, lieber Eckert – tausendmal von Herzen willkommen!« – Und sie lächelt ihm zu und drückt ihm abermals die Hände. Sie freut sich wirklich, ihn zu sehen, wenn auch das Grundmotiv dieser Freude nur Eitelkeit und Egoismus ist.

Wie im Schwindel starrt er auf sie nieder, und da er absolut keine Worte findet, auf solch eine Begrüßung zu antworten, fährt sie lächelnd fort: »Baroneß sagt, daß Sie Ärmster kein Billett bekommen haben! Unbesorgt, mon ami, in unsrer Schauspielerloge sind wohl noch Plätze frei – Stehplätze auf jeden Fall. Aber was tut das – Sie setzen sich in den Zwischenpausen, und während die andern sich ermüden, ruhen Sie sich aus. Ich schreibe ein paar Worte an den Logenschließer, die geben Sie ab, Herr Eckert, – und du bringst einen Zettel an Regisseur Braunberg, Doris, der auch in der Loge sitzen wird.« Sie neigte sich tief nieder und kritzelte hastig mit Bleistift einige Zeilen nieder, riß die beiden Blätter aus dem Notizbuch und faltete sie zusammen.

Dem Inspektor deuchte es, eine Märchenfee sei von dem dunklen Nachthimmel herniedergeschwebt, freundliche Einkehr unter diesem Dach zu halten.

Marga wandte sich ihm zu.»Hier, Herr Eckert, die Zauberformel für den ›Sesam‹, auf daß er sich öffne. Nach der Vorstellung müssen Sie mich selbstverständlich erwarten! Wir soupieren gemeinschaftlich, und ich hoffe sehr, daß Sie mit von der Partie sein werden.«

Sie nickte ihm mit unvergleichlichem Blick zu und wandte sich zu Benedikta, die sich erhoben hatte und einen Zettel las, den Marga auch für sie geschrieben.

»Das ist ja vortrefflich, daß ein Platz für Herrn Eckert besorgt wird!« sagte sie heiter,»ich danke Ihnen tausendmal dafür, liebe Marga! Und nun wird es wohl hohe Zeit, daß wir die Loge aufsuchen, Sophie wird schon in allen Zuständen der Sorge sein, daß wir den Anfang versäumen. Also auf Wiedersehen, liebe Marga! Ich werde fleißig den Daumen halten und hoffe von Herzen auf den besten Erfolg. Nach Schluß der Oper denke ich, Ihnen und dem Komponisten zu der Erfüllung aller Wünsche gratulieren zu können; ich erwarte Sie im Foyer. Und nochmals Gott befohlen! Wenn Sie ebenso schön singen, wie Sie aussehen, Marga Daja, müssen Sie das Publikum begeistern!«

Eckert empfahl sich so stumm, wie er gekommen, aber die Hand, die er der Sängerin bot, bebte wie im Fieber.

Sechstes Kapitel

Als Benedikta die Loge betreten und Platz genommen hatte, war es ihr beinah lieb, nichts von der bald beginnenden Ouvertüre zu vernehmen. Ein Übermaß von Gedanken flutete hinter ihrer Stirn, das der Klärung und Beruhigung bedurfte. Das Bewußtsein, die Augen jetzt aufzuschlagen und in der Fürstenloge Prinz Percy zu erblicken, ließ sie erzittern, und dennoch war sie lediglich um seinetwillen hierher gekommen, einzig in der Hoffnung, ihn ungestört zu sehen und durch seinen Anblick Erinnerungen wachzurufen, in denen all ihr armseliges, traumhaftes Lebensglück wurzelt.

Zaghaft hob sie die Wimpern und blickte nach der großen, breit vorgebauten Hofloge hinüber.

Ein blitzendes Durcheinander von Uniformen und eleganten Toiletten. Die Fächer wogen auf und nieder, die blumengeschmückten Köpfchen wenden und neigen sich in lebhafter Unterhaltung, – Fräulein von Floringhoven ist es ein so seltener Anblick, daß sie sich erst allmählich aus dem reizenden Gewirr zurechtfindet.

Ihr Blick schweift von einem Antlitz zu dem andern, – fremde, lauter fremde Gesichter. Es sind auch zumeist die Hofdamen, Adjutanten und Kammerherren, die in der großen Loge Platz genommen. Die hohen Herrschaften bevorzugen die seitlichen, kleinen Fürstenlogen dicht neben der Bühne.

Benedikta erkannte die Königin-Mutter neben dem regierenden Herrn, die Prinzen und Prinzessinnen des Herrscherhauses, ebenso etliche hohe Gäste. Unter diese würde Prinz Percy, der Bruder des befreundeten Herzogs, gehören.

Aber sie sucht vergeblich nach ihm. Auch in den gegenüberliegenden Logen erblickt sie ihn nicht; ist er heute abend nicht anwesend?

Seltsam, – bei seinem Aufenthalt in der Residenz versäumt er eine Premiere, die doch die ganze kunstsinnige Welt interessiert!

Prinz Percy ist kein Kunstenthusiast.

Benedikta entsinnt sich, daß Marga sich einmal heftig beklagte, wie wenig sich »ihr Geretteter« für Musik und Theater interessiere.

Nur in den seltensten Fällen, eigentlich nur anläßlich einer Galaoper, wo gewissermaßen der Dienst das Erscheinen der Herren vorschreibt, war Prinz Percy eine sehr gleichgültige und gelangweilte Erscheinung in der Fürstenloge.

Er liebte anscheinend weder Musik noch Drama: seine Studien nahmen ihn so völlig und ausschließlich in Anspruch, daß sie ihm keine Zeit ließen, Geschmack an heiterer Zerstreuung oder künstlerischen Idealen zu finden.

Sollte Benedikta es bedauern? Im Augenblick tat sie es, denn die Enttäuschung, ihn nicht zu sehen, und die Vereitelung all ihres Hoffens waren doppelt schmerzlich für ein so freudearmes Wesen wie sie. Aber auch diesmal gewannen Vernunft und Einsicht schnell die Oberhand. Sie hatte schon auf so manches Glück im Leben verzichten müssen, sie blickte auch auf diese vernichtete Freude ohne Klage und ohne Murren. Warum wollte sie ihn eigentlich sehen?

Es war eine Torheit. Konnte sie nicht sein Bild täglich vor Augen haben, das schöne, freundliche Bild, das sie anblickt und ihr zulächelt? Der lebende Prinz Percy würde das nicht tun. Er würde mit andern plaudern und verkehren, ohne die mindeste Notiz von der Fremden zu nehmen, die fernab still und einsam zwischen all den hundert frohen Menschen im Schatten der Loge sitzt.

Die allgemeine Erregung und die stürmische Bewegung aller Hände sowie ein Blick in das Orchester belehren sie, daß die Ouvertüre beendet und mit viel Beifall aufgenommen wird, – der emporrauschende Vorhang gewährt den Blick auf eine feenhaft üppige, bezaubernde, südländische Dekoration. Marga Dajas Anblick wirkt inmitten dieser fremden Pracht geradezu berückend.

Selbst ein so klar und wahr sehendes Auge, wie das des Fräulein von Floringhoven, ist geblendet von so viel unbeschreiblicher Anmut und Schönheit. Welch eine Fülle der Originalität stürmt auf den Beschauer ein, welch einen unvergleichlichen Eindruck muss diese erst ausüben, wenn Auge und Ohr sich vermählen, wenn man Marga Daja nicht nur sieht, sondern ihre silberhelle Stimme in bestrickendem Melodienreichtum erklingen hört. Ein banger Schreck durchzuckt plötzlich die junge Dame. Hat sie recht getan, Eckert, den einfachen, schlichten Naturmenschen, hierher zu führen?

Wird sie nicht vielleicht gerade das Gegenteil von dem erreichen, was sie mit diesen beiden bezweckt?

Sein Herz ist nicht kühl, sein Verstand nicht unberührt und gleichgültig genug, um in einer solchen Stunde derart zu empfinden und zu überlegen, wie es Benedikta gehofft und erwartet.

Der Anblick dieser Marga Daja kann wohl kein liebeskrankes Herz entsagungsvoll stimmen, ihre Stimme mit solchen Liedern und Klängen keine Vernunft predigen.

Fräulein von Floringhoven wollte so herzlich gern dem armen Eckert die Stunde erleichtern, in der ihm Margas Verlobung bekannt wurde.

Sie hoffte, daß er sich bei dem Anblick der verwöhnten kleinen Theaterprinzessin sagen werden müsse, daß diese nun und nimmermehr zur Frau eines schlichten Gutsinspektors tauge.

Sie hatte mit voller Absichtlichkeit Eckert in die unmittelbare Nähe der jungen Sängerin geführt, damit er die Kunst sehen sollte, durch die ihre Schönheit erzielt wurde. Sein Staunen und Verstummen hatte ihr leider bewiesen, daß sein redliches Herz nicht im mindesten daran dachte, zu prüfen, ob das, was er sah, Schein oder Wahrheit sei.

Ein Gefühl verantwortlicher Sorge überkam die junge Dame. Sie hat das Beste gewollt und bezweckt, sollte sie das Gegenteil erreichen?

Ihr Blick schweift spähend zu den Logenreihen empor, in der sich wohl Eckerts Platz befindet.

Nach längerem Suchen glaubt sie ihn entdeckt zu haben. Man erkennt schlecht in der dämmerigen Beleuchtung des Hauses, das sich beim Aufrollen des Vorhanges verdunkelte.

Droben, hinter den weit vorgeneigten Damen und Herren einer kleinen Seitenloge steht eine Gestalt, die so riesengroß und robust aus dem Dunkel taucht, wie ein Fels, um den das heitere Volk der Wassernixen spielt.

Sein Gesicht leuchtet wie ein blasser Schein zu ihr herab, die einzelnen Züge zu erkennen, ist leider unmöglich. Aber Benedikta sieht, daß es regungslos nach der Bühne gerichtet ist. Könnte sie nur einen einzigen Blick jetzt in seine Augen tun.

Wird seine ganze Seele beim Anblick des verführerischen Wesens da unten, das durch seine Rolle das vollste Mitleid, die leidenschaftliche Sympathie des Publikums erwecken muß, nicht in hellen Flammen auflodern? Wird diese Glut nicht noch den letzten Nest kühler Besonnenheit in dem naiven Landmann zu Tode brennen?

Glücklicherweise sinkt der Vorhang.

Die Flammen an den Kronleuchtern blitzen hell auf, die stürmische Bewegung, die durch das Publikum geht, und der leise surrende Klang in Benediktas Ohr sagen ihr, daß der Beifall ein außerordentlicher ist.

Alle Hände regen sich – auch Eckert, den sie jetzt deutlich erkannt, schlägt die Hände zusammen, wie es scheint, sehr kraftvoll, denn die vor ihm sitzenden Schauspielerinnen wenden lachend die Köpfe nach ihm zurück.

Der Inspektor aber lacht nicht. Sein Gesicht sieht sehr ernst, beinah müde aus.

Der Vorhang muß sich heben, zwei-, dreimal. – Marga Daja erscheint an der Hand des Komponisten und grüßt voll lächelnder Anmut erst zu den Fürstenlogen empor, dann ringsum in das Publikum. Auch zu dem »Unteroffizier in Zivil« fliegt sekundenlang ihr Blick empor.

Lorbeerkränze und Blumen wirbeln vor die Füße des gefeierten Paares, und das Publikum scheint zu jubeln, – man sieht es den Gesichtern an.

Benedikta hat mit großem Interesse einen Blick auf Roman Ermönyi geworfen, und sie läßt diesen Blick auf ihm ruhen, solange wie der Komponist auf der Bühne steht.

Arme Marga!

Fräulein von Floringhoven empfindet bei seinem Anblick dasselbe unbehagliche Gefühl, das sie oft überkommen, wenn sie in den Briefen der Freundin über Roman Ermönyi las.

Ihre ganz besonders sensibel beanlagte Natur scheint instinktiv zu fühlen, welch eine Menschenseele sich hinter einem Antlitz birgt, und die Schlüsse, die sie aus den lächelnden Zügen des jungen Musikers zieht, sind keine erfreulichen und keine günstigen.

Er lächelt und verneigt sich in verbindlichster Weise, und dennoch glaubt Benedikta nicht an dieses liebenswürdige Lächeln. Es ist die poetische Maske, hinter der sich die krasseste Prosa versteckt.

Das blasse, schmalgeschnittene Gesicht ist von wüster Leidenschaftlichkeit durchfurcht, und der Mund, mit den schmalen, nach innen gezogenen Lippen deucht ihr die Verkörperung von Egoismus, Gewinnsucht und rücksichtsloser Grausamkeit. Die kleine, schmächtige Gestalt ist die verkörperte Eleganz, seine Bewegungen geschmeidig und angenehm. Es liegt fraglos etwas Interessantes und Bestechendes in dem Äußeren dieses Menschen, just das, was einer schwärmerisch und eitel beanlagten Mädchenseele imponiert.

– – – – Während die lachende, eifrig plaudernde und hocherregte Menge auf die Korridore und in die Foyers hinausflutete, setzte sich der Inspektor im dämmerigsten Winkelchen der Loge nieder und stützte den Kopf mit dem krausen Vollbart tief, tief in die Hand. Kein Auge sah ihn, kein Ohr hörte den leisen Seufzer, der tief aus seiner Brust drang, wie ein Strom von Tränen, der in Hauch und Klang verwandelt war. – So konnte er der Empfindungen Herr werden, die allzu verschiedenartig und gewaltsam auf ihn eindrangen.

Als der Vorhang sich gehoben, als er Marga in der nie geschauten Fülle ihrer Schönheit sah, als er ihre süße Stimme erklingen hörte, eine Stimme, die ihm Herz und Seele erzittern ließ, – da gab er sich dem Zauber ihres Anblicks vollkommen hin und vergaß Welt und Zeit in dieser Glückseligkeit. Und dann stürzte ihn ein schriller Mißklang aus allen Himmeln.

Die Damen und Herren um ihn her waren Schauspieler und Sänger, sie waren abgestumpft gegen Eindrücke, wie sie Eckert soeben berauschten. Sie sahen nicht das holdseligste, engelhafteste Wesen Marga Daja vor sich auf der Bühne, sondern lediglich die Kollegin, die Rivalin, die beneidete, mißgünstig oder gleichgültig kritisierte Darstellerin ihrer Rolle.

»Na, na! Man sachte mit die jungen Pferde!« spottete eine korpulente Schöne mit leichtem Schnurrbartflaum auf der Oberlippe und großen Brillantknöpfen in den Ohrläppchen: »Die Bühne ist ja abgefegt! – Braucht gar nicht so gewaltig mit ihrem Florschleppchen herumzuarbeiten! Mein Gott – wenn die Schleppe und die Haare hängenbleiben, was bleibt noch an dem ›Kinde‹ dran?«

»Ich fürchte, dann bleibt trotzdem ›er‹ noch daran kleben!« flüsterte der Baß, und alle lachten leise auf.

»Sie hat mal wieder zu kleine Schuhe an! Der Kinderfuß soll um jeden Preis ein Babyfüßchen werden, nun hinkt sie wie eine Krähe auf der Bühne herum!«

»Ob wohl das schöne Kollier jetzt gelötet ist?« kicherte eine schlanke, liebe Kollegin mit spinösem Blick; «als ich es mir das letztemal zur

›Elisabeth‹ borgte, hatte die geniale Marga ein paar zerbrochene Glieder mit weißem Zwirn zusammengenäht!«

»Macht nichts! Der Effekt blieb derselbe! – Welch ein Opernglas entdeckt weißen Zwirn!«

»Warum auch an solch unechten Trödel noch Macherlohn wenden?«

»Sollte er wirklich so unecht sein? Man munkelt doch, daß das ›Kind‹ seit einiger Zeit ›wissend‹ genug geworden sei, um die kleinen Steinchen zu unterscheiden?«

»Bah! Man hätte doch wohl die Spender einmal hinter den Kulissen bemerkt!«

»Ophelia! Göttliche Harmlosigkeit Sie! – Wie wird ›das Kind‹ so töricht sein, mit andern Goldfischen zu schäkern, wenn ein reeller Tintenfisch an der Angel zappelt!«

»Wenn sie nur nicht immer die Augen so ›übergehen‹ ließ, – sie bekommen schon das reine *haut goût*!'«

Leises, wieherndes Gelächter. – Eckerts Fäuste zittern.

»Seid man stille, Kinder! Das ist Geschmackssache!« grunzt eine korpulente «vergnügte Alte» dazwischen. »Wenn die Naschkatze Roman sich den Magen verderben will, hat er's umsonst. Ihr könnt euch ja die Nase zuhalten, wenn es allzu sehr *haut goût* wird!«

»Klappern gehört zum Handwerk! Sie muß doch das ewig Männliche zum Applaudieren aufmuntern!«

»Natürlich auf die Claque kommt heute alles an, sie arbeitet auch ganz brav!« piepste eine Naive mit dunklem Titusköpfchen und wandte sich sehr ungeniert nach Eckert um, der in seiner zornigen Erregung aus lauter Opposition wie ein unsinniger applaudierte. Sie musterte ihn mit keckem Lächeln, und alle Umsitzenden lachten sehr ungeniert und schallend auf.

»O ja, Marga Daja weiß ihre Pappenheimer herauszufinden! Wenn heute nicht geklatscht wird, verkracht ja Roman Ermönyi, und alle goldenen Luftschlösser purzeln mit ihm über den Haufen!«

Der Inspektor war glühendrot geworden, so verlegen wie ein Schulknabe, der auf verbotenem Wege ertappt wird.

Hatte ihn Marga wirklich nur als Claqueur hierher gestellt? Deutlich genug hatte sie es ihm ja zu verstehen gegeben, daß er applaudieren und den Komponisten und sie herausrufen solle. Er hatte in seiner Erregung gar nicht darauf geachtet – jetzt plötzlich fiel es ihm wie Schuppen von den Augen. Er hätte vor Scham in die Erde sinken mögen. Seine Hände sanken schlaff hernieder, wie ein Strick legte es sich um seinen Hals und schnürte ihn zusammen.

Es wäre nur ein rauher Aufschrei geworden, hätte er jetzt nach der Sängerin und Roman Ermönyi rufen wollen.

Genug Stimmen taten es, – und der Klang gellte ihm in die Ohren.

Der Himmel seiner Illusionen hat sich wohl für ewig geschlossen, und das strahlend lichte Götterbild, das ihn erfüllte, ward herabgerissen aus seiner Höhe und vor seinen Augen zerfetzt. Da sah er, daß die goldenen Locken zum größten Teil eine Perücke, daß Gold und Edelsteine nur unechter Flitterkram, daß das süße Kindergesicht nur ein schön gemaltes Bild war, hinter dem die Berechnung und die Jagd nach dem Glück hervorblinzten.

Ja, das Götterbild liegt zerbrochen vor seinen Füßen, und es ist gut, daß es stürzte. Ob früher oder später, einmal mußten seine Augen ja doch sehend werden. Was sollte es frommen, tote Götzen anzubeten? Seine Gedanken hatten sich verirrt. Langsam und mühselig schleppen sie sich auf den rechten Weg zurück.

Ein wehmütiges Lächeln zuckt um die Lippen des Träumers. Das strahlende, blendende, umjubelte und angebetete Wesen, das drunten auf der Bühne mit Blüten und Lorbeer überschüttet wird, – Marga Daja als Inspektorsfrau in Floringhof?

So wie er sie jüngst daselbst gesehen, war der Gedanke wohl etwas verwegen der eleganten Dame gegenüber gewesen, aber es deuchte ihm damals kein Wahnwitz wie in dieser Stunde. – Jetzt erst hatte er Marga Daja kennengelernt und wußte, wer sie war, was ihre Stellung als Sängerin und Diva besagen wollte!

Wie ein Traumgebilde steigt es plötzlich vor seinem geistigen Auge empor, das stille, kleine Stübchen mit den weißgetünchten Wänden und dem großen grünen Kachelofen.

Wie vermochte das schmucklose Stübchen ein Weib zu umfassen, das eine halbe Welt huldigend zu Füßen sehen will? – Da wären die Mauern des Hauses zu eng, um allein die Lorbeeren und Blüten zu bergen, die Marga Daja täglich unter die anspruchsvollen, begehrlichen Füßchen tritt. Und würde sie, die Gefeierte, Umjubelte jemals Zeit haben, abends an die Bettchen ihrer Kinder zu treten, würde sie jemals Lust verspüren, in die rosigen Gesichtchen zu schauen, aus den hellen Kinderaugen all das tiefsinnige, stille Glück zu schöpfen, das die Welt einzig hierin noch unverfälscht und rein bewahrte?

Nein, Marga Daja spottet über eine Sentimentalität, die sich zum Sklaven der eigenen Kinder macht!

Marga Daja findet es verächtlich, wenn ein Vater liebkost, anstatt zu prügeln! – Es imponiert ihr nicht, wenn ein Mann ein warmes, großes, opfermutiges Herz voll Liebe für seine Kleinen hat!

Ein Weib, das das Glück nur draußen in der lauten, amüsanten und leichtlebigen Welt sucht, wird nie eine Gattin werden, die das Leben ihres Mannes mit dornenlosen Rosen und Lilien schmückt, sie wird ewig eine Belladonna bleiben, deren Gifthauch das Glück des Hauses mordet.

Der heutige Abend wird über Marga Dajas Zukunft entscheiden. Lorbeer und Gold sollen ihr einen Roman Ermönyi erkaufen, ihn, seine Liebe und das Glück.

Marga Daja steht vor ihm in vollster verführerischster Schöne, ihr Blick fliegt zu ihm empor, und ihre Lippen lächeln.

Adalbert Eckert atmet tief auf. Ihr Antlitz ist geschminkt, ihre goldenen Locken entliehen, ihr Gold und ihre Edelsteine falscher Tand, Falsch – falsch, ebenso falsch wie ihre Stimme, wie die Gedanken, die hinter der leuchtenden Stirn wohnen, ebenso kalt wie das Herz in ihrer Brust, das sich nie für die Engelsunschuld eines Kindesauges erwärmen wird. Jählings wendet sich der Inspektor und verläßt die Loge.

Als Marga Daja vor Beginn der Vorstellung die Bühne betrat, suchte ihr Blick in erster Linie den Komponisten. Roman Ermönyi stand mit dem Intendanten und dem Regisseur plaudernd an einer Seitenkulisse, ohne jede Spur von Erregung, lächelnd und nonchalant, als wechsele er zu gleichgültigster Zeit und am gleichgültigsten Orte ein paar Worte mit den gleichgültigsten Menschen der Welt.

Er sah blaß und etwas müde aus. Seine Augen verschleierten sich hinter den Wimpern, und die Rinnen in seinen Wangen, die dem Gesicht leicht etwas Verlebtes gaben, vertieften sich.

Als Marga die Bühne betrat, flammte sein Auge auf, nicht allein in Entzücken und Verwunderung, sondern in einem angstvollen Forschen und Prüfen, wie ein Geschäftsmann ein schönes Schaustück prüft, ehe er es als Lockvogel hinter dem Ladenfenster ausstellt. Er nickte ihr schon von weitem zu, empfahl sich mit verbindlichen Worten und trat ihr entgegen. Ein Blick geheimen Einverständnisses zwischen beiden. Er küßt ihre Hand mit heißen Lippen, und während er in höflicher, formeller Weise mit ihr zu plaudern schien, brausten die Worte, hastig geflüstert, in leidenschaftlicher Erregung über seine Lippen.

»Du siehst entzückend aus, Geliebte! Berauschend wie ein Liebestrank! Nun singe noch wie eine Nachtigall, und unser Glück ist gemacht! – Marga – du weißt es, in deinen Händen liegt heute unser beider Zukunft! An dir liegt es, all unsre Träume zur Wahrheit zu machen. Ich werde dich lieben, bis zum Wahnwitz – wenn du die Hoffnungen erfüllst, die ich heute in dich und deine Kunst setze!«

Sie lächelte ein wenig kokett: »Und wenn ich sie nun nicht erfülle, holder Tyrann?«

Seine Hände krampften sich, ein jäher Blitz brach aus seinen Augen: »Dann... o Marga – ich glaube, ich könnte dich *hassen* darum!« – stieß er hervor.

Sie lachte silberhell auf. »Haß und Liebe gehen ja immer Hand in Hand; und besser noch, von dir erdolcht zu werden, als dich gleichgültig von mir scheiden zu sehen. Aber unbesorgt! Mir ist es zu

Sinn, als seien mir heute abend Flügel gewachsen, mich hoch, hoch emporzuheben, dahin, wo der Haß seine Macht verliert, und nur noch die Sonne der Liebe glüht!«

Ihr Blick strahlte ihm zuversichtlich, beinahe siegesgewiß entgegen, und Romans Antlitz drückte alles aus, was unter der kühlen Maske gärte und schäumte.

»Mädchen – nimm diesen hohen Flug und hole uns den Himmel auf die Erde herab!« flüsterte er. »Auch ich habe weit über dieser nüchternen Welt geschwebt, als ich die Melodien meiner Oper ersann; sie verlangen darum, daß auch ein Wesen höherer Art sie wiedergibt, ein lichter Engel, den die Liebe trägt und hebt!« – Er trat näher an sie heran, sein Blick überflog noch einmal ihre reizende Gestalt. »Hättest du dich nicht ein klein wenig verführerischer kleiden können, kleine Göttin?« fragte er etwas besorgt; »›das Kind‹ hat sich allzu kindlich dezent in Duft und Schleier gehüllt, und doch verlangt deine Rolle, daß sie auch durch alle äußeren Mittel wirkt!«

Marga wandte schmollend das Köpfchen. »Du kennst meinen Geschmack und meine Ansichten!« sagte sie kurz, »und solltest dich freuen, wenn ich deine Eifersucht nicht herausfordere!«

Schmeichelnd zog er ihre Hand abermals an die Lippen.

»In diesem Augenblick steht nur der kühl erwägende Mann vor dir, der lediglich den Erfolg und Vorteil ermißt. Der *Geliebte* wird dir erst nach der Aufführung im Wonnerausch von Dank und Seligkeit zu Füßen sinken, und diese beiden Wesen in einer Person mußt du auch künftig stets zu trennen wissen!«

Die Klingel ertönte, Roman drückte noch einmal voll zitternder Erregung die Hand der jungen Sängerin: »Marga – denk an das Glück, das du dir heute abend erkaufen kannst!« flüsterte er noch einmal mit beinahe heiserer Stimme, dann verbeugte er sich sehr scharmant mit höflichstem Lächeln und trat in die Kulissen zurück.

Und Marga gedachte des Glückes, für das sie heute mit allen Mitteln zahlte, die ihr zu Gebote standen. Sie übertraf sich selbst.

War sie schon früher dem Publikum in den für sie geeigneten Rollen eine sympathische Erscheinung gewesen, so berauschte sie heute durch ihre Eigenart, die für die Rolle wie geschaffen schien, alle Welt; und erntete die neue Oper Ermönyis den außerordentlichen Beifall, so verdankte sie den größten Teil des Erfolges fraglos der Vertreterin der Hauptpartie, die nie besser und wirksamer verkörpert werden konnte als durch Marga Dajas kindlich zarte Elfengestalt.

Hinter einer Kulisse versteckt, sowohl den Zuschauern wie den Darstellern unsichtbar, lehnte Roman Ermönyi und folgte dem letzten Akt. Sein blasses Gesicht bedurfte in diesem sicheren Winkelchen keiner Maske.

Die Leidenschaften furchten es und flammten aus den dunklen Augen wie verderbliche Gewalten, die, für gewöhnlich mühsam gezügelt, endlich einmal frei hervorbrechen dürfen. Er lachte! Er lachte wie ein Mensch, der triumphiert wie die Eitelkeit, der geschmeichelt wird, wie ein lang Unterdrückter, der sich endlich emporschwingt und den Fuß auf den Nacken der Besiegten setzt!

So sehr wie der Erfolg auch das Blut des Komponisten in Wallung brachte, so begehrlich wie auch sein Herz der entzückenden Vertreterin der Titelrolle entgegenstürmte, so kühl und berechnend blieben doch die Gedanken hinter der Stirn, und just diesen Gedanken wollte Roman Ermönyi hier in ungestörter Zurückgezogenheit noch eine kurze Audienz geben.

Sein oder Nichtsein? Binden oder nicht binden? Zugreifen oder laufen lassen? – Das war der Generalgedanke, um den sich seine Reflexionen drehten.

Er hatte Marga Daja mit dem Gedanken, die Seine zu werden, »geködert« – hatte sie zu der Leidenschaftlichkeit der Empfindung entflammt, die die Seele eines Weibes in den Körper des Kindes hauchte. – Sollte er nun Wort halten und Ernst machen? Oder sollte er den Kopf geschickt wieder aus der Schlinge ziehen, jetzt, nachdem ja der Mohr seine Schuldigkeit getan? Da galt es ein gründliches Überlegen.

Der Erfolg, den die Kleine heute abend feiert, ist außerordentlich und läßt sie hoch emporschnellen. Der Intendant ist entzückt und erhebt Marga Daja selber auf die Rangstufe einer ersten Diva. – Ihr Kontrakt an der hiesigen Oper ist abgelaufen, neue Offerten, die man ihr von hier oder auswärts macht, müssen nach diesem Abend sehr glänzend sein.

Roman Ermönyi kennt die Gagen, die eine Primadonna bezieht. Sie stechen ihm in die Augen. Es ist kein übel Ding um eine Frau, die Millionen in der Kehle trägt, und Roman kann und wird nur eine reiche Frau heiraten, die ihm ein behagliches Leben garantiert, auch dann, wenn er auf die Lorbeeren des Komponisten verzichten wird. Da diese Lorbeeren für ihn stets einen recht bitteren Beigeschmack von Mühen und Arbeit haben, legt er keinen großen Wert darauf, sondern erwartet voll Sehnsucht die Zeit, sich auf den bis jetzt erworbenen gründlich auszuruhen.

Er hatte öfters den Gedanken gehabt, eine reiche Erbin heimzuführen. Diese Spezies ist aber leider nicht allzu dicht gesät, und Roman Ermönyi fand stets sehr viel Wenn und Aber, wenn sich endlich eine passende Partie zu bieten schien.

Meistens schreckte ihn der Anhang der Erwählten ab. – Da war es der ehrbare Bürger und Geschäftsmann, der als Papa die strenge Hand über die junge Ehe halten würde, oder es war die goldprotzige Schwiegermama, die regierend auf den Geldsäcken saß.

Roman aber hatte seit jeher einen Widerwillen gegen alle geordneten bürgerlichen Verhältnisse, er, der von Kindesbeinen an ein zügelloses Nomadenleben, an eine Existenz ohne jedwede solide Basis gewöhnt war.

Er haßte alles Spießbürgerliche, er revoltierte gegen Sittenstrenge und Gesetze der Ordnung, wie ein undressierter, wild aufgewachsener Stier ingrimmig das Joch vom Nacken schleudert und die Stallkette nicht dulden will.

Auch dieser Punkt ist einer Marga Daja gegenüber zu erwägen, – und er fällt schwer in die Wagschale.

Die Sängerin ist frei, unabhängig und ganz das Werkzeug in seiner Hand. Ihr Geld gehört ihr, beziehungsweise ihrem Gatten. Keine lästige Verwandtschaft kann sich aufdrängen, schütz- und hilflos ist das »Kind« dem Wollen und Willen des Gatten anheimgegeben. Auch die Sängerinnen haben auf Erden kein bleibend Quartier – und ein solch unstetes, abwechslungsreiches Leben ist es just, das dem ruhelosen Mann zusagt.

Keine geordneten Verhältnisse! Aus dem Koffer, auf der Achse leben – so war er es gewohnt, und so will er es haben.

Nichts langweilt ihn mehr, als das Stillsitzen und Kleben an ein und demselben Punkt.

Kann es aber etwas Amüsanteres geben, als ein lustiges Reiseleben, kreuz und quer, ohne alle Anstrengung, – als höchstens die eine, das Geld einzukassieren, wenn die Frau vor ausverkauften Häusern singt? Das ist bequem und schön, – das ist ein menschenwürdiges Dasein.

Und Roman Ermönyi hat es sich zugeschworen, sehr vorsichtig zu sein, was seine sorgenfreie Zukunft anbelangt. Aber nicht allein all diese materiellen Punkte fallen bei Marga Daja in erster Linie ins Gewicht, sie ist nebenbei auch ein anmutiges, entzückendes Geschöpf, vollberechtigt, die Sinne eines Mannes zu entflammen.

Und Romans wüste Leidenschaftlichkeit findet Gefallen daran, auch einmal ein sylphenhaftes ›Kind‹ in die Arme zu schließen.

Sehr amüsant und auf die Dauer fesselnd ist ja die Kleine gerade nicht, aber dafür ist sie ja auch keine hausbackene Bürgerstochter, die den Hausschlüssel voll eifersüchtiger Anwandlung in die Tasche steckt.

Darum sorgt sich ein Mann wie Ermönyi am wenigsten. Er wird niemals die lyrischen Passionen seiner Gattin, die ja schon der Beruf für alle Welt auf die Bretter stellt, beeinflussen, er wird der Devise huldigen:»Leben und leben lassen!«

Marga scheint in dieser Hinsicht auch recht vernünftig zu sein. Sie quälte ihn noch nie mit der geringsten Anwandlung von Mißtrauen oder Eifersucht und wird in ihrer hilflosen Naivität leicht zu behandeln sein.

Erfüllte sie die Hoffnungen, die ihr Mann in sie setzt, so soll sie es sehr gut haben, ein wahres Götterleben, – und setzt sich das Engelchen etwa nach der Hochzeit die Teufelshörnchen der Satanella auf, nun, so ist Ermönyi der Mann dazu, sie mit der nötigen Härte, Schärfe und Rücksichtslosigkeit abzuschleifen.

Alles in allem betrachtet, erscheint Marga Daja. eine gute und wünschenswerte Partie für ihn, und soweit wie es möglich ist, wird er sich nicht an sie verkaufen, sondern in der gefeierten Sängerin das Lebensglück erhandeln, nach dem er strebt.

Soll er nun also Ernst machen und der Kleinen schon heute abend das bindende Ringelein an den Finger streifen, oder soll er sie noch ein Weilchen zappeln lassen, um sie schon jetzt möglichst von seiner Überlegenheit zu überzeugen? Man darf selbst der Umworbenen nicht allzu viel weismachen und sie nicht törichterweise selbst auf einen Thron erheben, den sie nach der Hochzeit ja doch dem Herrn und Gebieter räumen muß!

Das blasse, scharfgeschnittene Gesicht des Sinnenden hob sich; er lauschte mit aufglühenden Augen auf einen stürmischen Applaus, den Marga Daja bei offener Szene erntete.

Ein Ausdruck halb Zufriedenheit, halb Unruhe, trat in seine Züge. Ja, die Kleine ward gewaltig verwöhnt, und es wäre wohl nicht allzu erstaunlich, wenn dieser starke Lorbeerduft dem naiven Kind zu Kopfe stieg.

Man hat es ja sattsam erlebt, daß aus einer bescheidenen Debütantin, die mit rotgeweinten Augen und zitternden Gliedern die Bühne betrat, über Nacht eine prätentiöse, übermütige, unnahbare Diva wurde, die, ihren eigenen Wert erkennend, sich plötzlich selber so hoch im Preise stellte, daß manch siegesgewisser Verehrer des Abends am nächsten Morgen schon ein überwundener Standpunkt war.

Und warum sollte Marga Daja bei diesem plötzlichen Ausflug nicht auch die Macht ihrer Flüglein erproben und die Anwandlung bekommen, noch viel, viel höher zu stiegen, als bis an das Herz eines Roman Ermönyi?

Warum schickten die eleganten Herren ihr Blumen über Blumen hinter die Bühne?

Wäre es ein übler Gedanke, die Gattin eines steinreichen Bankiers zu werden, auf Gummirädern durch das Leben zu rollen und sich alles gewähren zu können, was ein Herz nur wünschen und begehren mag? Oder sticht solch eine kleine Grafen- oder Freiherrnkrone nicht etwa auch in die Augen? Ist es nicht stets das höchste Ziel der berühmten Sängerinnen gewesen, als Gemahlin eines vornehmen Mannes der

Bühnenlaufbahn Valet zu sagen? – Ob eine Aristokratin des Geldes oder des Blutes – eins ist so lockend wie das andre, und Marga Daja ist ein Kind, das sich von solchen Kostbarkeiten reizen läßt, ein unberechenbares Kind, das in der einen Minute ein Herz als Spielzeug küßt und lost; um es im nächsten Augenblick zerbrochen in die Ecke zu werfen!

Roman Ermönyi strich mit der Hand über die Stirn und grub die spitzen Zähne in die Lippe. Was sollte er tun?

»Zum Teufel, du lustige Freiheit du!« zieht es durch seinen Sinn. – Es ist doch wohl sicherer, beizeiten zuzugreifen und festzuhalten, und wenn erst die Verlobung stattgefunden, soll die Hochzeit auch nicht lange auf sich warten lassen.

Der junge Komponist tritt einen Schritt vor und schaut auf die Bühne. Die Oper nähert sich ihrem Ende. Margas Finale setzt ein.

Er sieht sie vor sich stehen, glühend, fiebernd, in höchster Erregung. Kein Schmuck und Glanz mehr, das weiße Totenkleid fließt wie ein lichter Schein um sie her, wirr, von der Leidenschaft durchwühlt fluten die Haare über Brust und Arme, und ihre Augen brennen wie in stummem Hilfeschrei auf dem Publikum. – Bezaubernd!

Und nun singt sie. – Das muß ein Beifallssturm werden, der zum Orkan anwächst!

Ja – tausendmal ja! Es ist hohe Zeit, diesen Edelstein sicher, sehr sicher zu fassen.

Ein neuer Gedanke blitzt durch Romans Sinn. Wäre es vielleicht vorteilhafter, eine heimliche Ehe zu schließen? Der Schwarm der Anbeter ist nicht zu verachten, und kostbare Geschenke nimmt man ja ganz gern mit in den Kauf! – Aber... es ist doch ein mißlich Ding, und andererseits wäre es gleichzeitig die beste und erfolgreichste Reklame für ihn, wenn Marga in Zukunft seinen Namen führt, ihn mit doppeltem Lorbeer zu kränzen.

Warum soll nicht auch eine Frau ihre Verehrer haben? Es wird schnell genug bekannt werden, daß der beneidete Gatte nicht eifersüchtig ist.

So mag denn der Würfel fallen! Nach Romans Berechnung kann er nur die weiße Seite zeigen.

Wieder brennt sein Blick auf der anmutigen Erscheinung Margas, die just in rührender, herzbezwingender Klage die Kinderhändchen hebt und mit brechender Stimme schluchzt: »Laß ab von mir – ich bin die Todgeweihte, – laß ab von mir, – das Unheil folgt mir nach –«

Er lächelt. Wie vorzüglich sie das Gemisch von Angst und Schmerz wiedergibt! Es ist geradezu spaßhaft, daß sich hunderte von Augen mit Tränen füllen, weil eine kleine Komödiantin, deren Herz vor lauter Lust und Glückseligkeit zerspringen möchte, in eingebildeter Todesangst sich vor ihnen verzehrt!

Ja, sie ist eine gute Sängerin und eine gute Komödiantin – darum will er ihr nicht nachstehen und auch ein guter Komödiant sein.

Er will Marga Daja freien, teils aus Liebe, – wenn das Gefühl lüsterner Begehrlichkeit, das er empfindet, Liebe ist – teils aus Spekulation, wenn das Geschäft, das er mit dem Trauring zu machen hofft, in der Tat ein gutes ist!

Roman streift mit feinem Lächeln die Handschuh straffer an den Fingern empor, räuspert sich und steht mit hämmernden Schläfen bereit, an der Seite seiner Diva den letzten Ansturm von Applaus über sich ergehen zu lassen.

Marga stirbt, der Chor verklingt, und aus den Flammen, die soeben die Todgeweihte umlodert, wird die lebensfroheste und glückseligste Braut steigen, in deren kleiner Kehle das Gold verborgen liegt, mit dem sie heute abend das Glück erkauft.

Zum letztenmal rollt der Vorhang nieder.

Die letzten Klänge des Orchesters werden von dem lauten Beifall verschlungen, der das Haus durchtost.

Schon steht Roman neben der Vertreterin seiner Titelrolle und reicht ihr beide Hände entgegen.

»Komm, Marga – komm! – *Meine* Marga!« ringt es sich halb erstickt von seinen Lippen.

»Vorhang hoch!« ruft der Regisseur. »Sie müssen heraus, Ermönyi und Daja!«

Marga ruft nach den Vertretern der andern Hauptpartien, und Roman streckt denselben mit verbindlichsten Dankes- und Lobesworten die andre Hand entgegen. »Wir gehören zusammen, meine Herrschaften! Dieser Applaus ruft uns alle!« lächelt er in seiner gewohnten ruhigen Weise.

Wieder und wieder mußten sich Komponist und Darsteller dem dankbaren Publikum zeigen, auch der Dichter des Textes wird gerufen. – Margas Namen aber klingt am lautesten und enthusiastischen von aller Lippen.

Ihr Blick schweift voll strahlender Freude zu Benedikta empor, die sich über die Logenbrüstung neigt und ihr herzlich zuwinkt, – auch zu der Schauspielerloge blickt sie empor und sucht Eckert. Die Kollegen haben ihr während einer Zwischenpause erzählt, ein ganz drolliger Kauz aus der Provinz weine Tränen der Rührung und klatsche sich die Hände entzwei! Man wisse gar nicht, wie dieser seltsame Gast unter die Künstler geraten sei.

Marga lächelte, ohne zu antworten, und jetzt sucht sie ihn, aber sie findet ihn nicht.

Sollte er in seiner Begeisterung schon herabgestürmt sein, sie persönlich zu beglückwünschen?

Poor boy! Welch eine fatale Überraschung wird es für dich sein, wenn Roman Ermönyi dir seine Braut zuführt! Dann klagen die kleinen Tyrannen der Kinderstube zu Floringhof doch vielleicht ein paar Tage lang über Papachens schlechte Laune und üble Stimmung!

Lang kann sich Marga bei diesem Gedanken nicht aufhalten, nur wie im Fluge zieht er durch ihr Köpfchen, dann beanspruchen die Blumenspenden, die jubelnden Zurufe all ihre Aufmerksamkeit, und unter dem blendendhellen Licht, das die neu aufsteigende Ruhmessonne so plötzlich über die junge Sängerin wirft, verblassen alle Erinnerungen an eine Zeit, in der Marga Daja noch nicht ein Stern ersten Ranges gewesen!

Als sich der Ausbruch stürmischer Anerkennung gelegt, als die Bühne sich mehr und mehr leert, und der Intendant mit anerkennendem Händedruck die bedeutungsschweren Worte gesprochen: »Meinen Glückwunsch, Fräulein Daja! Sie haben Großartiges geleistet, wir sprechen morgen das Nähere darüber!« – bietet Roman Ermönyi der Gefeierten den Arm, um sie in die Garderobe zurückzuführen.

Sie blickte innig, glückstrahlend zu ihm auf, und Roman drückte ihren Arm zärtlich an sich und flüstert mit glutvollem Blick: »Du süßes, süßes Kind! – Ach, daß ich erst dir allein sein könnte! Warum muß Tante Lore als Cerberus dein Zimmer bewachen! – Ich lechze nach ein paar Minuten ungestörter Aussprache!«

Sie schmiegt sich an ihn: »Vor dieser treuen Seele habe ich ja keine Geheimnisse, Herzlieber!«

»Sie ist eine dritte Person, und alles Dritte ist bei süßem Minnekosen lästig und überdrüssig!«

»Ach, Roman, welch eine glückselige Zeit langen, ungetrübten Alleinseins steht uns, so Gott will, bald bevor!«

Er nickt aufgeregt und legt den Arm um sie, derweil sie die Treppe emporsteigen. »Bald, bald! – Die Flammen auf der Bühne haben nicht allein dich, sondern auch mein Herz verschlungen! Es verzehrt sich in der Sehnsucht nach diesem Alleinsein! Ist es dir recht, Geliebte, so schlage ich aus Tante Lores Anwesenheit Profit und bitte sie sogleich um deine Hand!«

Sie bleibt momentan stehen, neigt das Köpfchen wie in atemlosen Lauschen zurück und lächelt verklärt.

»Ach, Roman – welche Freude, endlich unser zärtliches Geheimnis aller Welt verraten zu können!«

Er blickte sie ernst an. »Und du würdest auch bereit sein, bald zu heiraten und *meinen* Namen mit deinem jetzigen auch auf dem Theaterzettel zu vertauschen?«

»Das ist wohl selbstverständlich. Geliebter« – nickt sie harmlos.

Plötzlich aber tritt ein Ausdruck der Bangigkeit in ihr Antlitz: »Schon so bald heiraten? Wird das denn möglich sein, Roman? Noch verdiene ich nicht viel, und deine Einkünfte müssen sich auch erst steigern, ehe wir einen Hausstand gründen können?

»Unsre beiderseitigen Einnahmen werden nach dem heutigen Erfolg anschwellen wie ein Waldbach nach dem Gewitter.« Ein energischer Zug zeigt sich um ihre Lippen: »Es ist immerhin keine *sichere* und *bestimmte* Revenue!« sagt sie kopfschüttelnd. »Ich werde nur in eine baldige Heirat willigen, wenn ich am X.'r Hoftheater mit hohem Gehalt engagiert werde, und wenn du, was die Hauptsache ist, daselbst die Dirigentenstelle annimmst!«

Ein seltsames Zucken ging über sein Gesicht, das meistens anzeigte, daß Roman Ermönyi seine innere Heftigkeit nur gewaltsam beherrschte.

»Sieh, sieh, meine kleine Göttin macht ihre Bedingungen und schwingt das Pantöffelchen schon *vor* der Hochzeit! Je nun, du weißt ja, Liebchen, daß ich Wachs in deinen Händen bin! Obwohl mir eine feste Stellung, ein Binden und Fesseln an bestimmtem Fleck und in bestimmten Verhältnissen greulich unsympathisch ist, so gehorche ich doch willig deinem Befehl und füge mich deiner Tyrannei! Bist du zufrieden damit, Kind?«

Sie drückte seinen Arm stürmisch an sich. »Du bester, einzigster Mann! Ist es nicht unser beider Wohl und Glück, das ich bedenke und sicher gründen will? – Wie schön steht es dem Leu, wenn er sich vor dem weißen Lämmchen duckt« – sie lacht silberhell auf und blinzelt ihn neckisch an: »Und wie gut und artig von dem Lämmchen, wenn es sich als Gegenleistung mit Haut und Haar von dem König der Wüste verschlingen läßt! – Also unser Pakt ist geschlossen! Nun schnell, schnell zur Tante Lore, damit sie unsern Herzensbund segnet und eine ellenlange Depesche an Onkel und Tante nach Floringhof von Stapel läßt!«

Im Sturmschritt geht's weiter. Lachend, glückselig, ganz und gar »Kind«, schmiegt sie sich an seinen Arm. »Benedikta wird auch in die Garderobe kommen, und sie muß natürlich auch sofort Zeuge unsres Glückes werden! Nicht wahr, Roman? Ich kann dich doch gleich als Sieger, als doppelten Sieger ›vor und hinter den Kulissen,‹ präsentieren?«

»Das versteht sich, kleiner Engel! Ich werde den Hut hinhalten und meinen Dank von der Baronesse einsammeln, daß ich ihre Jugendgespielin Marga über Nacht zur berühmten Sängerin machte!«

Er sagte es mit einer gewissen Betonung, gibt ihren Arm frei und reißt die Garderobentür auf, um mit jubelndem Zuruf bei Tante Lore einzutreten.

Siebentes Kapitel

Die alte Dame sitzt vor dem Tisch und blickt mit lächelndem, stillzufriedenem Gesicht auf den Berg von Blumen und Kränzen nieder, die man ihrer berühmten Nichte gespendet. – Sie ist die Witwe eines Kanzleibeamten, steht allein und kinderlos in der Welt und hat sich auf die dringenden Bitten von Margas Vormund seinerzeit entschlossen, die junge Waise in ihrer gefährlichen Bühnenstellung zu bemuttern.

Frau Rätin Kirchstück hat es mit schwerem Herzen getan. Sie ist sehr ungern in die Residenz übergesiedelt, sie, die Kränkliche, immer Leidende, die an ihrer kleinstädtischen Heimat hängt und oft voll bittern Heimwehs nach dem schattigen Dörfchen und den Gräbern ihrer Lieben die Hände ringt.

Sie hat selber dem Vormund und den Verwandten in Floringhof in kläglichen Briefen versichert, daß sie sich absolut nicht zum Schutz ihrer Pflegebefohlenen eigne. Sie ist viel zu elend, um das aufreibende Leben mitmachen zu können, sie liegt viel zu oft im Bett, um Marga überallhin begleiten zu können, wo es ihr Pflicht und Gewissenhaftigkeit vorschreiben.

Sie tut, was in ihren schwachen Kräften steht, und das ist nicht viel. Wenn sie dem kleinen Haushalt vorsteht, die Einkünfte und Ausgaben der Nichte überwacht und sie morgens und abends unter Tränen beschwört, allen Versuchungen zu widerstehen und ihren Ruf und ihre Ehre als höchstes Kleinod zu wahren, so hat sie das ihre getan. Auf Schritt und Tritt hinter dem ruhelosen Elfchen herlaufen, vermag sie bei ihren grauen Haaren nicht.

Blaß und kummervoll blickt ihr hageres Gesicht aus der schwarzen Spitzenhaube heraus, stets geneigt, ein paar Tränen der Sorge und Rührung zu vergießen, immer bereit, den Zuhörer durch eine endlose Leidensgeschichte zu deprimieren.

Sie paßt so gar nicht unter das lebensfrohe Völkchen der Künstler, und das empfindet sie selber und hält sich ihm mit Vorliebe fern.

Der Gedanken, dieses entsetzliche Leben zwischen himmelhohen Steinwänden, Fabrikessen und lärmenden Großstadtstraßen noch jahrelang führen zu müssen, hat sie wie ein Alp bedrückt, und ihre Miene von Monat zu Monat unglücklicher gestaltet.

Da kam ein rettender Hoffnungsstrahl in Gestalt des Komponisten Roman Ermönyi.

Marga, die nie ein Geheimnis vor der Tante gehabt, machte sie auch zur Mitwisserin all der glückseligen Hoffnungen, die sich an den heutigen Premierenabend knüpften, und diese Aussicht, die junge Sängerin bald zu verheiraten und dem tatkräftigen Schutz eines Gatten übergeben zu können, übte einen unbeschreiblich glücklichen Einfluß auf die heimwehkranke alte Frau aus.

Nun kannte sie kaum noch ein andres Gebet, wenn sie ihre vertrockneten Hände faltete, als eine inbrünstige Bitte zum Himmel, diese verhängnisvolle Premiere mit Erfolg zu krönen.

Gab ihr diese doch die Freiheit und die Heimat wieder, zwei Begriffe, die sich zu zehrender Sehnsucht der Leidenden gestaltet hatten.

Die Aufregung und Spannung, mit der sie dem heutigen Abend entgegensah, wirkten nicht günstig auf ihre Nerven, und als sie voll zitternder Angst hinter den Kulissen saß und auf den Applaus lauschte, reifte der Gedanke, um jeden nur möglichen Preis der Qual dieser Stellung zu entgehen, in ihrem gemarterten Hirn.

Wie eine Erlösung überkam es sie bei dem Sturm des Beifalls, den Ermönyi und ihre Kleine ernteten, und die Bühnenarbeiter und Choristen, die die blasse, kränkliche Frau in dem schwarzen Kleid kannten, blickten voll Rührung auf ihre zusammengesunkene Gestalt, wie sie mit gefalteten Händen dasaß, und Träne um Träne haltlos über die runzligen Wangen floß.

Ein Häuflein Unglück inmitten eines himmelhoch jauchzenden Glücks.

Voll übermütiger Seligkeit schlang Marga in den Zwischenpausen die Arme um sie und häufte Blumen und Lorbeeren mit immer vollen Händen um die Tiefergriffene.

Sie hatte den stürmischen Applaus gehört, hatte die zahlreichen Ovationen gesehen, die man der Darstellerin und dem Schöpfer des Werkes zollte, und war hochklopfenden Herzens in das Garderobezimmer geeilt, in der festen Voraussetzung, daß nun die sehnlichst erhoffte Verlobung sie aus allen Ängsten und Nöten befreien werde.

Sie war darum nicht sonderlich überrascht, als Roman Ermönyi ihr voll glückstrahlender Erregung die Nichte zuführte und mit erhobener Stimme versicherte: »Hier, Tante Lore, bringe ich Ihnen unsre Marga, die ich kraft ihrer unwiderstehlichen Rolle heute abend hoch empor an den Himmel der ersten Sterne der Kunst gehoben habe! Können Sie sich wundern, teuerste Frau Rätin, wenn ich für eine solche große Tat auch einen großen Lohn verlange? – Nichts Geringeres als dieses ›blitzende Sternlein‹ selbst, das mir ja längst mit offenen Armen und heißem Heizen als mein vielholdes Bräutchen zublinkt!«

Er zog die junge Sängerin ungestüm an sich und küßte voll Leidenschaft die Lippen, die seine Melodien soeben voll sieghafter Schöne in die Welt getragen. Die respektvolle, etwas steife und anbetende Scheu, die die Frau Rätin ihrerzeit an ihrem werbenden Bräutigam so tief gerührt und geehrt hatte, vermißte sie bei diesem

Freier vollkommen. Es lag vielmehr ein versteckter Zug von Herablassung in seinen Worten, als tue er der Sängerin, die durch seine Musik groß geworden, eine besondere Ehre durch seine Wahl an.

Frau Lore würde das an ihrem Fritz etwas verletzend gefunden haben, auch die Art und Weise der Liebkosungen fand sie nicht allzu taktvoll – da aber Marga weder durch eine einzige Miene, noch durch das leiseste Wort verriet, daß sie diese Ansicht teile, tröstete sich die Rätin abermals in dem Gedanken, daß solch ein ehrfurchtsvolles Liebeswerben wohl auch altmodisch und unkünstlerisch sei, und freute sich ohne weitere Reflexionen der Tatsache, die Hand der Nichte mit überströmenden Augen vergeben zu können. Sie wagte einen schüchternen Versuch, auf die pekuniären Zukunftsverhältnisse anzutippen, ward aber sehr kurz von dem Schwiegerneffen *in spe* abgefertigt, daß diese alberne Prosa schon genugsam erörtert sei; er lebe jetzt so vollkommen in allen Glückshimmeln, daß er nicht an die Misere dieser Tränenwelt erinnert sein wolle!

Da verstummte Frau Kirchstück abermals in scheuer Hochachtung, denn Marga rief voll ausgelassener Lustigkeit:»Unbesorgt, Tantchen! Beleidige einen Ermönyi nicht durch den mindesten Zweifel an seine Existenz! Was glaubst du von einer zugkräftigen Oper? Sie ist eine unerschöpfliche Goldquelle!«

»Und was glauben Sie von einer Nachtigallenkehle *à la* Marga?« lachte der Komponist mit aufblitzenden Augen;»ich werde schon Sorge tragen, daß man diesem Sängerlein einen goldnen Käfig baut!« und er griff mit beiden Händen in die duftigen Blumensträuße, riß die Blumen heraus und warf sie in duftigem Regen über sein»Feenkind!«

Er war plötzlich von einer tollen Lustigkeit, wie oftmals eine Anwandlung wildesten Gefühlsergusses über den»Marmorkühlen« kommen konnte. Marga vermochte kaum ihn zu bestimmen, sie auf dem Korridor zu erwarten, da es die höchste Zeit für sie sei, sich umzukleiden. Just, als Roman voll übermütigen Abschiedes die Tür öffnen wollte, wich er vor einer hohen, schier majestätischen Frauengestalt zurück, neben der seine schmächtige kleine Figur wie ein Schatten vor der Sonne zusammenschrumpfte.

»Benedikta! – Benedikta!«

Mit lautem Jubel stürmte Marga ihr entgegen und warf sich in die Arme, dann riß sie sich wieder los, faßte Romans Hand und zog ihn mit sprechender Geste an sich.

Fräulein von Floringhoven verstand sie. Mit den herzlichsten Glückwünschen bot sie dem jungen Paar beide Hände dar, aber ihr Blick schweifte so jählings und unruhig durch das Zimmer, als suche sie jemanden.

Roman liebte keine Damen, die so vornehm imponierend auf ihre Mitwelt herniederblicken, wie die Enkelin des Ministers. Obwohl er sich mit der verbindlichsten Miene und höflichsten Geste verneigte, sagte er sehr ungeniert zu Marga:»Bitte, bedeute ihr, dass wir eilig sind und von Freunden erwartet werden!«

Abermals empfand es Benedikta unendlich schmerzlich, wie verlegen und unerquicklich der Beikehr mit einer tauben Persönlichkeit ist; sie vermißte auch in Romans Gesicht jede Spur von zartfühlender Teilnahme, die sie ermutigt hätte, ihm eine schriftliche Unterhaltung zuzumuten.

Das unangenehme Gefühl, das sie stets beschlichen, wenn Marga von ihm schrieb und erzählte, drängte sich ihr bei seinem Anblick in noch erhöhtem Maße auf. Die Persönlichkeit Romans wirkte direkt abstoßend auf sie, und ihre wunderbar scharf ausgeprägte Menschenkenntnis durchschaute in ihm den herz- und gefühllosen Egoisten, der eine Marga Daja lediglich aus Gewinnsucht an sich fesselte.

Während das Brautpaar in erregtem Ton flüsterte – wie es schien, wollte die Sängerin ihren Bräutigam bestimmen, Barone Floringhoven zum Souper einzuladen, was ihm höchst überflüssig und langweilig schien – wandte sich Benedikta an Tante Lore, um auch ihr einen Glückwunsch zu sagen, der immer weniger von Herzen kommen wollte. Da sie die Antwort der alten Frau nicht verstand, fuhr sie hastig fort:»War mein Inspektor aus Floringhof nach der Aufführung schon hier?« Frau Kirchstück schüttelte verständnislos den Kopf, und mit besorgtem Gesicht wandte sich die junge Dame wieder zu Marga, die ihr mit flehendem Bitten die beschriebene kleine Tafel reichte.

Roman zog sich mit formeller Verbeugung und einem sehr einstudiert gewinnenden Lächeln zurück, während Benedikta sehr freundlich, aber sehr entschieden die Einladung zum gemeinsamen Souper ablehnte.

»Sind Sie zu stolz dazu, liebste Freundin? Roman behauptet es!« kritzelte Marga etwas schmollend nieder, während sie begann, sich voll fliegender Hast umzukleiden.

»Ihr Herr Bräutigam kennt mich nicht, darum kann mich seine Annahme nicht befremden; von Ihnen, liebe Marga, hätte ich ein besseres Verständnis für meine Unfähigkeit, an Gesellschaften teilzunehmen, erwartet.«

Benedikta seufzte tief auf und sah so traurig aus, daß Marga voll inniger Teilnahme ihre Hände in die ihren nahm und küßte. Ja, sie wußte es, wie qualvoll der Verkehr mit heiteren Menschen für die Kranke war.

»Haben Sie Eckert nach der Aufführung gesehen, Marga? Nein? – O
mein Gott – ich bin so sehr besorgt um den Armen. Fraglos hat er von
Ihrer Verlobung gehört, daß er so spurlos verschwunden ist! Und ich
hatte mich so sehr bemüht, ihn auf diese, Schmerzenskunde
vorzubereiten!«
Marga sah jedoch mehr geschmeichelt als bestürzt aus.
»Ich war doch sehr nett zu ihm heute, nicht wahr?« schrieb sie schnell
auf, während Tante Lore und die Kammerjungfer die blonde Perücke
von ihrem Köpfchen lösten.
»Viel zu nett, Sie Turandot! Das hat ihn erst in alle Himmel gehoben,
um ihn alsdann desto tiefer stürzen zu lassen. Wenn der nur keinen
unüberlegten Streich macht!«
Marga war viel zu ausgelassen, um einen ernsten Gedanken fassen zu
können. »Wie sollte er! Da müßte er doch zuvor sein Oberkommando
in der Kinderstube um Erlaubnis fragen, ob er ins Wasser gehen darf
oder nicht!«
Der ernste Blick Benediktas flammte vorwurfsvoll auf sie nieder.
»Marga! Marga! Vielleicht klagt Sie sein brechendes Auge schon vor
Gottes Richterstuhl an!«
Tante Lore fing vor Schreck an zu weinen, und die junge Sängerin
machte plötzlich auch ein ganz betroffenes Gesicht.
»Aber liebste Benedikta – glauben Sie etwa im Ernst?«
»Warum sollte er so spurlos verschwinden, wenn er nicht in höchster
Aufregung das Theater verlassen hätte?«
Marga schlug mit der kleinen Faust heftig auf den Tisch und stampfte
wie ein ungezogenes Kind mit beiden Füßchen auf die Erde. »Zum
Kuckuck mit dem albernen Menschen! Was geht er mich denn an? Was
habe ich mit ihm zu schaffen?« rief sie weinerlich, »er stört mir den
ganzen schönen Abend! Warum bildet sich der freche Patron Dinge
ein, die sich nicht erfüllen können? Warum wagt er es, seine Augen zu
mir zu erheben!«
Fräulein von Floringhoven verstand kein Wort und nahm an, baß ein
bitterer Ausbruch von Reue und Angst die arme Marga derart schüttele.
Sie legte freundlich tröstend den Arm um sie: »Ich hoffe ja auch zu
Gott, daß er vernünftig ist, liebste Marga, daß er vielleicht unten bei
Sophie auf mich wartet! – Leben Sie wohl und kommen Sie bald zu
mir, auf daß wir über den heutigen schönen Erfolg noch ausführlich
plaudern können, – das heißt, wenn Sie in Ihrem jungen Glück noch
Zeit für alte Freunde haben! Wenn Eckert drunten auf mich wartet,
sende ich Ihnen sofort Nachricht herauf! Und nochmals Gott befohlen!
Möchte der heutige doppelte Glückstag zum Heil und Segen für Ihr
ganzes Leben werden!«

Als sich die Tür hinter Fräulein von Floringhoven geschlossen, riß Marga das Spitzentuch vom Tisch und knäulte es ärgerlich in den Händen. »Gott sei Dank ist der Unglücksrabe davongeflattert! Eine bodenlose Rücksichtslosigkeit, mich an dem heutigen Tage derart zu ängstigen und aufzuregen! Mag doch ihr törichter Onkel Bräsig bleiben, wo der Pfeffer wächst! Hätte viel zu tun, wenn ich hinter allen sentimentalen Jünglingen herlaufen wollte, die für Marga Daja Feuer fangen! Schnell doch, Tante, mein Kleid her! Wie lange soll Roman warten! Ich glaube wahrhaftig, es hat sich heute alles gegen mich verschworen!«

Marga war bald im Pelzmantel und Kopfschal und stürmte durch die Tür, ihrem »Glück« entgegen, das in Gestalt Roman Ermönyis ihrer harrte.

Er hatte stets eine überschwengliche Weise gehabt, seine Liebe zu versichern und zu bekunden, – jetzt, als er endlich ungesehen und ungehört von Fremden seine Erwählte im Arme hielt, dieweil der Wagen im schärfsten Tempo dem Restaurant entgegensauste, brach sich die Erregung in tausend liebeglühenden Worten Bahn und berauschte das »Kind« mit dem süßen Gift himmelstürmender Leidenschaft; Marga war geistig viel zu unbedeutend, um solch einen Ausbruch jähen Gefühls richtig zu beurteilen, sie schwelgte in der Überzeugung, über Maß und Ziel geliebt zu sein, und in dem Triumph der Eitelkeit, den unberechenbarsten und launenhaften Künstler so völlig besiegt und lammfromm zu ihren Füßen niedergezwungen zu haben!

Hell wie das Morgenlicht – lächelt die Ferne! Glückliche Sterne, täuschet mich nicht! – Wieder klang es in leisem Jubel von ihren Lippen, und hätte sich nicht trotz aller Leichtfertigkeit doch eine Stimme in ihrem Innern geregt: »Wo blieb Eckert?« – hätte sich Marga in der Tat ein wolkenloses Glück erkauft. – Für wie lange? Danach fragte sie nicht.

Der Wagen hielt vor dem glänzend erleuchteten Restaurant, und Roman faßte die junge Braut voll übermütiger Seligkeit, um sie wie ein Kind aus der Equipage zu heben und noch ein paar Schritte über das Trottoir zu tragen.

»Siehst du, Feinsliebchen! So werde ich dich durch dein ganzes Leben hindurch auf Händen tragen!« flüsterte er ihr wie ein Berauschter in das Ohr. –

Die Gasflammen und das elektrische Licht brannten so blendend hell, und dennoch fand Adalbert Eckert nicht Weg und Steg.

Er suchte auch nicht danach, er schritt gedankenlos wie ein Träumender geradeaus, dahin, wo ihn der Strom des großstädtischen Nachtlebens hintrieb. Wo sollte er hingehen? Er wußte es selber nicht.

Er empfand lediglich den Wunsch, möglichst ruhig und von Menschen unbehelligt allein zu sein.

Und hier, unter hunderten von fremden Leuten, die an ihm vorüberhasteten, war er allein, ganz allein mit seinen Gedanken. Die Hitze, die Musik, die Lichter und Leute in dem Opernhaus hatten ihn verwirrt und sein Blut in Wallung gebracht. Da sauste und brauste es durch seinen Kopf, und die bezaubernde Sirene auf der Bühne drunten glich einer Heineschen Spukgestalt, die nächtens kommt, den armen, liebestrunkenen Gesellen um Hirn, Herz und Verstand zu bringen.

Jetzt, als die Nachtluft frisch und kühl um seine Stirn strich, atmete Eckert auf, als erwache er aus einem wüsten Traum.

Ja, er hatte geträumt.

Und heute erwachte er, rauh und unbarmherzig aufgerüttelt von der Hand des Schicksals. Er sah Marga Daja, die Sängerin, und die rosigen Schleier sanken von seinen Augen, daß er klar und deutlich sehen konnte. Was er erblickte – war falsch. Was er hörte – war falsch. Wie ein Zerrbild innerer und äußerer Schönheit stand sie vor ihm, zusammengesetzt aus Lug und Trug, die im Lampenlicht wohl die Augen blendet, die grelle Tagessonne der Wahrheit aber nicht vertragen tann.

Das harmonische Ganze, von dem er geträumt, war eitel Stückwerk, und das Herz, um das er in treuer Liebe werben wollte, feilschte mit Gold und Lorbeer um ein andres Glück, das nicht der Himmel, sondern die betrügerische Welt verkauft.

Ein schwerer Traum und ein bitteres Erwachen machen Leib und Seele zerschlagen und müder noch als zuvor. Auch bei Eckert?

Wie im Halbschlaf schreitet er dahin, im Kampfe gegen sich selber ringend, die Fesseln dieser Müdigkeit abzustreifen. Und wie er emporblickt, wo die Sterne so freundlich leuchten, da deucht's ihm, als blickten die Augen seiner Kinder auf ihn nieder. Wie Spuk und böser Zauber verfliegt der letzte Nest eines krankhaften Wehs. Tief aufatmend bleibt er stehen und lächelt: »Gott im Himmel sei gelobt, daß er meine Kleinen vor einer solchen Stiefmutter bewahrte!« murmelte er. Ein Gefühl froher Erleichterung überkommt ihn.

Mit hellen Augen blickt er sich um.

Wohin ist er in der großen fremden Stadt geraten? Vor ihm, in der weniger belebten Straße, schreiten zwei Herren.

»Ich habe Durst, Verehrtester!« lacht der eine, »und da wir so nahe an der Quelle sind, lassen Sie uns Einkehr halten und den alten Adam regelrecht in einem Glase Kulmbacher oder Niersteiner ersäufen; je nachdem Ihr Herz für Bayern oder das Rheinland schlägt!«

»Wenn dich die bösen Buben locken, so folge ihnen nicht, sondern geh voran!« antwortet der andre lustig. »Sie wissen, daß ich kein Spielverderber bin, *amico*!«

Ein frischer Trunk!

Eckert empfindet es plötzlich, daß ihm der Hals wie ausgetrocknet ist. Das flüchtige, kaum angerührte Nachtmahl bei der Baroneß ist das einzige gewesen, was er tagsüber wahrend der Reise genossen. Nun verlangt die Natur ihr Recht.

Es ist dem Inspektor so leicht und froh um das Herz gewesen, daß er das Haupt in den Nacken schüttelt wie ein Löwe, der die Bande und Ketten zerrissen und sich seiner Freiheit freut. Nun will er auf das Wohl jenes Mädchens trinken, das ihm die Augen geöffnet.

Die Herren vor ihm biegen in einen strahlend erleuchteten, palmengeschmückten Hausflur ein. Befrackte Kellner treten ihnen entgegen, und Bratenduft schwängert die Luft.

Eckert folgt mechanisch und tritt ein.

Wieder umfing den Eintretenden elektrisches Licht, durch farbiges Glas gedämpft und von aufträufelndem Tabaksrauch zart verschleiert. Eine seltsame Luft weht ihm entgegen, das undefinierbare Gemisch, das durch elegante Restaurationsräume der Großstadt weht.

Als er langsam vorwärtsschreitet, ertönt aus einer der Nischen, in der eine elegant gedeckte Tafel steht, jubelndes Hoch und Gläserklingen: »Marga Daja! Roman Ermönyi!« klingt es grell in die Ohren des Inspektors, und wie vom Blitz getroffen steht er still und starrt auf die also Lärmenden.

Ein jäher Schreck lähmt ihm die Füße.

Vor ihm, von dem Arm des jungen Komponisten umschlungen, steht Marga, mit glühenden Wangen und strahlenden Augen reihum anzustoßen. Die Gläser bieten sich ihr entgegen. Lachende Lippen, weinselige Augen grüßen die reizende Braut.

»Hoch das Brautpaar! Hoch der unsterbliche Lorbeer!« klingt es abermals von den Lippen des korpulenten Herrn, den Eckert schon in der Schauspielerloge genugsam kennengelernt, und indem Marga ihm lachend Bescheid tut, wendet sie das Köpfchen.

Ihr Blick schweift weiter – und plötzlich brennt er in den weit aufgerissenen Augen des Inspektors. Momentan starrt sie ihn sprachlos an, dann ringt sich ein heller Jubellaut von ihren Lippen, und sich jählings aus dem Arm des Beilobten befreiend, stößt sie den Stuhl zurück und stürmt dem Gast aus Floringhof entgegen.

»Eckert! Eckert!« lachte sie. »Gott sei Dank, daß Sie Ausreißer wieder da sind! Wo haben Sie böser Mensch gesteckt? Etwa als ›Mullah auf verbotenen Wegen‹ wandelnd? Schämen Sie sich, Sie solider Mann!

Wir dachten ja wirklich schon, eine unglückliche Liebe habe Sie kopfüber in den Kanal getrieben!«

Aller Augen blickten höchlichst überrascht auf den riesenhaften Mann, vor dem Marga Daja wie ein bunter Schmetterling gaukelt, ihn an beiden Händen zu dem Tisch heranziehend.

»Hier, meine Herrschaften!« ruft sie übermütig, »ein Mann, der Durst nach Wein und Appetit auf junge Mädchenherzen verspürt! Laßt ihn nicht verschmachten!«

»Fräulein Marga –« stottert Eckert mit ernstem Gesicht, »ich bedauere lebhaft, nicht Platz nehmen zu können –«

»Papperlapapp! Warum nicht? Hat Baroneß Sie nur hierher geschickt, mich durch Ihren Anblick aus den tausend Sorgen um Ihr junges Leben zu erlösen?«

»Baroneß?«

»Nun ja, kommen Sie nicht von ihr?«

»Nein, Fräulein Marga –«

»Um so besser!« sie lacht silberhell auf, »so folgten Sie aus eigenem Antriebe errötend meinen Spuren! Und wollen nicht Platz nehmen? – Torheit! Sie werden doch nicht so ungalant sein, es zu verweigern, auf mein Wohl zu trinken?«

»Gewiß nicht! – – Aber ... es ist schon sehr spät –«

»Warum kamen Sie denn hierher?«

Nun wird er blutrot. »Ich wollte in aller Eile noch ein Glas Bier trinken! Ich ahnte wirklich nicht, daß ich Sie hier treffen würde, Fräulein Marga!«

»Dann fällt Ihnen dieses Glück also ganz unverdienterweise in den Schoß?« lächelt Roman, mit höflicher Verbeugung näher tretend, »und doppelt unverantwortlich wäre es, wollten Sie es nicht beim Schöpfe fassen! – Darf ich bitten, liebe Marga, mich deinem überraschenden Besuch bekannt zu machen?«

Marga legte ungeniert die Hand auf den Arm des Inspektors und führte ihn vor den Stuhl, den ein Kellner diensteifrig an die Tafel geschoben, dann zeigte sie mit großer Geste auf den Fremden und rief voll Pathos:

»Meine Herrschaften, heißen Sie einen Mann willkommen, dem ich mein Leben verdanke –«

»Donnerwetter – Ihr Vater?« grunzte der Baß voll Humor, ein homerisches Gelächter veranlassend, das sich erst allmählich wieder legte.

»Abscheulich,« schmollte Marga, »daß Sie doch auch niemals Stimmung halten können, Kranzlow!«

»Bin ich eine Baßgeige?«

»Mit dem Unterschiede, daß nicht Sie, sondern meist Ihre Umgebung durch Sie verstimmt ist!«

»Erlauben Sie mal –«

»Still! – Weiter im Text! Wenn also nicht Papa, dann doch Lebensretter!«

»Hört, hört!«

»Jawohl, ganz richtig, mein Lebensretter! – Stellen Sie sich vor, meine Herrschaften, – versetzen Sie sich in einen bitter-bitter-grimmig kalten Schneesturm –«

»Brr ... ich zittere vor Kälte! – Kellner! Einen heißen Grog!«

»Nicht unterbrechen, Kranzlow! Lieber die Zunge erfrieren, als wie einer Dame das Wort abschneiden.«

»Also ein grimmig kalter Schneesturm –«

»Ich sage Ihnen, meine Herrschaften, ein Wetter, wie Sie es sich hier in der Friedrich- oder Leipziger Straße überhaupt gar nicht vorstellen können –«

»Kellner! Malen Sie uns zur bessern Veranschaulichung einen Schneesturm an die Wand!«

»Schreien Sie nicht so! Sie singen ja soeben nicht den Sarastro!«

»Kellner! Treten Sie mal den Herrn hier tot! Er unterbricht uns immer!«

»Ruhe! – Es haben nur immer zwölf auf einmal das Wort!«

»Also, ein schrecklicher Schneesturm –«

»Baroneß Floringhoven und ich hatten einen Parforcereiter gerettet, – oh, wenn Sie ahnten, *wen*, meine Herrschaften – Sie wären starr vor Hochachtung –«

»Ganz recht, ich war's!«

» *Sie* ritten *par force*? Au! – Gingen Schusters Rappen mit Ihnen durch?«

Kranzlow hob den Stiefel und schaute auf die Sohle. »Ganz recht, sie gehen sogar schon wieder durch!«

»Au! Au! Haut ihm!«

»Still doch! Es wird ja so interessant! Also Marga rettete eine sehr respektable Persönlichkeit!«

»Gewiß Herrn Abbs! Der ist so ›*par force*‹ –«

»Ja, wir retteten! Und ließen den Verunglückten in unserm Schlitten transportieren.«

»Wo ist die Medaille? Ich will erst die Medaille sehen, ehe ich es glaube!«

»Hier ist sie!« – Marga versetzte dem Ruhestörer einen Nasenstüber und fuhr eilig fort: »Allein – mutterseelenallein standen wir im tiefverschneiten Winterwald –«

»Haben Sie schon mal einen tiefverschneiten *Sommer*wald gesehen?«

»Sterbend vor Kälte, Sturm und Grausen! – Mit brechenden Knien rangen wir uns dem fernen Schloß entgegen –«

»Warum war denn den Knien so übel geworden?«
Marga stampfte wie ein ungeduldiges Kind mit dem Füßchen und wandte sich anklagend zu Ermönyi.
»Er ist unerträglich, Roman!«
»Das habe ich Ihnen ja gleich gesagt, daß er, ›Ihr Roman‹, unerträglich ist! Sie wollen sich aber trotzdem mit ihm verloben!«
»Laß nur, Marga, wir laden nachher die großen Kanonen am Lustwäldchen und schießen den Sünder zollweise tot!«
»Aber dann bitte mit dem neuen Pulver! Ich bin Nichtraucher!«
Kolossale Freude. »Ignorieren Sie ihn doch, Marga, Sie wissen, daß dieser verlorene Sohn unverbesserlich ist!«
»Wer zahlt Finderlohn, wenn ich ihn wiederfinde?«
»Ich! – Hier ... einen Handschuhknopp zum ersten!«
»Weiter doch, weiter! – Also Sie starben beinahe im Schnee? – Waren Wölfe oder Bären in der Nähe?« forschte die Naive mit rädergroßen Angstaugen.
»Wie sollen denn Bären dahin kommen! Ermönyi bindet die seinen ja nur hier in der Residenz an!«
»Da die Wälder so endlos bei Floringhof sind, konnte ich es immerhin nicht wissen! Außerdem hatten sich vor etlichen Jahren Räuber darin aufgehalten!«
»Sehr wahr, zur Zeit des Faustrechts durchstreiften Buschklepperbanden die ganze Gegend. Etwas früher noch, als Thüringen noch ein Stück Ostsee war und die Meeresfluten den Inselberg umspülten – daher der Name –, sollen sogar Piraten per Schiff über die Schloßtürme von Floringhof hinweggefahren sein!«
Kranzlow sah sehr ernst aus, als er dieses sagte, und trank sein Glas bis auf den letzten Tropfen aus.
»Wie lange mußten Sie denn in dem Wald aushalten?«
»Oh – es waren wohl ein paar Stunden! Da – in der höchsten Not, als ich schon in den Schnee niedersank und eben die Augen zum Todesschlaf schließen wollte –«
»Wozu solche Umstände? Ich hätte sie ruhig offen gelassen.«
»Als ich noch einmal so recht wehmütig hierher dachte – an euch alle, liebe Kinder –«
»Wenn Sie meiner man bloß im Testament gedacht hätten, holde Daja – das würde mich am meisten gerührt haben – –« schluchzte Kranzow in seine Serviette.
»Da nahte plötzlich hoch zu Roß der Retter in der Not –«
»Um mir meine Erbschaft wieder abzujagen!«
»Hier, dieser brave, vortreffliche Mann, Herr Inspektor Eckert!« – Marga hob mit zauberischem Lächeln ihr Glas zu dem Genannten –

»der mich empor in seinen Sattel nahm, wie der Riese das Königskind, der mich und mein Leben aufs neue der Welt wiederschenkte –«

»Grundgütiger! Jetzt genießt der gute Kerl schon wieder Mutterfreuden!«

»Und den ich darum als getreuen Freund und Gast in diesem frohen Kreis willkommen heiße!«

Jubelndes Hallo. »Hoch klingt das Lied vom braven Mann – wie Orgelton und Glockenklang! Hoch! Hoch! – Hoch!« –

Nun saß er Marga Daja abermals gegenüber, und als er sie ansah, als er ihre ausgelassene Stimme hörte und merkte, daß sie sich besonders bemühte, ihn durch Liebenswürdigkeit und Anmut aufs neue zu umstricken, da kam ihm plötzlich das Verständnis, warum er noch einmal ihren Weg kreuzen sollte. – Um sich und seine männliche Standhaftigkeit zu prüfen, um sich zu überzeugen, daß seine Augen wirklich und wahrhaftig sehend geworden waren.

Die Marga, die sich ihm soeben wieder in kecker Weinlaune und angeheiterter Gesellschaft zeigte, verlor den letzten, schwachen Schimmer jenes Glorienscheins, den seine anbetende Liebe ihr ehemals um das Köpfchen gezaubert.

So wie er sie jetzt kennenlernte, entsprach sie in nichts mehr dem Ideal, das er sich von ihr geschaffen. Adalbert Eckert, der stille, streng denkende Mann, der in solidesten Grundsätzen erzogen, die höchsten Anforderungen an eine Weiblichkeit stellte, fühlte sich durch den leichtlebigen Ton, die freien Scherze und seltsame Vertraulichkeit des Verkehrs geradezu abgestoßen.

Marga hat den neugierig forschenden Damen ohne alle Diskretion laut lachend erzählt, daß Herr Eckert ein junger, sehr annehmbarer Witwer in gesichertster Lebensstellung sei, daß sie selber »beinah Feuer für diesen blonden Herkules gefangen hätte, wenn nicht Roman, der süße Bösewicht, kurz zuvor ihr Herzlein gestohlen habe« – und was dergleichen Dinge mehr waren.

Nun hatte sich die Naive mit den krausen Tituslöckchen und der niedlichen Stumpfnase sehr kindlich vertraut neben ihn gesetzt, ihn mit allem Raffinement und aller Kunst zu bezaubern.

Sie schenkte ihm, ohne im mindesten aufgefordert zu sein, von den Blumen, die sie an der Brust trug, schenkte ihm, stets dringlicher nötigend, das Glas voll und stieß mit ihm auf Glück und Liebe, auf seliges Finden und Binden an. Ja, sie erzählte ihm sogar voll herziger Unschuld, daß sie heute nacht schon von ihm geträumt habe, von einem großen, blondbärtigen Herrn, Zug für Zug das Angesicht des Inspektors, der wie mit Sturmesflügeln hinter ihr hergeeilt sei. Sie habe sich anfänglich schrecklich gefürchtet, bis sie schließlich wie ein gehetztes Wild vor ihm in die Knie gesunken sei. Da habe er sie mit innigem Blick empor an seine Brust gezogen, habe sie geküßt und ihr einen Ring angesteckt –

So leise, wie sie auch geflüstert hatte, die Nachbarin zur Rechten Eckerts hatte sie dennoch verstanden.

Sie hob das spitze Gesicht mit sehr ironischem Lächeln. »Träume sind Schäume, liebe Marietta,« spottete sie, »und Träume, die man *erzählt*, werden überhaupt niemals wahr!«

Mariettas jugendliches Gesichtchen sah einen Augenblick recht alt aus, dann lachte sie scharf auf: »Darum eben erzähle ich ja, Teuerste! – Wäre es nicht schrecklich, wenn Herr Eckert mich halbtot hetzen wollte? Sie wissen, ich liebe nicht sonderlich eine Promenade zu Fuß, fahre lieber in der Droschke – und nun gar einen Dauerlauf!«

»Gewiß, gewiß, das Vorspiel hat ja in der Regel mit dem Inhalt der Oper nur so viel zu schaffen, daß es Stimmung machen soll! – Herr Eckert! Nehmen Sie sich vor der kleinen Hexe in acht! Sie ist den Männern sehr gefährlich und hat schon manchen durch liebliche Träume über die fatale Wirklichkeit hinweggetäuscht!«

Eckert ist es unmöglich, in einen derartigen Ton einzustimmen. Ihm deucht die übermütige, unverblümte Weise der Gesellschaft entsetzlich.

Die Stimmung wird immer gehobener, der Wein treibt das Blut stets hitziger durch die Adern, und der, der ihm am unersättlichsten zuspricht, ist Roman Ermönyi.

Die Zügellosigkeit seines Temperaments, die rücksichtslose Willkür seines nie gehegten und gepflegten Wesens brechen durch die Glasur, die es in Form blasierter Gelassenheit und interessanter Nonchalance für gewöhnlich überzieht.

Sein Benehmen gegen Marga entbehrt jeder Würde und jeden Respekts, und es gehört die ganze Harmlosigkeit und verblendete Eingenommenheit dieses »Kindes« dazu, um das Ungehörige in dem Benehmen dieses Mannes nicht zu durchschauen.

Wer aber vermöchte das überhaupt in einem Kreise, dessen Glieder fast sämtlich durch verglaste Augen blicken, deren Sinne sich immer rosiger umnebeln, je weiter der Zeiger auf der Uhr vorrückt, je öfter die leeren Flaschen gegen volle umgetauscht werden.

Eckert ist wohl der einzige, der als steinerner Gast, unberührt und unverändert auf seinem Platz sitzt, wie ein grauer Felsen, um den schäumende Flut ihre Blasen wirft, um den die Nixen ungehört und ungewürdigt ihr Spiel treiben, vergeblich ihre betörenden Lieder singen und die weißen Arme heben.

Sein steifes, abweisendes Benehmen reizt die Damen ganz besonders – um der Seltenheit willen – und die Eitelkeit, diesen Schneemann mit feurigen Blicken und Worten zu schmelzen, treibt die Damen in einen kecken Wettstreit, bei dem sich selbst Marga Daja, die junge Braut, voll übermütiger Laune beteiligt.

Roman ist ja nicht eifersüchtig.

Er selber versichert es und verlangt von seiner Zukünftigen dieselbe Vernunft als Gegenleistung.

Adalberts starrer Blick trifft ihn.

»Sie werden es erlauben, Herr Ermönyi, daß Ihre junge Frau noch als Sängerin auftritt?«

Hätte er türkisch gesprochen, würde seine Frage dem Komponisten kaum unverständlicher sein.

»Na, versteht sich, erst recht! Warum etwa nicht?« fragt er mit zusammengekniffenen Augen. »Glauben Sie, man läßt heutzutage einen Schatz in der Kehle ruhen, ohne ihn zu heben?«

»Sie werden es gleichgültig ansehen, wie Ihre Gattin als bezauberndes, sinnbetörendes Wesen, wie sie es heute abend war, auf den Brettern steht und alle Männerherzen in Flammen setzt?«

»Ah! Bravo! Bravo! Daja, bedanken Sie sich für dieses unfreiwillige Kompliment!«

Ermönyis Lippen verziehen sich ironisch: »Gleichgültig? O nein, so gleichgültig wird es mir gerade nicht sein, im Gegenteil, ich würde sehr böse werden, wenn meine Gattin nur einhundert Männerherzen erobern wollte, wenn achthundert im Theater anwesend sind!«

»Sie würden aber jeden einzelnen würgen, Herr Eckert, der es wagte, Ihre Frau auf der Bühne anzusehen?« jubelt die Naive mit zärtlichem Blick.

»Natürlich! Wer weiß, ob der Dynamitattentäter des Liceotheaters nicht auch nur der eifersüchtige Gemahl einer Diva war!«

»Faktisch. Inspektorchen, würden Sie eifersüchtig sein?« Eckerts Blick schweift ruhig über die Tumultuanten.

»Fraglos würde ich es sein, ich würde nie eine Frau heiraten, um sie mit der halben Welt zu teilen!«

»Nein, du wirst nicht – nein, du wirst nicht, süßer Junge!« flötet die Naive als Zerline aus dem Don Juan, und sie schmiegt sich so nah an den Sprecher, daß ihr Lockenköpfchen beinahe auf seiner Schulter ruht.

Ermönyi lacht schallend auf. »Gottlob, daß der Geschmack verschieden ist! Was sollte aus den Opernhäusern werden, wenn ein Othello jede Tür bewachte? Sie haben gut getan, Herr Eckert, sich auf das Krautpflanzen und Kartoffelernten gelegt zu haben, anstatt zu komponieren, dichten und singen – es ist die Rettung für Darsteller und Publikum! Sehen Sie, ich denke ganz anders darüber! Ich werde selber die Toiletten meiner Frau kontrollieren, sie so verführerisch und prickelnd wie möglich zu gestalten, ich selber werde ihr die Anbeter zuführen, damit die Schar ihrer Vasallen anwachse wie die Sterne am Himmel, wie der Sand am Meer!«

Hochaufgerichtet saß Adalbert und schaute mit bleichem Antlitz in das hochgerötete Gesicht des Sprechers, aus dessen Augen in diesem Moment eine – ihm deuchte es – tierische Gemeinheit funkelte. Marga hatte lachend die Arme um ihn geschlungen und schien gar nicht zu ahnen, was der Mann ihrer Wahl ihr mit seinen Worten antat.

»So, so –« nickte Eckert mechanisch, und dann fragte er plötzlich mit rauher, lauter Stimme:» *Lieben* Sie denn Ihre Braut und künftige Gemahlin, Herr Ermönyi – *lieben* Sie Marga Daja?«

Jubelndes, nicht endenwollendes Gelächter.

Auch Roman lacht, daß sich das Weiße seiner Augen rot färbt. Er reißt seiner Braut das Glas aus der Hand, das sie soeben zum Munde geführt hat, schwingt es hoch und singt mit heiserer Kehle:

»Die Engel nennen es Himmelsfreud',
Die Teufel nennen es Höllenleid,
Die Menschen nennen es Liebe!«

»Liebe, Liebe!« wiederholte der Chor johlend, dieweil Ermönyi die zarte Gestalt »des Kindes« an sich preßt, gleich wie ein Sturmwind, der die weißen Rosen mit rauher Hand packt und entblättert. Er stürzt den Wein herab, füllt das Glas noch ein-, zweimal und leert seinen Inhalt mit unersättlicher Gier. Dann atmet er tief auf und schiebt Marga zurück, um sich mit beiden Armen auf den Tisch zu legen. Sein ganzes Benehmen trägt den Stempel großer Unmanier und verrät bedeutenden Mangel an Bildung.

»Ob ich meine Braut liebe, Herr Eckert?« fragte er sichtlich belustigt. »Ja! Ich liebe sie. Denken Sie an – ich liebe sie! – Aber auf *meine* Art – nicht auf die Ihre! Bei Ihnen und allen andern Alltagsmenschen, die nicht unter dem Steinbild der Lyra und nicht im Zeichen eines Apoll geboren sind, bedeutet die Liebe nichts andres als Tyrannei, als eine Kette, die Sklaven fesselt und ihnen die Gelenke wund reibt! – Liebe! Was bedeutet dem braven Bürger, dem ehrenhaften Soldaten und Beamten, dem nüchternen, beschränkten Arbeiter wohl das Wörtlein Liebe? – Es ist das Namensschild für den Käfig, in den sich die ›verliebten‹, pflichtgetreuen Ehegatten gegenseitig einsperren, und an dessen Gitter sie dennoch zeitlebens ingrimmig rütteln, wie ein König der Freiheit, der in unwürdigen und unnatürlichen Banden schmachtet.. – Ja, sehen Sie mich nur an, Sie Anbeter dieses Käfigs! Klingt Ihnen die Predigt eines Freiheitsapostels so fremd in den Ohren? Dann hören Sie nur weiter! Hören und lernen Sie! Ich bin ein Mann, der die unbeschränkte Selbständigkeit über alles schätzt, der sie für sich selber unbedingt verlangt, und der sie auch andern in demselben Maße gönnt!

Leben und leben lassen! – Es gibt kein Glück, das in irgendeiner Hinsicht, und sei es selbst in der geringsten, eine Zwangsjacke trägt! – Es gibt kein Glück, das permanent Rücksichten nehmen soll, sich fügen und bequemen, so wie es ein fremder Wille oder irgendeine Mode bedingt. Alles, was vorgeschrieben wird, ist ein Zwang, und jeder Zwang ist unerträglich! Ich liebe die Freiheit! Nicht nur in der Liebe, sondern in allen Dingen. Ich hasse jede Stellung, die den Mann bindet und knechtet, ich hasse jede Vorschrift, die ›höherer‹ Wille diktiert, sei es der des Königs, derjenige der Polizei oder eines Agitators, der unter der schönsten Devise, ›für die Freiheit‹ lediglich ein neues Regiment in andrer Fasson heraufrevolutionieren will! – *Wer* befiehlt, ist ja gleichgültig, ob nur einer – oder der wüste Haufen des Volkes, – ich mag mir von *keinem* befehlen lassen, nicht von Männer-, nicht von Weiberhänden, – selbst von diesen allerkleinsten nicht! Ich erkenne nur *einen* Willen an, und das ist der meine. Ich stelle es meiner Frau aber auch frei, ganz genau ebenso zu denken und zu tun —«

»Himmel! Wenn niemand sich fügen und nachgeben will, was für einen permanenten Spektakel soll das im Hause geben?« lachte die Naive hellauf.

»Spektakel?« Roman zuckte die Achseln. »Narrheit. Es geht eben jedes *den* Weg, der ihm zusagt!«

»Bravo! – Sehr vernünftig! Ermönyi soll leben!« jubelten die Stimmen der Zuhörer, die sich absolut nicht in der Laune befanden, lange Reden mit anzuhören; Kranzow hob sein Glas und stieß lebhaft mit Marga an: »Na, dann rate ich Ihnen, schöne Daja, nehmen Sie gleich am Hochzeitstage ein Rundreisebillett um die Erde, damit Sie sich noch einmal im Leben mit Ihrem Gatten begegnen!«

»Und Sie sind mit den Ansichten Ihres Bräutigams einverstanden?« fragte die schlanke Nachbarin zur Rechten Adalberts, nicht ohne boshaftes Blinzeln gegen die Kollegin, über die Tafel herüber.

Marga blickte wie verklärt zu Roman empor: »Gewiß bin ich es! Sein eiserner Wille imponiert mir! Ich liebe das Rauhe und Energische an dem Mann.« Das hatte sie Eckert schon damals versichert, als sie während des Ritts im Schnee seine »schwächliche« Vaterliebe verspottete.

Schweigend starrte Eckert nieder in sein Glas, und während Kranzow ein übermütiges, nicht allzu zartes Couplet anstimmte, das die Freiheit der Liebe pries, während die Stimmung an der Tafel schon in jenes wundersame Gemisch von gewaltsamer Berauschtheit und Übermüdung einlenkte, zog er die Uhr und blickte darauf nieder. Es war die zweite Stunde.

Die Naive riß ihm die Kette aus der Hand, und die schlanke Blondine zwang ihn mit kräftigen Armen auf den Stuhl zurück: »Was da! Kein

Spielverderber sein! Wie dürfen Sie aufbrechen, ehe die würdige Mama da drüben befiehlt –«

»An diesem Tisch huldigt man dem *eigenen* Willen!« gab Eckert scharf zurück.

»Bravo! Famos gegeben!«

Und weiter wird getrunken, immer weiter, bis sich Roman Ermönyi mit stierem Blick nach vorne neigt, und Marga abgespannt aufsteht.

»Nehmt es mir nicht übel, Kinder – ich muß nach Hause!«

»Nach Hause gehn wir nicht, nach Hause gehn wir lange nicht!« lallt Roman und tastet nach dem Glas.

»Noch ein Hoch auf den Erfolg und auf das Brautpaar!«

»Hoch! Hoch! Hoch!«

Der Komponist erhebt sich wankend, steht einen Augenblick und sinkt schwer auf den Stuhl zurück.

»Kinder! Kinder! Leutchen – er hat einen Schwipps!« lachte Marga harmlos.

»Einen kolossalen Schwipps! – Holt den Totenwagen, ich werde den Unsterblichen nach Hause bringen!« grunzt Kranzow, selber nicht mehr ganz sicher auf den Füßen.

»Aber *mon dieu*! Wer soll mich denn begleiten?« entsetzt sich Marga plötzlich ganz weinerlich.

»Unsinn, – – Täubchen – ich bringe dich!« lacht Roman mit einem neuen Versuch, sich zu erheben, »aber eine Droschke muß ich haben ... zu Fuß is nicht.«

Eckert steht neben der jungen Sängerin und zieht sie mit undefinierbarem Blick auf den Berauschten von Ermönyis Seite hinweg.

»Das ist unmöglich –« sagt er rauh. »Nehmen Sie, bitte, Ihren Mantel um, Fräulein Dallberg! Ich dürfte jetzt wohl ein zuverlässigerer Schutz sein wie Ihr Herr Bräutigam.«

»Auch gut ... meinetwegen ... hast – der Kerl hat recht – und ... eifersüchtig bin ich ja nicht, Kinder –«

Mit einem beinahe verächtlichen Ausdruck in den ernsten Zügen wandte Eckert dem Wankenden den Rücken, um Marga behilflich zu sein, den Mantel anzuziehen.

Die Kleine schlang den weißen Spitzenschal um das Köpfchen und lächelt vertraulich zu ihm auf. »Sie sind entzückend liebenswürdig, *amico mio*! So recht in Wahrheit ein getreuer Ekkehard, der stets zur Stelle ist, mir Hilfe zu bringen. Wundern Sie sich nicht über Roman! An einem solchen Freudentag wie dem heutigen darf man es einem Künstler nicht übelnehmen, wenn er des Guten zuviel tut! Er trank ja auf mein Wohl, und Sie wissen doch, lieber Eckert: Wer niemals einen Rausch gehabt, der ist kein braver Mann!«

Ein wunderliches Lächeln huschte um seine Lippen.

»Ich glaube, selbst der Rausch Ihres Bräutigams ... imponiert Ihnen, Fräulein Dallberg?« fragte er.

Sie lachte silberhell auf. »Wenn ich ehrlich sein soll – ja! Es liegt so etwas Männliches darin, etwas, was ich ihm nicht nachtun könnte und möchte. Ein Mann kann auch im Laster groß sein! Und solche Männer, die wie gute, friedliche Lämmer nur immer den Weg tugendhafter Pflicht trollen, die sind unbeschreiblich langweilig!«

»Naja, Sie sind ein Juwel!« lachte Kranzow mit ausgebreiteten Armen. »Wenn Sie sechzig Pfund schwerer wiegen wollten, gäbe es keine bessere Frau für mich, als Sie!«

Achtes Kapitel

Eckert wandte sich mit einer kühlen Verneigung zu der jungen Sängerin: »Darf ich bitten, Fräulein Dallberg! Es wird wohl Zeit, zu gehen!«

Auf der Straße ein bewegter, lärmender Abschied. Nach allen Seiten zerstreute sich das übermütige Völkchen, und die Droschke, die Roman und Kranzow aufgenommen, rumpelte schläfrig die Straße hinab.

»Ich kenne Ihren Heimweg nicht, Fräulein Dallberg!« sagte Eckert im Weiterschreiten zögernd, »wäre es nicht besser, auch einen Wagen zu benutzen?«

Sie schüttelte hastig das Köpfchen. »Luft! Luft, Clavigo! – Ich freue mich ja, noch einmal tüchtig ›durchatmen‹ zu können. Das Wetter ist auch so schön –«

»Es droht mit Regen.«

»Nur eine kurze Querstraße noch, und wir sind am Ziel – Regen fürchte ich nicht, nur den Wind, den schrecklichen Wind! – Vor dem zittere ich!«

»Bringt er Ihnen Erkältungen mit?«

»Nein, das würde meine geringste Sorge sein.«

»Und was scheuen Sie sonst an ihm?«

Da schmiegte sie sich ganz fest an ihn und flüsterte mit angstvoll großen Augen: »Ich bin furchtsam! Ich graule mich wie ein Baby vor Dingen, die ich nicht begreifen kann. Und den Wind, dieses unsichtbare, unheimliche Wesen, begreife ich nicht! Ist es nicht ein grausiger Gedanke, plötzlich von jemand gefaßt, gezaust und geschüttelt zu werden, den man gar nicht sieht? Etwas heulen und pfeifen zu hören, was man nicht festhalten und mit Augen schauen kann? – Welch ein geheimnisvolles Wesen fliegt um mich her? Was für Geisterhände berühren mich? – Puh – es ist so spukhaft! – Ich male mir jedesmal schreckliche Gespenster aus, die da in der Luft herumtollen, und ich laufe fort vor ihnen. Ich verstecke mich im fernsten Winkelchen, wenn die Sturmgeister durch die Straßen toben!«

Er schüttelte mit ernster Miene den Kopf. »Wie können Sie sich vor einer unsrer harmlosesten Naturerscheinungen entsetzen, die Ihnen jeder Gelehrte, ja wohl mancher Laie auf die einfachste Art erklären kann? Sie sind in der Tat ein Kind, Fräulein Dallberg, ein großes Kind. Vor dem Sausen und Wehen in der Luft fürchten Sie sich, und dem Sturm, dem wüsten Sturm der Leidenschaften in der Menschenbrust rufen Sie mit lachenden Lippen Beifall! Haben Sie nie daran gedacht, daß es viel gebotener sei, sich vor den unsichtbaren Gewaltigen zu hüten, die nicht Mantel und Hut zausen, sondern den inneren Menschen voll roher Gewalt schütteln?«

»Nein, an so etwas denke ich nicht!« lachte sie naiv. »Warum auch? Was gehen mich fremde Leidenschaften an? Und was meinen Sie überhaupt mit dem ›inneren Menschen‹?«

»Ich meine die Laster, die derart über einen Menschen hinbrausen können, daß sie ihn zu einem Tier erniedrigen und derart in den Staub herabdrücken, daß sie alles in den Abgrund reißen, was Hand in Hand mit ihm geht!«

»Was kümmern mich die Verbrecher? Der Sturm, der sie packt, braust weitab von mir.«

»So? Wahrlich? Es gibt Verbrecher, denen niemals ein Zuchthaus droht, Verbrecher, die nicht mit Dolch und Gift Menschen töten, sondern die heimlich und hinterlistig Tugend, Ehre, Sitte, Glück und Liebe morden, Verbrecher, die einen modernen Sklavenhandel treiben und ihren Opfern den Ring aufzwangen, den nur Selbstsucht und niedere Geldgier geschmiedet!«

»Mein Gott, wie wunderlich Sie sprechen! Ich verstehe Sie wirklich nicht!«

»Wirklich nicht?«

Sie blieb unter einer Gaslaterne stehen und sah einen Augenblick forschend in sein ernstes Gesicht. Dann lachte sie plötzlich hellauf und schlug übermütig die Hände zusammen. »Eckert! Menschenskind! Zielen Sie etwa auf meinen armen Roman? Wollen Sie das liebe Unschuldslamm gar zum Verbrecher stempeln, weil er heute abend ein Gläschen über den Durst getrunken? Nein Himmel, was für Pedanten seid ihr doch, ihr braven, weltfremden Leute aus der Provinz! – Als Sie ehemals Ihr landwirtschaftliches Examen glücklich bestanden und dieses frohe Ereignis feierten, haben Sie da nicht auch einen Rausch gehabt?«

»Nein! Ich gestehe es ehrlich ein, selbst auf die Gefahr hin, Ihnen auch dadurch absolut nicht zu imponieren!«

»Das tun Sie allerdings nicht. Seien Sie mir nicht böse, aber ein Mann, der nicht trinken – und nicht bei guter Gelegenheit auch einmal zu *viel* trinken kann, der ist ein schlafmütziger Gesell, ein Schwächling, der niemals große Taten vollbringen wird!«

»Ich darf Ihren Vorwurf ohne Erröten anhören. Ich bin zwar eine Schlafmütze und Schwächling in Ihrem Sinne, denn ich habe mir nie eine Unregelmäßigkeit im Trinken zuschulden kommen lassen, aber meine Pflicht habe ich trotzdem getan. Ich zog als Unteroffizier Anno siebzig mit in das Feld – und bin als Leutnant der Reserve, als Ritter des Eisernen Kreuzes heimgekehrt. – War Herr Ermönyi auch Soldat?«

Marga biß sich auf die Lippe: »Nein, Gott sei Dank hat er sich nie unter das rohe Kriegsvolk gemischt!« trotzte sie eigensinnig: »denn er ist gleich mir der Ansicht, daß nicht allein auf dem Schlachtfeld große Taten getan werden! Haben Sie heute abend nicht das Feld der Ehre gesehen, auf dem er seine Lorbeeren pflückte?«

»Sie pflückten noch mehr davon, und ein Lorbeer, den auch Frauenhände ernten können, deucht mir doch nicht derjenige stolzen Mutes und stolzer Mannhaftigkeit! – Den *Künstler*lorbeer kann meiner Ansicht nach jeder *Schwächling* ernten, jede Schlafmütze, die als Soldat unbrauchbar sein würde!«

»Sie sprechen nur von körperlichen Eigenschaften; ein Schwächling des *Geistes* wird auch niemals den Künstlerlorbeer erwerben! Und ich lasse es jedem Geschmack frei, der äußeren oder inneren Kraft den Vorzug zu geben!«

»Es bliebe abzuwarten, welcher Ehrenkranz sich dauerhafter erweist! Aus dem meinen hat nie eine Kritik ein einziges Blättlein gezupft!«

»Kritik!« höhnte Marga; »spielen Sie auf Zeitungskritik an? Treten Sie doch einmal mit Ihren Heldentaten vor ein tausendköpfiges und tausendzüngiges Publikum, und lassen Sie uns dann abwarten, wie viele Blättlein Ihnen die Mißgunst und Opposition an Ihrem Kranze läßt!« – Sie legte jählings den Arm wieder in den seinen, lachte und hob mit reizendem Ausdruck ihr Gesichtchen: »Aber warum streiten wir uns um des Kaisers Bart, *amico mio*? Wir waren soeben auf dem besten Wege, recht scharf ins Zeug zu gehen. Torheit! Halte jeder den Kranz, den er im Schweiße seines Angesichts erworben! Wüßte ich nicht, Sie Ritter ohne Furcht und Tadel, daß es lediglich die Eifersucht ist, die aus Ihnen spricht und den Nebenbuhler verdächtigen möchte – « sie lachte schelmisch auf – »so würde ich Ihnen Ihre Worte bitter übelnehmen: aber so – in diesem Falle –«

»Eifersucht?« Er fragte es sehr kühl, und sein Gesicht blickte in dem falben Lichtschein so steinern zu ihr herab, daß die junge Dame neben ihm ganz betroffen verstummte. Dann siegte abermals die übermütige Weinlaune, die sie noch völlig beherrschte.

»Aber Inspektorchen – wollen Sie etwa leugnen?«

»Was soll ich leugnen?«

»Daß Sie immer ein großer Verehrer von mir gewesen?«

»Nein, das leugne ich nicht.«

»Sehen Sie, o Sie Duckmäuser!«

»Ich verehre viel auf dieser Welt; aber nur das, was mir wirklich der Verehrung wert deucht.«

»Sehr schmeichelhaft. Also Sonne, Mond und Sterne!«

»Ganz recht, auch diese.«

»Wissen Sie nicht, daß man die Sterne nicht begehren soll?«

»Gewiß weiß ich das, dies gebietet die einfachste Vernunft!«

»Und dennoch – dennoch eifersüchtig, Eckert?« Sie stützte sich fester auf seinen Arm und blickte mit zauberischem Lächeln zu ihm auf. Seine auffallend gleichgültige und gelassene Art überraschte sie und weckte alle Teufelchen der Eitelkeit, eine Flamme zu schüren, die sie lediglich zu ihrer Belustigung brennen sehen wollte.

Er wandte erstaunt den Kopf, mit aller Selbstbeherrschung sah er sie groß an. »Eifersucht? Sie gebrauchen dieses Wort zum zweitenmal, Fräulein Dallberg, und ich verstand es weder vorhin noch jetzt!«

»Stolz lieb' ich den Spanier! – Aber nicht meinen guten, alten Floringhofer Freund Eckert! Warum wollen wir uns nicht ehrlich aussprechen? Sie sind erbittert, das merke ich Ihnen aus jedem Wort und jeder Miene an, und doch möchte ich so gern im guten, alten Frieden von Ihnen scheiden!«

Seine Brauen zogen sich zusammen. »Sie dichten mir Gesinnungen an, die mir durchaus fernliegen! Wären unsre gegenseitigen Beziehungen im mindesten getrübt, würde ich in diesem Augenblick nicht an Ihrer Seite schreiten! Wie kommen Sie auf die seltsame Idee, daß ich erbittert oder eifersüchtig sein soll?«

Sie ward unruhig, dieser ungewohnte Ton verdroß sie.

»Wie ich darauf komme?« schmollte sie mit der Miene eines eigensinnigen Kindes. »Als ob ich auf diese Idee gekommen wäre!«

»Nicht Sie? Wer sonst?«

»Benedikta! Wie können Sie noch fragen! Sie war es, die in größter Aufregung zu mir kam, nach dem plötzlich verschwundenen Inspektor zu suchen! Da schuldigte sie mich direkt an, daß unglückliche Liebe Sie gar in den Tod getrieben habe!«

Ein lautes, sehr herzliches Lachen. »Baroneß hat sich wohl einen Scherz erlaubt! – Welch eine Liebe sollte so groß sein, daß sie diejenige zu meinen Kindern entwurzeln könnte! Nein, Fräulein Dallberg, so sentimental, oder besser gesagt, so ehrlos bin ich nicht beanlagt, jemals um der Liebe willen die Pflicht zu vergessen! Wie kam Fräulein von Floringhoven auf diese unglückliche Idee, zu der nicht die mindeste Veranlassung vorlag?«

»Keine Veranlassung?« fuhr arga pikiert empor. »Sie glaubte wohl, der heutige Abend sei Veranlassung genug?«

»Inwiefern? Verzeihen Sie, Fräulein Dallberg, ich Schlafmütze bin schwer von Begriffen!«

Ihre Lippen zuckten ironisch. »Sie wären wohl nicht der einzige Mann, der heute abend Feuer für die ›Todgeweihte‹ gefangen!«

Abermals lachte er leise vor sich hin. »Und wenn ich es dennoch wäre?«

Sie brauste ärgerlich empor. »Dann wäre es eine Lüge, die ich nicht glaube!«

»Ei, ei, wie eingenommen solch eine junge Dame doch ist!« spottete er, immer kühler und kaltblütiger werdend, je mehr sich seine Begleiterin erhitzte und ein Gespräch heraufbeschwor, das der solide Pedant an ihrer Seite ebenso unpassend wie abstoßend fand. »Und warum sind Sie so überzeugt von meinem eroberten Herzen?«

Sie warf das Köpfchen zurück. »Weil das Herz in den Augen liegt und sich hier und da verrät!«

»Sollte aber die Eitelkeit auch in dieser Beziehung nicht mehr sehen, als vorhanden ist, – gerade nur das, was sie gern sehen möchte?«

»Möchte?«

»Fraglos möchte. Wäre es Ihnen gleichgültig, ob ich an Ihrem Triumphwagen mitziehe oder nicht, würden Sie mir jetzt nicht gewaltsam Gefühle aufnötigen, die mir durchaus fernliegen!«

»Sie liegen Ihnen fern, seit meine Verlobung veröffentlicht ward!« stieß sie brüsk hervor. Die verwöhnte kleine Dame hatte niemals einen Widerspruch ertragen und nie in einem Streit vor dem Gegner die Waffen gestreckt; auch jetzt führte sie voll unüberlegten Trotzes den Disput fort, gleichviel ob sie eine klägliche Rolle dabei spielte oder nicht.

»Ich wußte noch nichts davon, als ich das Theater verließ!«

Sie stutzte. »Und warum entflohen Sie aus dem Theater? Aus Vernunft, um dem Einfluß eines Sternes, den man nicht begehren darf, zu entgehen?« Sie lehnte sich fester auf seinen Arm und blickte schmeichelnd zu ihm empor. »Seien Sie doch nicht so halsstarrig! Ist es denn so schlimm, einem Weibe gegenüber der Besiegte zu sein? Ist es denn eine Schande, zu lieben, war es eine Sünde von mir, den Mann zu wählen, den mein Herz erkor? – Warum wollen wir nicht aufrichtig zueinander sein? – Sie sollen und müssen als Freund von mir gehen!«

»Das tue ich, Fräulein Dallberg, und versichere Ihnen abermals, daß ich Ihnen nichts, absolut nichts übelgenommen habe! Wenn ich das

Theater vorzeitig verließ, so geschah es aus Abneigung gegen eine Schaustellung, die mir nicht sympathisch war. Die Marga Daja auf der Bühne drunten gefiel mir nicht so gut wie diejenige in Floringhof.«
»Wie? – Wie?« rief die junge Sängerin mit einem Ausdruck des Entsetzens in dem reizenden Gesicht, der den Sprecher überraschte. »Ich habe Ihnen nicht gefallen? Sie sind unzufrieden mit mir?«
Er sah ihr ernst in die Augen. »Nein, Fräulein Dallberg, Sie haben mir nicht gefallen!« sagte er fest. »Ihr Herr Bräutigam ist nicht zugegen und kann meine Ansicht nicht als Opposition gegen die seine auffassen. Ich achte in Ihnen die holde, anmutige Weiblichkeit, die es verstand, durch unbewußten Zauber zu entzücken. Heute abend entzückten Sie das Publikum nicht unbewußt, sie entzückten es durch eine Menge von Kunstmitteln, die Ihnen Ihr Beruf wohl gebietet, die Sie aber in meinen Augen entwürdigten. Ich habe keinen Sinn für das Theater, ich bin zu engherzig, um es zu billigen, daß eine Dame, die ich hochachte, als Zielscheibe aller Wünsche und Begierden, aller Lastersucht und frivolen Beurteilung auf die Bretter gestellt wird. Ich nenne mich nur Ihren Freund, Fräulein Marga, und bin – in diesem Falle haben Sie vielleicht recht, – zu eifersüchtig auf Ihre Würde, um Sie mit einem hundertköpfigen Publikum lachen und kokettieren zu sehen; wäre ich Ihr Verlobter oder Ihr Gatte, würde ich Sie zu lieb haben, um Sie auf der Bühne erblicken zu können. Sie hören, ich bin ehrlich. Was vielleicht hunderte von leichtdenkenden Männern entzückt, hat mich ernüchtert. Mein Geschmack, die Frauen betreffend, ist ein andrer, und Margarete Dallberg in Floringhof war mir ohne Lorbeer, ohne Schimmer und Glanz, ohne Ruhm und Ehren tausendmal lieber als Marga Daja, die heute abend den größten der Erfolge gefeiert!«
Wie vom Donner gerührt stand sie an seiner Seite. Minutenlang rang sie nach Atem. Dann hob sie mit aufblitzenden Augen den Kopf. »Sie sagen mit andern Worten, Roman Ermönyi liebe mich nicht, weil er meinen Triumphzug über die deutschen Bühnen nicht aus prüdem Egoismus verhindern will?« Ihre Stimme klang scharf, sie löste jählings die Hand aus seinem Arm und zog die Nachtglocke der Haustür, vor der sie standen.
»Er liebt Sie – aber ... wie er sagt – auf seine Art!« Hochaufgerichtet stand er neben ihrer Elfengestalt.
»Und seine Art dürfte mir wohl die wahre und richtige dünken! Ich danke Ihnen für Ihr Geleit, Herr Eckert, ich bin zu Hause!«
Er blickte sie ernsthaft an. »Leben Sie wohl, Fräulein Marga, und wenn ich Ihnen noch einen Freundesrat mitgeben darf für Ihr zukünftiges Leben, so folgen Sie dem kindlichen Instinkt, der Sie mahnen will, – fürchten Sie den Wind und Sturm! Nicht jenen, der unter Gottes freiem

Himmel weht, sondern jenen, der in den Menschenherzen alles Glück über den Haufen bläst!«

Er bot ihr die Hand zum Abschied; mit kurzem, spöttischem Auflachen wandte ihm das »Kind« jedoch den Rücken und flog wie ein Schatten durch die breite Haustür, die der Portier vor ihr öffnete.

Ohne Gruß, ohne Abschiedswort schied sie, und die schweren Türflügel schlugen laut krachend hinter ihr zu.

Einen Augenblick noch stand Adalbert Eckert und wartete, bis der flackernde Lichtschein hinter den Flurfenstern verschwand, dann hob er das Haupt in den Nacken, stolz und hochaufatmend wie ein Kämpfer, der einen schönen Sieg errungen.

– Marga Daja drückte das brennende Antlitz in die Kissen.

Sie war so müde gewesen, so todmüde.

Nun lag sie mit weitoffenen Augen und konnte doch nicht schlafen!

War es die Erregung, der haltlose Jubel eines jungen bräutlichen Glückes, die ihr die pochende Glut in die Schläfen trieben und rosige Zukunftsbilder vor ihr entrollten? – Bilder voll Liebe und friedlichen Glücks. Bilder voll Paradieseswonne und Seligkeit?

O nein, Marga Daja dachte kaum an den Ring an ihrem Finger.

Sie hatte ja schon lange genug Zeit gehabt, sich seiner im voraus zu freuen und ihre Eitelkeit in seinem Glanze zu sonnen. Was bedeutete dieser goldene Reif für Marga Daja? Den Triumph, die Frau eines berühmten Mannes zu werden, um den sich die meisten Kolleginnen so sehr bemüht hatten, und der unter allen ihr den Vorzug gegeben! Die angenehme Aussicht, in baldiger Ehe frei und selbständig zu werden!

Marga Daja war eines jener unzähligen Mädchen, die zu eingebildet sind, um lange auf einen Mann warten zu wollen, die darauflos heiraten, ohne zu überlegen, »ob sich das Herz zum Herzen findet«, die um jeden Preis – je eher, je besser – unter die Haube streben. Voll kindischer Illusionen, leichtlebig, anspruchsvoll und ahnungslos dessen, was die Hausfrauenwürde und -bürde von ihnen verlangt, rennen sie blindlings in Fesseln hinein, die sie nicht sehen wollen und die sie nun doch für ein ganzes Leben ertragen sollen!

Was Wunder, wenn der goldne Ring am Finger zu dem ersten Glied einer unerträglichen Kette, wenn der Treueschwur des Verlöbnisses zur Kriegserklärung für die unglückliche Ehe wird!

Marga Daja hatte niemals weit vorausgedacht. Der Reif, den Roman ihr unter Lachen und Scherzen angesteckt, hatte seinen Zauber verloren, seit sie ihn besaß, gleichwie ein Kind gelangweilt ein Spielzeug beiseite wirft, wenn es den Reiz der Neuheit verloren. Roman Ermönyi hatte sie anfänglich durch seine Gleichgültigkeit gar zu unbeschreiblich geärgert und ihre eigensinnige Eitelkeit entflammt, gerade ihn, den Opponisten, beherrschen zu wollen.

Sie hatte es niemals ertragen, übersehen oder vernachlässigt zu werden, und hatte auch dem jungen Komponisten gegenüber den Kopf darauf gesetzt; ihn wie alle andern zu ihren Füßen zu sehen; Trauben, die hoch hängen, sind für den Ehrgeiz nicht immer sauer, sondern doppelt heiß begehrt. Es liegt in der menschlichen Natur, etwas dringend Erwünschtes mit allen denkbaren Vorzügen und Vollkommenheiten auszuschmücken, und auch Margas Phantasie arbeitete sich gewaltsam in Illusionen hinein, die Roman Ermönyi mit den Tugenden eines Halbgottes umgaben.

Da sie nur das Beste an ihm sehen wollte, so sah sie es auch; denn teils war sie nicht scharfblickend und Menschenkennerin genug, um die Schwächen und Fehler zu entdecken, andrerseits schloß sie gewaltsam die Augen, voll kindischer Eigenwilligkeit bei der Überzeugung verharrend: »Was ein Ermönyi tut, ist ein für allemal wohlgetan.«

Und nun lag sie mit fiebernden Pulsen in den Kissen, starrte auf die Fenstergardinen, die immer heller und rosiger von dem erwachenden Tag durchleuchtet wurden, und krampfte in ohnmächtiger Erregung die kleinen Hände zusammen.

Sie dachte mit keinem Gedanken an den Bräutigam — der war besiegt und mit Rosenketten gebunden als überwundener Standpunkt vor ihre Füße niedergelegt, – sie dachte lediglich an ihn – den Unerhörten, Empörenden, der es gewagt hatte, einer Marga Daja Dinge in das Gesicht zu sagen, wie es noch kein Sterblicher vor ihm sich erdreistet!

War es auszudenken? – Er, der Inspektor Eckert, der Mann ohne Sang und Klang! Der Bauer – der Habenichts! Der Unteroffizier in Zivil – er, er hatte vor Schluß das Theater verlassen, weil ihm Marga Daja in ihrer herzbestrickenden Glanzrolle – nicht gefiel!

Ist solch eine Vermessenheit auszudenken?

Früher, in Floringhof, hat sie ihm besser gefallen? Undenkbar! Ist sie während weniger Wochen etwa alt und häßlich geworden?

Nein, tausendmal nein! Sie hat ja genugsam Beweise, wieviel Eroberungen sie just gestern abend gemacht, und er – dieser will ihr opponieren!

Sollte es nicht Haß und Rache gegen die »Braut des andern« gewesen sein?

Nein, er ahnte ihre Verlobung noch nicht, als er das Theater verließ, er entfernte sich mit dem gleichgültigen Vorsatz, Marga Daja nicht wiederzusehen; sein Erscheinen in dem Lokal war tatsächlich der Zufall, das sah sie seinem entsetzten Gesicht an, mit dem er sie anstierte. Hatte sie ihn nicht beinahe gewaltsam in ihren Kreis fesseln müssen? Hat er nicht stets von neuem versucht, sich zu verabschieden?

Wie viele hunderte hätten wohl alles darum gegeben, an diesem Abend einer Marga Daja gegenübersitzen zu können – und er, die Einfalt vom Lande, wendete ihr ungerührt den Rücken!

Wie ist das möglich?

Er war ihr glühender Verehrer, – warum ist er es plötzlich nicht mehr?

Sie Törin hatte sich eingebildet, sein stummes unbeholfenes Wesen in der Garderobe sei hochgradiges Entzücken gewesen!

Brennende Glut steigt plötzlich in Margas Wangen. Vielleicht war es unbedacht von ihr, sich diesem soliden Naturmenschen in ihrem Theaterputz so ganz in nächster Nähe zu zeigen! Seine scharfen Äugen sahen die künstlichen Hilfsmittel, die ihre Schönheit bildeten. Und das hatte den strengdenkenden Moralisten ernüchtert.

Sagte er nicht: »Sie entzückten das Publikum nicht unbewußt, sondern durch eine Menge von Kunstmitteln?« – Fraglos! Ihr Kostüm, ihre Perücke, ihre Schminke hat ihn entrüstet! – Hahaha! Dieser prüde Joseph! – Marga möchte auflachen, aber sie kann es nicht, ihre Kehle ist wie zugeschnürt. Sie gräbt die spitzen Zähnchen in die Lippe.

Und waren es diese Kunstmittel *allein*, die er verdammte? – Nein, er richtete ja auch ihr Lächeln und Kokettieren in das beifallspendende Publikum. Er hat es genau beobachtet, wie sie mit Blick und Miene bemüht war, das Feuer noch zu schüren.

Einfaltspinsel der! Was verstand er von den Sitten und Gebräuchen einer Kulissenwelt!

Nur ein Pedant, ein derart beschränkter Mann vom Lande kann solch verbaute Ansichten aussprechen. Was liegt Marga Daja daran?

Und doch, – und doch!

Hier, tief innen, ganz heimlich und unbezwinglich regt sich etwas in Margas eitlem Heizen, was einem tief verletzten Stolze gleicht.

Es wurmt sie! Es nagt ihr an der Seele.

Noch nie hat ihr Selbstbewußtsein eine so empfindliche Niederlage erlitten.

Ein Mann, der sie geliebt hat, wendet sich gleichgültig von ihr, in einem Augenblick, wo Marga Daja die höchste Sprosse des Ruhmes erklommen. Wie ist das möglich? – Ehemals ärgerte es sie, daß dieser Inspektor ohne Namen und Mittel, dieser simple Mann aus dem Volke es wagte, die Augen zu ihr, der verwöhnten, anspruchsvollen, kleinen Theaterprinzessin zu erheben, und jetzt verletzt und ergrimmt es sie noch tausendmal mehr, daß dieser selbe Mann es wagt, sie kaltlächelnd aufzugeben!

Was je an Selbstüberhebung und Gefallsucht in ihr geschlummert hat, bäumt sich wild auf gegen diese Niederlage.

Sie will nicht von ihm übersehen und beiseitegeschoben sein! Er soll an ihre Macht glauben, er soll vor ihren Füßen im Staub liegen wie jeder andre, der Margas Weg kreuzt. Will er etwas Bessres sein, als Roman Ermönyi?

Beim Himmel, er bildet es sich ein!

Warum passierte Roman auch gerade an *diesem* Abend das Pech, sich zu betrinken? Jeder wird es an solch glänzendem Doppelfest begreiflich und verzeihlich finden, nur er – der Sittenrichter aus Floringhof nicht!

Unmäßig! Welch ein Vorwurf für Roman! Es fehlt nur noch, daß er ihn einen Trunkenbold und Wüstling nennt! Im Herzen tut er es fraglos, sein verächtlicher Blick brennt ihr noch in der Seele. Und so – so wagte er einen Ermönyi anzusehen! Was gäbe sie darum, hätte Roman an diesem Abend weniger gezecht!

Sie erträgt die Geringschätzung dieses Bauerntölpels nicht!

Und welch ein Selbstbewußtsein! Welch ein Hochmut, mit dem er es wagt, auf den berühmten Komponisten herabzublicken! Sein Lorbeerkranz deucht ihm womöglich verdienstvoller als jener des unsterblichen Künstlers!

Er ist Soldat gewesen! – Lächerlich! Jeder Bauernjunge mit geraden Knochen wird Soldat, – das Hirn spricht in dieser Stellung nicht mit!

Aber ... er ist als Offizier, er ist als Ritter des Eisernen Kreuzes heimgekehrt, und daß zu solch einer Auszeichnung und Dekoration nicht allein heldenhaftester Mut, sondern auch ein groß Teil Verstand, Geistesgegenwart und die erforderliche Bildung notwendig ist, das weiß selbst eine Marga Daja.

Sie wühlt das Gesicht in die Kissen, Tränen leidenschaftlicher Erbitterung treten ihr in die Augen. Warum ist Roman nicht auch Soldat gewesen? Warum ward er nicht Reserveoffizier? Warum holte er sich keine D ekoration aus dem Feldzuge heim? Marga könnte ihn in diesem Augenblick darum hassen!

Weil er nicht genug auf der Schule gelernt hat, weil er ein zu schwächlicher, kraftloser Mensch war, um dreijährig dienen zu können, um sich überhaupt zum Kriegsdienst zu eignen.

Schwächling! So hatte sie Eckert genannt, ihn, der wie ein Herkules, wie ein Riese Roland, gesundheitstrotzend, markig und heldenhaft neben dem kleinen, bleichen, hageren Roman stand!

Tief erschöpft sank sie in die Kissen zurück.

Plötzlich war es ihr, als stehe Adalbert Eckert vor ihr, riesenhaft groß, stark und gewaltig wie Othello, mit Augen, die ein Gemisch von wahnsinniger Liebe und voll tödlichen Zornes glühen, – und er faßt sie mit den starken Armen und preßt sie an sich, daß sie ersticken muß wie Desdemona –

Sie will aufschreien – sie kann es nicht. Seine Leidenschaft zermalmt sie. – Ein Schauer rieselt durch ihre Glieder, halb Wonne, halb Todesweh.

Sie stirbt – sie vergeht in Liebe –
Wild zuckt sie empor und starrt mit weitoffenen Augen um sich.
Sie ist allein.
Adalbert Eckert weilt fern von ihr und denkt nicht mehr an sie –. Und Roman? Roman ist ja nicht eifersüchtig.
Aufseufzend schließt sie die Augen, sie vergeht nicht in den Untiefen allgewaltiger Liebe ...
– Es war ein Traum.
Langsam hebt sich die Frühlingssonne über den Horizont.

Neuntes Kapitel

Fräulein Daja schien während der Probe etwas zerstreut, was ihr kein Mensch übel nahm, da sie offiziell ihre Verlobung mitteilte, von deren Feier die Kollegen bereits erzählt hatten.

Eine heitere Gratulationscour, ein übermütiges Hin und Her, das die verschlafenen Gesichter wieder anregt, – das Erscheinen des Bräutigams, der mit einem Tusch begrüßt wird – und doch, trotz aller jungen Liebessonne liegt's dennoch wie ein seiner Schatten der Verstimmung auf den Zügen der allerliebsten Braut.

Als sie während einer Pause neben Roman sitzt, blickt sie ihm plötzlich mit eigenartigem Blick in die Augen. »Warum bist du eigentlich nie Soldat gewesen, Herzliebster?«

Er lachte laut auf. »Warum? Weil der junge Mann Glück haben muß! Weil ich Gott sei Dank aus etwas feinerm Teig wie Kommißbrot gebacken bin!«

Sie zupft an dem Rosenstrauß: »Könntest du nicht jetzt noch Reserveoffizier werden?«

Er glaubt nicht verstanden zu haben: »Wie? Was? Ich soll Offizier werden?«

»Ja, es wäre doch sehr nett ... oder –«

Er fällt plötzlich aus der Rolle des Courmachers,
»Bist du verrückt, ich – Offizier? Wie kommst du auf solch rasende Idee? Bin ich dir nicht gut genug, so wie ich bin?«

Sie lacht ein wenig verlegen. »Die Uniform sieht bei der Trauung so hübsch aus –«

Seine Augen zwinkern. »Ach so, nur die liebe Eitelkeit!« Er beherrscht sich und lacht auch. » *Diesen* Wunsch kann ich dir leider nicht erfüllen, Kind.«

»Unter keinen Umständen?«

»Unter keinen Umständen.« Er warf spöttisch den Kopf zurück. »Ich bin kein Deutscher, vergiß das nicht. Ich würde auch nie in deutsche Militärverhältnisse passen. Haha! Was verlangt und beansprucht man nicht von einem preußischen Leutnant! Halbgott muß man sein, wenn man die geheiligte Uniform tragen will! Da wird erst durch allerhand Spürnasen in der Vergangenheit eines Mannes herumgeschnüffelt, und findet sich auch nur ein Tüpfelchen, was in den Augen der Sittenrichter als unehrenhaft gelten könnte, wird sofort die Offizierswahl beanstandet. Ich habe es ja versucht —«

»Wie, du hast es versucht?«

»Je nun, warum soll ich ein Hehl daraus machen? Dir gegenüber kann ich wohl offen sein. Ja, ich hatte einmal die verschrobene Idee, einzutreten; wenn man jung ist, kommen zuweilen eitle Anwandlungen, solche, wie sie soeben wohl auch in deinem Köpfchen spukten. — Glücklicherweise eignete ich mich absolut nicht zum Ritter St. Georg! Man fand mancherlei an meinem Vorleben auszusetzen, man verlangte Examinas und Ansichten – na, Ansichten, die sich mit den meinen nicht vertrugen. Zum Beispiel, dich, mein Liebchen, hätte ich als aktiver Offizier nicht heiraten dürfen, oder deine Karriere wäre beendet gewesen!«

Er sagte es mit einem beinahe boshaften Gesichtsausdruck, und Marga zuckte leicht zusammen. Dann hob sie jählings das Haupt wie in plötzlichem Verstehen:

»Ah so, richtig; ein Offizier darf keine ausübende Künstlerin vom Theater heiraten! ... Daher wohl die Aversion —«

»Welche Aversion?«

»Diejenige, die —«, sie unterbrach sich kurz und erhob sich, ihr Antlitz schien bleicher wie zuvor. »Ja, es ist gut, Roman, daß du ein freier Mann geblieben! Frei in deinen Ansichten und frei in deinem Handeln.« —

Nach beendigter Probe schlägt Ermönyi eine kleine Spazierfahrt vor. Marga wiegt das Köpfchen. »Ich muß einen Besuch bei Baroneß Floringhoven machen.«

»Bei diesem marmornen Gnadenbild? Warum das so in aller Dringlichkeit? Hat diese Plauderstunde nicht bis zum Nachmittag Zeit?«

»Nein, undenkbar.«

»Geheimnisse?«

»Durchaus nicht. Ich hoffe den Inspektor noch bei ihr zu treffen und will ihm ein paar Aufträge für Tante Dallberg mitgeben!«

»So, so! Das ist etwas andres. Aber ich könnte dich vielleicht hinfahren und warten, ob du den blonden Tölpel noch antriffst, oder ob du vielleicht doch noch Zeit für mich findest!«

»Gut, – ich bin einverstanden. Willst du Benedikta vielleicht auch einen Besuch machen?«

Er schüttelte sich. »Ich sterbe lieber. Ihr Genre ist mir aufs höchste unsympathisch. Ich hasse Menschen, die aussehen, als sei es eine Gnade und Herablassung, wenn sie uns andres Gewürm überhaupt bemerken!«

»Sie ist meine Jugendfreundin! Wir kennen uns seit unsern frühesten Lebensjahren, und es würde doch etwas merkwürdig sein, wenn mein Mann einer Dame absolut fern stünde, mit der ich zeitlebens gute und treue Freundschaft halten werde!«

Sie hatten einen Wagen bestiegen. Roman lehnte sich mit seinem etwas sarkastischen, überlegenen Lächeln in die Polster zurück. »Wirklich, kleiner Engel, gedenkst du diese Freundschaft auch in Zukunft zu kultivieren? Zu welchem Zweck? Der Verkehr mit dieser tauben Klosterjungfrau schließt nicht die mindesten Vorteile in sich ein.«

Marga zuckte die Achseln. »Ich verdanke der Fürsprache des Ministers meine ganze Karriere!«

»Jetzt stehst du ja auf eignen Füßen und bedarfst dieser Fürsprache nicht mehr.«

»So wird mich die Dankbarkeit für vergangene Wohltat stets seinem Hause verbinden.«

Er lachte scharf auf: »Welch ein gutes, sentimentales Kind du bist! – Mein Himmel, wo sollte ich bleiben, wenn ich für jede ›Wohltat‹ eines Gönners zeitlebens erkenntlich sein wollte!«

»Nun – auch abgesehen davon, – wir werden doch wohl Tante und Onkel öfters in Floringhof besuchen, und dann ist ein Verkehr mit Benedikta unvermeidlich; das siehst du doch ein!«

Er kniff die Augen blinzelnd zusammen. »Wirklich? Wollen wir sie öfters besuchen? – Ich glaube, Herzchen, wir werden beide keine sonderliche Freude an solch einer Gutsidylle finden! Mir ist das ewige, geisttötende Einerlei eines Landaufenthaltes unerträglich! Weiß ja, wie das geht! Um sieben Uhr gemeinsamer Kaffee und ironisches Lächeln über jeden Langschläfer, der sich diesem Brauch nicht fügt, um zwölf Uhr klingelt's zum Mittagessen, um vier Uhr zum ›Stippekaffee‹, und abends sieben Uhr endet die Skala des wohlgeregelten und gutbürgerlichen Haushalts mit saurer Milch und Quetschkartoffeln! Nein, – für derartige Erholungen sind mir meine Sommerferien zu lieb und zu knapp bemessen!«

Marga war verlegen errötet, » *Mon dieu!* Ich würde ja auch mehr für Ostende oder Abazzia schwärmen – aber vielleicht sind wir ganz froh, ein paar Wochen am gastlichen Tisch des Onkels sparen zu können!« Wieder lachte er auf.»Sparen! – Liebstes Kind, ich will doch dringend hoffen, daß wir dieses fatale Wort nie in Betracht ziehen! Deine Gagen und meine Einnahmen werden uns doch wohl eine sorgenfreie und sehr behagliche Existenz sichern, bei der ein eleganter Sommeraufenthalt selbstverständlich ist! Ich würde Floringhof *hassen*, müßte ich aus Vernunftgründen daselbst für längere Zeit Quartier nehmen!«

Sie lachte harmlos:»Wie dein Feuerblut doch gleich in Haß oder Liebe emporschäumt! Und wie schrecklich du dir meine hübsche Heimat ausmalst! Ich gestehe ja ehrlich ein, daß ich mich auch nicht fürs Leben in ländlicher Einsamkeit begraben möchte, aber ich bekenne andrerseits auch offen, daß ich mich während meiner Ferien selbst als Marga Daja sehr wohl dort gefühlt habe. Je nun, – ich denke, wir beeinflussen uns gegenseitig nicht in unsern Passionen, und du bist tolerant genug, mir auch als Frau zu gestatten, dem Hause meiner Pflegeeltern treu zu bleiben!«

Er neigte sein blasses Gesicht nahe zu dem ihren und sah ihr mit seinem berühmten »zwingenden« Blick in die Augen:»In *dieser* Beziehung bin ich ungern tolerant, mein Liebling, denn ich huldige der Ansicht, daß eine Frau von allen Familienbeziehungen losgelöst und ganz und gar allein auf ihren Gatten angewiesen sein muß, wenn die Ehe harmonisch bleiben soll. Selbst eine ›Pflegeschwiegermutter‹ hält sich verpflichtet, über das Glück einer jungen Hausfrau zu wachen! Unzählige Tanten halten es für dringend nötig, der ›Unerfahrenen‹ in jeder Beziehung die Augen zu öffnen, das Mißtrauen in ihr Herz zu säen und, wo es nur angeht, die arme ›Tyrannisierte, Unterdrückte‹ gegen ihren Mann aufzuhetzen! Ich habe genugsam im Leben beobachtet, und dulde keine Götter und Ratgeber neben mir. Du bist ein kluges, geistreiches Mädchen, meine Marga –,« fuhr er schmeichelnd fort, ihre Hand zwischen der seinen drückend,»und wirst es selber einsehen, wie lästig es auch für eine Frau ist, sich permanent noch von andern gängeln und bevormunden zu lassen! Du sollst das naive, harmlose Kind, der süße Unschuldsengel bleiben, der du bist! Es sollen sich keine fremden Elemente zwischen unsre Herzen drängen! In dieser Beziehung bin ich eifersüchtig, meine kleine Göttin! Jene Verehrer und Anbeter, die sich vor deinen Triumphwagen spannen, um dir verdienterweise zu huldigen und deinen Ruhm in alle Welt zu tragen, die werde ich ohne jede Spur von Eifersucht dulden, denn mein Selbstbewußtsein ist zu groß, um die Macht eines andern neben mir zu fürchten, und ich wüßte keinen Mann der Erde, der einen Roman Ermönyi und seine Liebe ersetzen könnte! – Aber auf die

Verwandtschaft und Sippe meiner Frau werde ich eifersüchtig sein wie ein bengalischer Tiger, und werde von vornherein das Tischtuch zwischen ihnen und uns zerschneiden.

Ist dir dieser mein dringender Wunsch nicht zu Willen, und willst du mich um deiner Verwandten willen aufgeben, so sage es lieber sofort, damit wir die Bande rechtzeitig lösen, die uns in diesem Falle doch nicht zu Glück und ungetrübter Wonne verbinden würden!«

Seine weiche, leise Stimme verstand es, mit vollster Eindringlichkeit zu flüstern, seine Augen brannten, und die Leidenschaft, die dennoch eine Eifersucht bekennen mußte, ließ seine Hände beben.

Mit strahlenden Augen des Entzückens schaute Marga ihn an. Wie recht hatte er! Wie sorgsam war er bemüht, alles fernzuhalten, was jemals ihren häuslichen Frieden stören könnte!

Klug und geistreich nannte er sie. Er soll sich nicht in ihr getäuscht haben. Sein stolzes Selbstbewußtsein imponiert ihr, seine männliche Festigkeit, sein energischer Wille entzückt sie. Ja, es gibt keinen zweiten Mann auf der Welt, der einen Roman Ermönyi ersetzen könnte.

Sie faßte lächelnd seine Hände, sie lehnt das Köpfchen an seine Schulter, sie schmiegt sich so fest an ihn, als wolle sie ihn nie wieder lassen. Der alte Rausch schwärmerischer Anbetung kommt zurück.

Er lächelt: »Sieh mir in die Augen, Feinslieb, und sag, ob du mich um jener Leute in Floringhof willen gehen heißest!«

Sie schüttelt leidenschaftlich das Köpfchen: »Nie, nie! Ich bin dein eigen – ganz und gar. Ich bin dein Kind – deine Sache – dein Nichts! Dein Willen ist der meine, ich lebe nur noch durch dich! Du sollst bestimmen, und ich will blindlings folgen, wie sich das Eisen ohne Widerstehen nach seinem Magneten dreht!«

So wollte er es hören.

Sein Arm umschließt sie gewaltiger. »Du willst dich loslösen von jenen – um meinetwillen?« klingt es in zischendem Flüsterton von seinen Lippen.

»Ich will's, Roman! Ich will's!«

»Ganz und gar dich freimachen von ihnen? Keine Briefe an sie schreiben oder empfangen? – Auch *das* will ich!«

Ihre Lippen zuckten momentan unter dem Kampf, der ihr braves Herz durchtobt. Ihr Gefühl kindlicher Dankbarkeit gegen die Menschen, denen sie alles verdankt, schreit wild auf gegen die rohe Zumutung, die man an sie stellt.

Aber Roman fasziniert sie mit seinem Blick. »Zur Hochzeit müssen sie aber noch kommen!« fleht sie mit zitternden Händen.

»Zur Hochzeit, – meinetwegen. Dann soll der Verkehr langsam einschlafen. Bist du zu feige, um zu brechen? Je nun, ich werde dir zu

Hilfe kommen; ich werde die Schuld auf mich nehmen! ›Gründe sind feil wie Brombeeren‹, sagt Shakespeare, und warum sollt' ich nicht auch einen kleinen Disput heraufbeschwören, um unsre Beziehungen zu jenen Leuten zu lösen! So werden sie nicht dir, sondern nur mir allein zürnen und es doch begreiflich finden, wenn du zu deinem Manne hältst und seine Antipathien respektierst! Ich will ja nicht nur *mein* Glück, süßes Kind, ich will hauptsächlich das deine! Und ich will mehr noch, ich will *dein* Herz besitzen, ganz, ungeteilt, nicht ein Pulsschlag soll mehr jenen andern gehören! Ist deine Liebe nicht stark und groß genug, um mir dieses Opfer zu bringen? Beseligt dich nicht der Gedanke, mir deine Gefühle beweisen zu können? Habe ich nicht auch für dich gearbeitet und dich kraft deiner neuen Glanzrolle hoch empor zu Ruhm und Ehren gehoben? Hättest du je diesen eklatanten Erfolg gefeiert, hätte ich dir nicht die Partie geschrieben, die alle deine Vorzüge und dein Talent in das rechte Licht setzt, und willst du mir nicht durch den kleinsten Beweis selbstloser Hingabe dafür dankbar sein?«

Ihre Wangen glühten auf, sie senkt das Köpfchen wie in tiefer Scham zur Brust, und dann preßt sie das Antlitz sekundenlang auf seine Hand und murmelt mit halb erstickter Stimme:

»Ach, ich will es ja, Roman! Ich will alles, was du verlangst! – –« Der Wagen rollt durch die menschenleeren Anlagen, und Ermönyi drückt schnell einen Kuß auf ihre Lippen. »Dies ist das Siegel unter deinen Schwur!« sagt er mit seltsamem Blick.

Und dann ist er von ausgelassener, überschwenglicher Heiterkeit und Liebenswürdigkeit.

Er versteht es, durch die rosigen Zukunftbilder die letzten Skrupel zu verscheuchen, und ihr wachsweiches Herzlein schon jetzt so geschickt zu kneten, daß es nur noch ein willenloses Etwas zwischen seinen gewalttätigen Händen ist.

Fernab im Park, an der großen Verkehrsader, die ihn durchschneidet, liegt die elegante Villa, die der Professor zu seiner Privatklinik eingerichtet. Der Wagen hält, und Roman springt heraus, die Braut voll ritterlicher Höflichkeit zur Erde zu heben.

Noch ein schneller Händedruck, dann eilt Marga durch den eleganten Vorgarten, der in aller Blütenpracht des Frühlings duftet, und eilt an dem Portier vorüber, der sie bereits kennt und mit respektvollem Lächeln grüßt.

Sie klopft ungestüm an der Salontür Benediktas.

Sophie öffnet behutsam und tritt auf den Flur heraus. Sie hebt bedeutsam den Finger an die Lippen. »Baroneß liegt hier auf dem Diwan und schläft! Sie würde uns zwar nicht sprechen hören, aber sie erwacht so leicht, wenn sich etwas um sie her bewegt, sie sieht es wohl am Licht und Schatten.«

»Sie schläft? Um diese Zeit?«

»Es war ein anstrengender Tag heute! Morgens hat eine sehr schmerzliche Behandlung der Ohren die Ärmste sehr erschöpft, – dann war Eckert da und hat endlose Dinge zu erledigen gehabt –«

»So, so! Ist er schon wieder fort?«

»Abgereist.«

»Natürlich nach Floringhof zurück?«

»Ich denke, ja. Er wollte den Mittagszug benutzen! Komischer Mann! Ihm brannte der Boden wahrhaft unter den Füßen, und die schöne Residenz hat ihn gar nicht fesseln können, sondern ihn im Gegenteil wie eine böse Macht heimgejagt! Eine brave, goldgetreue, solide Haut ist er! Mein Gott, wenn ich bedenke, wie andre junge Männer solch einen Aufenthalt in der Großstadt ausgenutzt hätten! Aber er hat nur an die Kleinen daheim gedacht, ob die auch gut verwahrt und behütet seien, und ist auf und davon, wie die zärtlichste Mutter, die nicht von der jungen Brut fort kann!

»Lächerlich! Wie unmännlich und schlapp ist doch diese Anstellerei für einen solch baumlangen Riesen Goliath!« – Marga warf spöttisch das Köpfchen zurück. »Hat er noch etwas über die Aufführung gestern gesagt?« forschte sie mit flimmerndem Blick.

Die Kammerfrau rang nach Atem: »Ach, liebes Fräulein, der Inspektor ist ein guter, braver Mensch, aber von dem Theater versteht er wohl nicht viel, da müssen Sie nichts darauf geben –«

»Sagte er, daß ich nicht hübsch ausgesehen hätte?«

»Je nun, er meinte, das sei alles so unnatürlich gewesen, die Wahrheit wäre ihm lieber!«

»So unnatürlich!«

»Ja, ich fand das auch wunderlich! Baroneß und ich hätten doch darauf geschworen, daß er zum Sterben in Sie verliebt sei, Fräulein Marga, und doch scheinen wir uns gewaltig geirrt zu haben, der Inspektor denkt gar nicht an Liebe!«

»Sollte es nicht Eifersucht sein, die ihn plötzlich so abfällig über mich reden läßt?«

Sophie trat vertraulich näher: »Glaubte ich ja auch, glaubte ich ja auch, Fräulein Margachen! Ich dachte, aha, wenn die Trauben zu hoch hängen, sind sie sauer! Aber es war doch nicht so. Er meinte, Herr Ermönyi sei just der Mann für Sie, der habe alles an sich, was Ihnen so recht imponiere. Auch paßten Sie nur in solch ein Theaterleben hinein, er begreife es nicht, daß Sie die Einsamkeit von Floringhof acht Tage lang ertragen hätten! Das sagte er ohne alle Bitterkeit, und Ihre schöne

Stimme und den Gesang lobte er ja auch und war überzeugt, daß Sie noch sehr berühmt werden würden.«

»Oho, davon war er überzeugt?«

»Aber ob Sie so recht glücklich werden würden? Das bezweifelte er doch und meinte, er habe so andre Begriffe vom Glück, daß ihm ein Leben wie das einer berühmten Frau Ermönyi eher ein Unglück deuchte.«

Marga lachte scharf auf. »O ahnungsvoller Engel du!« spottete sie, aber wieder trat der gehässige Zug der Erbitterung in ihr Antlitz. »Je nun, es ist ja ein Glück, daß der Herr Inspektor kaltherzig genug war, keine unglückliche Liebe als Überfracht nach Floringhof zurückzuschleppen. Ich werde mich ja über den Verlust dieses Verehrers zu trösten wissen und hoffe, auch ohne den Beifall des Herrn Eckert meinen Weg zu gehen und ohne seine Überzeugung das wahre Glück an Ermönyis Seite zu finden! Leben Sie Wohl, Sophie! Grüßen Sie Baroneß sehr herzlich und bestellen Sie, in nächster Zeit hätte ich enorm viel zu tun, so daß ich wohl nicht oft hier vorsprechen könne. Baroneß möchte mein Nichtkommen doch nicht übelnehmen.«

»Nein, nein, im Gegenteil, liebes Fräulein Dallberg!« versicherte Sophie eifrig, »das trifft sich ganz gut so! Der Herr Professor fängt ja jetzt die strenge Kur mit dem gnädigen Fräulein an, und da soll sie sich ganz und gar von jedem Verkehr zurückziehen und ganz der Ruhe leben! Ich werde das schon so zu drehen wissen, daß Baroneß glaubt, es sei ein Gebot des Herrn Doktors, daß Sie seltener kommen, Fräulein Marga!«

»Vortrefflich! Das paßt ja wunderschön! Nun, denn Gott befohlen, Sophie! Behalten Sie mich in gutem Andenken.«

Marga wandte sich und ging. Sie hatte das Gefühl, als schiede sie für ewige Zeiten. Aber sie empfand es durchaus nicht als Schmerz.

Der Ingrimm über Adalbert Eckert durchtobte sie abermals, und unwillkürlich übertrug sie den Haß auf ganz Floringhof. Nicht allein Eckert war ein beschränkter, engherziger Pedant, sondern all diese »Provinzler«, die viel zu niedrig an der Erde krauchen, um den Sonnenflug eines Künstlers begreifen zu können. Sie paßte nicht mehr unter diese Menschen, und Roman hat recht, wenn er sie von ihnen loslösen will. Die ewig moralisierende und ermahnende Benedikta, die trotz all ihrer Freundschaft doch immer eine gewisse Scheidewand aufgestellt hatte und stets die Gutsherrin gegenüber der Nichte des Pächters geblieben, war für die Dauer auch mehr eine lästige Verpflichtung als ein Genuß. Gut denn so! Roman Ermönyi soll allein in ihrem Herzen regieren, sein Wunsch soll ihr Wille sein, und kein andrer Gott neben ihm existieren!

Zehntes Kapitel

Benedikta hatte sich einer ebenso strengen wie angreifenden Kur unterziehen müssen. Anfänglich, als immer und immer noch kein Erfolg zu bemerken war, hatte sich eine trostlose Stimmung tiefster Niedergeschlagenheit ihrer bemächtigt.

Sie glaubte nicht mehr an eine Heilung, und der bittere Kampf zwischen Lebenslust, inniger Sehnsucht nach dem Glück und einer Resignation, die allem entsagen soll, was sonst das selige Anrecht der Jugend ist, zerriß ihr in manch langer Nacht, während manch stillen Tages das Herz.

Endlich war es, als wollte sich Gott ihres Leides erbarmen. Schon glühte die Sommersonne am Himmel, als Fräulein von Floringhofen zum erstenmal wieder das schwache Echo einer menschlichen Stimme vernahm.

Eine unbeschreibliche Aufregung, ein namenloses Entzücken bemächtigte sich ihrer, und die Bewohner der ganzen Klinik feierten mit aufrichtiger Teilnahme dieses Freudenfest mit der jungen Dame, die sich so allgemeiner und herzlicher Sympathien erfreute.

Langsam aber stetig schritt die Besserung fort, und Jean Baptiste schrieb einen langen Gratulationsbrief im Namen des Ministers und gesamten Schlosses, in dem er versicherte, daß Exzellenz volles Verständnis für die frohe und beglückende Kunde gezeigt und seit langer Zeit zum erstenmal wieder Teilnahme für ein Ereignis bewiesen habe. Der alte Herr sei seit letztem Winter doch beängstigend abständig geworden, und der Arzt hoffe sehr, daß Baroneß bald wieder kommen dürfe, die Sehnsucht des Großvaters zu stillen!

Tränen rannen über Benediktas Wangen, auch sie überkam ein unbeschreibliches Heimweh, und der Gedanke an den einsamen, alten Mann, der in ihr alles entbehrte, was ihm das Leben noch lieb machte, erfüllte sie mit größter Wehmut.

Der Professor schüttelte mahnend den Kopf. »Ich bitte Sie um alles, Baroneß, sich keinen traurigen Stimmungen hinzugeben! Jede Gemütserregung, jeder Nervenreiz ist Gift für Sie und ein Rückschritt auf dem Wege Ihrer Genesung! Noch wenig Wochen Geduld! Dann wird die Freude an dem gesunden Enkeltöchterchen den Herrn Großvater wieder verjüngen!«

Und abermals zogen die Wochen dahin.

Benediktas Leiden schien tatsächlich der Kunst dieses vortrefflichsten aller Spezialisten weichen zu wollen. Schon konnte man sich durch das Sprachrohr vollkommen mit ihr verständigen, und einzelne besonders durchdringende Stimmen vernahm sie auch ohne dasselbe in beglückender Deutlichkeit.

Seit Benedikta, von aller Welt abgeschlossen, nur den strengen Satzungen ihrer Kur lebte, hatte sich so vieles in der Außenwelt ereignet, was ihr aufrichtig naheging und woran sie doch keinen Anteil nehmen konnte und durfte.

Nach der Premiere der neuen Oper hatte sie die Jugendgenossin nur einmal noch ganz flüchtig wiedergesehen, als Marga in hochgradiger Erregung die Baroneß bitten wollte, bei Onkel Dallberg ein fürsprechendes Wort einzulegen. Derselbe wollte absolut nichts von einer so übereilten Hochzeit wissen, und Roman dränge so sehr darauf! Schon habe es zu Konflikten zwischen beiden Herren geführt und vorläufig mit der Drohung des Brautpaares geendet, wenn die Erlaubnis verweigert würde, seien sie fest entschlossen, sich ohne den Segen des Onkels und Vormunds in England trauen zu lassen.

Benedikta war sehr bestürzt und unangenehm von diesem schroffen Benehmen der jungen Leute berührt. Sie sah aber bald ein, daß es durchaus fruchtlos sein würde, durch Güte oder Vernunft auf den Eigensinn der »berühmten selbständigen Diva« einzuwirken. Sie empfand mehr denn je einen heftigen Widerwillen gegen Roman, der sich absolut nicht benahm, wie es einem vernünftigen, ehrenhaften Manne zukam. Obwohl sie für Margas Zukunft das Traurigste fürchtete, machte sie sich andrerseits doch klar, daß in diesem Falle ein Ankämpfen gegen Verblendung und kindischen Trotz noch schlimmer sei als ein resigniertes Nachgeben. Das erstere hätte lediglich eine Flucht nach England und den abscheulichen Zeitungsskandal der heimlichen Trauung zur Folge gehabt, die auf die sowieso leicht bemäkelte Ehre einer Bühnenkünstlerin das häßlichste Licht werfen würde, und außerdem wäre wohl ein Bruch mit Marga und ihren Angehörigen unvermeidlich gewesen.

Beides aber wollte Fräulein von Floringhoven gern verhüten.

Sie schrieb sehr ehrlich und ausführlich an Herrn Dallberg, teilte ihm mit, daß, auch sie berechtigte Zweifel in das Glück dieser Ehe setze, daß aber Wohl vergeblich gegen die baldige Vereinigung der jungen Leute eingeschritten würde.

Die Gesinnungen des rücksichtslosen Dirigenten und der unbeugsam kindische Starrsinn Margas garantierten den unüberlegtesten Streich.

Es sei unmöglich, das junge Mädchen in ihrer Stellung derart zu überwachen, um eine Flucht nach England verhüten zu können, die Rätin wenigstens sei durchaus nicht die geeignete, energische Persönlichkeit dazu.

So, wie die Angelegenheit leider stehe, sei es wohl das ratsamste, durch ein erzwungenes Nachgeben noch viel größeren Unannehmlichkeiten vorzubeugen. Der Pächter von Floringhof antwortete in einem innig dankbaren, sehr bekümmerten Schreiben. Der Einfluß Ermönyis zeigte sich schon jetzt in einer geradezu erschreckenden Weise. Er habe schon jetzt aus dem lieben, fügsamen, treuherzigen Kind ein undankbares, jähzorniges, allen Respekt gegen die Pflegeeltern vergessendes Wesen gemacht. Wie tief dieser Kummer ihm und seiner armen Frau in das Herz schnitte, könne wohl Benedikta am besten ermessen, sie, die Zeuge all der endlosen Sorge und Mühe und Kosten, die die Erziehung der Waise verursacht, gewesen, sie, die es wisse, mit welch aufopfernder Liebe Marga von ihnen verhätschelt und gehalten sei. Nun habe ein böser Geist von dem Herzen der armen Verblendeten Besitz ergriffen und reiße sie los von allem, was ihr sonst lieb und teuer gewesen. Der Ruhm und Lorbeer eines Mannes sei doch nicht Gewähr für seinen Charakter! Roman Ermönyi sei ihnen allen völlig unbekannt, und wenn ja auch die Rätin viel Lobenswertes über ihn geschrieben, so stehe sie doch zu sehr unter dem Einflusse Margas, um ein klares Urteil fällen zu können. Alles andre aber, was er, Dallberg, in der Residenz über den jungen Komponisten erkundet habe, spreche nicht sehr für ihn. Er lebe leichtfertig, mache Schulden, sei ein brutaler und unberechenbarer Mensch, der überall Streit und Konflikte habe, – ja, viele wollten ihm sogar den künstlerischen Wert absprechen und behaupteten, er zehre einzig noch an dem berühmten Namen des Vaters. Dallberg habe Marga in diesem Sinne Vorstellungen gemacht und sie gewarnt; ihre Antwort sei derart beleidigend und impertinent gewesen, daß er mit der jungen Dame fertig sei. Möge sie tun, was sie nicht lassen kann. Die Verantwortung falle auf sie zurück, wenn sie seine Einwilligung zur Ehe erzwinge. Er *müsse* sie ja geben, um eine noch größre Schande von dem betörten Mädchen abzuwenden.

Das war hart. – Tief aufseufzend liess Benedikta den Brief sinken. So weit war es also gekommen!

Der Jammer der braven, alten Leute schnitt ihr in das Herz, um so mehr, als Jean Baptiste in seinem nächsten Bericht über das Befinden des Ministers mitteilte, die arme Frau Dallberg sei kränker als je und sogar bettlägerig, der Arzt fürchte, daß irgendeine Aufregung oder ein Kummer ihr Herzleiden verschlimmert habe; man wisse aber keinen Grund dafür, denn ihre beiden Söhne seien sehr wohlauf und brave Jungens.

Benedikta wußte ihn, Gott sei es geklagt.

Wieviel dachte sie in einsamen Stunden über diese unglückselige Angelegenheit nach!

Nein, Ruhm und Lorbeer allein beglücken nicht. Die, die Roman auch diese einzigen Tugenden noch absprachen, sein Talent und seine Meisterschaft, taten ihm wohl so unrecht nicht.

Mit besonderm Interesse hatte Benedikta die Kritiken der verschiedensten Zeitungen über seine neue Oper gelesen. Keiner räumte dem Komponisten das Verdienst an dem schönen Erfolge der Premiere ein. Alle sprachen sich tadelnd über die seichte, effekthaschende Trivialität seiner Musik aus, die auch diesmal die kleinlichsten Hilfsmittel und »Mätzchen« nicht verschmäht habe; das Publikum habe sich aber momentan verblüffen lassen.

Daß die Oper so glänzend aufgenommen sei, wäre wohl lediglich das Verdienst der Vertreterin der Titelrolle. Für die Eigenart des Fräulein Daja, einer talentierten Anfängerin, sei die Partie allerdings wie geschaffen gewesen, und bei den erfreulichen gesanglichen Fortschritten, die die junge Dame gemacht, sei ihre so überaus anmutige und oft geradezu zündende Wiedergabe der »Todgeweihten« wohl die hauptsächliche Anregung zu dem stürmischen Applaus gewesen.

Spätere Berichte aus andern großen Städten lauteten noch weniger günstig.

Kaum drei Wochen nach der Verlobung lief die lakonische Notiz durch die Zeitungsspalten – unter der Rubrik »Musik und Theater« –, daß die Opernsängerin Fräulein Marga Daja, die mit der Direktion des Theaters zu X. einen zweijährigen Kontrakt abgeschlossen, gestern in der St. Paulskirche mit dem Komponisten Roman Ermönyi den Bund für das Leben geschlossen habe. Ermönyi habe seine Stellung als Dirigent an dem nämlichen Theater bereits angetreten, und diese »musikalische Ehe« der beiden jungen Künstler berechtige zu dem Wunsche, daß dieselbe eine dauernd »harmonische bleibe«.

Benedikta ward bleich vor Überraschung und Schrecken. Sie waren bereits getraut! – Hals über Kopf! Und keine Anzeige, keine Nachricht – keine Zelle einer privaten Mitteilung!

Das schmerzt.

Da Marga weder ihre Vermählung angezeigt, noch sonst an eine Menschenseele irgendwelche Nachricht geschickt hatte, mußte man annehmen, die junge Frau habe ihre Stellung an der X.er Bühne auch bereits angetreten oder lebe doch wenigstens mit ihrem Gatten schon jetzt an dem künftigen Bestimmungsort.

Um so überraschter war Benedikta, kaum drei oder vier Wochen nach der Hochzeit abermals eine Zeitungnotiz zu lesen, die mitteilte, daß Madame Ermönyi an der Oper einer nordischen Hafenstadt in der Titelrolle der neusten Oper ihres Mannes gastiert habe.

Der Erfolg sei ein unbestrittener gewesen. Die Sängerin, die körperlich und stimmlich ganz besonders für die Eigenart dieser Rolle prädestiniert schien, habe die sonst wertlose Oper in erstaunlicher Weise gehalten; es sei aber fraglich, ob es eine andre Sängerin des Theaters ihr auf die Dauer nachtun könne. Madame Ermönyi beabsichtige, eine größere Gastspieltournee zu unternehmen, um dem Werk ihres Gatten überall den nötigen Eingang zu verschaffen. Ihrer so überaus anmutigen und bestrickenden Erscheinung und Stimme dürfte ein solches Unternehmen wohl glücken, daß aber der Oper dadurch ein dauernder Platz auf den Bühnen gesichert werde, liege außer aller Wahrscheinlichkeit.

Marga unternimmt Gastspiele! Ob ihr Gatte sie begleitet? – Unmöglich, er war vor zwei Tagen als Orchesterdirigent anläßlich der Eröffnungsfeier des Theaters zu X. genannt. – Marga reist allein. Ob sie es will, oder ob sie es muß? Ob sie von dem spekulativen Gatten als »Erwerbsquelle« von Bühne zu Bühne gehetzt wird, die neue Oper durchzudrücken, oder ob sie aus eignem Antrieb, die neue Freiheit der »Frau« benutzend und auskostend, zu eignem Vergnügen diese anstrengenden Fahrten unternimmt?

Marga war stets etwas bequem und apathisch beanlagt, sie liebte keinen Reisetrubel und stöhnte, wenn sie die Koffer nur zu einer kleinen Fahrt nach Floringhof packen sollte – und nun dieser ruhelose Wanderzug von Nord nach Süd, von Ost nach West! – Ob sie ihre Verbindlichkeiten zu der X.er Bühne gelöst hat, oder ob sie nur einen längeren Urlaub genommen?

Brennende Fragen, die niemand lösen kann.

Benedikta schneidet die Zeitungsberichte aus und schickt sie an Dallberg mit der Bitte, ihr doch Nachricht über Margas Ergehen zu geben.

Die Antwort lautet trostlos und kommt von Eckert. Marga existiert nicht mehr für die Pflegeeltern, ihr Benehmen war derart empörend und verletzend, daß alle Beziehungen zu ihr gelöst sind. Auch in Floringhof hat man die Vermählung nur durch die Zeitung erfahren. Das war zu viel des Schmerzes. Frau Dallberg liegt schwerkrank, der Arzt befürchtet das schlimmste. Mann und Kinder sind bei ihr, – die Haare des Pächters sind weiß geworden. Möge der liebe Gott die herben Tränen nicht an der heimsuchen, die sie verschuldet.

Die Leserin preßt in herbem Unmut die Zähne zusammen, ein Gefühl der Entrüstung gegen Marga überkommt sie, während innige Teilnahme für die Familie ihres Gutspächters ihr die Seele bewegt. Wie ist es möglich, daß ein böser Einfluß sich so schnell, so vollkommen geltend machen kann? Wie vermochte Ermönyi in verhältnismäßig so kurzer Zeit eine derartige Wandlung zum Schlechten in dem Charakter dieses jungen Wesens zu bewerkstelligen! Marga war stets ein haltloses, leicht zu bestimmendes »Kind« gewesen; daß sie sich aber in dieser Weise aus allen Bahnen der Pflicht und des Rechts reißen lassen würde, ohne daß ihr gutes Herz dagegen siegreich ankämpfte, das hatte Benedikta nimmermehr für möglich gehalten.

Und wieder vergingen etliche Wochen.

Das Laub färbte sich, ein früher Herbstwind schüttelte es zur Erde.

Mit tiefem Schmerz hatte Benedikta kaum die bleichen Totenkränze für Frau Dallberg winden lassen, als eine neue Schreckensnachricht ihre Einsamkeit erreichte.

Der Minister war an einem Schlaganfall hoffnungslos erkrankt.

Nach Aussage des Arztes zählte sein Leben wohl nur noch nach Tagen, und da er in den Momenten wiederkehrenden Bewußtseins voll schmerzlicher Erregung nach der Enkelin verlangte, hielt es die Umgebung für dringend notwendig, Baroneß Floringhoven davon in Kenntnis zu setzen. Benedikta eilte in schmerzlichster Erregung sofort zu dem Professor, um ihm den Entschluß, nach Floringhofen abzureisen, unverzüglich mitzuteilen.

Der alte Herr wiegte eine Sekunde lang wie in ernstem Erwägen das Haupt. Dann nickte er hastige Zustimmung.

»Reisen Sie mit Gott, meine liebe, teure Patientin!« sagte er bewegt, »und kehren Sie mit guten Nachrichten zurück. So es der Wille des Höchsten ist, erholt sich Exzellenz noch einmal, so aber seine hohen Jahre ihr Recht fordern, verzagen Sie nicht in Ihrem Leid, meine liebe Baroneß! Es wird dem wackeren alten Kämpen wohl sein, endlich von all dem vielen Guten und Edeln, was seinen Namen unvergeßlich gemacht, auszuruhen. Lassen Sie dem Alter sein Recht widerfahren, aber schmälern Sie auch dasjenige der Jugend nicht. Unsre Kur wird gerade jetzt in ihrer besten Entwicklung unterbrochen, kehren Sie sobald wie möglich zu mir zurück, damit Sie ganz und völlig genesen!«

Benedikta versprach es und nahm bewegten Herzens Abschied.

Lag es nur in ihrer düsteren, sorgenvollen Stimmung, daß ihr auch der Abschied von diesem alten Herrn, der während so manch schwerer Stunde zu ihrem väterlichen Freund geworden, ein ewiger deuchte?

Wie in banger Vorahnung hielt sie seine Hand, sie wieder und immer wieder voll herzlicher Dankbarkeit zu drücken.

Wie anders schied sie aus diesem Hause, als wie sie es zuerst betreten hatte!

Sie konnte sich wieder verständigen, sie hörte die Worte, die ihr mit lauter, scharf markierter Stimme gesagt wurden.

Allerdings hatte die Besserung seit Wochen keine Fortschritte mehr gemacht.

Es schien, als sei ein Stillstand eingetreten, als müsse Natur und Nerv erst neue Kraft sammeln, die letzten schweren Hindernisse auf dem Pfad der Heilung zu überwinden.

Mit welch unbeschreiblichen Gefühlen betrat sie Floringhof!

Der Reif war nicht nur über Feld und Wald gefallen, er hatte auch die Häupter und Herzen derer getroffen, die ehedem glücklich und still zufrieden unter diesem Dache gelebt.

Leise, leise, über weiche Teppiche gleitet Benedikta zum Lager des Kranken.

In bitterem Schmerz beißt sie die Zähne zusammen, als sie sich mit ausgebreiteten Armen über den Sterbenden neigt.

Er blickt ihr mit vollem Bewußtsein mit großen, angstvoll forschenden Augen entgegen.

»Benedikta – Wasser!« ruft er ihr so laut, wie es die alte Lunge gestattet, entgegen.

Die Genannte greift hastig nach dem Glas, das auf dem Marmortischchen seitlich des Bettes steht, und reicht es dem Dürstenden entgegen, dieweil Jean eilig herzugleitet, den schwachen, gelähmten Körper aufzurichten.

Aber der Minister will nicht trinken. Er starrt in Benediktas Antlitz, und ein Lächeln, unbeschreiblich in stiller Glückseligkeit, strahlt über sein bleiches Gesicht.

»Sie hört! Sie versteht mich!« ringt es sich wie leises Schluchzen von seinen Lippen. »Herrgott im Himmel, ich danke dir dafür!«

Und dann faßt er die Hand der geliebten Enkeltochter, wendet das Haupt zur Seite und atmet tief auf. »Nun will ich schlafen!« lächelt er.

Das junge Mädchen sitzt neben ihm. Die letzten matten Strahlen der Herbstsonne zittern wie ein Himmelsgruß durch das stille Gemach.

Das Haupt mit den spärlichen weißen Löckchen sinkt friedlich gegen ihren Arm; die Uhr auf dem Sims, die so manche frohe, stürmisch bewegte, schmerzvolle und glückselige Lebensstunde für den stillen Träumer geschlagen, singt ihm ein letztes Wiegenlied – da schläft er ein – für immer. –

Das stürmische Herbstwetter fesselte die junge Herrin an das Zimmer, und da vorläufig so viel des Geschäftlichen erledigt werden muß, tritt der Gedanke an ihre Rückkehr in die Klinik stets mehr in den Hintergrund.

Herr Dallberg kränkelt auch seit einiger Zeit, und der Arzt hält es für unratsam, daß er länger in einer Umgebung verweilt, die durch ihre so traurigen Erinnerungen seiner Hypochondrie täglich neue Nahrung bietet. Ein Wohnungswechsel, neue Umgebung und neuer Verkehr sollen wohltuend auf ihn einwirken, und da mit dem Oktober sein zwanzigjähriger Pachtkontrakt abgelaufen, entschließt sich Dallberg nach schweren Seelenkämpfen, Fräulein von Floringhoven seinen Entschluß, in die Stadt zu den Söhnen übersiedeln zu wollen, mitzuteilen.

Benedikta reichte ihm bewegt beide Hände dar. Sie verstand und billigte seinen Wunsch. Wußte sie jetzt doch selber am besten, *wie* schwer es war, in Räumen zurückzubleiben, die man sonst mit lieben Menschen geteilt.

An dem Abend desselben Tages ward der Inspektor zu der jungen Gutsherrin beschieden. Benedikta erhob sich von dem Schreibsessel und schritt langsam über den Teppich. Über ihr strahlten die matten Glaskuppeln der Hängelampe und verklärten das schöne, friedliche Angesicht, das ihm mit den großen Schwarzaugen seltsam forschend entgegenblickte.

Die unbewußte, hoheitsvolle Würde ihres Wesens trat mehr als je hervor, und Eckert blickte mit einem Gefühl verehrungsvoller Ehrfurcht auf die schlanke Gestalt, die in ihre vornehme Umgebung paßte, wie ein edles Bild in kunstvollen Rahmen.

»Ich habe eine Bitte an Sie, Herr Inspektor, – darf ich unumwunden und ohne Umschweife sprechen?«

»Ich bitte darum, gnädiges Fräulein.«

»Sie wissen, daß Herr Dallberg seinen Pachtkontrakt nicht erneuern möchte, und daß ich mich demzufolge in Verlegenheit wegen eines neuen Gutspächters befinde?«

»Ich weiß es, Baroneß.«

»Ich habe nun selber nach eigenem Ermessen und bester Überzeugung diesen neuen Pächter ausgewählt und würde sehr glücklich sein, wenn derselbe meinem Wunsche entgegenkäme.«

Eckert blickte die Sprecherin ruhig und offen an: »Befehlen Sie, gnädiges Fräulein, daß ich die Sache vermittle oder in die Hand nehmen soll?«

Benedikta lächelte und bot ihm jählings die schlanke Rechte entgegen: »Ja, lieber Eckert, nehmen Sie die ganze Angelegenheit und mit ihr die Zügel der Floringhofer Regierung in die Hand! Wer sollte besser in die Stellung eines neuen Pächters passen als Sie? Ich biete Ihnen dieselbe an und hoffe zuversichtlich, daß Sie mich nicht im Stich lassen werden.«

Der Inspektor ward blutrot. Aus seinen Augen brach ein Strahl unaussprechlicher Freude; aber nur einen kurzen Moment, dann ward sein Gesicht bleicher denn je, und das Haupt tief zur Brust senkend, antwortete er leise: »Wie sehr Baroneß mich durch diese Offerte ehren, bedarf keiner Beschreibung, und wie unaussprechlich gern ich dieselbe annehmen würde, kann ich mit Worten kaum versichern. Aber dennoch ist es wohl eine Unmöglichkeit. Ein Gut wie Floringhof pachten, bedingt eine Kaution, die für mich ein unerschwingliches Kapital bedeuten würde. Sie wissen aber, gnädiges Fräulein, daß ich über nichts, über gar nichts mehr zu verfügen habe, und daß meine Armut leider Gottes die Klippe war, an die all meine Bemühungen, selbst ein kleines Gut – keine Herrschaft wie Floringhof – zu pachten, scheiterten!«

»Und das Bedenken wegen der Kaution wäre das einzigste, das Sie zu äußern hätten?«

Er sah sie betroffen an. »Allerdings, Baroneß.«

»Sie würden sonst gern hier sein und dem Gute das nötige Interesse für eine selbständige Verwaltung entgegenbringen?«

Wieder erglühte sein Gesicht bis unter die blonden Haare. »Ja, Baroneß, ich hoffe zu Gott, daß der neue Pächter mich im Dienst behält; daß er mit mir zufrieden sein soll, wird mein eifrigstes Bestreben sein.«

Benedikta trat an den Schreibtisch und legte ein paar Papiere auseinander. »Da ich keinerlei Wert auf die Kautionsleistung lege und überzeugt bin, daß es dieser auch absolut bei Ihnen nicht bedarf, Herr Eckert, bitte ich Sie, die Pacht der Herrschaft zu übernehmen und diesen Kontrakt – für vorläufig fünf Jahre – zu unterzeichnen.«

»Gnädiges Fräulein!« – Das war ein Aufschrei unaussprechlicher Empfindung. Der Inspektor stand regungslos; seine zitternden Hände hingen schlaff hernieder, in seinem Antlitz wechselte die Farbe. Er stand und starrte auf die Schriftstücke, ohne sich vom Fleck zu rühren. »Ihr Edelmut ist so groß, Baroneß, daß ich ihn weder annehmen kann noch darf –«, murmelte er mit versagender Stimme.

Benedikta faßte seine Hand und zog ihn mit sanfter Gewalt an den Schreibtisch. »Lesen und unterzeichnen Sie, – ich *verlange* es von Ihrer Rechtlichkeit, die eine hilflose junge Dame nicht in die Hände unbekannter Glücksritter und Spekulanten liefern wird. Sie sind mir ohne Kaution ein viel sicherer Gewährsmann als alle die andern, unbekannten Herren, die sich mit Einlage eines großen Vermögens melden werden; darum *bitte* ich Sie, pachten Sie mein Eigentum!«

Er konnte nicht sprechen. Tränen unbeschreiblichen Glückes glänzten in den Augen, die so lange keine Freude mehr gekannt. Er faßte in leidenschaftlicher Erregung ihre Hände und küßte sie.

Sein höchstes Sehnen, der Traum alles für ihn noch denkbaren Glückes war erfüllt und erfaßte ihn wie ein Schwindel: Er – er der Pächter von Floringhof!

Benediktas Schritt verklang auf dem Teppich; sie ließ ihn allein, seiner Aufregung Herr zu werden.

Als sie wieder eintrat, lagen Eckerts gefaltete Hände auf dem unterzeichneten Kontrakt. Er erhob sich langsam und schaute sie mit unbeschreiblichem Blicke an.»Gott segne Sie!« – war der erste Laut, der über die Lippen des neuen Pächters klang.»Gott segne Sie!« – das war ein Gebet, das aus tiefstem Herzen kam, – und Gott der Herr erhörte es.

Elftes Kapitel

Ehe die verschiedenen Umwandlungen in Floringhof vollendet und die junge Schloßherrin ihre Angelegenheiten geordnet hatte, war der Winter in das Land gezogen.

Mit der unfreundlichen Witterung schien sich auch das Ohrenleiden Benediktas wieder zu verschlechtern. Sie hörte zeitweise nur durch Hilfe des Rohres und empfand es selbst in guten Tagen doch noch sehr peinlich, daß sie wohl die laute Sprache des einzelnen verstehen konnte, daß aber alle Laute zu einem unverständlichen Geräusch verschmolzen, sowie mehrere Personen gleichzeitig in einem Zimmer sprachen. Dieser Umstand machte sie für einen Verkehr mit der großen Welt immer noch untauglich, und der heiße Wunsch, eine vollständige Genesung zu erzielen, regte sich mehr denn je in ihr.

Sie schrieb an den Professor und fragte an, wann sie zur Fortsetzung der Kur bei ihm eintreffen dürfe.

Die Antwort ließ erstaunlich lange auf sich warten; endlich traf ein Brief ein, der die Schriftzüge des ersten Assistenzarztes trug.

Die Nachricht, die er brachte, wirkte wie ein vernichtender Schlag auf alle Hoffnungen, die die einsame Herrin von Floringhof gehegt.

Anläßlich einer Reise nach England hatte sich der Professor eine starke Erkältung zugezogen, die er anfänglich wenig beachtet, bis sie in eine sehr bedenkliche Lungenentzündung ausgeartet sei. Die letzten Telegramme seien hoffnungslos gewesen, und man erwarte in der Klinik schweren Herzens und tief bekümmert die nächsten entscheidenden Tage.

Tränen aufrichtigen Schmerzes füllten Benediktas Augen; es deuchte ihr, als hielte sie mit diesen wenigen Zeilen das Todesurteil ihres Glückes und ihrer Jugend in der Hand.

Am nächsten Tage schon brachte die Zeitung die telegraphische Nachricht, daß Professor H. in Cambridge einer bösartigen Lungenentzündung erlegen sei.

Tiefe, verzweifelte Mutlosigkeit überkam die Lesende. Was nun? – Die rettende Insel, auf welche sich ihre Zuversicht nach all dem Sturm und Todesweh geflüchtet, versank unter ihren Füßen, und man stieß sie abermals in den Kampf mit ihrem jungen, glückheischenden Herzen zurück, das noch viel zu warm und lebensfrisch schlug, um schon jetzt in die Todesnacht ewiger Einsamkeit versinken zu wollen!

Zum ersten Male las sie anläßlich der Beerdigung des allgemein so sehr beliebten und verehrten Arztes eine Notiz über Prinz Percy. – Nach langer Zeit die erste Nachricht wieder von ihm.

Der hohe Herr hatte es sich nicht nehmen lassen, dem hochverehrten Freund und Lehrer persönlich die letzten Ehren zu erweisen.

Es ward der Zeit gedacht, während der der Prinz in der Klinik des Professors studiert und sich unter der Leitung des tüchtigen Spezialisten ganz außergewöhnliche Kenntnisse erworben hatte.

Der Bericht sprang auf die zeitweilige Tätigkeit Seiner Hoheit über. Die Privatklinik für bedürftige Ohren- und Halskranke war im Bau begriffen und machte unter persönlicher Leitung des Prinzen schnelle Schritte zur Vollendung. Man hoffte, sie bereits im kommenden Frühjahr eröffnen zu können, zu welcher Feier die gesamte herzogliche Familie sowie verschiedene Mitglieder des regierenden Königlichen Hauses ihre Anwesenheit zugesagt hatten. – Der Gedanke an die Vermählung des Prinzen sei mit der Zeit mehr und mehr in den Hintergrund gedrängt. Hochderselbe lebe so ausschließlich seinen ernsten und gesegneten Studien, daß ihn fürerst eine Heirat mit den damit verbundenen gesellschaftlichen und offiziellen Verpflichtungen allzusehr aus der einmal eingeschlagenen Bahn drängen würde.

Benediktas Haupt sank tief, tief zur Brust.

Abermals wollte sie die leidenschaftliche Sehnsucht nach ihm und seiner Hilfe überkommen! Sie glaubte an ihn, sie war überzeugt, daß nur er allein ihr die volle Genesung zurückschenken könne, aber wie sollte sie es ermöglichen, von ihm ärztlich behandelt zu werden?

Seine Kenntnisse standen ja nur in dem Dienst der Armut, und Benedikta war wohl die reichste Erbin im Herzogtume. Außerdem durfte er niemals ihren Namen erfahren, aus all jenen schon so oft erwogenen Gründen, aus denen ihr Takt und Zartgefühl den Mund verschlossen.

Eine neue Nachricht löste sie aus ihrer tiefen Niedergeschlagenheit.

Ein gedrucktes Zirkular teilte ihr mit, daß nach Übereinkunft mit den Erben die Klinik des Professors H. genau in der bestehenden Weise fortgeführt werden solle, und daß die bisher unter dem Professor arbeitenden und von ihm ausgebildeten Ärzte die Behandlung der Patienten genau in dem Sinne des Professors fortsetzen würden. Eine kleine Nachschrift des nunmehrigen Leiters der Anstalt setzte Baroneß Floringhoven in Kenntnis, daß ihrer Ankunft in der Klinik nichts im Wege stehe, und daß diese jederzeit erfolgen könne.

Ein schwacher Hoffnungsschimmer erhellte abermals die Leidensnacht Benediktas.

Sie meldete umgehend ihren Aufenthalt in der Anstalt an und traf sofort alle Vorbereitungen zur Abreise.

Sie hatte eine letzte Unterredung mit Eckert gehabt. Er war auf ihren ausdrücklichen Wunsch mit seiner Familie in die ehemals Dallbergsche Wohnung in dem linken Schloßflügel übergesiedelt und schien neu aufzuleben in der beglückenden Tätigkeit seiner nunmehr selbständigen Stellung. Sie gab ihm mit einem Schlage alles wieder, was er ehemals verloren, die Stellung und die Mittel, seiner Erziehung und Ausbildung gemäß zu leben.

Zwar war alles unverändert, schlicht und einfach in dem Haushalt des Witwers, und er selber ging nach wie vor jeglicher Arbeit, genau wie zu Zeiten des Inspektors, sorgsam und äußerst gewissenhaft nach, keine Arbeit scheuend und überall mit seinen herkulischen Kräften anfassend und helfend; und dennoch war er ein andrer geworden. Ein unsichtbarer Druck, der bleischwer auf ihm gelastet, war gewichen und ließ ihn hoch aufatmen wie einen Erlösten.

Strahlende Glückseligkeit leuchtete von seinem Antlitz und trat nie auffallender zutage, als in jenen Augenblicken, wo er seine Kinder voll leidenschaftlicher Zärtlichkeit herzte.

Nun war die Stunde des Abschieds gekommen. Eckert hatte das Notwendigste für die nächste Zukunft mit seiner Gutsherrin besprochen, und Benedikta reichte ihm zum Lebewohl die Hand:»Gott erhalte Sie und Ihre Kinder gesund! – Hüten Sie mir Floringhof!« –

Alles wie ehemals und dennoch so anders! – Mit dem klugen, treulich wachenden Auge des Professors schien der gute Stern der Anstalt in Nacht und Dunkel versunken zu sein. Wohl bemühten sich die leitenden Ärzte der Klinik, ihr Möglichstes zu tun und das Unternehmen im Geist und Sinn des Entschlafenen zu erhalten, aber gerade dieser Geist fehlte bei allem, und die Hand des bedeutendsten und geschicktesten Spezialisten war nicht zu ersetzen.

Monate waren vergangen.

Benedikta hatte sich so gewissenhaft wie ehemals der Kur und allen ihren strengen Vorschriften gefügt, dennoch wollte die Genesung nicht fortschreiten. Die Heilung war bis zu jenem Grade gediehen, den noch des Professors Kunst erreicht, nun trat ein Stillstand ein und ließ sich trotz allen Mühens nicht überwinden.

Und der Winter verging, ohne wesentliche Fortschritte in ihrer Heilung gebracht zu haben. Die Ärzte zuckten schließlich selber die Achseln und sprachen ihre Ansicht aus, daß die Genesung den höchstmöglichen Punkt erreicht habe, und alles Menschenwissen und alle Kunst nicht imstande sei, eine Schranke niederzubrechen, die die Natur verhindernd aufgestellt.

So kehrte Fräulein von Floringhoven aller Hoffnung bar auf ihr einsames Gut zurück, und die ersten Blütenbäume des Frühlings streuten ihre weißen Schleier über das junge Haupt, als ob sie eine Himmelsbraut weihen wollten, die sich, von der Welt geschieden für ewige Zeit, in den Klosterfrieden ihres Dornröschenschlosses flüchtet. –

Eine sehr entfernte Verwandte, der der Minister ein Legat im Testament ausgesetzt, und die seit kurzer Zeit verwitwet war, folgte dem freundlichen Ruf Benediktas und siedelte nach Floringhof über, der früh Verwaisten eine liebe und sehr sympathische Gesellschafterin zu sein. Gräfin Lotzenburg hatte viel in der großen Welt gelebt, an verschiedenen Fürstenhöfen verkehrt und reiche, bunte Memoiren gesammelt.

Ihre heiter angelegte Natur bildete einen angenehmen Ausgleich zu Benediktas ernstem Wesen, und darum war die Gräfin doppelt beseligt, als sie wahrnahm, mit welch regem Interesse das junge Mädchen ihren Erzählungen aus der Zeit des Hoflebens lauschte und wie sie besonders der herzoglichen Familie eine so warmherzige Verehrung zollte.

Tante Lotzenburg kannte die Prinzen und Prinzessinnen des Hauses seit frühester Jugend auf.

Sie hatte der Einsegnung des Prinzen Percy persönlich beigewohnt und all seine Studien, von den ersten Examinas an, mit besonderer Teilnahme beobachtet. –

Das Trauerjahr war beendet, zum erstenmal hatte Gräfin Lotzenburg weiße Spitzen getragen, und es schien, als ob dieser zarte Schimmer einen Reflex in ihr lebensfrohes und menschenliebendes Herz geworfen. Sie hatte schon öfters versucht, Benedikta mit dem Gedanken vertraut zu machen, daß ein Winteraufenthalt in Floringhof wohl für die Länge der Zeit unerträglich sein würde.

Ihre Jugend und Lebensstellung bedinge den Verkehr mit der großen Welt. Es sei die höchste Zeit, daß die Enkelin des einst beliebtesten Ministers, die Erbin seines Namens und seines Besitzes bei Hofe präsentiert und der Gesellschaft zugeführt werde.

Mit beinahe entsetzten Augen starrte Benedikta die Sprecherin an.

»Aber, liebste Tante, wie wäre es denkbar, daß ich armselige Invalidin mich in den Kreis anspruchsvoller und intoleranter Menschen wagen könnte! Ich bin für die große Gesellschaft direkt unbrauchbar! Wie laut und anstrengend mußt du sprechen, um dich meinen tauben Ohren verständlich zu machen, und wie unmöglich ist es, daß ich in einer Unterhaltung mit mehreren Personen auch nur das mindeste heraushöre! Ehe mein Leiden nicht vollständig gehoben ist, werde ich nie den Mut haben, mich als lästige Bürde einer Gesellschaft aufzudrängen, die in diesem schnell lebenden *Fin de siècle* keine Zeit und kein Verständnis für Stiefkinder des Glückes hat!«

»Aber Herzchen! Welch ein Ausdruck! Du, die mit allen Glücksgütern gesegnet ist, wirst überall mit offenen Armen aufgenommen, und ich gehe jede Wette ein, daß du mit deinem kaum noch bemerkbaren Gebrechen mehr Männerherzen eroberst, als alle die feinhörigsten Dämchen, die nichts in die Schranken führen können, als gesunde Glieder und Sinne!«

Ein herbes, beinahe bitteres Lächeln zuckte um die Lippen Benediktas: »Ich würde diese Herzen erobern? Nein, Tantchen, ich nun und nimmermehr, – höchstens meine Goldsäcke, die die Augen der heiratslustigen Herren derart blenden würden, daß sie als fatales Anhängsel selbst eine taube Frau mit in den Kauf nehmen würden!«

»Wie kann ein junges Wesen wie du derart pessimistische Ansichten haben, Darling! Du kennst die amüsante lustige Welt noch gar nicht und urteilst wie der Blinde über die Farbe! Wer spricht von Heiraten! Diese Verfügung über Herz und Hand liegt ja ganz und gar in deinem freien Willen, und ein paar Winter Hofluft atmen, Walzer tanzen und die schönste und umschwärmteste Dame der Saison zu sein – nun ..., mein Gott ... *çela n'engage à rien!*«

Fräulein von Floringhoven hob langsam das Köpfchen, zartes Rot schimmerte auf ihren Wangen. »Ich glaube, daß ich in dieser Beziehung Geschmack und Ansichten des Prinzen Percy teile!« lächelt sie. »Der Trubel rauschender Feste würde mich auf die Dauer nicht reizen, und, um nur einen flüchtigen Versuch zu wagen, lohnt es die Mühe der Vorbereitungen nicht. – Sollten es andre Menschen auch momentan vergessen, daß sie zu tauben Ohren reden, ich würde dessen doppelt eingedenk sein und mit all dem Mißtrauen und der scheuen Reserve meiner Leidensgenossen doch nur unablässig die Dornen zwischen all den Rosen suchen und finden!«

»Und wenn du vollständig geheilt würdest?«

Ein feucht glänzender Blick der Sehnsucht schweifte aus den dunklen Mädchenaugen in die stille Schneelandschaft hinaus. »Ja dann! – Aber diese Hoffnung ist ausgeschlossen.«

»Warum das? Du hast erst einen einzigen Spezialisten konsultiert!«

»Er war der bedeutendste von allen, und außer ihm existiert wohl kein andrer.«

»Das wäre erstaunlich! Hast du dich nie nach andern Ärzten erkundigt?«

Benedikta wandte das Haupt zur Seite. »Nein, es wäre ja doch vergeblich.«

»Welch eine Marotte, Kind, es ist unglaublich! Sowie dein Doktor das nächste Mal hierher kommt, werde ich das Nähere mit ihm besprechen.«

»Das geschah bereits, Tantchen, und er nannte einzig einen Professor in Wien, den Lehrer des Prinzen Percy, wenn du dich seiner aus verschiedenen Zeitungsnotizen entsinnst!«

Die Gräfin schnellte in ihrer lebhaften Weise empor.»Percy! Mein Gott, der Prinz ist ja auch Spezialist für Kopf- und Gehörleiden! Und wie allgemein behauptet wird, hat er bereits ganz erstaunliche Kuren in seiner Klinik gemacht! Das ist ein superber Gedanke, Herzchen! – Ich werde sofort von meinen alten Beziehungen zu ihm und seiner Kinderstube Gebrauch machen und an ihn schreiben. In die Armenklinik kannst du natürlich nicht gehen, – schauderhafter Gedanke! Aber er behandelt dich vielleicht privatim –«

Benediktas Antlitz hatte sich mit dunkler Glut gefärbt und ihre Lippen zitterten.»Tantchen, – ich beschwöre dich –! Du wirst dich unter keinen Umständen an den Prinzen wenden!«

»Und warum nicht, du Närrchen? Fürchtest du dich vor dem gekrönten Doktor?«

»Ich fürchte mich vor seiner abweisenden Antwort!«

»Es ist ja nicht nötig, deinen Namen zu nennen, Liebchen, damit deinem Stolz in keinem Falle zu nahegetreten wird! – Aber den Versuch kann man doch immerhin wagen; bedenke, wieviel für dich davon abhängt!«

Benedikta verschlang krampfhaft die bebenden Hände, ein jäher Aufblick traf die Sprecherin.»Du meinst, es sei möglich, daß er meinen Namen nicht zu erfahren braucht, daß er mich als Unbekannte behandeln kann?« fragte sie atemlos.

Gräfin Lotzenburg zuckt in ihrer sorglosen Weise die Achseln und sieht nach der Uhr.»Warum nicht? Die Anfrage kann ich auf alle Fälle ›namenlos‹ gestalten. Ich sage ihm, daß ›eine meiner Nichten‹ an einem Ohrenleiden erkrankt und all ihre Hoffnung in seine so meisterlich bewährte Kunst gesetzt habe, – ein paar schöne, schmeichelhafte Redensarten ... voilà, es ist elf Uhr vorbei! – Wenn ich augenblicklich schreibe, kann der Postbote ihn nachher mitnehmen ... den Brief nämlich ...«

Benedikta legte jählings die Hand auf den Arm der Sprecherin und versuchte, sie in dem Sessel zurückzuhalten.»Schreib nicht, Herzenstante – ich – ich kann mich durchaus nicht an diesen Gedanken gewöhnen, Patientin des Prinzen Percy zu werden!«

Wie Gräfin lachte leise auf, schlang die Arme um die schlanke Gestalt der jungen Dame und blickte heiter in das auffallend erregte Antlitz derselben.»Ich glaube wahrhaftig, petite, du hast Klinikfieber!

Unbesorgt, diesmal wird deine Tante dich begleiten und dir mit beiden Händen die Äuglein zuhalten, damit dich Kron' und Purpur nicht blenden können.«

»Du wirst auf jeden Fall meinen Namen verschweigen? – Ich will erst den Brief lesen, ehe du ihn abschickst –!« – Die Gräfin wandte sich lachend zur Tür.

»Gewiß, kleine Tyrannin! Ich werde dir mein Skriptum zuvor unterbreiten! Aber nun störe mich nicht mehr, es ist die höchste Zeit, daß ich meine untertänigste Bitte zu Papier bringe!«

Als die Gräfin nach geraumer Zeit wieder eintrat und der Herrin von Schloß Floringhof mit sehr zufriedenem Lächeln ein Schreiben in »Großformat« überreichte, vermochte es Benedikta kaum mit den bebenden Händen zu fassen.

Sie trat an das Fenster, schob den schweren, dunkelblauen Samtvorhang noch weiter zurück und las. Anfänglich mit angstvoller Spannung in den Zügen, bald aber mit einem beinahe heiteren Lächeln, das ihr die gewohnte Ruhe und Selbstbeherrschung zurückgab.

Sie unterbrach sich und wandte das Haupt zu der Gräfin zurück, die voll sichtlicher Erwartung näher getreten war und schmunzelnd der »Kritik« harrte.

Fräulein von Floringhoven lachte: »Welch eine geschickte Diplomatin bist du doch, liebe Tante, und wie ganz brillant verstehst du es, dem Prinzen etwas vorzuflunkern! Nach diesem Brief muß man deine ›arme Nichte‹ allerdings für *sehr* arm halten. – Welche Augen würde der hohe Herr aber machen, wenn er in dieser Hilfsbedürftigen die Erbin des reichsten Ministers kennenlernt!«

Die Gräfin lachte sehr vergnüglich.» *Wenn* er es erfährt, ist es zu spät, um seine milde Hand wieder von dir zurückziehen zu können. Daß er uns die kleine List verzeiht und die begonnene Kur nicht wieder unterbricht, – dafür laß mich nur sorgen! Sein edles Herz und sein Interesse für den ›schweren und außerordentlichen Krankheitsfall‹ werden unsere Verbündeten sein!«

Kein anderes Thema ward zwischen den Damen seit Stunde an verhandelt.

Zwischen seliger Hoffnung und bangen Zweifeln zogen die Tage dahin.

Jede Postsendung wurde voll fiebernden Interesses in Empfang genommen, und die Hände der jungen Schloßherrin zitterten, wenn sie den Schlüssel in dem Schloß der schwarzen Ledermappe drehte, die die Briefschaften nach Floringhof übermittelte.

Manch reitender Bote ward heimlicherweise von der Gräfin noch bei Nacht und Nebel zur Stadt geschickt, die ersehnte Antwort zu holen, und dennoch vergingen volle acht Tage, ehe sie diese in den Händen hielt.

Mit einem leisen zitternden Aufschrei freudiger Überraschung hielt Fräulein von Floringhoven den Brief in der Hand, der dieselben Schriftzüge trug wie jener eine, der als teuerstes Kleinod bei den Juwelen der Baroneß verborgen lag. Die Gräfin sah sehr geschmeichelt aus.

Benedikta war in einen Sessel niedergesunken. Ihre bebende Hand lag auf dem Herzen.»Lies, Thea! Ich bitte dich – lies!« stieß sie schweratmend hervor. Und Gräfin Lotzenburg öffnete voll fliegender Hast das Schreiben.

»Meine gnädigste, hochverehrte Gräfin!

Eine ganz besonders freudige und angenehme Überraschung war es mir, nach langer Zeit von Euer Hochgeboren eine Nachricht zu erhalten, und ich bedaure nur die traurige Veranlassung dazu. Obwohl die Klinik zur Zeit derart überfüllt ist, daß ich noch etliche Kranke privatim in meinem Hause unterbringen mußte, wird es mir dennoch eine angenehme Pflicht sein, der jungen Dame, die Frau Gräfin meiner Behandlung empfahlen, die Aufnahme zu ermöglichen. Da ich in den Regeln der Klinik, die strengstens innegehalten werden müssen, absolut keine Ausnahme machen darf, um jedweden Konflikt zu verhüten, bitte ich, mir das *Attest eines Armenarztes* oder Kreisphysikus einzusenden, laut dem die junge Dame als mittellose Kranke der Unterstützung von seiten meiner Anstalt empfohlen wird.«

Die Leserin ließ, aufs höchste bestürzt, den Brief sinken und schlug die Hände zusammen:»Herr des Himmels, das ist eine schöne Geschichte! Für die reichste Erbin des Landes das Attest eines Armenarztes!«
Benediktas anfänglich so heiß glühendes Antlitz war tief erbleicht. Es neigte sich wie der Kelch einer verschmachtenden Blüte auf die Brust: »Ich ahnte es!« flüsterte sie,»das Geld ist für mich ja stets das Hindernis auf dem Weg zum Glück! Ehe ich es nicht von mir werfe, ehe ich nicht in der Tat die Bescheinigung eines Armenarztes aufweisen kann, werde ich es nicht erreichen.«
»Narrheit!« brauste die Gräfin ärgerlich auf.»Du harmloses, junges Ding wärst imstande, den Unfug zu begehen und dich eines fürstlichen Vermögens zu entäußern, lediglich um in der Armenklinik des Prinzen Percy behandelt zu werden: – Laß mich nachdenken, wie wir den königlichen Doktor dennoch überlisten können,« – grollte sie mit gefurchter Stirn.
Und dieses Sinnen und Grübeln bildete fortan ihre Hauptbeschäftigung, allerdings ohne jegliches Resultat. Der Winter streute seine Schneeflocken und deckte all die schönen Pläne und Träume, die

für kurze Zeit die Herzen der beiden einsamen Damen höher schlagen ließen, mit dem weißen Bartuch des ewigen Entsagens zu.

Zwölftes Kapitel

Wie kalt ist es! – In den Straßen der Residenz liegt hoher Schnee. Pelzvermummte Gestalten eilen hastig vorüber, Dienstmänner und Droschkenkutscher hauchen in die Hände und stampfen frierend mit den Füßen. Schlitten klingeln hin und her, Lastwagen rollen mit plumpen Rädern durch den quietschenden Schnee.

Hinter den verhängten Spiegelfenstern der ersten Etagen pulsiert das warme, gesellige Leben voll Luxus, Geschmack und Karnevalslust, – sich im Lichtgefunkel abstufend und dämpfend, je höher die Stockwerke der palastartigen Bauten emporragen.

Unter dem Dache brennt kaum noch ein spärliches Flämmchen. Hier wohnt, hungert und friert die Armut. – Von hier aus schleicht das Elend hinab in die Gassen, von hier aus ringt sich manch später so hell blinkendes Sternlein eines Selfmadelebens aus den Lumpen, – hier verlischt manch strahlende Leuchte, die ehedem die Welt geblendet, ehe sie in Nacht, Unglück und Vergessenheit unterging. Da, wo die Teppiche auf den goldgegitterten Treppen aufhören, wo nur noch eine Gasflamme in bescheidener Glasschale brennt, ist eine Visitenkarte gegen eine der Flurtüren geheftet.

»Roman Ermönyi.«

Hier droben hinter der Flurtür klingt leises, klagendes Kindergeschrei. In der Schlafstube steht ein sehr eleganter Kinderwagen neben einem sehr dürftigen Bett.

Soweit es der spärliche Schein des Nachtlichtes erkennen läßt, ist die Einrichtung des Zimmers ein wunderliches Gemisch von luxuriöser Pracht und kümmerlichster Armut.

Auf einer prächtigen Samtottomane liegen Kissen, teils mit wenig sauberen, teils ganz ohne Überzüge, die es verraten, daß hier ein nächtliches Ruhelager aufgeschlagen wird. Zwei Rokokosessel stehen vor einem Tisch, dem die Decke fehlt, und der durch verschiedene Brandmale zeigt, daß manche Speise auf dem Spirituskocher auf ihm bereitet worden war.

Hinter einem großen Badelaken an der Wand hängen kostbare, bunte Kleidungsstücke, die Garderobe einer Sängerin. – Der goldgewirkte Schleier, der ehemals, beifallsumbraust, die Elfengestalt der »Todgeweihten« auf der Bühne umhüllte, hängt schmutzig und zerrissen über dem Kinderwagen. Ein kleines, blasses, kümmerliches

Würmchen regt schreiend die abgemagerten Händchen darunter, und eine schemenhafte Frauengestalt hebt sich kraftlos aus den Kissen des Bettes, eine Klingel zu rühren.

Marga Daja! – Sie! – Und doch nicht sie. »Ich bin nur noch der Schatten der Marga!« steht wie in unheimlicher Schrift auf dem abgezehrten farblosen Angesicht. Die blonden Haare hängen ihr wirr in die Stirn, tiefliegende Augen flackern wie im Irrsinn hinter dunkle Schatten.

Ein Mädchen erscheint auf der Schwelle.

»Das Kind schreit – gib mir die Flasche herüber!« stößt Frau Ermönyi hastig hervor; »es ist doch hoffentlich noch Milch da?«

»Viel nicht; ich werde wohl noch für die Nacht Fenchel aufbrühen müssen!«

»Fenchel! Fenchel! Allmächtiger Gott, das gibt doch dem Unglückswürmchen keine Kraft und Nahrung!« schluchzt die junge Mutter verzweifelt. »Gehen Sie, Berta, nehmen Sie die Brokatschleppe vom Haken. Sie hat einst sechshundert Mark gekostet! Vielleicht gibt Ihnen der Händler im Keller hundert – oder fünfzig Mark dafür! Ich muß Milch für das Kind kaufen, und Kohlen! Besorge auch Kohlen, Berta, ich friere unter dem Federbett, und das Kind holt sich eine neue Krankheit!«

»Wird der Herr nicht schimpfen, wenn das Kleid versetzt wird?« fragte Berta ängstlich, das kostbare Stück über den Arm nehmend.

»Es ist mein Eigentum!« stößt Marga rauh hervor. »Wer weiß, ob er es überhaupt merkt! Wenn du weg bist, Berta, schließe ich mich hier ein! Mein Mann kommt vielleicht wieder angetrunken nach Hause und mißhandelt das Kind, wenn es schreit. Das ertrage ich nicht mehr, – ich bin so schwach, so schwach –«

Da zieht ihr gemordetes, vernichtetes Leben in wüsten Bildern vorüber. Wie weit ist es mit ihr gekommen! Wo ist all das Glück geblieben, das sie an jenem stolzen Erfolgsabend mit Lorbeer und Gold erkaufte! Hier, in Armut und trostloser Verlassenheit, hat es geendet.

Schritt um Schritt ist es bergab gegangen.

Anfänglich lebten sie wie törichte Kinder in den Tag hinein. Marga mußte ununterbrochen Gastspielreisen machen, die Oper ihres Mannes auf den verschiedenen Bühnen einzubürgern. Zumeist hatten wohl sie und ihr Gastspiel Erfolg, die Oper aber blieb den Repertoiren fern.

Die Unruhe, die Anstrengungen des Reisens bei ungünstiger Witterung schadeten der zarten Gesundheit Margas. Als sie zum erstenmal an der X.er Bühne, die sie engagiert, auftrat, war sie heiser, und ihre Aufnahme eine kühle.

Roman tobte vor Wut. Was er an Margas glänzender Laufbahn erlebte, waren Enttäuschungen, ihre Gastspiele hatten nicht annähernd den

Erfolg, den er erwartet hatte, ihr Mißerfolg am hiesigen Theater war von weittragendster Bedeutung.

Seine brutale Roheit trat von Tag zu Tag schroffer zutage. Die anstrengende Tätigkeit eines Dirigenten war ihm schon in den ersten Wochen verhaßt, und sein rücksichtsloses Benehmen, das die Direktion in verschiedenartige Verlegenheiten setzte, trug ihm die Kündigung der Stelle ein. Er war brotlos und lediglich auf seine Operneinnahmen und den Verdienst seiner Frau angewiesen. Dieser war zu behaglichem Leben ausreichend, solange Marga ihren Verpflichtungen nachkommen konnte; als sie aber mehr und mehr kränkelte, als sie schließlich nach der Geburt ihres Kindes so entkräftet war, daß sie kaum noch eine anstrengende Opernpartie übernehmen konnte, fing das Elend an.

Roman Ermönyi bekümmerte sich nicht mehr um seine Familie. Er verbrachte seine Einnahmen in schlechter Gesellschaft, die noch die letzten Keime von Ehr- und Pflichtgefühl in ihm erstickte.

Zu ernster Arbeit war er untauglich geworden, sein niemals bedeutendes Talent war erschöpft. So sank er haltlos von Stufe zu Stufe.

Er spielte und trank und mißhandelte Frau und Kind, wenn er sein wüstes und verkommenes Heim betrat.

Ein langwieriger Katarrh, der in Kopfneuralgie und Heiserkeit ausartete, machte ein ferneres Auftreten als Sängerin unmöglich. Die Theaterdirektion bewilligte einen vierteljährlichen Urlaub, der jungen Frau in liebenswürdigster Weise die Möglichkeit an die Hand gebend, ihre angegriffene Gesundheit wieder zu erlangen. Da aber die notwendigen Mittel zu einer Reise oder Kur fehlten, verrann die kostbare Zeit, ohne ausgenutzt werden zu können, und als sie verstrichen, und Marga kränker als je die Bühne abermals betreten wollte, zeigte es sich schon auf der Probe, daß es eine Unmöglichkeit sei.

Entbehrungen, Gram, Aufregungen und Kinderpflege hatten die zarte Natur der Kranken vollends aufgerieben, und die Kollegen starrten voll tiefer Wehmut die gebeugte, elende Gestalt an, die die ehemals so reizende, berückende und verwöhnte Diva sein sollte!

Roman Ermönyi stand zwischen den Kulissen, die Hände in die Taschen seines Jacketts gesenkt, das verlebte Gesicht voll beinahe gehässigen Ausdrucks nach dem gebrochenen Weib gerichtet.

Seine herzlosen und boshaften Bemerkungen über die verlorene Schönheit und Stimme empörten selbst die frivolsten Anwesenden und machten den Komponisten noch unbeliebter, als er es bereits gewesen.

So groß das Mitgefühl für Marga Daja auch war, sah sich die Direktion doch gezwungen, ihre Verbindlichkeiten zu der Sängerin zu lösen, und dieser neue entsetzliche Schicksalsschlag besiegelte das Unglück der beklagenswerten Frau.

Roman Ermönyi erging sich in wüsten Schmähungen und verfluchte die Stunde, die ihm diesen nichtsnutzigen Ballast von Weib und Kind auf den Nacken gebürdet. Seine Rücksichtslosigkeit kannte keine Grenzen mehr, und was Marga für ihre eigene Person vielleicht voll stumpfer Resignation ertragen hätte – für ihr Kind konnte sie es *nicht* erdulden!

Alle Folterqualen, die ein Mutterherz leiden kann, marterten sie Tag und Nacht und machten sie immer kränker, immer verzweifelter und mutloser.

Was sollte aus ihr, was aus dem unglücklichen Geschöpfchen werden, wenn Roman fortfuhr, sie derart zu behandeln, sie darben und frieren und verkommen zu lassen? – Oft hat eine leidenschaftliche Sehnsucht sie erfaßt, sie hat die Arme geöffnet und mit fieberglänzendem Blick die Namen derer gerufen, die sie voll empörender Undankbarkeit und Verblendung selber von sich gestoßen!

Wie oft hat sie in den bittersten Stunden der Qual das Haupt auf die gefalteten Hände gedrückt und an Adalbert Eckert gedacht, wie an einen Heiligen, vor dem sie in demütiger Abbitte niederknien muß!

Jetzt, nachdem sie es voll wilden Hasses, voll leidenschaftlicher Empörung mit ansehen muß, wie ihr Mann sein schwaches, hilfloses Kind mißhandelt, jetzt erst lernt sie einsehen, mit welch törichter, gottvergessener Herzlosigkeit sie ehemals den treuesten und zärtlichsten Vater verhöhnte!

Marga drückt schauernd, in heißer Scham erglühend, das Antlitz in die Kissen. In welche Abgründe würde sie getaumelt sein, wenn ihre stolze Ehrenhaftigkeit nicht größer gewesen wäre, wie ihres Mannes Geldgier! Wenn sie sich nicht selber hoch gehalten hätte, da er sie preisgeben wollte! Das war der erste unheilbare Riß, der ihren Ehering und ihr Glück in Stücke springen ließ, – das war die erste wüste Szene mit dem Sklavenhändler Ermönyi, der das Weib, das er selber für Lorbeer und Gold erhandelt, um Geschmeide und Brillanten willen weiter verkaufen wollte, an jeden, der es begehrte!

Marga preßt die geballten Hände gegen die Stirn. Ja, er liebte sie auf seine Art. – Er liebte sie, wie ein gewissenloser Wüstling eine Rose abriß, um sie sonder Scham und Scheu von Hand zu Hand zu werfen, bis sie entblättert.

Gibt es ein Opfer, das zu groß für ein Mutterherz wäre? – Nein!

Und wenn Benedikta, wenn Onkel und Tante Dallberg auch wahrlich zu unversöhnlich sein sollten, der Heimkehrenden Kind aufzunehmen, – *einer* wird ihm sicher die Arme entgegenbreiten, es voll warmer inniger Rührung an ein Herz nehmen, die so voll von Vaterliebe für die Kleinen schlägt, – er, Adalbert Eckert!

Zu ihm will sie ihr Kind bringen! Will ihn um Vergebung bitten für all die törichten, kindischen Worte, mit denen sie ihn ehemals kränkte, will ihm die Hände küssen und ihn anflehen: »Nimm mein Kind zu dir! Sei ihm, dem vaterlosen, ein zweiter Vater! Liebe es nur halb so, wie du die eigenen Kleinen liebst, und mein Mädchen wird reich und glücklich sein! Ach gib ihm Liebe! Liebe! treue Väterliche! Es ist so bettelarm daran! Dein Herz ist treu und brav, es wird sich erbarmen und Mitleid mit einer Waise haben, die dir der letzte Hilfeschrei einer Mutter in den Arm legt!«

So wird sie sprechen, und Tränen des Mitgefühls werden in den Augen des schlichten Mannes glänzen. Er wird ihr Kind aufnehmen und es lieben, – dann ist es geborgen und beschützt, dann haben Gottes Engel ihm den Weg bereitet.

Und sie? Was wird sie beginnen?

Auch mit ihr wird einer Mitleid haben, – der kleine See, der fernab, still und grundlos tief im Walde liegt.

Sie will ausruhen und schlafen, sie ist müde zum Sterben. Warum noch länger dieses Elend tragen?

Jede Minute ist eine Qual, die sie noch in die Nähe von Roman Ermönyi bannte

Fort, fort, es muß zu Ende kommen!

Wie heiße Glut rinnt es plötzlich durch Margas Adern: der Gedanke, erlöst zu werden aus aller Pein, hat etwas neu Belebendes für sie, und der feste Entschluß, den sie endlich, nach dem langen, langen Ringen und Kämpfen gefaßt, stärkt und beruhigt ihre Nerven. Sie überlegt voll ungeduldigen Eifers den Plan ihrer Reise.

Wenn sie alles verkauft, was sie noch besitzt, erlangt sie genügende Mittel, um die weite Fahrt unternehmen zu können. Nur der Gedanke, unterwegs krank liegen zu bleiben, quält sie. Wird sie überall sofort Aufnahme in einem Hospital finden? Vielleicht hilft es, wenn der Theaterarzt, – der Armenarzt, – ihr ein Attest schreibt?

Jenen unheilvollen Zettel, auf dem er bescheinigt hat, daß Marga ihres Kehlkopfleidens und ihres heftigen Katarrhs wegen dienstunfähig geworden, hat ihr der Direktor als Belag für seine Kündigung mitgeschickt. Vielleicht nutzt auch er ihr.

Berta kommt freudestrahlend zurück. Sie hat die schöne Schleppe zu der ersten Sängerin getragen, die ihr volle zweihundert Mark für das kostbare Stück gezahlt und gefragt hat, ob Frau Ermönyi noch mehr von ihrer Garderobe verkaufen wolle?

Marga wird dunkelrot. Verlegenheit und Scham wollen ihr noch einmal die Kehle zuschnüren. Sie geniert sich, daß die Welt von ihrem

Elend erfahren wird. Aber nur einen Augenblick, dann streicht sie mit der Hand über die Stirn und seufzt tief auf.

Wozu noch dieser falsche, lächerliche Hochmut? Was liegt ihr an dem Gerede der Leute? Sie hat mit der Welt abgeschlossen.

Voll dankbarer Freude lobt sie Bertas gute Idee, direkt zu der Sängerin gegangen zu sein. Deren Wunsch, mehr zu kaufen, kommt ihr äußerst gelegen, und die beiden Geldscheine in ihrer Hand wiegen so schwer, als könne sie das viele Geld gar nicht heben.

Der Arzt kommt am andern Vormittag und findet die junge Frau außer Bett. Er freut sich ihres lebhaft angeregten Wesens und des Entschlusses, zu ihren Verwandten reisen zu wollen.

Marga erzählt dem wohlwollenden älteren Herrn rückhaltlos ihr ganzes Unglück, von Anfang ihrer Ehe bis auf den heutigen Tag.

Ein Armenarzt tut manch tiefen Einblick in häusliches Elend, aber die körperliche und seelische Not dieser unglücklichen Mutter schneidet ihm weher in das Herz wie alles andere Leid, dessen Zeuge er geworden. Er verspricht ihr, einen persönlichen Empfehlungsbrief zu schreiben, den sie an den betreffenden Arzt, in dessen Hospital sie aufgenommen werden möchte, im Fall einer Verschlimmerung ihres Leidens während der Reise, abgeben solle.

Marga sieht ihn flehend an:»Dann bitte ich Sie um eine Freundlichkeit, Herr Doktor, nennen Sie nicht den allzu bekannten Namen meines Mannes; es würde mir quälend sein, durch ihn besondere Aufmerksamkeit zu erregen, da ich meine Gastspiele als Madame Ermönyi absolvierte. Mein Mädchenname ist weniger bekannt geworden, – außerhalb der Residenz hat wohl kaum eine Menschenseele etwas von Marga Daja erfahren. Wollen Sie die Liebenswürdigkeit haben und mich in Ihrem Schreiben nur ›die Sängerin Marga Daja‹, ohne Zusatz von Frau oder Fräulein, nennen?«

Der Arzt versprach, ihren Wunsch zu erfüllen, und schickte ihr noch an demselben Tag einen unterzeichneten und untersiegelten Brief, in dem er bat,»der Sängerin Marga Daja, die durch ihr langwieriges Leiden bühnen- und sangesunfähig geworden, wenn irgend möglich, Aufnahme in der p. p. Klinik oder Krankenhaus zu ermöglichen, und zwar, wenn irgend angängig, kostenfrei, da sich die Künstlerin in äußerst bedrängten Verhältnissen befindet.«

Marga war unbeschreiblich dankbar und barg den Brief als wertvolles Kleinod auf der Brust.

Zum letzten Male saß sie allein und von allen verlassen in ihrem kahlen, ausgeräumten Stübchen. Zum letzten Male sollte sie mit ihrem Liebling unter dem Dache ihres Mannes schlafen, dieses Erbärmlichen, dem sie ihren Fluch und Haß als einziges Andenken zurückließ.

Das blonde Haar war in spärlichem Knoten an dem Hinterhaupt geschürzt, silberweiße Streifen färbten es an den Schläfen, und das schwarze Kleid hob die marmorne Masse, die Abgezehrtheit ihres Gesichtchens, das schmal und welk wie der Kelch einer verschmachtenden Blume auf die Brust niedersank. Ein kleines Bündel mit den notwendigsten Habseligkeiten für das Kind lag neben ihr auf der Erde, die Kleine selbst lag mit großen, offenen, wehmütig blickenden Augen auf ihrem Schoß.

Gegenüber, schräg an der Wand, hing der große Rasierspiegel ihres Mannes. Er warf das Bild von Frau und Kind zurück.

Margas Blick traf ihn, – schaudernd wandte sie das Haupt, und bittere Tränen stürzten haltlos über ihre Wangen.

Der Wind schrillte um das Haus. Klang nicht eine Melodie aus ihm hervor? »Hell wie das Morgenlicht lächelt die Ferne, glückliche Sterne täuschet uns nicht!«

Marga trocknet die Augen und blickt wie in stummer, verzweifelter Anklage zum Himmel.

Der Stern der Liebe hatte sie getäuscht, es war ein Irrlicht gewesen, das sie tückisch verlockt hatte, in Nacht und Tod hinaus zu taumeln.

Welke Lorbeerkränze hängen an der Wand. In jäh aufquellender Bitterkeit reißt sie Marga herab und tritt sie unter die Füße. Sie waren an jenem Premierenabend der Kaufpreis ihres falschen Glücks. Es stirbt im Staub, wie er, – es stirbt, wie auch Marga sterben wird. – Fort, fort! Die Zeit ist um!

Die gelbe Postchaise, die von der Bahnstation nach der kleinen Kreisstadt in den Bergen fuhr, hatte um diese frühe Frühlingszeit wenig Passagiere zu befördern, und der Postillon riß erstaunt die Augen auf, als eine blasse, schlicht gekleidete Frau, ein sorgsam eingehülltes Kind im Arm, über den Perron schritt, um in die Postkutsche einzusteigen.

Marga stieg ein, und nach kurzer Rast setzte sich die Kutsche in gemächliche Bewegung.

Die Sonne stand schon tief, und ihre Strahlen malten schräge, gelbzitternde Streifen auf das schwarzfeuchte Waldmoos, aus dem der frische, herbe Erdgeruch des Frühlings emporstieg.

Von den kahlen Zweigen tropfte es noch in blinkenden Perlen, und der Weg war weich und grundlos, bedeckt von zahllosen Wasserlachen, die der Regen auf ihm gebildet.

Ein paar Vogelstimmen, – ein leises Rascheln und Knistern in der niederen Kiefernschonung zur Rechten der Straße, sonst tiefe, friedliche Stille.

Eine tiefe, unbeschreibliche Wehmut überkommt die verlassene, verratene Frau.

Wie mit Zaubergewalt steigt die schöne alte Zeit vor ihren geistigen Augen empor, wo sie noch als glückseliges, jubelndes Kind durch diese Wälder und Felder gestreift, wo die Welt so weit offen vor ihr lag, wie ein lachendes Paradies, in dem weder Schlange noch Sünde lauert!

Wie anders, wie furchtbar anders ist alles gekommen! Die Erinnerung an die erste Begegnung mit Eckert füllt ihr die Seele mit unauslöschlicher Qual. Damals und jetzt! – Sie sieht wieder den Blick heißen Entzückens, mit dem er ihre reizende Gestalt umfaßt, in naivem Märchenglauben eine Waldelfe in ihr vermutend, und sie gedenkt des Ausdruckes im Gesicht des Kutschers soeben, als er sie voll Mitleid und Erbarmen unentgeltlich noch ein Stückchen Weges weiter fahren wollte!

Wo sind die Zeiten hin, da Marga Dajas eigenartige Schönheit die Männeraugen voll Zaubergewalt fesselte?

Was ist von ihr geblieben?

Die junge Frau schauert zusammen wie im Fieberfrost. Häßlich, krank, arm – verlassen und verloren. Keine Liebe! Keine Bewunderung, kein anbetendes Entzücken, – nur noch Mitleid und Jammer um das unglückselige, kümmerliche Weib, das den Tod im Antlitz trägt.

Eine grausame, fürchterliche Wandlung.

Margas Herz schreit wild auf unter den Qualen der Scham und Demütigung.

Wie wird Eckert sie bei diesem Wiedersehen anblicken? Ebenso mitleidig, – so gerührt und erbarmungsvoll wie der Postillon, dem das Elend der unbekannten jungen Mutter an das Herz gegriffen?

Wer weiß es? – Auch Eckert ist ein Mensch, ein schwacher, sündhafter Mensch, in dessen Seele die Rache schlummert, dessen verschmähtes Herz nach Vergeltung lechzt, dessen verletzter Stolz über den Sturz und das Unglück der Feindin triumphieren will! Ist das nicht natürlich und gerechtfertigt? Würde es Marga anders gemacht haben, stände sie an seiner Stelle?

Er schied dermalen im Groll und Zorn von ihr. Der Bruch mit den Verwandten, der schnöde Undank gegen Benedikta werden seinen rechtlichen Sinn vollends empört und gegen sie gekehrt haben!

Wie konnte sie nur in wahnwitzigen Fieberphantasien wähnen, Adalbert Eckert werde sich ihres Kindes erbarmen?

Er würde es wohl aufnehmen, wenn sie, die Bettlerin, ihn kniefällig darum anflehen würde, aber sein Blick würde alles ausdrücken, was sein Inneres erfüllt, er würde keine Huldigung mehr, sondern eine Beleidigung für Marga Daja sein.

Heiße Glut steigt schwindelnd in die Schläfen der Einsamen. Sie schämt sich vor Adalbert Eckert! Ihr Stolz bäumt sich wild auf gegen die Demütigung, die sie von ihm erdulden muß.

Jetzt, wo jeder Baum, jede Berglinie sie an die Zeit ihres Triumphes, ihres Übermutes, ihrer Höhe gemahnt, jetzt empfindet sie es doppelt qualvoll, wie tief herabgesunken sie ist, wie armselig, wie verächtlich sie geworden.

Es ist so schwer, so bitter schwer, voll Reue als verlornes Kind in die Heimat zurückzukehren!

Sie fürchtet sich vor den Vorwürfen, sie graut sich vor dem Gnadenbrot, das sie im Hause der Verwandten essen soll.

Welch eine trostlose Zukunft! Wie niederdrückend! Wie peinigend für sie, nutzlos und hilflos durch die Welt zu gehen. Das kann und will sie nicht. Sie will sterben! – Sterben! Sie zittert in dem Gedanken an ein Wiedersehen mit all jenen Leuten im Schloß; warum soll sie sich die Qual, ihnen die Genugtuung bereiten?

Warum soll sie den Leidensbecher bis zur Hefe leeren und noch bitten?

Die Sonne ist gesunken, Nebelschleier verhüllen die Berge, tiefe, wehmütige Schatten decken das Tal.

Das Lied des Postillons ist verklungen. Mühsam haben sich die Pferde die steile Straße emporgeschleppt, dann geht es in flottem Tempo wieder bergab, und nun ragen dunkle Tannen zu beiden Seiten des Weges und künden die Nähe des Floringhofer Parkes an.

Der Wagen hält, und der Postillon knallt zum Zeichen mit der Peitsche. Er springt herab und öffnet den Schlag.

Sie steigt schwerfällig aus und umklammert das leise weinende Kind mit den Armen.

Der Postillon will sprechen, aber eine unbekannte Scheu verschließt seine Lippen. Er sieht der schmächtigen Gestalt schweigend nach, wie sie hastig den nassen Weg entlang wankt.

Wie haben ihre Augen so tot und glanzlos geblickt! Wer ist sie und was will sie in Floringhof? – Ihn fröstelt. Gott erbarme sich ihrer, sie geht keinen leichten Gang.

Nachdenklich steigt er wieder auf und zuckt die Zügel, – die Post rollt lautlos davon. –

Marga schreitet hastig aus. Sie beruhigt das Kind und küßt voll leidenschaftlicher Zärtlichkeit das verkümmerte kleine Gesichtchen.

Ein wehes Lächeln fliegt über ihr Antlitz, als es wieder an ihrer Brust einschläft, – zum letzten Male wohl.

Dort glänzen Lichter, dort winkt das Schloß.

Es ist Essensstunde. Die Leute sind in der Gesindeküche versammelt.

Onkel und Tante Dallberg sitzen in der traulichen Wohnstube, – Flur und Treppen werden leer sein.

Marga schluchzt auf und beschleunigt ihre Schritte. –
Währenddessen sitzt der neue Gutspächter in seinem Arbeitszimmer und starrt nachdenklich in die Dämmerung.

Ein tiefer Seufzer hebt die Brust des einsamen Mannes. Ja, sein Haus ist jetzt schön und traulich, weit und groß, ohne Mangel und Sorge, aber es ist dennoch nur ein toter Körper, dem die Seele fehlt.

Die kleine, weiche Frauenhand fehlt, die belebend über dieses kühle, starre Heim streicht, die Liebe der Gattin und Mutter fehlt, die in den duftlosen Kranz die unverwelklichen Blüten des Glückes flicht.

Er sollte heiraten! – Von allen Seiten drängt man ihn und redete ihm zu. Junge, blühende, liebenswürdige Mädchen lächeln ihn an, als ob sie durch stumme Blicke sagen wollten: »Komm und wirb um mich, – es soll nicht vergebens sein!« – Aber Adalbert Eckert schüttelt traurig das Haupt. Sein Herz schlägt keiner von allen entgegen.

Er streicht mit der Hand über die Stirn, als wolle er die Träume fortwischen und wieder zur Wirklichkeit erwachen. Was hatte er doch heute abend besorgen wollen?

Richtig, – den Hühnerhof!

Die Wirtschafterin klagt neuerdings so sehr, daß die Füchse aus dem nahen Wald allzu kecke Raubzüge in den Geflügelhof unternehmen!

Der Volontär hat schon ein paar Abende mit der Büchse auf Anstand gesessen, aber es ist nicht möglich, den schlauen Rotröcken beizukommen.

Nun will Eckert ein paar Fuchseisen stellen und sehen, ob diese ihre Sache besser machen werden als der Volontär.

Er erhebt sich, um die Fallen von dem Boden herunterzuholen, – er findet sie im Dunkeln, weiß, wo sie liegen.

Die beiden Eisen in der Hand, steigt er langsam die Treppe wieder herab. Droben auf dem Absatz, wo die Strahlen der kleinen Flurlampe bereits hinreichen, bleibt er stehen, den Mechanismus zu prüfen.

Eine halbe Treppe tiefer liegt der weite, viereckige Korridor vor ihm, auf den die Türen seiner Wohnung münden, und zu dem die gewundene Steintreppe vom Hausflur, rechter Hand, emporführt.

Tiefe, feierliche Stille. Plötzlich ein Laut, ein leiser, scheuer Schritt. Eckert kennt ihn nicht. Wer schleicht so vorsichtig herzu?

Er tritt weiter in den Schatten zurück und späht mit scharfem Blick zu dem Kommenden herab.

Eine Frauengestalt?

Er kennt weder den dunklen, weiten Mantel, noch das schwarze Tuch, das den Kopf umhüllt. Das Gesicht kann er nicht sehen.

Die Fremde trägt sehr vorsichtig ein Bündel, lugt scheu und zaghaft nach allen Seiten, – huschte jählings vor und legt ihre Last vor der Stubentür nieder. Ein gurgelndes, kurzes Aufschluchzen, – ein Stöhnen wie das eines Sterbenden, – und dann wendet sich das fremde Weib, zieht das Tuch tief über das Antlitz und stürzt in wilder Hast die Treppe wieder hinab. Was bedeutet das?

Mit zwei Sprüngen steht Eckert neben dem Kleiderbündel und faßt es. – Ein Kind! Ein lebendes, aufweinendes Kind!

Er reißt die Zimmertür auf.»Hanne! Hanne! Sorgen Sie für das kleine Wesen hier!« schreit er mit bebender Stimme, und dann stürmt er voll haltloser Erregung hinter der Fremden her.

Er sieht die dunkle Gestalt just hinter der Gartenpforte verschwinden, als er die Haustür erreicht. Ohne Besinnen hastet er ihr nach.

Vor ihm, im matten Windeslicht, flieht das Weib, Wer ist sie? Wer kommt nächtlicherweile, ein kleines, hilfloses Kind vor seiner Schwelle auszusetzen?

Eine Floringhoferin ist's nicht – und doch, die Enteilende scheint genau Bescheid zu wissen, sie wählt voll großer Sicherheit den Weg zum Wald.

Dieser Pfad führt nach dem Teich!

Ein jähes, lähmendes Entsetzen packt Eckert. Nun weiß er es plötzlich, wohin die Unglückliche vor ihm strebt. Ein wilder Schreck, ein unbeschreibliches Weh preßt ihm das Herz zusammen. Schnell, schnell, ehe das unglückselige Weib ihre grausige Tat ausführen kann! Mit der Kraft der Verzweiflung eilt er vorwärts, Ein rauher Schrei bricht aus seiner Kehle.

Die Verfolgte hört ihn, schrickt zusammen und wendet sich nach ihm um. Wie in schaudernder Abwehr hebt sie beide Arme wider ihn, strauchelt und stürzt. Aber sie reißt sich wieder empor und taumelt dem Wasser entgegen, das schon dicht vor ihr durch das laublose Gehölz blinkt.

Ihre Kräfte schwinden, sie wankt – ein herzzerreißender Klagelaut tönt von ihren Lippen. Sie klammert sich an einen Buchenstamm und preßt das Antlitz gegen die feuchte Rinde.

Da steht Eckert neben ihr und packt in zitternder Aufregung ihre Arme: »Wohin, du Gottverlassene?« stößt er mit bebenden Lippen hervor.

Sie will weiter, – sie kann es nicht, – sie will sich regen, – ihre Glieder versagen den Dienst. Sie will voll Verzweiflung gegen ihn ringen, das Kopftuch gleitet herab, ihr Antlitz starrt ihn an. Wohl ist es bis zur Unkenntlichkeit entstellt, aber Adalbert fühlt es, weiß es, wer sie ist. »Marga!« – schreit er auf, er gibt sie frei und taumelt zurück.

Da sieht er, wie ihre frostgeschüttelte Gestalt schwer vornüber auf seine Füße zusammensinkt. Die umklammernden Hände lösen sich und gleiten auf das regenfeuchte Moos.

Das bringt ihn wieder zum Bewußtsein.

Voll bebender Angst faßte er ihre federleichte, elende, kleine Gestalt auf die Arme und wendet sich hastig nach dem Weg zum Schlosse zurück.

Der See blitzt im Mondschein grell auf, – Adalbert wendet schaudernd den Blick und stürmt mit seiner traurigen Last heimwärts. Wie der Frühlingswind ihm so kühl über die Stirne streicht, wie es so seltsam aus dem Moos emporduftet! Wolken jagen am Himmel, ein neuer Regenschauer tropft wie kalte, schwere Tränen auf die beiden einsamen Menschen nieder.

Regungslos hängt der Frauenkörper auf seinen Armen, Das geisterhaft bleiche Antlitz ist zurückgesunken, die blonden Haarsträhnen fallen wirr und tief über Stirn und Wangen. Ist sie bewußtlos? Hat die furchtbare Qual dieser Stunde die zarte Menschenblüte geknickt?

Voll unaussprechlicher Sorge, mit stockendem Herzschlag blickt Eckert auf die geschlossenen Augen nieder, neigt das Haupt und lauscht auf die Atemzüge, die schwach, wie erlöschende Seufzer, ihre Brust heben. – Sie lebt!

Dem barmherzigen Gott sei Lob und Dank dafür!

Der Pächter von Floringhof weiß es nicht, wie er das Schloß erreichte, er weiß es nicht, wie er mit seiner unglückseligen Bürde in das stille Zimmer kam. Das Händeringen und die Schreckensrufe der alten Hanne mahnen ihn zuerst wieder an seine Umgebung. Er bettet die Ohnmächtige behutsam in die Kissen, er ruft mit leiser Stimme nach der Mamsell, daß sie der Kranken die ersten Hilfsleistungen angedeihen lasse.

Hanne schickt er zu Baroneß Floringhoven mit der dringenden Bitte: »Baroneß möge ihm mit Rat und Tat bei der Pflege einer Unglücklichen helfen!«

Hanne hat auf den ersten Blick, mit wahrem Entsetzen, Marga Dallberg erkannt. Allmächtiger Gott, *wie* kommt das arme, arme Frauchen zu ihnen zurück! – Nun weiß sie auch, wem das jammervolle Würmchen zugehört, das sie soeben vom Flur aufgenommen und mitleidig getränkt und warm gebettet haben.

Benedikta und Gräfin Lotzenburg eilen durch den breiten Verbindungskorridor unverzüglich herzu. Eckert tritt ihnen mit verstörtem Gesicht, farblos wie ein Sterbender, entgegen. Er vermag kaum zu sprechen.

Gräfin Lotzenburg starrt entsetzt auf dieses junge verzweifelte Geschöpf, das jetzt wohl den starren Todesschlaf tief unten im Wasser schlief, wenn nicht Gottes weiser Wille es anders beschlossen.

Sie ist ein leicht erregtes, für alles Außergewöhnliche und Sensationelle sehr empfängliches Gemüt, und so legt sie voll eifriger

Fürsorge sofort selber mit Hand an, die Beklagenswerte zu entkleiden und ihr Stirn und Schläfen mit belebenden Essenzen einzureiben. Eckert hat sich selber auf ein Pferd geworfen, dem Wagen vorauszueilen und den Arzt zu benachrichtigen. Er hat die inständige Bitte an die Damen gerichtet, das traurige Vorhaben der Kranken sowohl dem Doktor, wie allen Floringhovern vorzuenthalten.

Gräfin Lotzenburg nestelt sorglich die Taille Margas auf, und wie sie ein Papier unter ihren Fingern knistern hört, nimmt sie vorsichtig den Brief, der fraglos geschrieben ist, Aufschlüsse über die Person und die Tat der Selbstmörderin zu geben, von der Brust der Kranken und läßt ihn in ihre Tasche gleiten, damit er in keine unrechte Hände falle.

Frau Ermönyi öffnet mit tiefem Seufzer die Augen und blickt wild um sich.»Wo ist Ada? Wo ist mein Kind?« schreit sie auf.

Benedikta faßte ihre Hände und blickt ihr in die Augen.»Es schläft, Marga, und ist wohl behütet, ebenso sicher geborgen und beschützt wie Sie!«

Einen Augenblick brennt der Blick der Genannten verständnislos auf dem Antlitz der Sprecherin, dann läuft ein Zittern durch ihre Glieder, sie sinkt in die Kissen zurück und schluchzt leise auf:»Benedikta! Ach Benedikta!«

Fräulein von Floringhoven umschließt die eiskalten kleinen Hände voll inniger Zärtlichkeit.

»Ich bin bei Ihnen, Sie arme, liebe kleine Frau! Wir alle, Ihre treuen Freunde sind hier und heißen Sie von ganzem Herzen in der Heimat willkommen! Regen Sie sich jetzt nicht auf! Denken Sie nicht, – schlafen Sie in dem süßen Bewußtsein, wohlgebettet daheim zu sein!«

Als der Arzt spät nach Mitternacht an ihr Lager tritt, starrt er voll wehmütiger Teilnahme in das abgezehrte, farblose Gesicht.

»Sie fiebert nicht stark, es ist wohl irgendeine große Gemütserregung, Entkräftung und Überanstrengung der Reise, die diesen Zustand hervorrufen. Wenn sie erwacht, bitte ich, ihr dieses Pulver zu geben, es wird sie beruhigen. Alsdann dürfte sehr kräftige Ernährung und unbedingte Ruhe die beste Arznei für die sehr ermattete junge Frau sein; ob irgendein andres, tieferes Leiden vorliegt, kann ich jetzt selbstverständlich nicht konstatieren, hoffe es aber nicht.«

Auch das Kind sah er an. Hanne hatte unter Tränen versichert, das elende Würmchen könne kaum den Morgen erleben, es sei ja nur eine Handvoll Knöchelchen und beinahe zu schwach, um trinken zu können!

Da Gräfin Lotzenburg fürs erste keine Gelegenheit fand, sich bei der Krankenpflege nützlich zu machen, zog sie sich in ihre Zimmer zurück.

Sie setzte sich in den Sessel neben dem summenden Teekessel nieder und zog den Brief Margas aus der Tasche, ihn aufmerksam zu betrachten.

Er war nicht verschlossen.

Ein Gemisch von lebhaftem Interesse und etwas Neugierde, vielleicht die Beweggründe zu dem unfaßlichen Vorsatz der Lebensmüden zu erfahren, nahm sie den Bogen aus dem Umschlag und öffnete ihn. Überrascht neigt sie sich vor.

Ein ärztlich unterschriebenes und gesiegeltes Attest? Was ist das?

Sie überfliegt den Inhalt mit den Blicken, und plötzlich schnellt ihr Haupt empor und starrt mit weit offnen Augen in das Leere, just, als staune Gräfin Lotzenburg einen ganz außerordentlichen, genialen Gedanken an, der ihr plötzlich wie eine gebratene Taube aus dem Schlaraffenland in den Schoß gefallen.

War es ein Traum, was sie hier las?

Die Bitte und Befürwortung eines Arztes an einen ungenannten Hospitalvorstand, sich der kranken, vermögenslosen, in höchst bedrängten Verhältnissen lebenden Sängerin Marga Daja barmherzig anzunehmen und ihr, wenn möglich, Aufnahme, ärztliche Behandlung und Pflege angedeihen zu lassen.

Das, was der Gräfin Lotzenburg ein wenig unerfüllbarer Wunsch geschienen, das Attest eines Armenarztes, hielt sie plötzlich, unerwartet und unvermutet, in den Händen.

Marga Daja ging unter in dem Namen der Madame Ermönyi, die auch ihrerseits nur ein paar flüchtige Gastspiele absolvierte.

Wer kennt und weiß in dieser schnellebenden Welt noch etwas von Marga Daja?

Prinz Percy am wenigsten, er liebt das Theater nicht und besucht es nicht, – mußte er auf Befehl einmal einer Oper beiwohnen, in welcher Marga Daja sang, hat er weder ihren Namen auf dem Zettel gelesen, noch die Sängerin eines längeren Blickes gewürdigt. Die Assistenzärzte seiner Klinik aber sind zumeist Süddeutsche oder Österreicher, die fraglos nie den Namen noch die Person einer Marga Daja auf der Bühne kennengelernt.

Dreizehntes Kapitel

Die Frühlingssonne lachte in das Stübchen, als Marga die ersten Schritte – auf Benediktas Arm gestützt – machte. Das schmale Gesichtchen hatte sie wieder gerundet, eine zarte Röte überhauchte die Wangen, und die großen Kinderaugen blickten wie verklärt in die

Welt. Der große Strom banger Scheu und Angst vor dem Wiedersehen mit Floringshof war in einem Meer von Liebe untergegangen.

Ihr Herz schlug so ruhig und friedlich, wie bei einem Kinde, das nach verbüßter Strafe zum erstenmal wieder in dem weichen Arm der Mutter ruht und die Augen in dem seligen Bewußtsein zum Schlafe schließt:»Was du verschuldet hast, ist vergeben und vergessen; die Liebe ist größer gewesen als der Zorn!«

Eckert ist so harmlos lustig, als sei jedes Rückerinnern an die Schreckensnacht am See aus seinem Gedächtnis gelöscht; kein Wort, keine Silbe erwähnt die Vergangenheit, kein Blick enthält irgendeinen Vorwurf oder Tadel, – lauter Liebe, frische, belebende Liebe lacht ihr entgegen und scheucht die letzten Sorgenschatten, die ihren Sinn umdüstern.

Als die Kinder, das herrliche Frühlingswetter benutzend, in den Garten herabgebracht waren, setzt sich der Pächter noch ein paar Augenblicke zu den Damen, ehe er auf die Felder hinausritt.

Marga verschlang in wiederkehrender Erregung die abgezehrten Hände.»Ihr lieben, treuen Menschen sprecht von der Zukunft, als solle ich euch Jahr und Tag hier zur Last liegen. Das ist ja eine Unmöglichkeit! Ich muß wieder in die Welt hinaus und es versuchen, für Ada und mich das Brot zu verdienen. Wüßte ich nur erst wie! Ach, dieses ›Wie‹ ist eine furchtbare Frage und trug allein die Schuld an der Verzweiflung, die mich Hilflose und Verlassene zu dem unverzeihlichsten aller Verbrechen trieb –«

Benedikta und Eckert wechselten einen schnellen Blick, keines nahm Notiz von dieser letzten Bemerkung, die Fräulein von Floringhof mehr geahnt als verstanden hatte.

»Wie um alles in der Welt können Sie sich solch nutzlose Gedanken und solch törichte Skrupel machen!« lächelte sie.»Wenn Sie gesund und wieder bei Kräften sind, wird Ihre Stimme, die Sie ja nur momentan durch Kummer und Aufregungen verloren haben, wiederkehren, liebste Marga, und Sie werden Ihre Laufbahn als Sängerin neu beginnen können!«

»Niemals! Niemals!« schüttelte die junge Frau mit einem Schauder das Haupt.

Benedikta nickte hastig Beifall:»Ich habe diese Angelegenheit auch schon bedacht und einen Ausweg gefunden, den Sie vielleicht fürerst zur Aushilfe annehmen, liebe Marga. Die Mamsell ist sehr alt und hilfsbedürftig, es ist unmöglich, daß sie das große Schloß, die Leinenkammern usw. allein noch in Ordnung hält. Da dachte ich, Sie können ihr als Stütze zur Hand gehen, kleine Frau. Ein festes Jahrgehalt, freie Station für Sie und das Kind –«

Mit einem lauten Freudenschrei faßte Marga die Hand der Sprecherin, sie stürmisch, mit glückstrahlenden Augen an die Lippen zu ziehen; Eckert aber hob jählings das Haupt.

»Ich gönne Ihnen neidlos alles denkbare Gute, Baroneß!« sagte er lächelnd,»und bin überzeugt, daß auch Sie das gleiche mir gegenüber tun. Ihre Leinenkammer, Vorratsgewölbe und Wirtschaftsräume sind zwar recht respektable Dinge, aber Sie können zur Not mit weniger Liebe und Sorge fertig werden wie zwei kleine Kinder, und darum bitte ich, auch meinen Vorschlag gütigst anzuhören! – Willy und Gretel wachsen gottlob so tüchtig heran, daß die alte Hanne nicht mehr Schritt mit ihnen halten kann. Es wird Zeit, daß die Kinder unter die sorgende Pflege einer Dame gestellt werden, denn der Einfluß eines dauernden Dienstbotenverkehrs ist bei diesem Alter kein guter mehr. Ich habe nun schon seit Wochen den Wunsch gehegt, eine Dame zu gewinnen, die die Leitung meines Haushaltes und die Erziehung meiner Kinder übernehmen möchte.«

Eckerts Blick haftete wie in bangem Forschen auf Margas Antlitz, über das haltlos die Tränen rannen.

Heiße Glut war in ihre Wangen gestiegen, sie schlug die Augen voll auf und sah ihn an:»Ich danke Ihnen, Sie treue, opfermutige Seele! Gott segne Sie für dieses Werk der Barmherzigkeit, das ich mit allen Kräften, die das Elend mir gelassen, vergelten will!«

Die Tür öffnete sich, ein Mädchen brachte die Briefschaften.

Mit schnellem Blick überflog Adalbert die Adressen, zögerte und hielt ein Schreiben unschlüssig in der Hand, verstohlen auf Fräulein von Floringhofen schauend.

Marga aber richtete sich erbleichend empor und streckte die Hand danach aus:»Geben Sie! Geben Sie mir!« sagte sie mit heisrer Stimme. »Ich kenne ... seine Schrift.«

Benedikta legte hastig die Hand auf den Arm der jungen Frau.»Nicht lesen, Teuerste!« bat sie dringlich,»Keine neue Aufregung! Sie sind noch nicht stark genug!«

Marga lächelte bitter. Ihre bebenden Finger lösten den Umschlag. »Nun ich von diesem Brief weiß, würde mich ein Nichtlesen mehr aufregen als wie die Hiobspost, daß er meine Spur gefunden.« Mit schnellem Blick überflog sie den Inhalt der wenigen Zeilen, flammende Nöte stieg in ihre Wangen, und die erloschenen Augen leuchteten auf.»Herrgott des Himmels, ich danke dir!« schrie sie schluchzend auf, reichte den Brief der Jugendfreundin und preßte die Hände, wie in höchstem Aufatmen der Erlösung, gegen die Brust.

Überrascht blickte Eckert in Benediktas Antlitz, die mit lauter Stimme las:»Da ich Dich nichtswürdiges, untaugliches Geschöpf, das zu all seiner bettelarmen Erbärmlichkeit auch noch von frechem Undank beseelt ist, bei Deiner lieben Sippschaft in Floringhof vermute, teile ich Dir hierdurch mit, daß Deine heimliche Flucht meiner Langmut ein Ende gesetzt hat. Ich klage gegen Dich auf Ehescheidung wegen böswilligen Verlassens. Wenn Du Dich nicht weiter dagegen sperrst, sondern die Angelegenheit eine schnelle Erledigung finden läßt, will ich Dir das Kind überlassen, – solltest Du mir aber die mindesten Schwierigleiten in den Weg legen, werde ich mich bemühen, Dich auch wieder anzuärgern und Dir Deine kleine Kröte vom Herzen zu reissen! Verstanden? Ich verlange umgehende Nachricht über Deinen Aufenthaltsort, damit die verfluchten Bande zerrissen werden können, die Dich Ballast noch an mich ketten!

Roman Ermönyi.«

Ein unartikulierter Laut rang sich aus Eckerts Kehle. Er hob die bebenden Fäuste, als wolle er sich zermalmend auf den Elenden stürzen, der voll gewissenloser Nichtswürdigkeit ein hilfloses Weib und Kind als »bettelarmen Ballast« von sich abschütteln will.

»Lassen Sie mich auf diesen Brief antworten! Lassen Sie mich diesen Buben finden, um mit ihm abzurechnen!« – knirschte er.

Marga faßte erschrocken seinen Arm. »Niemals! Um Himmels willen nicht! Wollen Sie mir den Weg zur Freiheit verschütten? Wollen Sie mein Kind in die Hände dieses Erbärmlichen liefern?« klagte sie voll jäher Angst. »Gebt mir Feder und Papier! Ich fleh euch an!« bat Marga in fiebernder Erregung. »Laßt mich ihm die gewünschte Antwort senden –«

»Aber vorsichtig die Worte abwägen! Lassen Sie mich bei diesem Briefe helfen, von ihm hängt möglicherweise noch alles ab!«

»Sie haben recht. Benedikta! Vor allen Dingen muß ich ihm mitteilen, daß Onkel und Tante Dallberg Floringhof verlassen und sich vollkommen von mir losgesagt haben, damit er nicht eine neue Geldquelle in ihnen vermuten kann. Ferner werde ich ihm sagen, daß ich irgendeine Stellung suche, um mich und das Kind zu ernähren, und daß es in diesem Fall wohl besser wäre, ungebunden zu sein!«

»Vergessen Sie auch nicht zu erwähnen, daß die Stimme endgültig verloren ist –!«

»Gewiß nicht! Diese Hiobspost muß obenan stehen. Ach, wie hätte ich mir jemals träumen lassen, daß dieses Schreckgespenst all meiner Gedanken, ›eine Sängerin ohne Stimme zu sein‹, noch einmal das goldene Sternlein des Glücks sein würde, das über dem dunklen Pfad zur Freiheit strahlt!«

Welch ein weicher, warmer Frühlingsabend!

Gräfin Lotzenburg hatte Marga beiseite genommen und schritt nun mit ihr durch den abendstillen Park.

Seitdem die Scheidung mit Ermönyi eingeleitet war, erschien sie wie ausgewechselt. Sie blühte wieder auf. Ihre Wangen rundeten und röteten sich, die blauen Augen leuchteten so klar wie ehedem, und der Ausdruck starrer Verzweiflung war einem lächelnden, sinnigen Ernst gewichen, der nur dann zu der alten jubelnden Heiterkeit der Marga Daja von ehemals ward, wenn sie ihr Kind auf den Armen hielt und mit Willi und Gretchen um die Wette spielte.

Auch jetzt blickte ihr Gesicht so frisch und verklärt im Mondenschein zu der Gräfin auf, daß diese plötzlich stehenblieb:»Gott sei Lob und Dank, Sie haben sich so prächtig erholt und sind im Hause Eckert so unentbehrlich geworden, liebe Marga, daß Sie niemals Gebrauch von der Empfehlung eines Armenarztes mehr machen werden!«

Betroffen schaute die Genannte auf.»Von der Empfehlung – wie erfuhren Sie von diesem Geheimnis, Frau Gräfin?«

»Auf die einfachste Weise. Ich barg es vor fremden Blicken und bewahre es noch immer in meinem Schreibtisch für Sie auf – das heißt nicht für Sie, sondern für andere, und dieses, *mein* Geheimnis, möchte ich Ihnen jetzt anvertrauen, kleine Frau, und Sie von Herzen bitten, meine Mitverschworene und Verbündete zu werden, da es sich um nichts Geringeres, als um Benediktas Glück handelt!«

»Um Benediktas Glück?«

»Sie sagen es, und nun hören Sie zu. Obwohl das Leiden schon sehr gemildert und die Baroneß nicht mehr völlig taub ist, bildet sie sich dennoch ein, absolut untauglich für die menschliche Gesellschaft zu sein.« Die Gräfin neigte sich tiefer noch und flüsterte eifrig in Margas Ohr.

»Herrlich, herrlich, eine ganz brillante Idee!« rief diese lachend.»Oh, wenn der Prinz ahnte, welch eine Perle diese unscheinbare Namensmuschel birgt! Sollte die Empfehlung des Arztes nicht ausreichen, so besitze ich auch noch den Brief der Theaterdirektion, die mir anzeigt, daß ›mein Leiden‹ – es ist glücklicherweise nicht bezeichnet – ein ferneres Auftreten als Sängerin unmöglich mache.«

»Vortrefflich! Das wäre ja ein unbezahlbares Mittel, sein Mitleid vollends zu erwecken! Schnell, schnell, schaffen Sie den Brief herzu, damit wir ihn auf seine Brauchbarkeit prüfen können ... wie zum Beispiel ist die Anrede? ›Etwa Frau Ermönyi‹? Dann würden wir ihn nicht benutzen können!«

Nein, nein! Soviel ich mich entsinne, bin ich nur mit ›Euer Wohlgeboren‹ angeredet, im Laufe des Briefes nennt man mich noch einmal ›wertgeschätzte Kollegin‹. – Nun, und das Kuvert mit der Adresse braucht Benedikta ja nicht vorzuzeigen!«

»Bewahre! Und unsrer vereinten Überredungskunst muß sich Benedikta fügen! Willigt sie ein, reisen wir umgehend nach W. ab, damit sie sich zuerst von dort aus schriftlich an den Prinzen wendet, ehe das Datum der Briefe allzusehr veraltet. Die größte Eile ist geraten. Also ich verlasse mich auf Sie, liebe Marga.«

Die junge Frau blieb einen Augenblick lächelnd und sinnend stehen.

»Ich glaube ein Mittel zu wissen, die Baroneß fraglos zu bestimmen. Wenn sie anfänglich unsern Bitten Widerstand entgegensetzt, was sie fraglos tun wird, dann gebe ich Ihnen einen Wink, Frau Gräfin, und Sie lassen uns ein paar Minuten allein! – Darf ich darum bitten?«

»Gewiß, gewiß!« lachte die Kammerherrin glückselig, – »hypnotisieren Sie – bezaubern – behexen Sie, – nur kommen Sie zu günstigem Resultat!«

Vierzehntes Kapitel

Prinz Percy saß in seinem Studierzimmer. Es war schlicht und so klein, daß er kaum Platz hatte, sich umzudrehen. Er befand sich in eifriger Lektüre über einem neuen wissenschaftlichen Werk, das sein höchstes Interesse erregte.

Die grünen Friesvorhänge waren weit an ihren Bronzeringen zurückgerollt und gewährten den warmen Frühlingssonnenstrahlen Einlaß. Sie flimmerten auch über das dunkelblonde Haar des tiefgeneigten Hauptes, über die hohe, edel gewölbte Stirn, über das blasse, geistvolle Antlitz. Nur seine Augen konnten sie noch nicht schauen, die versteckten sich hinter den dunklen Wimpern, die sich gleich langen Schatten auf die Wangen senkten.

An der Tür klopft es, und der Prinz blickt auf. Große, stahlblaue Augen mit dem schwarzen Rand, der die Iris begrenzt, wenden sich dem Eintretenden zu.

»Ah, Sie selber, lieber Doktor! Was bringen Sie?«

Er erhebt sich und tritt dem jungen Assistenzarzt entgegen, der mit respektvoller Verneigung in der Nähe der Tür verharrt.

»Die Briefschaften, Hoheit.«

»Bereits durchgesehen?«

»Befehl, Hoheit.«

»Etwas Wichtiges darunter? Bittschriften?«

»Leider, Hoheit.«

»Warum ›leider‹?«

»Die Klinik ist bis unter das Dach besetzt, wir können niemand, absolut niemand mehr aufnehmen.«

»So, so. Wer wünscht unsre Hilfe, lieber Doktor?«

»Ein Fabrikinspektor, dem beim Platzen eines Ventils der Kopf verletzt wurde; es scheint eine Verletzung des Trommelfells vorzuliegen.«

»Ist der Mann völlig mittellos?«

»Er ist nicht glänzend gestellt, aber auch nicht direkt arm. Außerdem ist es eine Gemeinheit des Fabrikbesitzers, den Mann, für den er die ärztliche Behandlung zu bezahlen hat, an die Adresse Eurer Hoheit zu verweisen!«

»Er versucht's. Kennen Sie den Namen des Besitzers?«

»Befehl, königliche Hoheit.«

»Ist er in der Lage, für seinen Inspektor zahlen zu können?«

»Fraglos; er ist als einer der reichsten Großindustriellen bekannt.«

»Ah!« – Die Brauen des Prinzen zogen sich unmutig zusammen. »Haben Sie die Güte, das Gesuch abzulehnen. Und was weiter? Wer meldet sich noch?«

»Eine Sängerin namens Marga Daja.«

»Marga Daja?« Der königliche Arzt blickte nachdenklich geradeaus und wiederholte langsam, als müßte er sich auf etwas besinnen: »Marga Daja? Woher?«

»Ehemalige Opernsängerin in der Residenz, später an dem Stadttheater zu X., das seine Verbindlichkeiten zu der Dame löste, weil ihre Krankheit sie leistungsunfähig machte.«

»Ist sie bedürftig?«

»In hohem Grade, direkt mittellos. Sie sendet eine Empfehlung des Theater-Armenarztes sowie den Kündigungsbrief der Direktion mit.«

»Marga Daja?« Prinz Percy schritt nachdenklich in dem schmalen Raum auf und nieder. »Wo habe ich den Namen bereits gehört? Er klingt mir so sehr bekannt ... Marga Daja ... Welches Leiden plagt sie?«

»Ein Ohrenleiden. Die Dame war vollständig taub, eine Zeitlang in Behandlung des Professors X....«

»Des Professors! – Richtig! – Marga Daja!« – Der Prinz schaute jählings empor, lebhaftes Interesse sprach aus seinem Blick. »Ganz recht, jetzt weiß ich, woher ich den Namen kenne, ich sah das junge Mädchen dermalen in der Klinik! – Große, schlanke Gestalt, – dunkle Augen, hm, schade für die Bühne. Und sie ist jetzt völlig verarmt?«

»Allerdings, Hoheit, da sie nicht mehr singen kann, ist sie außerstande, sich ihr Brot zu verdienen.«

»Traurig, sehr traurig. Und wir können niemand, wahrlich niemand mehr aufnehmen?«

»Drei Krankenwärter schlafen bereits in einer Bodenkammer zusammen.«

»Fatal. Es ist sehr hart, die Arme abzuweisen. Lassen Sie mich überlegen ..., ja, das wäre ein Ausweg. Bitte, schreiben Sie der Dame, sie solle sich bei dem Professor Doorn in Wien anmelden, – die Kosten ihrer dortigen Aufnahme und Behandlung sollten von uns bestritten werden.«

»Befehl, Hoheit.«

– – – – Zwei Tage waren vergangen. Wieder betrat der Assistenzarzt das Studierzimmer des Prinzen. Er trug einen Brief in der Hand.

»Schon wieder Anmeldungen?« seufzte der hohe Herr bei seinem Anblick.

»Halten zu Gnaden, Hoheit – ein Antwortschreiben der Sängerin Marga Daja.«

»Sie bedankt sich? – Schon gut – schon gut.«

»Verzeihung, Hoheit, sie kann keinen Gebrauch von der Gnade Eurer Hoheit machen.«

»Wie?« der Prinz schnellte herum. »Inwiefern das?«

»Die Dame befindet sich bereits hier und ist so sehr leidend, daß sie eine weitere Reise momentan nicht antreten kann. Auch bekennt sie ehrlich, daß sie der festen Überzeugung lebe, nur in unsrer Klinik, durch die Meisterschaft Eurer Hoheit hergestellt zu werden. Sie bittet um die hohe Vergünstigung, warten zu dürfen, bis ein Zimmer der Anstalt frei wird.«

Prinz Percy nagte an der Lippe, sein Haupt neigte sich zur Brust.

»Was soll ich antworten, Hoheit? – Der Brief ist in solch herzbewegendem Ton geschrieben –,« der Arzt reichte ihn mit fürbittendem Blick dar –, »und wenn Hoheit gnädigst gestatten, kann ich eine Garçonwohnung in der Nähe beziehen und dem Fräulein mein Zimmer abtreten!« Percy schob den Brief zurück und erhob sich. Er atmete tief auf und reichte dem Sprecher die Hand, »Ich danke Ihnen herzlich, lieber Hobrecht, halte es aber für sehr riskiert, Sie auszuquartieren. Wir haben Schwerkranke, die jeden Augenblick zu einer dringenden und gefährlichen Operation zwingen können, – einen der Herren Assistenzärzte muß ich unbedingt zu jeder Stunde erreichen können. Ich werde ihr mein Eßzimmer einräumen und während der Zeit ihrer Anwesenheit in dem Salon speisen.«

»Hoheit!«

Percy wehrte heftig in der ihm eigenen, etwas nervösen Art ab: »Es wird sich nur um Tage handeln, da ich beabsichtigte, eine kleine Erholungsreise zu unternehmen.«

Die Tür schloß sich, und der Prinz trat an das Fenster.

Ein gewisses Etwas treibt ihn fort von hier, ein Unbehagen, das er empfindet, wenn er an Marga Daja denkt.

Er kann die Künstlerinnen vom Theater nun einmal nicht leiden. Er hat nie eine hohe Meinung von ihnen gehabt und hat sie auch von Marga Daja nicht. Ihr Äußeres freilich ist so ganz und gar anders wie das ihrer

Kolleginnen, aber gerade das birgt eine doppelte Gefahr. – Wer sagt ihm, ob es nicht lediglich eine Maske ist, die Koketterie und Berechnung ihr aufgedrückt?

Warum verlangt die Künstlerin, gerade von ihm behandelt zu werden? Träumt sie irgendeinen kleinen Roman, zu dessen Helden Prinz Percy ausersehen ist? Dann gilt solche Berechnung lediglich seinem Namen und seiner Stellung? Denn persönlich ist er den Frauen stets langweilig und uninteressant gewesen. – Die Stirn des Denkenden furcht sich.

Nichts ist ihm so verhaßt wie ein derartiger Gedanke.

Dennoch ordnete er mit einer außergewöhnlichen Sorgfalt die Umräumung der Zimmer an.

Der Prinz stand zufällig in seinem Salon am Fenster, das den Blick auf die Straße gewährte, als eine Droschke zweiter Klasse vorfuhr.

Es war die zwölfte Stunde, die Zeit, die Fräulein Daja zum Eintreffen bestimmt war.

Sollte sie es sein?

Undenkbar! Dieses kleine Köfferchen ist doch nicht das Gepäck einer Sängerin?

Er neigt sich vor und blickt hinab. Eine große, schlanke Gestalt in schwarzem Kleid steigt aus, ein grober, schwarzer Strohhut, in der Form eines sehr schlichten Gartenhutes, verhüllt mit breitem Rand das Haupt.

Sie reicht dem Kutscher das Fahrgeld: sie nimmt die Tasche, Plaidrolle und Schirm. Welch stolze, majestätische Figur, welch schöner Gang! Er ist gut einstudiert und sieht beinahe natürlich aus, aber es ist doch nur Bühnenschick.

Also immer noch im schwarzen Kleid! – Sie scheint permanent zu trauern, weil ihr die dunkle Farbe am besten steht und sie interessant macht.

Als Dr. Hobrecht am nächsten Morgen zum Krankenbericht in das Zimmer des hohen Herrn trat, schaute ihm Prinz Percy kaum entgegen. »Nun, lieber Doktor, wie geht's und steht's? Sahen Sie die Kranken bereits?«

Er ließ die Wimpern tief über die Augen sinken und richtete eifrig an dem Zeiger seiner Uhr.

»Jawohl, Hoheit, ich gestehe ehrlich ein, daß ich recht neugierig war, den Zuwachs unsrer Schutzbefohlenen zu sehen und zu beobachten!«

»Sieh, sieh! – Nun, und welches Resultat?«

»Bei der Diva ein überraschend günstiges, Hoheit!«

»Torheit, lieber Hobrecht, neue Besen kehren gut! Die Krallen der Kätzchen sieht man nicht auf den ersten Blick, man fühlt sie erst mit der Zeit!«

»Wohl möglich, Hoheit.«

Eine kurze Pause. Der Prinz erhob sich und trat vor den Bücherschrank. Während er einen Band zu suchen schien, versenkte er die Hände in die Taschen seines Jaketts und fragte, ohne sich umzusehen:»Nun, so erzählen Sie doch, Doktorchen, wo Sie die ›Göttliche‹ sahen und beobachteten!«

»Während des Nachtessens, Hoheit. Ich hatte mich in dem Nebenzimmer aufgestellt und hoffte, mich an der sittlichen Entrüstung der verwöhnten Hofopernsängerin erfreuen zu können. Ohne von ihr bemerkt zu werden, konnte ich jede Miene, jede Regung von ihr ungeniert betrachten. Wir hatten uns den Witz gemacht, sie neben den alten Kilian und die ›Lumpenmarie‹ zu setzen. Aber es war leider kein Witz, sondern ein recht verblüffender Ernst. Als Fräulein Daja durch den Saal schritt, hingen aller Augen an ihr. Viele standen auf und grüßten sie, weil wohl niemand eine ›Genossin‹ in ihr vermutete. Ehrlich gestanden, Hoheit, kam es mir vor wie eine Brutalität, diese weiße Rose zwischen all das – doch recht oft unerträgliche – Wegekraut zu reihen. Die freche Zudringlichkeit der Lumpenmarie lag in einem unerklärlichen Bann. Sie rückte, so weit sie konnte, von der feinen Nachbarin ab, und vergaß, selber zu essen, weil sie voll starrer Neugierde zusah, wie die Sängerin so ganz anders wie sie ihre Kartoffeln schälte, ihren Hering schnitt und am Tisch saß wie sie.«

Der Prinz wandte sich unruhig zurück.»Ich werde mich selber überzeugen, ob man dem Fräulein ein Ungehöriges zumutet oder nicht,« sprach er kurz,»ich werde heute während des Mittagsmahls Ihren Lauscherposten teilen, lieber Hobrecht, nicht lediglich aus Neugierde,« setzte er lächelnd hinzu,»sondern um mir ein unbefangenes Urteil bilden zu können! Gehen Sie nachher zu Fräulein Daja zurück und melden Sie ihr, daß Dr. Wacknitz und ich vielleicht gegen elf Uhr das Fräulein zu sprechen wünschten.«

»Befehl, Hoheit.«

Dr. Hobrecht meldet, daß Fräulein Daja in dem Operationszimmer anwesend sei.

»Das arme Wesen scheint sich unbeschreiblich zu ängstigen,« fügt er teilnehmend hinzu, «sie sieht leichenblaß aus und vermag kaum zu sprechen! Hoffentlich können wir sie bald von Ihrem Marterstuhl erlösen!«

Der Prinz erhebt sich augenblicklich:»Ich komme!« sagt er kurz und schreitet seinem Assistenzarzt voraus.

Das Sonnenlicht fällt hell und unbehindert durch die hohen Bogenfenster des Operationszimmers. Es brennt in goldenen Fünkchen auf dem leichtgelockten Haar Benediktas und säumt das weiche Oval ihres Gesichtes, das sich dem Eintretenden zuwendet.

Sie verneigt sich respektvoll, und wie es stets seine Art ist, neue Patienten zu begrüßen, schreitet er ihr entgegen und reicht ihr die Hand mit ein paar freundlichen Worten, daß er sich freue, sie hier zu sehen und das Beste für den Erfolg des Aufenthaltes hoffe! Die weiche, schlanke Hand, die momentan in der seinen ruht, erbebt, und das kurze:»Ich danke Eurer Hoheit von ganzem Herzen!« klingt sehr schlicht und leise. Heiße Glut ist in ihre Wangen gestiegen, und die dunklen Wimpern liegen tief auf den Wangen.

Ist es abermals Koketterie, daß sie ihn nicht ansieht? Percys Blick weilt in scharfem Forschen auf ihrem Antlitz. Welch eine Scheu und Verlegenheit!

Nein, es ist unmöglich, daß auch dieses Erröten, diese unbezwingliche Befangenheit einstudiert ist. Sie wird echt sein, – der Respekt vor dem »Prinzen« verursacht sie. »Darf ich bitten, Fräulein Daja, uns die Ursache Ihrer starken Erkältung zu erzählen« – fährt Percy fort und deutet auf einen Stuhl, selber der Patientin gegenüber Platz nehmend.

Da trifft ihn zum erstenmal ihr Blick, in hilfloser Bitte:»Wollen Hoheit die Gnade haben, sehr laut mit mir zu sprechen!«

Er wiederholt seine Worte und fügt lächelnd hinzu:»Haben Sie sich beim Tanzen zu sehr erhitzt, oder bei dem Schlittschuhlaufen, – oder war die Bühne zu kalt und zugig?«

Seltsam, warum zuckt sie zusammen und wird noch röter denn zuvor? Ein beinahe entsetzter Ausdruck tritt in ihre ernsten Züge, dann blickt sie abermals unter sich und teilt wie unter großer Überwindung mit, daß sie sich die Erkältung an einem sehr kalten stürmischen Wintertag zugezogen, als sie gezwungen gewesen sei, unbedeckten Hauptes zwei Stunden weit über Land zu gehen.

»Welch absonderliches Mißgeschick! Hatte der Sturm Ihnen den Hut entführt?«

Wieder diese ratlose Verlegenheit. Dann umgeht sie seine Frage und versichert, das Wetter sei allerdings danach angetan gewesen.

Warum erzählt sie nicht ausführlich? Will sie ihm die Unwahrheit sagen? Dann muß er zu ihrer Ehre gestehen, daß sie das Lügen noch recht schlecht versteht. Gewiß ein romantisches kleines Abenteuer, das nicht in die Rolle der ehrbaren und keuschen Künstlerin paßt.

Percy fragt nicht weiter. Er geht auf die Behandlung des Professors X. über.

Ihre Augen leuchten voll warmer, herzlicher Verehrung und Dankbarkeit, als sie seiner gedenkt, und als sie im Schildern und Beschreiben ihrer Kur lebhafter wird, als sie den Tod des Professors voll schmerzlicher Teilnahme beklagt, schaut der Prinz immer nachdenklicher in ihr Antlitz. Dieser Zug wehmütiger Trauer ist ihm so bekannt in diesem Gesicht. Just so schwebt es ihm seit längerer Zeit vor wie ein Traum. Wo hat er es schon gesehen? Abermals überkommt ihn das Verlangen, dieses Rätsel zu lösen, aber es wird in den Hintergrund gedrängt durch das lebhafte Interesse, das die Behandlung seines so hochverehrten, verstorbenen Lehrers in ihm erweckt.

Er wendet sich zu seinen beiden Assistenzärzten und spricht mit leiserer Stimme erregt auf sie ein. Sollte gar Fräulein Daja der »eigenartige Fall« sein, den der Professor in verschiedenen Briefen erwähnte? – Wohl möglich. – Er wünscht sofort eine Untersuchung vorzunehmen.

»Ich bitte um Vergebung, Fräulein Daja, wenn ich Sie jetzt so barbarisch behandeln und Ihnen unvermeidliche Schmerzen bereiten muß«, – sagt er höflich, »Bitte, schreien Sie ungeniert auf, – weinen, zürnen Sie! – Es ist immerhin eine Erleichterung für den Patienten!«

Sie lächelt. – Geduldig, ohne den leisesten Klagelaut neigt sie das Köpfchen seinen Händen.

Der Prinz ist in diesem Augenblick nur der passionierte Arzt. Die Untersuchung nimmt seine ganze Aufmerksamkeit in Anspruch. Erst als er geendet, als er hochatmend zurücktritt und mit dem Batisttuch über die Stirne streicht, trifft sein Blick ihr Auge.

Er zuckt jäh zusammen. Große, leuchtende Tränen füllen es. Jetzt erst gedenkt er wieder der Kranken selbst. Sie hat sehr gelitten, ihre farblosen Wangen beweisen es. Und dennoch kein Laut, kein Seufzer, kein angstvolles Wehren gegen die Hand des Peinigers. Die meisten – wohl sämtliche Patienten des Prinzen sind Leute sehr niederer Bildung, solche, die der Armenarzt aus der Hefe des Volkes aufliest, sie dem barmherzigen Samariter unter das Dach zu schicken; sie verstehen weder sich selbst, noch ihre Empfindungen zu beherrschen.

Sinnloses Schreien, Umsichschlagen. Heulen und Zetern begleitet die kleinsten Unbequemlichkeiten, die die Behandlung des Arztes verursacht, namentlich bei den Frauen, die schon anfangen zu lamentieren, wenn sie nur die »gräßlich unheimliche Stube« betreten müssen.

Diese Lammesgeduld, diese außerordentliche Selbstbeherrschung Benediktas sind ihm völlig neu und verfehlen ihre Wirkung nicht. Ein Gefühl der Rührung beschleicht ihn.

Nein, so weit reicht die Kunst denn doch nicht, um selbst in Augenblicken des heftigsten, körperlichen Schmerzes eine Sanftmut zu heucheln, die dem Wesen und Charakter sonst fremd ist.

Die Tränen an den dunklen Wimpern glänzen echte Wahrheit, und die eiskalten, bebenden Hände versichern es, daß Marga Daja, leiden kann, ohne zu klagen.

Dr. Hobrecht hat es voll aufrichtiger Teilnahme und Bewunderung beobachtet. Er tritt hastig an einen Nebentisch, füllt ein Glas mit Portwein und bietet es der jungen Dame an.

Ohne Prüderie trinkt Benedikta einen Schluck, richtet sich auf und dankt lächelnd; Wangen und Lippen schimmern wieder in zartem Rot, und ihr Blick trifft in stummer Frage den Prinzen. Er versteht sie. Wie aus einem Traum erwachend, hebt er das nachdenklich geneigte Haupt: »Ich hoffe das Beste. Fräulein Daja; mit Gottes Hilfe werden wir eine Besserung Ihres Leidens erzielen. Wollen Sie jetzt Ihr Zimmer aufsuchen und eine Stunde ruhen. Ich lasse Ihnen unsre Bestimmungen über die Art und Weise Ihrer Kur zugehen, nachdem ich mich mit den Herren besprochen habe.«

Sie erhebt sich und tritt zurück, so weit, daß der Prinz ihr diesmal nicht die Hand reichen kann, verneigt sich und schreitet zur Tür, die Hobrecht sehr höflich vor ihr öffnet.

Percys Blick folgt ihr. Welch eine gleichmäßige, vornehme Ruhe, welch ein tadelloses Benehmen! Hobrecht hat recht, es liegt ein aristokratisches- Etwas in ihrer ganzen Erscheinung, die angeboren sein muß. – Schade, schade, daß es nur seine Triumphe auf den Brettern feiert!

Es ist außergewöhnlich spät geworden. Die Schelle rasselt auf dem Korridor und meldet den Kranken die Tischstunde. Wacknitz empfiehlt sich hastig, da er bei einem Patienten in der Stadt erwartet wird, und der Prinz und Hobrecht wenden sich ebenfalls zur Tür.

»Hoheit wollten sich überzeugen, wie deplaciert Fräulein Daja an der Seite Kilians und der Lumpenmarie ihr Mittagbrot verspeist!« erinnert Hobrecht mit einem Ausdruck in der Stimme, der ein ganzes Register von Bitten enthält. ,

»Ah so! – Ganz recht. Gehen wir sogleich, es läutet zum ersten Zeichen.«

Die Herren stiegen die Treppe hinab und betraten das kleine Portierstübchen, dessen Fensterchen den Blick in den Speisesaal gewährte.

»Was mag heute auf dem Menü stehen, lieber Doktor?« fragte der hohe Herr.

»Hoheit gestatten, daß ich mich erkundige.« Der junge Arzt eilte auf den Korridor zurück, der Prinz aber trat an die Scheibe und blickte in den großen, säulengetragenen Raum, der, sehr schmucklos und einfach, dazu bestimmt war, die nicht bettlägerigen Kranken auf Kosten ihres Hausherrn zu speisen.

Noch waren nur die bedienenden Küchenmädchen, Hausburschen und Krankenwärter anwesend, und auch diese verschwanden soeben auf das Glockenzeichen des Kochs, um die Suppe in Empfang zu nehmen und an dem langen Holzbüffet auszuschöpfen. Gleichzeitig öffnete sich die Tür, und Marga Daja trat ein. Sie war noch unbekannt und hatte das »Melden« der Klingel schon als Ruf zu Tisch betrachtet.

Überrascht blickte sie sich in dem großen, menschenleeren Raum um, zog die Uhr und sah darauf nieder; dann trat sie an den Tisch heran, wartend vor ihm auf und ab zu schreiten.

Sie ahnte nicht, daß zwei Augen wie in trotziger Herausforderung auf ihr hafteten, daß Prinz Percy begierig schaute, wie die junge Dame sich wohl ohne »Publikum« benehmen werde. Es würde ihm eine Genugtuung gewesen sein, wenn Marga Daja von dem Glorienschein, den sie so geschickt um sich zu weben verstand, recht viel eingebüßt hätte.

Aber nein. Sie schritt ebenso elastisch und vornehm ruhig daher, wie vorhin, als sie durch sein Zimmer gegangen war. Ihr Antlitz trug einen Ausdruck weicher, lächelnder Milde, die ihm neu war, und der ihr noch viel besser anstand, als die schüchterne, zitternde Verlegenheit in der Operationsstube,

Ihr Blick schweift durch die Halle. Nicht spöttisch, nicht verächtlich über die große Einfachheit hinweggleitend, sondern in seltsam innigem Aufstrahlen, wie eine Elisabeth wohl die teure Sängerlaube der Wartburg mit Entzücken begrüßt. – Das ist völlig echt, denn Marga Daja wähnt sich ganz allein.

Warum dieser Ausdruck in ihrem Gesicht?

Ist sie wirklich so glücklich, so dankbar erfreut, hier zu sein? – Es scheint tatsächlich so.

Aus welchem Grunde? - Was treibt sie hierher? Nur der Prinzentitel ihres Arztes, nur die Eitelkeit, von ihm behandelt zu werden? – Je nun, das soll sich schon zeigen.

Jetzt nimmt sie die Serviette und reinigt eine Gabel, ehe sie dieselbe an ihren Platz legt.

Percy fühlt, wie ihm das Blut in die Wangen schießt. Man scheint es nicht so genau mit der Sauberkeit in der Küche zu nehmen.

Welch peinlicher Gedanken für eine anscheinend sehr ordnungsliebende Dame, aus solch einer Küche gespeist zu werden!

Hobrecht hat sehr wahr gesprochen, sie paßt nicht an diesen Tisch, wenngleich keine Miene ihres Gesichts verrät, daß sie sich ungern daran niedersetzt.

Es klingelt zum zweitenmal – lachend und laut schwatzend erscheinen die dienstbaren Geister mit den dampfenden Näpfen. Sie nicken der jungen Dame nicht so kordial zu, wie den andern Gästen aus den Armenhäusern, vor denen sie weder Respekt noch Achtung haben, sondern grüßen mit einer gewissen Zurückhaltung.

Marga Daja erwidert es mit freundlichstem Lächeln, und doch liegt etwas in ihrer ganzen Erscheinung und in dem Reigen ihres Hauptes, was an eine Fürstin erinnert, die einen Zug von Vasallen an sich vorüberschreiten läßt. Ist das auch unbewußte Wahrheit, oder nur das Resultat guter Studien?

Hobrecht unterbricht diesen Gedankengang. Er tritt hastig ein und meldet, daß es heute eine Kartoffelsuppe und danach Weißkraut mit Speck gäbe.

Wieder steigt es heiß in die Wangen des Prinzen.

»Solch ein Essen dürfte allerdings nicht der Geschmack einer Dame sein! Ich fürchte, Fräulein Daja wird für solche Kost danken und hungrig vom Tisch aufstehen!«

Percy wandte sich kurz ab und reichte Hobrecht die Hand. »Leben Sie wohl, Doktor, es ist die höchste Zeit, daß auch Sie an Ihre Table d'hôte denken.« Er nickt ihm zu und schritt, jede Antwort abschneidend, zur Tür.

Eine Änderung für Marga Dajas Hausordnung war nicht in seinen ruhigen, gleichmäßigen Gesichtszügen zu lesen, – sollte auch diese demütige Bescheidenheit und Anmut den Weiberfeind nicht rühren? Dr. Hobrecht hielt es nun erst recht für seine Pflicht, sich der jungen Dame anzunehmen.

Percy trat indessen ganz wie von ungefähr in den Saal, schritt mit freundlichen Worten und der oft wiederholten Frage: »Wie schmeckt es?« um den Tisch, um hinter Fräulein Dajas Stuhl stehenzubleiben.

»Ist noch ein Plätzchen hier frei, mein Fräulein?« fragte er höflich; »mich hungert barbarisch, und ich möchte gern einen Bissen genießen, ehe ich mich auf den Weg in die Stadt begebe!«

Respektvoll rutschte die Lumpenmarie mit ihrem Stuhl bis an das äußerste Ende des Tisches, dieweil diensteifrige Hände einen Stuhl einschoben und ein Gedeck auflegten.

Benedikta schien weder überrascht noch sonderlich erregt über die Auszeichnung, die ihrer Tischgesellschaft zuteil ward; liebenswürdig wie stets unterhielt sie sich mit ihrem neuen Nachbar, aber nicht einen Hauch freundlicher oder animierter, als zuvor mit dem alten Kilian.

Und auch diese Beobachtung machte der Prinz.

Schon beginnt die außergewöhnliche Art dieser Bühnenkünstlerin ihn zu interessieren, und es ergeht ihm wie einem Gärtner, der an einem verachteten Kräutlein plötzlich verheißungsvolle Knospen wachsen sieht. Er beobachtet es voll doppelten Eifers und empfindet von Tag zu Tag mehr den Wunsch, es in voller Schöne erblühen zu sehen. – In welcher Art? In welcher Farbe? Von welchem Duft?

Er fragt es sich, so oft er's sieht, und harret gespannt der Lösung dieses Rätsels. – – – – – –

Als der Prinz später seine Studierstube betritt, steht sein Kammerdiener wartend an der Tür. »Hoheit – darf ich um nähere Befehle bitten, welche Anzüge eingepackt werden sollen? Welche Uniform dürfte eventuell notwendig sein?«

Percy streicht nachdenklich den Schnurrbart, schreitet ein paarmal im Zimmerchen auf und nieder und tritt endlich an das Fenster, um nach dem Wetterglas zu schauen.

»Das Barometer steht schlecht, – wir werden für die nächsten Tage Wind und Regen zu erwarten haben. Das sind üble Begleiter für eine Auerhahnbalz. – Stellen Sie die Koffer noch kurze Zeit zurück, das Ende des Monats wird hoffentlich beständiger bleiben!«

»Befehl, Hoheit.«

Der Fürst saß seiner Gewohnheit gemäß am Schreibtisch, um an einer wissenschaftlichen Broschüre, die er veröffentlichen wollte, zu arbeiten. Aber er war zerstreut, hielt die Feder in der Hand, ohne zu schreiben, warf sie nieder und zog die Uhr.

Jetzt war Wacknitz bei Marga Daja.

Sie trug ein ernstes, schwieriges Leiden. Ist es nicht die Pflicht, ein solches persönlich zu überwachen? Soll das arme Mädchen unter einem Vorurteil leiden, das ihm den Verkehr mit Bühnenkünstlerinnen unangenehm macht?

Das wäre die erste Versäumnis, die sich der gewissenhafte Professor mit der Fürstenkrone zuschulden kommen lassen würde.

Er geht ja nicht zu der Sängerin Marga Daja, sondern zu seiner hilfsbedürftigen Patientin, zu der Armen, die er barmherzig unter sein Dach genommen.

Mit hastigem Ruck schiebt er den Sessel zurück, erhebt sich und schreitet nach der Tür.

Ihm gegenüber auf dem Korridor liegt das Zimmer der jungen Dame. Er klopft kurz an. Die Stimme des Doktor Wacknitz ruft: »Herein!«

Ein freudig überraschtes Lächeln erhellt die Züge des alten Herrn, als er den Prinzen erblickt.

»Ah, vortrefflich, Hoheit! Ich stehe gerade im Begriff, mir hilfreiche Hand zu holen! Fräulein Daja hält zwar so rührend still, wie ein Lämmchen, aber es würde mir doch zur Beruhigung dienen, wenn ihr der Kopf während meiner kleinen Prozedur gehalten würde!«

»Ich stehe gern zur Verfügung.«

Percy nimmt das schlanke Köpfchen zwischen seine kühlen Hände. Da fühlt er, wie alles Blut siedend heiß in ihre Wangen schießt.

Weich wie Samt sind sie, und der Feuerstrom, der von ihnen ausgeht, teilt sich den Händen des Prinzen mit und wallt auch ihm jählings durch die Adern. – Nie zuvor hat er eine gleiche Empfindung gehabt, wenn er das Haupt einer Patientin gehalten. Sie hat die Augenlider gesenkt, er kann ungeniert auf ihr blütenreines Antlitz niederblicken, durch das das warme Leben leuchtet, wie Purpurlicht durch ein Rosenblatt.

Ihm ist's, als fühle er ihr Herz in jedem Pulsschlag, er empfindet das leise Zittern, das ihre Gestalt durchbebt.

Da schießt ihm die Glut selber in die Wangen. Er beißt unwillig die Zähne zusammen und gibt ihr Köpfchen frei. Seine Stimme klingt sehr ruhig, als er Wacknitz das kleine Instrument aus der Hand nimmt und sagt:»Geben Sie her, lieber Doktor! Sie wissen, ich kann nicht gut zusehen! Lassen Sie uns die Rollen tauschen!«

Nun ist er wieder Arzt, nur Arzt. Jeder andre Gedanke weicht wissenschaftlichem Interesse.

Wacknitz bittet, noch einmal das Experiment zu wiederholen.»Ich glaube, Hoheit, es wird doch ein kleiner operativer Eingriff notwendig werden!« sagt er.

»Ergibt sich das, werden wir es riskieren, oder vertrauen Sie sich unserm Messer nicht an, Fräulein Daja?«

Zum erstenmal blickt sie zu ihm auf. Sie lächelt, obwohl der Schmerz ihr wieder Tränen in die Augen getrieben hat.»Mein ganzer Glauben, meine ganze Hoffnung auf Genesung liegt ja nur in den Händen Eurer Hoheit!« – Sie sagt es schlicht und einfach, dennoch trifft der Ton warmer Anerkennung und Zuversicht sein Herz.

»So Gott will, soll Sie dieser Glauben nicht täuschen!« antwortete er kurz.

»Wie ist eine solch schwere Erkältung nur möglich gewesen!« – sagt Wacknitz.

»Vor allen Dingen, wie konnte es möglich sein, daß eine junge Dame schutzlos während so langer Zeit einem Schneesturm preisgegeben sein konnte! Sie müssen uns dieses Mißgeschick noch erzählen, Fräulein Daja!« – Während der Prinz spricht, trifft sie ein seltsam forschender Blick – und richtig! Das junge Mädchen erglüht abermals in flammender Nöte und stottert ein paar ungereimte Dinge.

Percys Stirn bewölkt sich. Also doch ein dunkler Punkt in Marga Dajas Leben, den sie mit dem Mantel der Liebe und Verschwiegenheit zudecken muß. Es schien eine Knospe, die der Wurm gestochen!

»Stehen Sie allein in der Welt, Fräulein Daja?« fragt Wacknitz teilnehmend.

»Ganz allein.«

»Sie trauern noch?«

»Um meinen Großvater, – die Eltern starben, als ich noch Kind war, – ich habe sie nie gekannt.«

»Ihr Herr Großvater erzog Sie?«

»Ich habe ständig bei ihm gelebt!«

»Auch als Künstlerin? Ließ sich das mit Ihrer Laufbahn vereinen?«
Wieder diese tödliche Verlegenheit, dieses Verstummen und Erglühen.
– Der Blick des Prinzen streift abermals forschend ihr Antlitz, er preßt
die Lippen zusammen und nimmt nicht teil an der Unterhaltung.
»Großvater ist schon seit zwei Jahren tot!« sagt sie endlich leise, voll
tiefer Wehmut.
»So, so! Da erlebte er Ihre Anstellung als Sängerin nicht mehr. Und
Sie trauern so lange Zeit um ihn?«
»Ich verlor alles mit ihm, ich werde um ihn klagen und trauern, solange
ich lebe.«
»Nun, nun! So Gott will, wird das Glück Ihnen lächeln und Ihnen den
Verlust seiner Vaterliebe durch eine andere, ebenso treue und wahre
Liebe ersetzen.«
Wie verlegen sie wird! Welch süße Scham und Verwirrung sich in
ihrem reinen Antlitz, in den klaren Augen spiegelt! – Das ist nun
wieder *keine* Komödie, sondern reizende Wahrheit!
Welche Widersprüche in ihr! Welch ein Kampf zwischen Glauben und
Mißtrauen in dem Herzen ihres Beobachters!
»Werden Sie nach Ihrer Herstellung zum Theater zurückkehren,
Fräulein Daja?« - fragte der Prinz unvermittelt. Sie starrt ihn beinahe
entsetzt an und schüttet den Kopf.
»Niemals, niemals!« – und mit wunderlichem Lächeln und einem
sinnenden Blick an ihm vorüber, fügt sie flüsternd hinzu: »So Gott will,
wird Marga Daja eine bessere Heimat finden als die Bühne!«
»Das denke ich auch!« stößt Percy mit rauher Stimme hervor.
Er sprach hastig, trat zurück und streifte noch einmal mit schnellem
Blick seine Patientin. Es schien ihm angenehm zu sein, daß sie ihn
nicht ansah, sondern das Köpfchen tief zur Brust neigte. Sie machte
wenig Gebrauch von ihren schönen Augen.
In tiefes Sinnen verloren schritt er in sein Zimmer zurück, setzte sich
vor dem Schreibtisch nieder und stützte den Kopf in die Hand.
Sonnenstrahlen leuchteten wieder durch das Fenster, und die
regenüberflutete Welt lachte ihm mit taufend verheißungsvollen
Knospen entgegen.
Wasmuth trat ein und blieb respektvoll an der Tür stehen.
Der Prinz hob jählings das Haupt. »Was gibt es?«
»Das Wetter ist wieder prachtvoll, Hoheit, und das Barometer steht auf
›beständig‹. Da wollte ich mir die gehorsamste Anfrage erlauben, ob
Hoheit morgen früh zu reisen befehlen?«
»Morgen ist Sonntag?« – Der junge Fürst sprang wie in jähem,
gewaltsamem Entschlüsse empor. »Gut, – packen Sie, – ich werde um
neun Uhr mit dem Kurierzuge fahren.«
»Befehl, Hoheit.«

Fünfzehntes Kapitel

Welch schöner, goldiger Sonnenschein! Schon seit früher Morgenstunde waren alle Einwohner der Klinik auf dem freien Platze vor dem Gebäude versammelt, dem Prinzen eine glückliche Reise zu wünschen.

Die Equipage stand wartend vor der Tür, das Gepäck war bereits zur Bahn transportiert. Der Schritt des hohen Herrn klang auf der Steintreppe wider, er erschien in Begleitung seines Adjutanten, den man sonst sehr wenig, fast nie, an der Seite Percys sah.

Es war auch eine seiner menschenfreundlichen Liebenswürdigkeiten, daß er dem jungen Offizier gestattet hatte, zu heiraten und sich eine eigene Häuslichkeit in der Stadt zu gründen. Er beanspruchte seine Dienste lediglich bei offiziellen Gelegenheiten und überließ den jungen Ehegatten sonst vollkommen seinem Glück, von dem er sich hie und da leutselig durch einen Teebesuch überzeugte.

Eine ehrfurchtsvolle Begrüßung seitens seiner Patienten empfing den Fürsten am Portal, und der Blick des Scheidenden schweifte mit freundlichem Gruß von einem zum andern, wie suchend den Kreis der Dichtgedrängten durchforschend.

Ein Ausdruck der Enttäuschung lag auf seinem Antlitz, er wandte sich kurz dem Wagen zu. Da grüßte Herr von Tümmern noch einmal nach der Eckseite hinüber, und Percy wandte das Haupt. Er stand jählings still, wie ein Aufleuchten ging es durch sein Auge, Drüben, unter den zartgrünen Schleiern des Fliedergesträuchs stand Marga Daja und sandte voll bescheidener Höflichkeit einen letzten Gruß. Wie schlank und vornehm zeichnete sich ihre Gestalt ab, wie wunderlich verstand sie es, das Köpfchen zu neigen, nicht wie in unterwürfiger Demut, sondern mit der stolzen Grazie einer Dame, die durch solchen Gruß nur der Pflicht genügen und ihren Dank aussprechen will. Percys Blick weilt sekundenlang auf ihrem Antlitz, es scheint, als wolle er ihr entgegentreten, sich zu verabschieden, – dann zuckt sein Haupt jählings in den Nacken, er lüftet noch einmal grüßend den Hut vor ihr und springt in den offenen Wagen.

Der Adjutant folgt.

Noch einmal: »Glückliche Reise! Auf Wiedersehen, Hoheit!« - aus dem Kreis der Leute, dann ziehen die Pferde an.

Prinz Percy neigt sich noch winkend zurück. Da sieht er, wie Dr. Hobrecht eilig zu Marga Daja schreitet und ihr die Hand entgegenreicht.

Er deutet nach dem Park, er scheint zu fragen, ob er sich der Promenade der jungen Dame anschließen darf. – Ein wunderliches, nie gekanntes Empfinden zuckt durch die Brust des Abreisenden.

Ihm ist's, als griffe eine kalte Hand nach seinem Herzen, als überkomme ihn ein seltsames Unbehagen. Dr. Hobrecht ist ein junger, hübscher Mann, er nimmt augenscheinlich das lebhafteste Interesse an seiner Patientin und scheut sich nicht, es ihr zu zeigen.

Wird er sich ernstlich in die junge Dame verlieben? Warum nicht? Marga Daja ist sehr hübsch, sehr sympathisch, und wenn der Schein, der sie umgibt, kein Schein, sondern Wahrheit ist, so ist sie auch ein weißer Rabe unter ihren Kolleginnen und ein sehr tugendhaft und ernst denkendes Mädchen.

Und wenn Hobrecht es nicht ehrlich und aufrichtig meint? Wenn er in Marga Daja nur die Bühnenkünstlerin mit der laxen Moral und dem weiten Gewissen vermutet und nur einen flüchtigen »Liebestraum« träumen will?

Arme Marga Daja, wie wäre es so schade um dich und deine keuschen Mädchenaugen!

Eine fiebrische Unruhe überkommt den Denker, wie mit Zaubergewalten zieht es ihn nach Hause zurück, in den stillen, frühlingsduftigen Park zu stürmen und zwischen zwei Menschen zu treten, um die alle Liebesgötter des blühenden Frühlings ihre Zauberfäden spinnen.

Nach Hause! – – Und dennoch rollt der Wagen haltlos dem seinen Ziele zu, – dennoch gibt es keinen, gar keinen Grund, der ihn zurückhalten könnte, ohne daß er sich lächerlich macht.

Sein Blick trifft den Adjutanten. Auch er sitzt still und gedankenverloren neben ihm, das Haupt tief zur Brust geneigt.

Wie blaß und vergrämt sieht er aus! – Der Prinz sieht ihn zum erstenmal im hellen Tageslicht aufmerksam an.

»Sind Sie krank, lieber Tümmern?« fragt er hastig.

Der junge Offizier schrickt leicht empor. »Durchaus nicht«, stottert er.

»Sie sehen so jammervoll aus, – reisen Sie etwa ungern?«

Der Gefragte errötete. – »O Hoheit – ich ... ich...«

»Nur heraus mit der Sprache! Ist etwa Ihre Frau Gemahlin nicht ganz Wohl?«

Da zuckte es wieder über das gebräunte Antlitz. »Allerdings, Hoheit ... aber ... das hilft doch nun einmal nichts –«

»Torheit! – Was fehlt ihr? – Ich bitte um die volle Wahrheit!« Die Stimme des Sprechers klingt sehr erregt, er legt die Hand fest auf den Arm des neben ihm Sitzenden.

Tümmern blickt eben auf, sein Blick ruht in dem des hohen Herrn. Strahlende Glückseligkeit, Sorge und Sehnsucht sind sein Gemisch.

»Wenn wir heimkehren, Hoheit, hoffe ich mein Erstgeborenes an die Brust drücken zu können!« sagt er hochatmend.

Ein leiser Ausruf der Überraschung, des Schreckens.

»Mensch! Tümmern – sind Sie denn von Gott verlassen, daß Sie mir so etwas nicht sagen?«

»Ich glaubte, Hoheit wüßten darum?« stotterte er.

»Keine Ahnung! Woher soll ich so etwas wissen! Ich mustere die Damen nicht allzu genau, wenn ich sie sehe, – können das auch von einem zerstreuten Professor nicht verlangen! – Da ... da ist ja Ihre Wohnung, – richtig – und die arme, kleine Frau mit tränenüberströmtem Gesichtchen am Fenster. – Konrad! – Halt! – Halt!«

Die Equipage hielt mit scharfem Rucke, und Percy grüßte hastig zu der Gemahlin des Adjutanten empor. Dann faßte er seinen Begleiter an der Schulter. »Marsch heraus mit Ihnen, Sie Rabenvater, der den Stammhalter nicht an der Wiege begrüßen will! Schnell zu Ihrer Frau, diese vielen Tränen zu trocknen!«

Tümmerns Gesicht strahlte, dennoch zauderte er. »Hoheit können unmöglich allein reisen –.«

»Beabsichtige ich auch nicht. Werde meine Reise bis nach der Taufe verschieben. Gottlob ist sie ja durchaus nicht dringlich. Und nun steigen Sie aus! Soll ich denn ganz und gar bei der kleinen Baronin in Ungnade fallen?«

So heiter und wohlgelaunt hatte der junge Offizier seinen Fürsten noch selten gesehen. Er sprang mit tiefgerührtem Dank zur Erde, und Percy faßte ihn an dem Arm und schnitt alles weitere ab, indem er ihn lachend zur Haustür schob. Dann wandte er sich an den Kutscher.

»Fahren Sie schleunigst zur Bahn! Und Sie, Wasmuth, sorgen dafür, daß das Gepäck zurückbefördert wird. Frau von Tümmern ist erkrankt, und ich werde meine Reise bis nach ihrer Genesung verschieben.«

»Befehl, Hoheit.«

Wasmuth stand noch erwartungsvoll neben dem Wagenschlage.

»Zufahren!« befahl der Prinz, »ich gehe die kurze Strecke zu Fuß zurück.«

Der Wagen sauste davon, und Percy wandte sich eilig und schritt die Straße hinab. Sein ganzes Gesicht lachte, und sein Herz schlug so leicht, als wolle es mit den jubelnden Vöglein zum Himmel steigen.

Nun wollte er über Marga Dajas Glück wachen, sie sollte unter seinem Dach nicht auch noch an ihrem Herzen zur Bettlerin werden.

Hat Hobrecht ernste, reelle Absichten, so mag er in Gottes Namen versuchen, das schöne Mädchen zu gewinnen, andernfalls wird Prinz Percy seine Hand über sie breiten, ritterlich und ehrenhaft für sie einzustehen.

Als er sich der Klinik näherte, zögerte er, die Promenade geradeaus zu verfolgen und durch das Hauptportal zurückzukehren. Es deuchte ihm amüsanter und besser, die Ahnungslosen einmal zu überraschen.

Er wandte sich rechts ab und schritt an dem Parkgitter entlang, bis zu einer eisernen Tür, von der ihm zwei Löwenköpfe grimmig die Zähne entgegenfletschten.

Der Prinz griff durch die Stäbe, ein kleiner Ruck an dem Schloß, und das niedere Tor sprang auf. Hastig betrat er den stillen, duftigen Park, über dessen junger Schönheit das Sonnenlicht wie geschmolzenes Gold dahinwogte.

Sein Blick schweift unruhig durch die Anlagen. Wo mögen sie sein? Sie gingen wohl fraglos zusammen in den jungen Lenz hinein.

Er sucht vergeblich.

Er wendet sich und schreitet einen andern Weg in den Park hinein. Er hat ganz vergessen, daß er sein Zimmer aufsuchen wollte; ihm deuchte, es sei der eigentliche Zweck seiner Rückkehr nur der gewesen, Marga Daja, zu suchen.

Hinter ihm klingen Schritte. – sie nahen den schmalen Taxusweg von der Klinik herunter.

Hobrecht! – Er allein.

Der Prinz bleibt stehen und streicht über die Stirn. Er kommt allein, – das junge Mädchen hat die Morgen- Promenade wohl abgelehnt. – So sieht das Gesicht des Nahenden auch aus, – halb niedergeschlagen, halb ärgerlich.

»Guten Morgen, Doktor!«

»Hoheit! –« Der Assistenzarzt steht wie angewurzelt und starrt auf die überraschende Erscheinung. Der Prinz lacht. »Diesmal hieß es ›rückwärts, stolzer Cid!‹ Noch vor Torschluß mußte ich die Reise aufschieben, weil Frau von Tümmern bedenklich erkrankt ist!« – Er wandte bei diesen Worten das Haupt und blickte sehr angestrengt auf ein Beet hernieder, als ob ihn nichts lebhafter interessiere, als wie die Krokus, Primel und Veilchen, die es schmücken.

»Das ist ja eine außerordentliche und frohe Überraschung für uns alle!« stottert Hobrecht.

Percy streicht mit dem Batisttuch über die Stirn und behält den Hut in der Hand.

»Es ist ein köstlicher Morgen! Ich bin erstaunt, nicht einen einzigen unsrer Kranken hier im Freien zu sehen!«

»Es soll soeben die Andacht im Saal gelesen werden!«

»Ah so, – ganz recht, das vergaß ich. Werden alle daran teilnehmen? Fräulein Daja wird noch nicht viel verstehen von dem Vortrage, sie hätte lieber eine Predigt hier unter Gottes freiem Himmel lesen sollen!«

Hobrecht blickte lebhaft auf. »Hoheit sind also auch dieser Ansicht! Ich sagte es der jungen Dame ebenfalls und bat sie, das schöne Wetter zu genießen, aber leider vergeblich: sie hielt es für ihre Pflicht, dem

Morgensegen beizuwohnen, um den andern Patienten kein böses Beispiel zu geben!«

»Sehr brav gedacht. – So müssen Sie nun, allein hier promenieren?« Hobrecht ward dunkelrot und starrte in das lächelnde Gesicht des Sprechers. Dann nickte er treuherzig und seufzte leise auf. »Leider, ich hätte gern ein wenig mit der jungen Dame geplaudert, denn, ehrlich gestanden, Hoheit – sie interessiert mich und erweckt den Wunsch in mir, sie näher kennenzulernen.«

»Sehr begreiflich. Nun – es wird sich noch oft genug Gelegenheit finden, das Versäumte nachzuholen!«

Hobrecht grub die Zähne in die Lippe und schüttelte traurig das Haupt. »Ich fürchte, nein, Hoheit. Fräulein Daja hat eine Art und Weise, mir zu markieren, daß sie am liebsten allein ist, die man nicht übelnehmen, aber auch nicht mißverstehen kann!«

»Ah! Sie überraschen mich! – Inwiefern das?«

»Ich fragte sie, ob ich mir erlauben dürfe, sie heute nachmittag spazieren zu fahren, um ihr die schöne Umgebung unsrer Stadt zu zeigen –«

»Und sie lehnte ab?«

»In einer so entschiedenen, würdevollen und doch liebenswürdigen Weise, daß ich ihr nie einen ähnlichen Wunsch zum zweitenmal aussprechen werde!«

»Seltsam! – Für gewöhnlich denken die Damen vom Theater nicht so prüde!«

»Ich fürchte, Hoheit, Fräulein Daja hat mein sehr ehrlich und harmlos gemeintes Anerbieten falsch aufgefaßt und fühlt sich verletzt dadurch; das würde mir unsagbar schmerzlich sein, denn ehrlich gestanden, habe ich selten einer Dame gegenüber so viel Hochachtung und Respekt empfunden, wie vor dieser Sängerin!«

»Und Sie haben damit durchaus richtig gedacht und gefühlt.« Der Prinz blickte mit leuchtenden Augen geradeaus in das knospende Grün; ein sonst ihm unbekannter Zug weicher Milde verklärte sein Antlitz, und gleichsam, als wolle er diese Stimmung benutzen, fuhr Hobrecht bittend fort: »Ich würde Hoheit zu außerordentlichem Dank verpflichtet sein, wollten Sie Fräulein Daja von meiner respektvollen Gesinnung überzeugen! Ein Wort aus dem Munde Eurer Hoheit genügt, mich in Ihren Augen zu rehabilitieren!«

Da wandte ihm Percy das Gesicht zu. Ernst, durchdringend traf ihn sein Blick. »Ich werde es tun, lieber Hobrecht, und es wird mir leicht fallen, meine eigene gute Meinung über Sie mit Fräulein Daja zu teilen. Aber ich hoffe, mich alsdann auch fest darauf verlassen zu können, daß der vollkommenste Respekt stets der Grundzug Ihres Benehmens gegen die junge Dame bleiben wird!«

»Das bedarf wohl keiner Versicherung, Hoheit; verbindlichsten Dank.«

»Wo gedenken Sie hinzugehen?«

»Ich werde den schönen Sonntag zu einer Dampfschiffahrt benutzen und bitte gehorsamst um Urlaub für den ganzen Tag.«

»Gewiß, gewiß. Wir haben gottlob keinen Schwerkranken im Hause. So leben Sie wohl und amüsieren Sie sich!«

»Untertänigsten Dank, Hoheit!«

Die Schritte Hobrechts verklangen, und der Prinz wandte sich dem Hause zu. Es lag ein eigenartiger Ausdruck auf seinem Antlitz, Freude, Genugtuung und dennoch ein leichter Schatten, der eine seine Linie zwischen die Brauen grub.

Hobrecht war auf dem besten Weg, sich zu verlieben, und Marga Daja auf dem richtigen Weg, diese Liebe zu einer ehrlich werbenden zu gestalten. – Musikklänge tönten ihm aus den geöffneten Saalfenstern des Parterres entgegen. Harmonium? Wer spielt es noch, seit Dr. Reicher nicht mehr anwesend ist? – Und jetzt ... jetzt ertönt Gesang, – eine wundervolle, glockenreine Stimme, weich und seelenvoll, erbebend in tief innigstem Gefühl, – Marga Daja! Nur sie allein kann es sein. – nur sie allein ist es!

Einen Augenblick steht der Prinz und preßt schweratmend die Lippen zusammen. Warum singt sie?

Er hat ihr den Flügel im Salon schon vor zwei Tagen zur Benutzung anbieten lassen, und sie machte keinen Gebrauch davon, obwohl sie wußte, daß er sowohl wie Hobrecht jeden Laut ihres Gesanges hören würden, – jetzt wähnte sie beide Herren fern, und sie setzte sich an das Harmonium und sang.

Für wen? Für die armen Kranken, für Leute aus den untersten Volksschichten, für Menschen, die kaum ein Urteil über Musik haben, die keine Schmeicheleien sagen und den Ruhm der Sängerin in die Welt tragen können. – für diese sang sie, – und für sich selbst.

Das war keine Koketterie, das war nicht die bezahlte Sängerin, die berechnende und spekulierende Künstlerin, die vor ein Publikum tritt und Gefühle heuchelt, die sie nicht empfindet.

Langsam, wie im Traum, schreitet der Prinz herzu, steigt die Treppenstufen empor und tritt in die Saaltür. Man bemerkt ihn nicht. Alle Köpfe sind voll tiefer Andacht gesenkt, oder die Blicke haften wie gebannt in Bewunderung und Ergriffenheit an der Sängerin.

Das junge Mädchen sitzt vor dem Harmonium und begleitet sich selber.

Percy sieht sie im *Profil*. – Wo hat er dieses Bild schon einmal gesehen?

In Dresden, in der Galerie. – Die heilige Cäcilie. Welch eine wunderbare Ähnlichkeit! Es ist beinahe ein und dasselbe Gesicht, es sind auch dieselben weißen, edelgeformten Hände, die auf den Tasten ruhen, derselbe schlanke, zart gebogene Nacken, der sich voll Andacht und Frömmigkeit neigt, derweil ein kurzes, getragenes Zwischenspiel den Gesang unterbricht.

Nur die Lilien und der Heiligenschein fehlen; dafür liegt ein Strauß junges Frühlingsgrün auf den Knien der Musizierenden, und die Sonnenlichter umstrahlen das Köpfchen und zittern auf den Haarlöckchen, daß es dennoch aussieht, als schwebe die volle Glorie um das Haupt der Heiligen.

Und nun erklingt abermals die herrliche Stimme. Schlicht, ohne jede künstlerische Beigabe, ernst und seelenvoll wie ein Gebet.

Die Klänge des Harmoniums schwellen an und erbrausen mächtig unter den schlanken Händen, Prinz Percy aber deucht es, über ihm strahle ein Stern, ein großer, leuchtender Stern, den in Zukunft kein Dunsthauch der Welt mehr verdunkeln kann. – Er kennt ihn nicht, er hat ihn nie zuvor gesehen.

Prinz Percy wendet sich lautlos, wie er gekommen, und tritt zurück in die blühende Frühlingspracht.

Er kann nicht sein enges, schwüles Zimmer betreten, jetzt nicht.

Es muß sonnenhell – weit und grenzenlos um ihn her sein, er muß Lenzesodem trinken wie ein Verdurstender, der auf langer, einsamer Pilgerfahrt durch das Leben nach einer Erquickung verschmachtet.

Nun hat er sie gefunden, – für Leib und Seele. Die heilige Cäcilia ist auf rosigen Wolken von dem Himmel niedergeschwebt und hat ihm selber einen Becher an die Lippen gehalten, in dessen Labetrunk der Pfingstgeist heiliger und zaubermächtiger Liebe wundertätig gewesen.

Prinz Percy setzt sich auf eine Bank, fernab im Gebüsch, nieder und stützt das Haupt so fest in die Hände, als wolle er gewaltsam die Gedanken hinter seiner Stirn festhalten, damit sie sich nicht in allzu unmögliche, unerreichbare Fernen verirren möchten! –

Höher und höher stieg die Sonne.

Die dicken Knospentrauben des Flieders wiegten sich im Lufthauch, ein Fink schmetterte sein Begrüßungslied aus dem grünen Kastanienwipfel hernieder. Drüben, jenseits der breiten Rasenfläche, trat langsam eine Gestalt aus dem Laubengang und schritt gesenkten Hauptes in den goldigen Sonnenglanz hinaus. Der Prinz zuckte unmerklich zusammen. – Marga Daja.

Mit scharfem Blick schaut er zu ihr hinüber. Sie bleibt vor einem Beet stehen und blickt auf die blauen Cyllas und die kleinen Osterblumen, die es schmücken, nieder. – Ein Ausdruck sinnender Traurigkeit liegt auf ihrem schönen Antlitz.

Schlägt ihr Herz etwa nicht ruhig in der Brust? Hinter dem stillen, beinah kühlen Antlitz würde man nie eine Leidenschaft, ein Hangen und Bangen in schwebender Pein vermutet haben.

Auch jetzt ist es noch immer das weihevolle, hoch über alles Irdische entzückte Bild der heiligem Cäcilie, das drüben an dem Rand der Wiese wandelt, und was Percy gestern – ja vor einer Stunde noch als das einzig Wahre und Schöne erschienen, das erschreckt ihn jetzt und beunruhigt ihn, weil er selber verwandelt ist und begonnen hat, anders zu denken und zu fühlen als vordem.

Seine Abneigung gegen die Frauen, sein starres, überstrenges Urteil, seine schroffen Ansichten über Liebe und Leidenschaft waren Unnatur gewesen, – nun ist ein fremder, wundersamer Stern über ihn aufgegangen, der hat die Nacht erhellt und die Blindheit von seinen Augen genommen, – er sieht! Er erkennt nicht nur seinen eignen Irrtum, sondern sieht auch, daß Marga Dajas Herz und Sinn noch in demselben Todesschlaf liegen, aus dem er soeben erwacht ist!

Das junge Mädchen bleibt stehen. Vor ihr glänzen als frühlingsholde Boten die weißen Gänseblümchen, denen der Gärtner die Ehre angetan sie als Saum um ein Primelbeet zu pflanzen.

Sie zögert, – neigt sich ein wenig– – weicht wieder zurück – und bückt sich dennoch und pflückt eines der weißen Sternchen ab.

Sekundenlang hält sie es sinnend in der Hand. Und dann ... Prinz Percy hat sich langsam erhoben und starrte auf die sich so völlig unbeobachtet Wähnende wie auf ein holdes Wunder – dann zupft sie langsam die Blättchen ab: wie silberne Flöckchen rieseln sie an dem schwarzen Kleide nieder.

»Er liebt mich – er liebt mich nicht – er liebt mich –.«

Um welch eines Faustes willen befragt dieses holde Gleichen solch Orakel?

Es schießt heiß empor in die Wangen des Lauschers, Gilt es Hobrecht? Dennoch ihm? ... Oder einem fernen Unbekannten, der schon vor ihm die Wege Marga Dajas gekreuzt und zu ihrem Schicksal geworden ist?

– Oder ... oder ...

Prinz Percy streicht langsam mit der Hand über die Stirn, er atmet schwer auf. Warum ist sie in seine Klinik gekommen? Warum fragt sie die weiße Blume?

Rasch entschlossen erhebt sich Percy. Wenige hastige Schritte, und er erreicht, von dem Gebüsch gedeckt, das junge Mädchen.

Scharf um die Ecke biegend, wie aus der Erde gewachsen, steht er vor ihr.

Marga Daja schreit nicht auf vor Schrecken, aber die Hände, die sie wie beschwörend gegen einen Spuk erhebt, zittern, und ihr Gesicht wird leichenblaß. – Eine Sekunde blickt sie ihn mit weitgeöffneten

Augen an, – dann, als er ihr mit höflichem Gruße entgegentritt, flammt es glühendheiß über Wangen und Stirn.

»Ich habe Sie erschreckt, Fräulein Daja?«

Da lächelt sie und nickt. »Gewaltig erschreckt, Hoheit«, stößt sie atemlos hervor. »Ich vermutete Sie bereits viele Meilen entfernt von hier!«

»Zwingende Gründe veranlaßten meine Rückkehr. Ich hatte aber gehofft, meine Patienten würden ›freudig‹ bei solcher Überraschung erschrecken, Fräulein Daja!«

Sie senkte wie schuldbewußt das Köpfchen und schwieg, nur die Röte ihrer Wangen vertiefte sich. Ein Aufflackern der Unruhe ging durch sein Auge.

»Und Ihr Erschrecken spiegelte nur Betroffenheit!« fuhr er mit leichtgefalteten Brauen fort: »Kam ich Ihnen so ungelegen?«

Sie lächelte abermals und blickte ihn ehrlich an, aber sie sah durchaus nicht so ruhig aus, wie sonst. »Allerdings, Hoheit, – in diesem Augenblicke sehr ungelegen!« sagte sie leise.

Sein Blick leuchtete auf, er trat einen Schritt näher und lächelte ebenfalls. »Weil ich Ihre Frage an die kleine Gretchenblume belauschte? Sie können unmöglich leugnen, das weiße Sternchen in Ihrer Hand verrät Sie!«

Wieder spiegelte sich tiefe Verlegenheit auf ihrem Antlitz. – sie neigte das Köpfchen tief zur Brust. »Ich fühle mich sehr schuldig. Hoheit!«

Er lachte. »Schuldig? Sie wissen, daß die Menschen eine Frage an das Schicksal frei haben!«

Sie blickte erstaunt auf. »Diese Frage erachte ich auch nicht als Schuld, Hoheit« – bekannte sie offen, »sie war wohl recht kindisch und töricht, – aber mit dem Frühlingssonnenschein und dem Lenzeswehen wachen alle lieben Kinderinnerungen auf. Das erste Gänseblümchen, das man sieht, soll man fragen, ob es Glück bringt! Verargen Sie einer Kranken, der ihr Leiden das größte Unglück deucht, und, die alle ihre Hoffnungen auf den Frühling in diesem Hause gesetzt hat, – eine solche Frage nach dem Glücke der Genesung?«

Ihre Stimme klang verschleiert und nicht so fest wie sonst, auch blickte sie den Gefragten nicht an, sondern sah auf die halbentblätterte Blume in ihrer Hand nieder.

Ein Schatten der Enttäuschung flog über Percys Antlitz. »Nein – diese Frage ist allerdings keine Schuld.«

Langsam nahm er die Blume aus ihrer Hand und sah darauf nieder. Ein heitres Zucken ging um seine Lippen. »Ob der Frühling Ihnen Glück bringt, sollten diese weißen Blättchen verraten? Lassen Sie sehen, wie diese ›Stimme der Natur‹ entscheidet.« Und Prinz Percy fuhr fort, die kleinen Blütenflocken abzurupfen: »ja, nein, ja, nein.«

Sie trat lachend näher und sah zu.

»Die Verhandlung ist doch öffentlich?« scherzte sie.

»Nein – nur unter vier Augen!« gab er in gleichem Ton zurück.

»Ja, nein, – ja, nein – o weh – das letzte Blättchen –! Es heißt nein!«

»Pardon, Fräulein Daja –« der Prinz blies gegen das gelbe Staubfädenknöpfchen, von dem noch ein schmales, weißes Blättchen abstand –»Sie irren sich, es sind noch zwei Blätter! Sehen Sie wohl? Aber so innig verbunden, daß sie als eins erscheinen. Auch im Menschenleben gehen oft Glück und Unglück so innig Hand in Hand, daß man beim ersten Blick kaum die feine Grenzlinie unterscheiden kann. Was im einen Augenblick ein vernichtendes Nein scheint, wird im nächsten ein beglückendes Ja! Und was wir anfänglich für ein Unglück hielten, birgt oft heimlich ein großes Glück. – Wer weiß, wie wahr diese Blättchen gesprochen!« Wieder traf sie der seltsame, lange Blick:»Mein Schatten, der so jählings auf Ihren Weg fiel, erschreckte Sie zuerst, und dennoch barg er das Glück in sich« – abermals ein schnelles Lächeln –,»daß ich Ihnen sagen kann: Sie stehen von heute an über den Gesetzen des Gartens und haben die Erlaubnis, so viele Sträuße zu pflücken, wie Sie für sich ... und andre gebrauchen.«

Er hob den Hut kurz über dem Haupt, grüßte und schritt hastig weiter. Den Blumenstengel mit den gelben Staubfäden hielt er noch in der Hand, und als er ihn zwischen seine Finger schob, sah es im Sonnenschein aus, als glänze ein breiter Goldreif daran.

Prinz Percy hatte kaum Zeit gefunden abzulegen und einen Blick in die Zeitung zu werfen, als ihn die Pendüle auf die Speisestunde – die der junge Fürst mit seinen Patienten teilte, aufmerksam machte.

Er schob das Papier beiseite und strich über die Augen. Er war zerstreut und wußte kaum, was er las. Seine Gedanken waren weit anders beschäftigt, und seine Lippen lächelten. Er war besiegt, – und dennoch erfüllte ihn eine so hohe, reine Freude, als sei er triumphierend aus dem Kampf hervorgegangen. Marga Daja hatte ihm einen schönen, frommen Kinderglauben zurückgeschenkt, den Glauben an die lautere, engelsreine Weiblichkeit.

Es ist hell und froh in seinem Herzen geworden.

Er wird schon um Hobrechts willen der jungen Dame nähertreten. Hat er nicht versprochen, zugunsten des jungen Arztes bei ihr zu reden? Er versprach es und wird sein Wort halten. Warum ist es ihm so wehmütig zu Sinn dabei? – So ergeht es einem Hungernden, der sein letztes Stücklein Brot einem andern geben muß. – – wie einem Dürstenden, der endlich den langersehnten Quell gefunden und sich doch nicht daran erquicken darf, weil ein andrer vor ihm gekommen und den Weg gesperrt hat.

Warum beklagt er es? – Es muß so sein, – es darf ja niemals anders sein.

Seiner Gewohnheit gemäß schritt der junge Fürst nach dem Salon, woselbst er, seit Marga Dajas Anwesenheit, sein Mittagbrot serviert bekam. Als er die Tür öffnete, blickte er auf Benediktas schlanke Gestalt, die unschlüssig zaudernd an dem Tisch stand, dessen weißes Damasttuch nur ein Gedeck aufwies.

Als der Prinz eintrat, wollte sie sich hastig entfernen und mit stummem Gruß an ihm vorüberschreiten, aber noch stand er auf der Schwelle und vertrat ihr den Weg. In jähem, blitzartigem Erinnern kam ihm der Gedanke, daß er für die Zeit seiner Abwesenheit Fräulein Daja das Recht eingeräumt hatte, anstatt seiner hier zu dinieren.

In dem Trubel seiner überraschenden Rückkehr war es versäumt worden, diese Anordnung wieder rückgängig zu machen. Momentan schimmerte ein feines Rot der Betroffenheit über die Wangen des fürstlichen Professors, aber er faßte sich sofort und fragte höflich:»Wo soll der Weg noch hinführen, Fräulein Daja? Ich sehe, es ist bereits für Sie angerichtet?«

Zögernd trat Benedikta näher. Auch über ihr schönes Gesicht huschte ein Lächeln: sie sah nicht verlegen und ungeschickt aus, die vornehme Ruhe und Gelassenheit ihres Wesens kamen selten besser zur Geltung, als wie in diesem Augenblick.

Der Prinz drückte auf den Knopf der elektrischen Klingel.

»Lassen Sie noch ein Gedeck auflegen, Wasmuth; Fräulein Daja hat die Güte, ihr Mittagbrot mit mir zu teilen.«

»Befehl. Hoheit.«

»Und nun nehmen Sie bitte Platz!«

Der Prinz sprach seine Freude an dem Erfolge ihrer Kur aus.»Ich habe soeben ziemlich leise gesprochen und Sie verstanden mich dennoch!«

Sie errötete vor Freude.»Doktor Wacknitz war heute morgen auch sehr zufrieden mit mir,« antwortete sie lebhaft, »und wenn dieses gute Wetter nun beständig bleibt, so wird es fraglos auch seine Wirkung nicht verfehlen, ich habe es beobachtet, daß es die Heilung unterstützt.«

»Fraglos, Sie müssen es auch soviel wie möglich genießen. Doktor Hobrecht klagte mir im Vorübergehen, daß Sie seine Einladung zu einer Spazierfahrt abgelehnt haben, – warum das?«

Ihr Köpfchen hob sich wieder so hoch und unnahbar auf dem Nacken, daß sich in dieser Bewegung allein die Antwort ausdrückte. Ihr Antlitz war sehr ruhig und ernst.»Weil ich es nicht als passend erachte, mit einem Herrn, noch dazu einem so völlig fremden Herrn, allein eine Promenade zu unternehmen, gleichviel, ob zu Wagen oder zu Fuß!«

Er blickte auf seinen Teller nieder. »Ich glaube für die Ehrenhaftigkeit Hobrechts bürgen zu können, Fräulein Daja; er ist ein Kavalier, der nie eine Dame kompromittieren wird!«

Sie errötete. »Das bezweifle auch ich nicht, Hoheit, und es war durchaus kein persönliches Mißtrauen, sondern ein ganz allgemeiner Begriff von Sitte und Form, der mich *jedem* Herrn gegenüber diese Weigerung aussprechen lassen würde!«

»Ich verstehe Sie vollkommen und billige durchaus die Antwort, die Sie dem Doktor gegeben, ich möchte nur einem Mißverständnisse vorbeugen, das den vortrefflichen Mann in Ihren Augen herabsetzen könnte!«

Eine kurze Pause.

»Wie ist das so gemütlich und nett!« sagte er, »ich bin verurteilt, so oft allein zu essen, daß mein Wunsch wohl gerechtfertigt erscheint, einen Wandel in diesem Einsiedlerleben eintreten zu lassen! Wollen Sie mir künftighin, während der Zeit Ihres Aufenthaltes. Gesellschaft leisten, Fräulein Daja?«

»Ich füge mich mit Freuden jeder Anordnung, die Hoheit treffen!«

»Falls es Ihnen angenehm ist und, Sie es wünschen, werde ich Hobrecht bitten, unsre kleine Tafelrunde zu vervollkommnen!«

Diesmal senkte sich eine feine Linie zwischen ihre Brauen und ward durch eine sehr ostensible Bewegung des Kopfes unterstützt.

»Wollen Hoheit darüber bestimmen; mein Großvater lud seine Tischgäste, ohne mich darum zu fragen,«

»Und lud er oftmals Gäste?«

»Nein.«

»Aber hier und da?«

»Bei besondrem Anlaß,«.

»Er tat es ungern?«

»Sehr ungern.«

»Und Sie liebten es auch nicht?«

»Durchaus nicht.«

»Nun, so ist die Angelegenheit wohl erledigt. – Ganz wie daheim! Lassen Sie uns nach diesem Muster auch diesen Tisch hier gestalten.«

Benedikta zögerte. »Alte Herren sahen wir allerdings oft und gern bei uns. – wenn vielleicht Herr Doktor Wacknitz...?«

»Wacknitz ist Familienvater und darf seinen Angehörigen nicht entfremdet werden. Er wird aber gewiß sehr gern ab und zu der dritte in unserm Bunde sein. Und somit lassen Sie sich ›Mahlzeit‹ sagen, Fräulein Daja, und gleichzeitig auf Wiedersehen!«

Nein, – sie liebte Hobrecht nicht, und sie interessierte sich nicht für ihn, das wußte Percy nunmehr.

Nicht ihre kühl abweisenden Worte, ihre Gleichgültigkeit diesem Thema gegenüber hatten ihm die Überzeugung gegeben, – sondern ihr Auge, das nicht lügen konnte, das so warm und innig aufleuchtete, selbst dann, wenn sie es nicht zeigen wollte, und das anderseits wieder ihr kühles, stolzes Herz spiegelte, selbst dann, wenn ihr Mund noch liebenswürdig zu lächeln vermochte.

Eine strahlende Heiterkeit lag auf dem Antlitz des Prinzen, als er gedankenverloren den bläulichen Rauchflöckchen nachsah, die vor seinen Augen zerrannen wie all die Vorurteile, mit denen er Marga Daja unter seinem Dach aufgenommen hatte.

Der Sonnenschein flutete durch das weitoffene Fenster, balsamische Luft trug Lenzesgrüße in das Stübchen, das so viel köstlichen Lorbeer gepflegt und noch niemals Platz für Maienrosen gehabt. Nun sproßten unsichtbar die grünen Reislein dazwischen empor, deren Knospen den Purpurkelch bargen, und nicht der Sonnenschein draußen am Himmel läßt sie wachsen und gedeihen, sondern die Strahlen eines Sterns, der geheimnisvoll über eines Mannes Herzen aufgegangen.

An der Tür klopfte es, – Wasmuth trat ein.

Er trug auf silbernem Tablett die Zeitungen und Briefschaften, die am Sonntag noch immer extra von der Post abgeholt wurden.

Es befand sich alles darunter, was für die Klinik einging, in der Regel nicht viel, denn die Korrespondenz seiner Armenhauspatienten war keine rege.

Der hohe Herr griff nach dem Stoß Briefe und liess sie musternd durch die Finger gleiten.

Plötzlich stutzte er.

»An die Sängerin Marga Daja.«

Ein großer, weißer Brief mit fester, sehr klar geschriebener Adresse. Eine Männerhand. – Vielleicht Nachricht von einer Theaterdirektion oder einem Agenten? – Nein, diese Briefe tragen meist die gedruckte Firma, oder sie sind mit entsprechendem Stempel geschlossen.

Ein Brief, – von Männerhand geschrieben. – Und Marga Daja steht doch allein in der Welt!

Mit wem korrespondiert sie?

Da zuckt es abermals durch seine Gedanken. Und wie kam Marja Daja stundenlang allein, ohne Schutz und Hülle in den Schneesturm, der ihr schweres Leiden verursachte?

Da zieht eine Wolke vor die Sonne. Wer ist der Absender dieses Briefes? Soll er selber hingehn, ihn abgeben und in Marga Dajas Augen lesen?

Nein, tausendmal nein! Was geht's ihn an! Er gibt den Brief mit kurzer Bewegung an Wasmuth.

»Besorgen Sie!« – und dann erhebt er sich und schreitet ruhelos im Zimmer auf und nieder.

Die Sonne verdunkelt sich, – es droht mit Regen.

Sechzehntes Kapitel

Noch nie hat Percy die Tischstunde so ungeduldig erwartet, wie heute. Er steht am Fenster und blickt in den Park hinaus, in dem Marga Daja um diese Zeit zu weilen pflegt.

Noch hat die Glocke nicht zum Essen gerufen, aber das junge Mädchen kehrt doch schon zum Hause zurück. Nicht allein, – Dr. Hobrecht schreitet an ihrer Seite. Sie unterhalten sich.

Der junge Arzt scheint die verkörperte Galanterie und respektvolle Liebenswürdigkeit, Marga Daja trägt das Haupt so stolz wie eine Königin. Sie ist nicht unliebenswürdig, sie spricht und antwortet, aber sie markiert es in ihrer unbeschreiblich vornehmen Art und Weise, daß sie nicht einen Hauch mehr sagen will wie höfliche Worte,

Gerade das scheint Hobrecht zu gefallen. Sein Blick hängt wie verklärt an ihrem schönen Antlitz.

Marga Daja scheint keinen Wert auf die Vorzüge des jungen Mannes zu legen, der ihr doch so deutliche Beweise seines Interesses und seiner Berechnung gibt. Oder ist das wohlberechnete Koketterie, die Öl in das Feuer gießen will, um die Flamme zu vergrößern?

Es ist kaum glaublich, daß eine Sängerin, die in derart ärmlichen Verhältnissen lebt, wie sie, nicht voll dankbaren Eifers die Hände nach einer Heirat ausstrecken sollte, die sie mit einem Schlag aller Not entreißt und ihr eine Stellung in der Welt, an der Seite eines angenehmen, braven Mannes gibt, wie sie leicht keiner andern geboten wird. Ein wenig Wehren spornt das Begehren!

Sollte Marga einer solch kaltherzigen Berechnung fähig sein? – Nein! Prinz Percy schüttelt jählings das Haupt. Dann würde sie wohl jede Gelegenheit wahrgenommen haben, um auf den Verehrer einwirken zu können, sie gab aber sehr deutlich zu verstehen, daß sie die Gegenwart des Dr. Wacknitz derjenigen Hobrechts bei Tisch vorzog. – Sollte er, Percy, etwa selber das Ziel ihrer Wünsche sein?

Sein Herz zuckt auf. – Abermals nein. Die Zeitungen haben sich in letzter Zeit wieder viel mit seiner Heirat beschäftigt. Man hat behauptet, der Prinz sei am Totenbett des hochseligen Vaters verpflichtet worden, die Prinzessin Johanna, minderjährige Tochter des Königlichen Hauses, heimzuführen. Es würde die beste Regelung und Lösung eines schwebenden Erbschaftskonfliktes sein. Der Prinz solle warten, bis die junge Fürstin das achtzehnte Lebensjahr erreicht habe, was in zwei Jahren der Fall sei. – In Hofkreisen nehme man dieses Projekt als verbürgte Tatsache an. – Ein jäher Gedanke blitzt durch das Haupt des Denkenden. Er will Marga Dajas Pläne und Absichten erforschen. Er will sehen, ob er sie den Hobrechtschen Bewerbungen, wohl geneigter machen wird.

Er eilt hastig in den Salon; sein Herz schlägt hastig, wie bei einem Spieler, der sein Alles auf die Karte der Coeurdame setzt.

Mit unsicherer Hand schließt er den Schreibtisch auf und wühlt in einem Pack Photographien, die in einer kleinen Schublade verwahrt liegen. – Es sind nur Mitglieder fürstlicher Familien.

Endlich findet er, was er sucht.

Ein Kabinettbild der Prinzessin Johanna. Es ist eine neuere Aufnahme und zeigt die zierliche Gestalt der Vierzehnjährigen in ganzer Person. Ein hübsches, lachendes, rundes Kindergesicht, mit schelmischen Augen, einem kecken Näschen und etwas eigensinnigem Mund,

Es ist herzig und zum Verlieben, – aber nur nicht nach Prinz Percys Geschmack, der allem Übermut und aller heiteren Lebenslust in Frauengesichtern von jeher abhold war. – Er ist ein Sonderling, für die meisten Menschen unbegreiflich.

Er hat nie daran gedacht, Prinzessin Johanna eine zärtliche Neigung entgegenzubringen; er würde es als Sünde erachtet haben, dieses strahlend fröhliche, Welt und Leben heischende Kind an sich, den nur ernst denkenden und ernst strebenden Mann zu fesseln.

Jetzt aber soll dieses Bildchen zu dem magischen Schlüssel werden, der ein geheimnisvolles Mädchenherz erschließt: der verrät, ob in seiner Tiefe ein köstlicher Schatz edler Wahrheit oder nur ein Stücklein gleißender Theatertand ruht, hinter dessen Maske Komödie gespielt wird.

Der Prinz stellt die Photographie sehr auffällig auf eine Staffelei mitten auf eine Etagere und rückt ein Glas voll blühender Rosen so nahe herzu, daß es aussieht, als ob die duftigen Kelche in zarter Huldigung zu Füßen der lieblichen Königstochter niedergelegt seien.

Er steht bereits harrend am Fenster des Salons, als die Sängerin eintritt. Der heitere Frühlingshimmel hat sich bezogen, graue Schatten huschen über die schlanke Gestalt, als ob unsichtbare Trauerschleier darüberhin wehten.

Prinz Percy ist heiter, beinahe etwas gewaltsam heiter. Da die Suppe noch nicht aufgetragen ist, nimmt er noch nicht an dem Tische Platz.

»Ich habe mich soeben über dieses Seestück gefreut!« sagt er unvermittelt, nach einem sehr schönen Wandgemälde »Sr. Majestät Schiff Nymphe im Sturm« empor weisend: »Die momentane, etwas düstere Beleuchtung kommt ihm prächtig zu statten. Sehen Sie, wie wacker sich das Schiff durch Sturm und hohe Flut kämpft! Mir deucht, ich atme die frische Seeluft, ich höre es im Tauwerk pfeifen und schrillen, die Segel klatschen und die Wogen donnernd gegen den Bug prallen. – Die Stimmung des Bildes bedingt einen solch grauen Himmel, wie er in diesem Augenblicke durch die Fenster dräut. – Interessieren Sie sich für Gemälde, Fräulein Daja?«

»Ich liebe die Schönheit in jeder künstlerischen Gestaltung und Wiedergabe –«, Benedikta, sieht gedankenvoll in das gemalte Unwetter empor, »und liebe es, mich von der Phantasie eines Gottbegnadeten in Welten und Situationen versetzen zu lassen, die mir und der eignen Anschauung verschlossen sind. Das Reisen ist so billig und bequem –« sie lächelt – »und so bar aller üblen Zugaben von Seekrankheit und schlechten Hotels, wenn man es an der Hand eines Malers vom behaglichen Sessel aus tun kann!«

»Vortrefflich, – so reisen Sie mit der schwergeprüften Nymphe direkt nach Tunis!« – Percy trat seitlich vor ein andres Gemälde: »Sie genießen hier einen herrlichen Blick auf den Hafen und ersparen sich die Sonnenhitze, die auf dieses bunt wimmelnde Volk herabglüht. – Dort können Sie sich auch mitten in eine winterliche Sauhatze hineinträumen, Eis ... Schnee ... rotröckige Reiter – sahen Sie jemals eine Parforcejagd?«

Zufällig schweift sein Blick von dem Gemälde ab und streift ihr Antlitz. Trotz der dämmerigen Beleuchtung sieht er, daß es heiß erglüht. Überrascht starrt er sie an, aber es bleibt ihm keine Zeit zu einer Frage. Die junge Dame wendet sich hastig ab und versucht zu scherzen. »Brr, wie kalt! – Ich freue mich, daß des Winters Regiment zu Ende ist, und sehe lieber die Frühlingsrosen als jenen verschneiten Wald!«

Percy tritt mit aufleuchtendem Blick an ihre Seite vor die Etagere. »Sie meinen diese Rosen?« fragt er wie von ungefähr, auf das Glas vor Prinzessin Johannas Bild weisend. »Je nun, sie sind auch ein Stilleben und des Ansehens wert, ein Meisterstück, das der Lenz gemalt!« Und nach der Photographie greifend und sie Benedikta darreichend, fragt er unvermittelt: »Wer so viel verschiedene Charaktere auf der Bühne verwirklicht, muß ein großes Teil Menschenkenntnis besitzen: Wie gefällt Ihnen dieses Gesichtchen? Und wie würden Sie den Charakter nach den Gesetzen der Physiognomik daraus deuten?«

Er sieht sie erwartungsvoll an. Ist sie eine Komödiantin, eine geschickte Komödiantin, so wird sie jetzt angeblich keine Ahnung haben, wen das Bildchen darstellt, und wird die Gelegenheit benutzen, gegen die Rivalin zu intrigieren! Dann wird es sich zeigen, warum Marga Daja hierher kam. Sein Blick brennt auf ihrem geneigten

Antlitz, das in der zarten Röte, die es noch immer überhaucht, doppelt lieblich aussteht.

Ein weicher, sinnender Ausdruck liegt darauf.

»Welch ein anmutiges, sympathisches Bild!« sagte sie nach kurzer Pause; »aus diesen klaren Kinderaugen kann man nur das Beste lesen, eine unberührte, reiche Seele, der ein gutes und freundliches Herz zur Seite steht. – Sie wird fraglos zum Segen eines jeden werden, der das Glück hat, ihr nahezutreten.«

»Wissen Sie, wen das Bild vorstellt?« – Seine Stimme klingt wunderlich, und Benedikta schlägt die Augen voll auf und blickt ihn ehrlich an. »Prinzessin Johanna!« – sagte sie leise, und abermals steigt es heiß in ihre Wangen empor.

Percy wendet sich zur Seite und ordnet ein paar Bücher und Albums, die auf dem kleinen Tischchen liegen.

»Woher ist Ihnen die Prinzessin bekannt?« fragt er kurz,

Sie lächelt. »Man hat in letzter Zeit viel von ihr in den Zeitungen gelesen, und ihr Bild war in den meisten Buchhandlungen ausgestellt; ich habe es damals schon voll Interesse und warmer Bewunderung angesehen, Hoheit.«

Er wirft das Buch, das er just erfaßt, hart auf die Marmorplatte zurück. – »So, so!« – nickte er, wendet sich zurück und fährt in völlig verändertem Ton fort: »Endlich die Suppe! Mein Hunger ward auf eine harte Probe gestellt. – Darf ich bitten, Fräulein Daja! Sie wissen, daß in dieser Junggesellenwohnung Salon und Speisesaal verschmolzen ward!«

»Ich sehe es mit stets neuer Beschämung und tiefster Dankbarkeit. Hoheit.«

Er nimmt ihr gegenüber Platz und legt die Hände zusammen. »Ganz wieder wie daheim!« – bittet er mit weicher Stimme.

»Sie haben mir übrigens noch so wenig von ›daheim‹ erzählt, und dennoch würde es mich lebhaft interessieren, etwas Näheres über Ihren ›Werdegang‹ zu erfahren! Wo lebte Ihr Großvater eigentlich?«

Wieder erglühte das junge Mädchen bis auf den weißen Hals herab. – Sie zögerte, und die Hand, die auf dem weißen Damasttuche lag, bebte. Ohne ihn anzusehen antwortete sie: »Ich war seit meinem zweiten Lebenstage an ohne Mutter, seit dem Feldzuge gänzlich verwaist. Mein Großvater lebte in der Residenz, nahm mich zu sich und erzog mich; außer ihm habe ich nie eine verwandte Seele gekannt.«

»Was war Ihr Herr Großvater?«

Wieder ihr ratloses Verstummen und Zaudern. Dann klang es leise von ihren Lippen: »Ministerialbeamter«, und es deuchte Percy, als husche ein feines Lächeln dabei um ihren Mund.

»Er trug einen andern Namen? ›Marga Daja‹ ist doch vermutlich Ihr *nom de guerre?*«

»Er ist es, Hoheit.«

Erwartungsvoll sah er sie an, ob sie nicht ihren wahren Namen hinzusetzen werde, – da sie aber beharrlich schwieg, deuchte ihm eine wiederholte Frage indiskret, und dennoch würde er viel darum gegeben haben, sie beantwortet zu hören.

»Waren Sie schon bei Lebzeiten Ihres Großvaters Sängerin?«

»Nein, Hoheit.«

»Aber Sie empfanden stets Liebe zur Kunst und hegten schon damals den Wunsch, zur Bühne zu gehen?«

»Durchaus nicht, Hoheit. Ich habe niemals Interesse oder besondere Neigung für das Theater gehabt« – wieder hielt sie momentan inne, dann fuhr sie leise fort: »Nur die dringendste Not hat mir den Namen Marga Daja aufgebürdet, und ich versichere Hoheit, daß ich ihn ungern, bitter ungern trage!«

Sie schlug die Augen auf und sah ihn an. Die stolze, erregte Wahrheit ihrer Worte leuchtete darin.

Wunderbar, – welche Rätsel und Widersprüche in ihrem ganzen Wesen! Daß sie aus guter Familie stammte, sah er an ihrem ganzen Wesen, an ihrer tadellosen Erziehung, an ihrer Art und Weise, die nicht als Bühnenschliff erlernt sein konnte, sondern die eine vortreffliche Kinderstube verriet.

Warum renommierte sie nicht mit ihrem Namen und ihrer Familie, eine Schwäche, die doch allen verarmten Leuten eigen ist, allen denen, die in untergeordneter Stellung mit Vorliebe auf die bessern Tage pochen, die sie einst gesehen?

Ist Marga Daja zu stolz dazu? Ist ihr Namen wirklich zu gut, daß sie lieber auf eine persönliche Genugtuung verzichtet, als wie ihn preiszugeben? Oder ist das Gegenteil der Fall? Geniert sie sich, ihn zu nennen, weil er *nicht* tadellos ist? Schämt sie sich der Vergangenheit? – Nein! Die ruhige, selbstbewußte Würde ihres Wesens ist keinem eigen, der einen Schandfleck vor der Welt zu verbergen hat. So wie Marga Daja sieht kein böses Gewissen, keine Scheu und kein niederdrückendes Bewußtsein der Schuld aus.

Er hob jählings das Haupt und blickte sie fest an.

»Sie sprechen nicht gern über Ihre Familie und Ihre Vergangenheit, Fräulein Daja?«

Sie erwiderte seinen Blick eben so offen und ehrlich.

»Wenn ich es frei bekennen darf, Hoheit, nein! Es hat etwas Schmerzliches und Verletzendes für mich, daran erinnert zu werden, daß ich gezwungen bin, einen Künstlernamen zu tragen, daß die Not mich ... zur Komödiantin machte. So Gott will, nicht mehr für lange

Zeit: – ich leide unaussprechlich unter den momentanen Verhältnissen und empfinde es am schmerzlichsten, daß die Stellung, die ich einnehme, eine unwürdige ist.«

»Welch ein Wort! – Ihre Erbitterung gegen das Schicksal läßt Sie zu schwarz sehen! Wenn Sie jedoch irgendwelche Hilfe oder einflußreiche Fürsprache bedürfen, um Ihr Leben künftighin freundlicher zu gestalten, so wenden Sie sich, bitte, ohne jede Scheu an mich: was in meinen Kräften steht, soll geschehen, Sie von der Bürde –« er lächelte – »Ihres Künstlernamens und Ihrer Lorbeeren zu befreien!«

Ihre Augen strahlten auf: »Das tun Hoheit bereits mit jenem Tag, der mir meine Gesundheit zurückschenkt. Kein größeres Glück, keine andre Wohltat kann mir erwiesen werden, als diese. Kann ich wieder hören wie andre Menschen, bleibt mir nichts andres weiter zu hoffen und zu wünschen auf der Welt!«

Wie seltsam starrt er sie plötzlich an. »Weiter ist *nichts* – gar *nichts* andres zu Ihrem Glück notwendig?« fragt er gepreßt.

Sie senkt das Haupt abermals tief, sehr tief zur Brust, aber Percy sieht dennoch, wie das Blut aus ihren Wangen weicht, wie ihre Lippen beben.

»Nein, Hoheit,« antwortet sie ruhig, »ich erwarte kein andres Glück mehr. Die Ansichten darüber sind so verschieden, und die meine ist vielleicht unnormal. Es müssen in dem großen Glücksspiel auch Nieten gezogen werden, und die, die sie treffen, dürfen nicht murren, sondern müssen in dem Gedanken resignieren, daß sich eines nicht für alle schickt.«

Seine Stirn hatte sich wieder geglättet, als ob eine milde Hand darübergestrichen habe. Er lachte sogar.

»Ah so! Nur Bescheidenheit und Entsagung! So haben schon viele junge Damen gesprochen und zogen doch noch das große Los!« Er hob sein Glas ritterlich empor: »Die kleine Frühlingsblume im Garten war doch auch ein Orakel, und die Antwort schloß die schönsten Verheißungen ein: Auf daß sie sich erfüllen möchten, Fräulein Daja! Auf daß Sie die Psalter des Glücks nicht nur hören, – sondern aus vollem Herzen darein einstimme«, können! – Übrigens, – meine Gedanken sind heute wie die Irrlichter! – Haben Sie den Brief richtig erhalten, den ich Ihnen gestern durch Wasmuth schickte?«

Einen Augenblick schien sie nicht zu verstehen, welch einen Brief er meinte. »Ach so! Die Mittagspost! Gewiß, Hoheit, ich empfing ihn umgehend.«

»Und er brachte gute Nachricht?«

»Soweit die Briefe eines Vormundes gut oder interessant sein können!« lächelte sie.

»Ah richtig – ein Vormund! Sie bedürfen seiner noch! Er beschäftigt sich mit Ihrer Zukunft?«

»Deren Gestaltung überläßt er mir. Aber über mein Befinden wünscht er Nachricht.«

»Berichten Sie, daß ich sehr zufrieden sei und hoffe, Sie völlig herzustellen.«

»Bis wann, Hoheit? Wie lange muß ich Ihrer übergroßen Güte noch lästig fallen?«

Er schüttelt beinahe heftig den Kopf und gräbt die Zähne in die Lippe.

»Davon ist noch keine Rede; an eine Abreise kann fürerst noch gar nicht gedacht werden!« sagte er kurz. »Wird Ihnen die Zeit hier zu lang?«

»Hoheit!«

»Nun, dann üben Sie sich darin, ›das Unvermeidliche mit Würde zu tragen‹. Übrigens ... wenn Sie irgendeine Zerstreuung lieben ... die Theater sind noch nicht geschlossen, – meine Loge steht zu Ihren Diensten.«

»Ich danke, Hoheit, ich trage durchaus kein Verlangen danach.«

»Aber Konzerte?«

»Ich danke ebenfalls.«

»Was beginnen Sie eigentlich jeden Abend?«

»Ich arbeite.«

»Stickereien?«

»Je nachdem.«

»Sind sie sehr wichtig oder eilig?«

»Durchaus nicht: sie sind ein Zeitvertreib.«

»Würden Sie Ihre Arbeiten eventuell vernachlässigen können, um mir einen Gefallen zu erweisen?«

Erstaunt blickte sie auf. »Selbstverständlich. Hoheit!« sagte sie erfreut.

»Ich bin leider noch nicht dazugekommen, die vielbesprochene Musik des Parzival Kennenzulernen. Ich habe mich nicht für die Aufführung interessiert, weil mir verschiedenes im Text unsympathisch war.«

»Die Schlange Kundry!« nickte Benedikta lächelnd.

»Ganz recht; die Schlange Kundry und die zudringlichen Blumenmädchen: – ich liebe solch weltliche Beigabe zu einer Karfreitagsmusik nicht. Diese selber aber kennenzulernen, in ihrer hohen, reinen Vollkommenheit und idealen Größe, würde mich dennoch sehr erfreuen. Würden Sie die Güte haben, mich damit bekannt zu machen und mir abends ein wenig vorzuspielen? Hier und da vielleicht durch Angabe einer Arie die Musik gesanglich unterstützend?«

Tiefe Verlegenheit malte sich auf den Zügen des jungen Mädchens.

»Hoheit überschätzen mein Können in jeder Weise«, stotterte sie.

»Wieso das? Ich verlange ja keinen Vortrag, sondern ein Probieren! Daß Sie noch nicht in Bayreuth gesungen haben, weiß ich, also ist Ihnen die Musik ebenso fremd wie mir. Immerhin werden Sie diese leichter bewältigen wie ich. Mir wird sie auch in ›versuchsweiser‹ Form ein Genuß sein, und Ihnen ist sie eine dienstliche Übung und Zerstreuung, damit Ihnen die Zeit Ihrer Gefangenschaft nicht allzulang wird!« – Er lächelte und erhob sich, Ihr höflich die Hand zu reichen. »Ich lasse die Noten sogleich besorgen, und damit Sie ganz ungestört darin blättern können, versichere ich Sie, daß heute nachmittag kein kunstsinniges Ohr im Hause anwesend sein wird! Wacknitz und Hobrecht begleiten mich zu einer Konferenz. Also, auf Wiedersehen, heute abend! Der Einfachheit halber wird Ihnen der Tee auch hier im Salon serviert werden!«

Er verabschiedete sich in seiner kurzen Art und ging. Sein feinge-schnittenes, geistvolles und ernstes Gesicht hatte selten so animiert ausgesehen, wie in diesem Augenblick, wo er sich noch einmal in der Tür zurückwandte und grüßte.

Ein Geräusch ließ ihn momentan zögern.

Auf der Etagere raschelte und klappte es.

Das Bild der Prinzessin Johanna war durch die Erschütterung, die sein eiliger Schritt hervorrief, von der Staffelei geglitten und zur Erde gefallen. Prinz Percy sah es, aber er kehrte nicht zurück, um es aufzurichten, – sein Schritt verklang auf dem Korridor.

Benedikta zögerte einen Augenblick, dann trat sie schnell neben das Bildchen, hob es auf und stellte es an seinen Platz zurück.

Wie ein Empfinden wehmütiger Rührung überkommt es Benedikta.

Sie rückt die Rosen wieder in der Vase zurecht und neigt die duftigen Kelche wie in zarter Huldigung gegen das Bildchen:»Möchtest du als Rose, als dornenlose Rose sein Leben schmücken!«

Ein Schatten ist gegen die Portiere gefallen.

Prinz Percy steht in der Tür.

Er hat sein Zigarettenetui im Salon vergessen und will es holen.

Starr, weitgeöffnet haften seine Augen auf Marga Daja und ihrem pietätvollen Walten. Ein unmerkliches Beben geht über sein Antlitz, und sein Blick leuchtet auf in tiefer, wärmster Empfindung. Dann schrickt er zurück und verschwindet so lautlos wie er gekommen.

Draußen aber bricht die Sonne wieder durch die Regenwolken und hüllt die Gestalt Benediktas in strahlenden Glanz.

Siebzehntes Kapitel

Benediktas Genesung machte erstaunliche, schier unbegreifliche Fortschritte, und die Leidende selbst empfand es wie ein glückseliges Wunder.

Die Freude, das Entzücken über jeden neuen Beweis der Besserung drückte sich in ihrem ganzen Wesen und Sein aus und verklärte ihr schönes Antlitz mit dem ganzen Zauber gemütvoller Weichheit und Innigkeit, die ihm zuvor noch gefehlt. Percys Blick hing oft wie gebannt an diesen seelenvollen Zügen, die ihm immer wieder von neuem bekannt erschienen, und deren rätselhafte Ähnlichkeit er doch nicht zu ergründen vermochte

Ihm selber, unbewußt, grub sich ihr Bild tiefer und tiefer in sein Herz. Er hatte sich an ihre Gegenwart gewöhnt, wie an Luft und Licht, die er nicht mehr entbehren konnte, er erharrte voll Ungeduld die Stunden, die ihn in ihre Nähe führten, und wies alles ab. was eine dieser gemeinsamen Mahlzeiten stören oder verhindern konnte.

Wacknitz trat in das Arbeitszimmer des Prinzen, um ihn, wie gewöhnlich, zu den notwendigen Krankenbesuchen abzuholen.

»Gedenken Hoheit auch heute wieder Fräulein Daja zu behandeln?«

»Gewiß – ich bin nun einmal mit Ihnen eingeübt –«

»Es sind neue und dringliche Fälle angemeldet, Hoheit, und Fräulein Daja ist meiner Ansicht nach vollkommen hergestellt. Eine kleine Nachkur würde sie im Hause ihres Vormundes ohne alles Bedenken selber üben können. Sie sagte mir, daß sie dort jederzeit Unterkommen und gute Pflege finden werde.«

Sie schritten just auf den Flur hinaus. Wacknitz sah nicht, wie das Antlitz des hohen Herrn erbleichte. Momentan herrschte tiefe Stille. – Dann antwortete der Prinz mit gepreßter Stimme: »Undenkbar, – es könnte ein Rückfall kommen.«

»Der scheint mir in diesem Falle ausgeschlossen, Hoheit. Der operative Eingriff hat ja die Veranlassung der Schwerhörigkeit beseitigt. Nur eine sehr starke Erkältung, ähnlich der ersten Veranlassung, könnte eine erneute Erkrankung der geschwächten und reizbaren Gehörorgane verursachen.«

»Haben Sie mit Fräulein Daja bereits über eine eventuelle Beendigung der Kur gesprochen?«

»Allerdings, Hoheit. Sie bat mich um meine ehrliche und gewissenhafte Ansicht darüber. Ich habe das Empfinden, daß die junge Dame selber ihre Abreise herbeiwünscht. Erstens muß es einer so feinfühligen Natur wie der ihren peinlich sein, so lange die volle Gastfreundschaft hier im Hause anzunehmen« –

»Torheit!«

»Und zweitens ...«

»Nun? Und zweitens?«

Wacknitz neigte sich näher und flüsterte: »Ich glaube, der arme Hobrecht hat sehr ernstlich Feuer gefangen, und wenn seine Verehrung ja auch durchaus die Grenzen des Wohlerlaubten und Schicklichen einhält, empfindet Fräulein Daja sie dennoch in peinlicher Weise. Mir scheint – das heißt ich vermute es, – Hobrecht hat heute morgen einen offiziellen schriftlichen Heiratsantrag an sie gerichtet und keine erfreuliche Antwort erhalten. Er benimmt sich wie ein Vernichteter, teilte mir kurz mit, er fühle sich sehr leidend und bitte um ein paar Tage Urlaub; sein Gesuch wird schriftlich erfolgen. – Nun – und die hartherzige – mir, ganz ehrlich geständen, recht unbegreifliche junge Dame – sieht aus wie ein schönes, bleiches Marmorbild, das sich in der Nähe des Verschmähten höchst unbehaglich fühlt.«

Der Prinz starrte düster vor sich hin. »Fräulein Daja befindet sich in äußerst bedrängter Lage, wie ich weiß. Ich hätte ihr gern hier im Hause freie Station gewährt, bis sie ein andres, sichres Unterkommen gefunden, was immerhin eine Zeitlang währen wird, da sie nicht zur Bühne zurück will. Ich wünsche, daß dieses Thema der Abreise fürerst nicht wieder berührt wird, bis ich mit Fräulein Daja persönlich über ihre Zukunft geredet habe.«

Es lag der Klang in der Stimme des Sprechers, der allen wohlbekannt war, und der eine Unterhaltung für den Augenblick abschnitt.

Sie traten in das Zimmer eines Patienten ein. –

Noch nie im Leben zuvor hatte den Prinzen ein Gedanke so völlig aus allem seelischen Gleichgewicht gerissen, wie derjenige an Marga Dajas Abreise.

Obwohl seine Augen aufleuchteten und ein unbegreifliches Glücks-gefühl seine Brust schwellte, wenn er daran dachte, daß sie den Heiratsantrag Hobrechts abgewiesen, verbitterte ihm dennoch die quälende Sorge, daß auch er selber sie dadurch verlieren werde, die Freude an dem Bewußtsein, ihr Herz noch frei zu wissen. – Und konnte dieses Bewußtsein nicht auch ein falsches sein? Wer sagte ihm, daß sie ihr Herz nicht einem andern geschenkt, daß Hobrecht nur zu spät gekommen sei?

Er sprang empor und durchmaß mit ruhelosen Schritten das Zimmer.

Warum überkam ihn diese leidenschaftliche Gereiztheit, diese unerträgliche Angst und Sorge, sie zu verlieren, sie, die er nie besitzen wollte. – sie, die er nie besitzen wird?

Er drückte die Stirn gegen die kühle Fensterscheibe und schaute mit brennendem Blick in die blühende, sonnengoldige Frühlingspracht hinaus. Wie ein Zittern rieselte es ihm durch Mark und Bein, – eine

Ahnung ließ ihm verzweiflungsvoll den Herzschlag stocken: – er liebte Marga Daja!

Das Gefürchtete, so lang Gefürchtete war geschehen: ein Weib hatte es ihm angetan wie durch zauberkräftige, höhere Gewalten.

Nun rang sein Herz den furchtbar schweren, bittern Kampf zwischen Pflicht und Liebe.

Wer ist Marga Daja, die Namenlose, die Sängerin, die die Bittschrift eines Armenarztes ihm zugeführt?

Sie ist das edelste, reinste, anbetungswürdigste Wesen unter der Sonne,– sie ist das höchste Ziel, das die Liebe eines Mannes erreichen kann!

Noch erreichen? – Kommt nicht jeder andre vielleicht ebensospät wie Hobrecht, – zu spät?

Percy beißt die Zähne zusammen: ein Gefühl, das ihm früher fremd gewesen, überkommt ihn, ein Gefühl des Ingrimmes und der Erbitterung.

Die Klingel meldet das Mittagessen.

Percy zuckt empor, und sein Auge leuchtet auf. Ein Ruf zu ihr!

Hastig ordnet er Haar und Kleidung und tritt ungeduldig in den Salon, noch ehe das zweite Zeichen ertönte, noch ehe Marga Daja eingetreten.

Sein Blick brennt ihr entgegen und forscht in ihrem Antlitz.

Es scheint etwas bleich, ist aber im Ausdruck unverändert.

Er reicht ihr die Hand. Seine Finger umschließen fester, länger, krampfhafter wie sonst die ihren. Sie merkt es nicht, sie ist völlig harmlos und unbefangen, ahnungslos des Sturmes, der neben ihr ein armes Menschenherz durchbraust.

Sie wechseln ein paar höfliche Worte. Der Prinz spricht absichtlich sehr leise. Dennoch versteht sie ihn. Sie lacht. »Wollen Hoheit mich auf die Probe stellen? Oh, ich bestehe sie glänzend, ich höre, dank der Meisterschaft meines gütigen Erretters, so gut wie je zuvor!«

Sein Antlitz verdüstert sich. »Wahrlich? – Ich finde, es muß noch bedeutend besser werden.«

»Das ist wohl unmöglich, Hoheit! Auch Doktor Wacknitz versicherte mir, daß meine Genesung vollkommen und meine Abreise in den nächsten Tagen erfolgen könne!«

»Sehnen Sie sich denn so sehr danach, uns zu verlassen?« Seine Stimme klingt beinah rauh, er vergißt zu danken, als ihm die junge Dame das Glas füllt, und starrt düster in den flimmernden Wein nieder. Betroffen schaut Benedikta auf und wird dunkelrot. »Hoheit!« stammelt sie, »diese Frage stellen Sie nicht im Ernst!«

»Und warum nicht? Der Heiratsantrag Hobrechts hat Sie verletzt?«

Sie schrickt zusammen. »Hoheit wissen davon?« fragt sie, noch heißer erglühend, mit feiner Falte zwischen den Brauen.

Er umgeht die direkte Antwort. »Wollen Sie mir auf eine ehrliche Frage ehrlich Auskunft geben?«

»Gewiß, Hoheit, wenn es in meiner Macht liegt.« »Die Bewegung ihres Hauptes scheint dieser Frage jedoch die engste Grenze zu setzen, ihre Lippen beben.

Er sieht sie nicht an. Sein Blick schweift durch den Salon und trifft auch den Platz, an dem Wasmuth bisher gestanden, den Winken seines Hernn gewärtig zu sein.

Er ist zum erstenmal leer. Der Kammerdiener packt auf Befehl seines Herrn ein paar eilige Büchersendungen in dem Arbeitszimmer.

Dann springt sein Blick plötzlich ab und heftet sich fest und ruhig auf das Antlitz der jungen Dame.

»Sie sind bereits verlobt, Fräulein Daja?«

Diese Frage hat sie wohl nicht erwartet; ein Gemisch von Überraschung und Verlegenheit spiegelt sich in ihren Zügen. Aber sie bleibt vollkommen gelassen.

»Nein, Hoheit, keineswegs.«

Ein erleichtertes Aufatmen nach banger Erwartung, Er umschließt den Fuß seines Weinglases mit krampfhaftem Drucke. »Es ist wohl meine Pflicht, Sie von den durchaus braven Gesinnungen Hobrechts zu überzeugen und Ihnen seine recht glänzende Lage auseinanderzusetzen –«

Zum erstenmal unterbricht sie ihn. »Das würde verlorene Zeit und Mühe sein, Hoheit, denn ich werde mich niemals entschließen, eine Konvenienzehe einzugehen.«

»Sie lieben Hobrecht nicht?«

»Nein.«

»Aber ... verzeihen Sie mir diese Indiskretion, die lediglich meinem freundschaftlichen Interesse für Sie und Ihre Zukunft entspringt – – Sie lieben einen andern? Ihre Hand ist zwar noch frei, aber Ihr Herz ist gefesselt?«

Welch ein Ausdruck in ihrem Antlitz! Sie wechselt die Farbe; Stolz und hohe Erregung kämpfen sekundenlang um den Sieg, und ihre dunklen Wimpern zucken, als wollten sie den Tränen wehren. Aber wiederum versteht sie, sich wunderbar zu beherrschen.

»Welch ein Mädchenherz hatte sich kein Ideal gebildet,« haucht sie leise mit gesenktem Blick, »ein vollkommenes Ideal, das ewig unerreichbar ist, weil es in das Reich der Träume gehört!«

Er lehnt sich vor, seine Augen blitzen auf. »Und war es dieses Ideal, das Sie hinausgetrieben in jenen unglückseligen Schneesturm, der Ihnen so verhängnisvoll ward? Haben Sie es dort gesucht und ... gefunden?«

Er hatte diese Frage in einer jähen, unbedachten Regung der Eifersucht gestellt und durchaus nicht diese Wirkung erwartet.

Marga Daja schrickt empor und starrt ihn mit angstvoll weitgeöffneten Augen an. Sie zittert wie unter einem Fieberschauer, und die blassen Wangen glühen auf wie dunkle Rosen. Dann aber flammt es stolz und schier drohend in ihren Augen auf, sie macht eine hastige Bewegung, als wolle sie sich jählings erheben. Er vertritt ihr den Weg und reicht ihr die Hand entgegen. »Verzeihen Sie mir! – Ich armer Einsiedler ahne es ja nicht, wie es in einem Mädchenherzen aussieht –«, sagt er leise, wehmütig.

Hastig fährt er fort: »Wenn ein Arzt dem Körper eines Patienten, seine volle Teilnahme schenkt, so interessiert ihn unwillkürlich – und wohl noch bei weitem mehr – die Seele, die darinnen wohnt. Die Kranken in diesem Hause sind und bleiben keine Fremden für mich, – sie treten mir nahe, nicht nur durch ihr Leiden, sondern auch durch ihre Schicksale. Nur Sie allein, Fräulein Daja, haben als verschleiertes Bild vor mir gestanden. Ich habe nie versucht, diesen Schleier zu lüften, aber ich habe trotzdem über Sie nachgedacht. Daß ich eine Episode Ihres Lebens, jenen Schneesturm, dem Sie hilflos preisgegeben waren, und über den Sie errötend jede weitere Mitteilung abschnitten, mit Ihrem Herzen in Verbindung brachte, war das Ergebnis jener Irrwege, auf dem sich die menschliche Phantasie verlieren kann. Ich bitte Sie noch einmal um Vergebung, Fräulein Daja.«

Benedikta hatte mit bebenden Lippen gelauscht, ihre Verlegenheit wich einer milden Resignation. »Ich empfinde den Vorwurf, der mir aus den Worten Eurer Hoheit entgegenklingt!« sagte sie weich, mit vollem, ehrlichem Blick: »und ich empfinde ihn doppelt schwer, weil ich leider Gottes noch nicht in der Lage bin, die grauen Schleier, die mein armseliges Leben verhüllen, zu zerreißen. Ich verspreche aber, eine große, umfassende Beichte abzulegen, wenn« – ihr Blick schweifte unwillkürlich zu dem Bild der Prinzessin Johanna hinüber – »wenn Hoheit als verheirateter Mann meine Schicksale richtiger und verständnisvoller auffassen werden, wie jetzt.«

Er hob jählings das Haupt. »Dann wird Ihr Leben wohl stets ein Geheimnis für mich bleiben!« sagte er herb. »Oder glauben Sie etwa dem törichten Zeitungsklatsch, der meine Person mit der interessantesten Verlobungsgeschichte schmücken will?« – Auch sein Blick streifte das Bild der Prinzessin und haftete plötzlich an den duftigen Frühlingsblüten, die es umrahmten. Er erhob sich jählings und trat davor.

»Wie kommen diese Blumen hierher?«

Aufs höchste betroffen, fand Benedikta kaum Worte, ihrer Verwirrung Herr zu werden. Träumte sie? Hatte sie recht verstanden?

»Die Rosen waren verwelkt, Hoheit, da ... da habe ich mir erlaubt, sie seitdem durch frische Blumen zu ersetzen –«, stammelte sie fassungslos.

Er lächelte – ein sonderbares Lächeln.

»Schon seit Wochen üben Sie solchen Liebesdienst, und ich Barbar bemerke es heute erst? – Das sicherste Zeichen für die Tatsache – wie selten ich das Bild der Prinzessin angesehen.« Er nahm die Photographie und legte sie in ein Album. »Soviel ich hörte, wird die Prinzessin meine Schwägerin werden. Mein jüngerer Bruder hat eine tiefe und zärtliche Neigung zu ihr gefaßt, und da die beiden jungen, lebensfrohen Menschen trefflich zusammenpassen, wird der Verbindung hoffentlich nichts im Wege stehen. Joachim schickte mir jenes Bild, und seine Werbungen haben wohl Anlaß zu der Verwechslung zwischen uns gegeben. Die Zeitungen fanden es wohl richtiger, daß ich vor dem Jüngeren heiraten solle.« Er war an den Tisch zurückgekehrt und wandte sich dem servierenden Diener zu.

Eine müde Gleichgültigkeit lag auf seinem Antlitz, die beinahe der Niedergeschlagenheit glich.

»Hoheit überrascht mich allerdings in hohem Grade – ich war überzeugt –«

Er zuckte die Achseln. »Warum trauten Sie mir etwas zu, was Sie selber so stolz von sich wiesen?«

Benedikta zögerte momentan, dann sagte sie leise und lächelnd: »Wenn ich jenes reizende Bildchen dort schmückte, ist mir nie ein Gedanke an Konvenienz gekommen, denn das Glück deuchte mir ein unzertrennliches Angebinde dieser entzückenden Fürstentochter. Mir würde es sehr begreiflich erscheinen, wenn der ältere Bruder ihr dieselben Gefühle entgegenbrächte wie der jüngere!«

Er blickte auf, ein Blick, der ihr durch Herz und Seele ging, ein Blick, wie sie nie zuvor einem begegnet war: »Wahrlich? – Dann haben Sie es noch nicht gelernt, in Männerherzen zu lesen! Man sagt, Frauen sind gewöhnlich sehr scharfblickend, sie entdecken jedes Fünkchen von Sympathie, das ihnen entgegenblinkt, geschweige denn eine himmelanlohende Flamme!« – Er biß sich auf die Lippe und füllte sich selber das Glas, um es hastig zu leeren.

Benediktas Herz erzitterte! es deuchte ihr, als schlüge diese Flamme plötzlich grell und blendend vor ihr auf, aber sie brannte aus einem schwindelnd tiefen Abgrund empor und drohte sie herabzureißen.

Wie gelähmt saß sie und verschlang die Hände ratlos im Schoß. Warum sah er sie so seltsam an? Warum sprach er solch absonderliche Worte? Wie ein Wirbelsturm brauste es jählings durch ihr ruhiges, tapferes Herz.

Gott sei Dank, der Prinz hob die Tafel auf.

Er reichte ihr die Hand wie alle Tage zuvor, und doch war es, als schlage die glühheiße Flamme just zwischen diesen beiden bebenden Händen empor und rieselte als Feuerstrom von ihnen aus durch alle Fasern und Nerven.

Percy wandte sich, zog ein Zweiglein des rotblühenden Pyrrus aus dem Strauß, der das Bild Johannas geschmückt, und steckte es an die Brust. »Wenn Sie künftig die Blumen pflücken, Fräulein Daja, so denken Sie nicht mehr an die Prinzessin, sondern an mich! Ich bin arm an solchen Gaben der Freundschaft und der Liebe, mein Leben trug bisher nur Dornen und keine Rosen!«

Benedikta weiß kaum, wie sie ihr Zimmer gefunden.

Sie sinkt in einen Sessel nieder und preßt die eiskalten Hände gegen die Schläfen.

Es hämmert und pocht dahinter, und die Gedanken wirbeln wüst und ziellos wie die weißen Blütenblätter im Garten drunten, die der Sturm faßt und in die Lüfte hebt. ,

Ein wildes Frühlingswetter draußen! Hier drinnen tobt und stürmt es noch mehr.

Ob Benedikta auch zitternd die Augen schließt, sie sieht dennoch Percys düstern, liebeheißen Blick, – sie sieht ihre Blüte an seiner Brust, sie hört seine Worte, daß er nicht Prinzessin Johannas Verlobter. Warum sein Interesse an ihrem Schicksal? Woher sein instinktives Ahnen und Empfinden, daß jener verhängnisvolle Schneesturm ihr Ideal geboren? Eine unbeschreibliche Angst und Sorge, ein Gefühl bebender Hilflosigkeit überkommt sie!

Fliehen! Entfliehen! Vor ihm – und vor ihrem eignen Herzen!

Aber wie, wie einen schicklichen Grund für ihre sofortige Abreise finden?

Tante Lotzenburg wohnt hier im Hotel, jeden Augenblick zu Schutz und Hilfe der Nichte bereit, – wie aber in unauffälliger Weise zu ihr gelangen? Und wie ihr selber mit voller Ruhe persönlich entgegentreten?

Das schlechte Wetter verbietet ihr jeden Gang in die Stadt, und die Gräfin hierher bescheiden, würde durch ihre, dem Prinzen bekannte Person alles verraten. Aber Benedikta kann ihr ein paar Zeilen schreiben und sie bitten, an Eckert zu telegraphieren, daß dieser wiederum sie telegraphisch wegen Erkrankung des Vormundes zurückruft. Die Depesche muß in der kleinen Kreisstadt aufgegeben werden. Benediktas Gedanken sind wie aufgescheuchte Vögel, sie flattern angstvoll nach einem Ausweg und stoßen sich die Köpfchen am Gitter ein.

Voll fliegender Hast wirft sie ein paar Zeilen auf einen Briefbogen und adressiert sie. Dann blickt sie unschlüssig in das Wetter hinaus.

Am Parkgitter befindet sich ein Briefkasten, abends wird sie den Versuch wagen, ihn zu erreichen.

Abends! – Ihr Herz schlägt wild auf.

Der Abend bringt ja ein Wiedersehen mit ihm! Soll sie einen Vorwand ersinnen und dem Teetisch heute fernbleiben?

Es ist sehr peinlich: gerade heute abend wollte Dr. Wacknitz seinen jüngsten Sohn mitbringen, der Benediktas Weihnachtsmotette mit dem Cello begleiten soll.

Außerdem würde es auffallend sein und die eigentümliche Unterredung von heute mittag noch peinlicher gestalten.

Ruhe! Vollkommene, harmlose Gleichgültigkeit! Dies sind die einzigen Mittel, ein eignes und ein fremdes Herz zu beruhigen.

Wird sie es vermögen?

Neben aller Angst und Aufregung, neben all dem fassungslosen Erschrecken braust dennoch ein Sturm jauchzender Glückseligkeit durch ihr ganzes Sein und Wesen. Die jähe Helle blendet sie, – und dennoch möchte sie laut aufschluchzend die Arme heben und alles vergessend in die Flammen hineinstürmen!

Sie kann es nicht fassen, nicht glauben, – und dennoch *möchte* sie doch so gern die unbegreiflich liebe Sprache seines Auges verstehen! ,

Er, den sie jahrelang voll schwärmerischer Innigkeit geliebt und verehrt, er, der wie ein Heiligenbild hoch und erhaben, verloren für ewige Zeit, vor ihr gestanden, er neigt sich plötzlich und nimmt des armen Wegekrauts wahr, wie die Sonne, die jählings die tiefen Schatten durchbricht und der vergessenen Blüte in Liebe gedenkt.

Benedikta faltet die zitternden Hände und preßt sie gegen das Herz, lehnt das Köpfchen zurück und lächelt durch Tränen banger Qual.

Der Kaffee, der auf dem kleinen Rauchtisch vor Prinz Percy stand, war kalt geworden, ebenso kalt wie die Zigarre, die er noch mechanisch zwischen den Zähnen hielt.

Über die Zeitung hinweg starrte er geradeaus, und die Schatten des regnerischen Maitages warfen ihre Schleier auch über seine Stirn.

Er hatte mehr gefragt als er beabsichtigte, und was er zur Antwort erhalten, hatte eine Krise in seinem Herzen heraufbeschworen.

Marga Daja liebte! Sie liebte einen andern, Fremden, der in irgendeinem geheimnisvollen Zusammenhang mit jenem verhängnisvollen Schneesturm steht.

Diese Gewißheit rüttelt sein Phlegma, seine Gleichgültigkeit gegen alles, was ehedem Liebe hieß, aus dem starren Todesschlaf, in dem es gelegen. Das Blut, das vordem so kühl durch seine Adern gerollt war, schäumte auf in leidenschaftlicher Erregung und revoltierte gegen die Schranken, die ihm das Schicksal auf den Weg zum Glück baute.

Konvenienz! – Welch leerer, toter Klang für ihn! Ihm bindet sie nicht die Hand, seine Person spielt keine Rolle in der Politik, und wenn seine drei Brüder standesgemäß heiraten, so ist es wohl nur wünschenswert, wenn er den Stammbaum legitimer Prinzen nicht allzu breit wachsen läßt. Er weiß es, daß man ihm keine Schwierigkeiten in den Weg legen wird, falls er einen Herzensbund schließen will, ebensowenig wie man ihm verwehrte, den Pfad ernster und privater Wissenschaft zu wandeln. Das aber, was ihm als unbezwingliches Hindernis einzig den Weg vertritt, ist Marga Daja selbst, sie und ihre Liebe zu einem andern.

Kann er kraft seines Namens und seiner fürstlichen Macht alles erkaufen, was eine Welt an Begehrlichem bietet, *eines* kauft er niemals: das Glück der Liebe, jener einzigen Liebe, nach der er mit tausend heißen Wünschen der Sehnsucht verlangt. Arm, hungernd, darbend nach dem Reichtum ihres Herzens steht er, der Prinz aus königlichem Hause, vor dem jungen Weibe, das ohne Namen, verlassen und verloren im Elend, nur die opfermutige Barmherzigkeit im Hause aufgenommen. Ein Bettler an allem Glück bleibt er sein Leben lang, wenn sie von ihm geht, wenn er umsonst die Hände flehend zu dem hellen Stern hebt, dessen Strahlen nicht jedem Irdischen eine Krone flechten. –

Sein Haupt sinkt tief zur Brust. Er verschlingt die Hände machtlos im Schoße und ergibt sich in ein Schicksal, das als höchste und göttlichste Macht alle Menschen gleich, zu einem Volk von Brüdern macht.

Und dann blickt er voll freudiger Zuversicht hinaus in den Frühlingssturm. Wo soeben noch schwarze Wolken jagen, strahlt morgen wohl Sonnenschein, und wo heute die Verzagtheit an kein Glück mehr glauben will, wirft es ihr morgen Gottes Gnade unverhofft in den Schoß.

Achtzehntes Kapitel

Das Wetter hatte sich im Laufe des Nachmittags verschlimmert. Stürzende Regenfluten badeten die Welt, und ein Sturm brauste, der gegen Abend zwar die Regenwolken vom Himmel gefegt, selber aber zu einem wahren Orkan anwuchs.

Benedikta stand ratlos am Fenster und blickte in das Toben der Elemente hinaus.

Wie sollte sie unter dieser Ungunst des Wetters ihren eiligen und wichtigen Brief besorgen?

Es pfiff und sauste, das Geäst brach von den Bäumen und Dachziegel splitterten hernieder.

Die Tischglocke ertönte, und zögernd schritt Benedikta nach dem Salon, in dem nur die Spiritusflamme unter dem Teekessel brannte. Die Lampe war noch nicht entzündet, denn die Abende waren bereits lang geworden, und man nahm die Mahlzeiten in der Klinik zu früher Stunde.

Prinz Percy stand am Fenster und wandte sich der Eintretenden langsam zu. »Die wilde Jagd zieht über das Land!« versuchte er zu lächeln, »Wohl dem, der ihr nicht begegnet. Ich fürchte, wir werden vergeblich auf die beiden Wacknitze warten!«

»Erstaunlich wäre ihr Fernbleiben nicht, Hoheit, es dürfte in den Straßen geradezu lebensgefährlich sein! Wie es wiederum klirrt und klingt! Das waren Fensterscheiben, oder gar eine der schönen Dachfiguren!«

»Die würden immerhin zu verschmerzen sein; ich fürchte aber, es wird heute manche Wunde zu verbinden und manche Beule zu kühlen geben. Wenn nur die Schwestern ohne Unfall heimkehren!«

»Sind sie beurlaubt? Es fiel mir bereits auf, daß keine Pflegerin im ganzen Hause zu erblicken war! Man ist die weißen Hauben so gewohnt, daß man sie alsogleich vermißt!«

»Das Schwesternhaus und die Kinderheilstätte feiern heute vereint ihr zwanzigjähriges Bestehen. Es soll ein Missionsfest stattfinden, und da wir ja gottlob momentan keine Schwerkranken haben, ließ ich die Schwestern sämtlich teilnehmen.«

»Sie werden allerdings einen abscheulichen Rückweg haben.«

»Wenn der Sturm nicht nachläßt, werde ich hingehen und sie veranlassen, die Nacht in dem Heim zu bleiben.«

»Hoheit wollen sich selber in dieses Wetter hinausbegeben?«

Das klang wie leiser Schrei voll zitternder Angst. Sein Auge leuchtete auf, er verstand ihn.

»Gewiß, Fräulein Daja; da ich meine Leute nicht schicken will und kann, gehe ich selber.«

»Und wenn Hoheit ein Unglück zustößt?«

Er lächelte seltsam. »Wir stehen in Gottes Hand, und ein Soldat kennt keine Gefahr, wenigstens keine, die dem Körper droht; und gegen die, in der Herz und Seele jeden Augenblick, selbst im sichern Zimmer schwebt, gibt es keinen Schutz. Man muß sich damit abfinden, so gut es eben geht.«

Benedikta schraubte eifrig an der Spiritusflamme und neigte das Haupt tief hernieder. Der unsichere Lichtschein flackert über ihr Haar, und die weiße Hand bebte. – Nach kurzem Zögern richtete sie sich wieder auf. Ruhig und freundlich wie stets.

»Können Hoheit nicht den Wagen benutzen? Es würde dadurch möglich sein, vielleicht zwei Schwestern heimzuholen. Man kann nie wissen, was in der Nacht passiert, denn etliche Patienten fiebern doch noch sehr stark.«

»Der Wagen ist behufs einer Ausbesserung abgeholt, und Sie wissen, daß ich es für Luxus halten würde, zwei Equipagen in die Remise zu stellen. Das offne Break würde aber bei diesem Wetter kaum zu benutzen sein.« – Er blickte sie forschend an: »Wenn ich heute nacht eine Hilfe brauchen sollte, eine Hilfe, zu der Bildung und Geschick der weiblichen Dienstboten nicht ausreicht, – darf ich alsdann bei Ihnen anklopfen, Fräulein Daja?«

Sie schaute lebhaft auf. »Welch ein guter Gedanke! Gewiß, Hoheit, ich bitte darum! Was ich mit meinen schwachen Kräften leisten kann, wird mir eine freudig erfüllte Pflicht sein.«

Nachdenklich, voll sinnender Weichheit haftete sein Blick unverwandt an ihrem schönen, »heiligen« Gesicht, wie der alte Kilian es sehr zutreffend in seiner andächtigen Verehrung genannt hatte.

»Ich glaube. Sie würden mit Ihren schwachen Kräften sehr viel Gutes leisten können, Fräulein Daja!«

»Inwiefern, Hoheit?«

»Sie wollen nicht zur Bühne zurückkehren. Falls Sie noch keinen andern Beruf erwählten, wüßte ich wohl einen sehr passenden und gesegneten für Sie!«

»Welch gütige Fürsorge, Hoheit!«

»Ich hege schon seit längerer Zeit den Wunsch, eine Dame mit der Führung und Oberaufsicht des großen Haushaltes der Klinik zu betrauen, doch traf ich noch keine passende Wahl. Es gibt so viele Dinge, in Haus, Hof und Küche, die ein Mann gar nicht regieren und überblicken kann, beim besten Willen nicht, und ich habe mich leider öfters schon überzeugt, daß hier eine Lücke in dem Leitungswesen der Anstalt geblieben ist, die ausgefüllt werden muß. Wenn Sie nun den Opfermut besitzen würden, sich der Hilflosigkeit eines armen Junggesellen anzunehmen, Fräulein Daja, und diese Vertrauensstelle annehmen wollten, wäre ich Ihnen zu außerordentlichstem Dank verpflichtet!«

Mit steigender Sorge beobachtete er den Ausdruck ihres Gesichts. Sie konnte trotz aller Selbstbeherrschung die Bestürzung nicht verbergen, die sich ihrer bemächtigte. Röter und röter stieg das Blut in ihre Wangen, und die dunklen Augen richteten sich voll beinah flehender Angst auf seine Lippen, als ob sie dieselben kraft ihres Blickes verschließen wollten. Als er schwieg, atmete sie hoch auf. Sie vermochte kaum zu antworten. Aber einer jähen Regung folgend, reichte sie ihm hastig die Hand entgegen.

»Wie danke ich Hoheit für das so ehrenvolle, beglückende Vertrauen, mit dem Sie mich, die Unbekannte, auszeichnen! Wie unaussprechlich froh würde ich sein, könnte ich es rechtfertigen, könnte ich mein Schalten und Wirken voll tiefer und unwandelbarer Erkenntlichkeit in den Dienst Eurer Hoheit stellen!« Sie machte eine kurze Pause und senkte den Blick wie unter qualvoller Hilflosigkeit.»Aber...«

»Nun – aber?« – Seine Stimme klang sehr ruhig, er hielt ihre Hand noch immer in des seinen. »Ich bin noch jung und darf leider nicht über mich selber verfügen. Der Vormund bestimmt über meine Zukunft, und ich fürchte... er hat sehr andre Pläne in bezug auf dieselbe!«

Er zog ihre Hand an die Lippen.»Ich verstehe, Fräulein Daja, – und ich denke, Sie fürchten diese Pläne nicht, sondern freuen sich ihrer.« Dann brach er kurz ab.»Es wird bereits dämmerig, und ich werde gehen, ehe es völlig dunkelt. Bitte, befehlen Sie, daß man Ihnen Licht bringt. Musizieren Sie noch? – Falls ich zeitig genug zurückkehre, darf ich wohl noch lauschen. Auf Wiedersehen, Fräulein Daja!«

Er reichte ihr abermals die Hand und ging. Wie leer und still um sie her! Sie glaubte ihr Herz wild aufschlagen zu hören.

Hastig schritt sie in ihr Zimmer, sank nieder und hob die Hände voll stummen, inbrünstigen Flehens zum Himmel, dann neigte sie's Haupt auf die gefalteten Hände und weinte bitterlich.

Dunkler, immer dunkler ward es. Tiefe Ruhe überall. Ein paarmal hatten Schritte den Flur durchklungen. wohl der Portier, der die Lampen anzündete, und Prinz Percy, der in Wetter und Sturm hinausging.

Das lebhaftere Treiben der Klinik hallte nicht in diesen Villenanbau herüber.

Benedikta lauschte momentan auf. Nur das Heulen und Schrillen, Brausen und Sausen des Sturmes. Im Hause selber kein Laut.

Es war die höchste Zeit, daß der Brief befördert wurde. Sie mußte fort von hier, sie ertrug diese Qual nicht länger. Wie war das alles so jählings gekommen? Was lag plötzlich in dem Blick und Wesen des Prinzen? Liebe! Liebe! Eine tiefe, innige Liebe zu ihr.

Sie stand auf einem Vulkan, und der geringste Anstoß konnte sie rettungslos in die Gluten stürzen, die nicht allein ihr, sondern auch sein Verderben sein würden.

Die Seine werden konnte sie nicht. Ihrem naiven Herzen deuchte jedwede Verbindung zwischen einem Prinzen und einer unebenbürtigen Dame ein Unglück und eine unerlaubte Hintansetzung aller Pflicht und allen Rechts.

Also die Gefahr fliehen, solange noch Zeit ist, und einen Vorwand heraufbeschwören, der ihr die Berechtigung gibt, ihren Aufenthalt in diesem Hause zu enden.

Der Brief mußte besorgt werden, er mußte es! Einer fremden Hand aber darf sie ihn nicht anvertrauen. Schnell entschlossen greift sie zu dem Mantel und hüllt das Haupt in ein warmes Tuch. Nun kann ihr der Sturm wohl nicht mehr schaden, es ist ja warme, milde Lebensluft des Frühlings, kein eisiger Nordost, wie damals auf der schneedurchwirbelten Heide!

Einen Augenblick noch lauscht sie in den Flur hinaus. – Grabesstille. Schnell entschlossen schreitet sie den Korridor entlang und die Treppe hinab. Die Läufer dämpfen ihre Schritte, keine Menschenseele begegnet ihr.

Der Sturm fährt ihr brausend entgegen, als sie die Hintertür, die in den Park führt, öffnet. Benedikta hat Mühe, sie zu halten, damit sie nicht schmetternd gegen die Wand prallt.

Ihre schlanke Gestalt wird gezaust und geworfen, sie muß sich abwenden, um atmen zu können, und doch ist ihr dieser Aufruhr heute sympathisch, er spiegelt den Kampf ihres Innern.

Wie es über ihr in den Wipfeln heult und saust! Ihr Fuß schreitet auf einem dicken Teppich abgerissener Blüten und Zweige, und noch ununterbrochen peitscht ihr der Sturm die weißen Blütenblätter der Kastanien und des Faulbaumes in das Gesicht.

Benedikta steht an dem Parkgitter und schaut auf die menschenleere Straße. Sie öffnet die eiserne Tür, tritt hastig zum Briefkasten und kehrt mit einem Aufatmen der Erlösung zurück.

Sie eilt in den Park zurück und sucht den bestmöglichen Schutz hinter den Gebüschen.

Aber was ist das?

Ihr entgegen kommt im Dämmerschein ein einsamer Wanderer. Solch hohen Wuchs, solch stolzen Gang hat nur einer. – Er ist es! Er muß es sein, – Percy.– Es ist warm, er hat den Mantel verschmäht. Hocherhobenen Hauptes schreitet er dahin, und so gewaltig wie der Sturm die schlanke Mädchengestalt schüttelt, so, machtlos gleitet er an der Kraft dieses ritterlichen Königsohnes ab.

Er sieht sie nicht, er hält den Kopf gesenkt und blickt nicht rechts und links.

Benedikta schmiegt sich hinter den dicken Stamm einer Akazie, um ihn vorüberschreiten zu lassen.

Als ob bei Sturm in diesem Augenblicke seine elementarste Kraft entfalten wolle, heult er durch die Lüfte und packt alles in wüstem Zorn, was sich ihm entgegenstellt.

Ein Dröhnen, Splittern und Krachen!

Der morsche Baumast, der breit über den Weg ragt, bricht hernieder, – gleichzeitig ein leiser, sturmverwehter Aufschrei.

Die schlanke Gestalt des Prinzen ist zusammengesunken und liegt unter dem Gezweige des stürzenden Holzes niedergestreckt.

Voll zitternden Entsetzens, ohne Überlegen und Besinnen stürmt Benedikta hinter ihrem Versteck hervor und wirft sich voll alles vergessender Todesangst über den Verletzten.

Der Stamm hat die Schulter getroffen und die Wange blutig gerissen, seine Wucht hat den jungen Mann gefällt, wie ein Blitz den Eichstamm.

Benedikta reißt das Geäst mit zitternden Händen zurück, neigt sich über den Betäubten und starrt mit weit aufgerissenen Augen auf das rinnende Blut.

Percy schlägt die Wimpern auf – Blick ruht in Blick – und über ihnen rast der Sturm und wirbelt Laub und Blütenflocken wie ein dichtes Schneegestöber um sie her. – Ganz wie damals auf der Heide.

Da richtet sich der Prinz jählings auf, faßt voll krampfhafter, zitternder Leidenschaft die Hände des jungen Mädchens und stößt atemlos hervor:»Ihre Augen! – Ihr Antlitz! – So, ja so habe ich dich schon einmal gesehen, Marga Daja! So kenne ich dich! So war das Bild, das mir vor der Seele schwebte! Bekenne es! – Gestehe es endlich – wo – *wo* hast du dich schon einmal mit diesem holden, angstvollen Antlitz,über mich geneigt?«

Sie schrickt zurück und ringt ihre Hände frei.

»Sie sind verletzt, – Sie bluten, Hoheit! – Richten Sie sich empor, daß ich Sie unter Dach bringen kann!«

Er erhebt sich taumelnd auf die Knie.»Nein, nein! Erst will ich wissen ... oh, mein Kopf, meine Gedanken, – ich muß mich ja entsinnen, Marga Daja, und du mußt es mir sagen! Woher kenne ich dich! Warum liebe ich dich, Mädchen? Es ist ein Zauberspuk – ich muß dich kennen und muß dich lieben! – So wie jetzt war es schon einmal im Leben! Damals bist du mir wie eine lichte Erscheinung entflohen, diesmal halte ich dich fest, – für Zeit und Ewigkeit.« Seine Stimme klingt leiser, seine Worte abgebrochen, – mechanisch gibt er ihre Hand frei und faßt nach dem schmerzenden Kopfe.

Sein Haupt sinkt in momentaner Schwäche gegen sie. – »Marga –!« flüstert er.»Woher kenne ich dich, und warum muß ich dich lieben?«

Sie ringt sich los.»Bleiben Sie bitte ganz ruhig hier im Schutz des Stammes, bis ich Hilfe hole!« – stößt sie kurz hervor, und dann stürmt sie wie ein gehetztes Wild von dannen.

Als Wasmuth und der Diener bestürzt durch den Park eilen, ihren verletzten Herrn heimzuholen, wankt ihnen der Prinz bereits entgegen. Er drückt das Taschentuch mit der rechten Hand gegen die blutende Wange, während der linke Arm schlaff herniederhängt. Der Stamm hat mit wuchtigem Schlage die Schulter getroffen.

Er ist vollkommen bei Besinnung.

»Ich denke, es ist noch glücklich abgegangen –« sagt er, «einen Knochenbruch gab es nicht, Wohl nur eine starke Quetschung. Seien Sie mir beim Auskleiden behilflich, Wasmuth, ich werde Ihnen dann Anleitung geben, mir Kompressen aufzulegen, bis ärztliche Hilfe geholt werden kann.«

– – Zwei Stunden sind vergangen. Das Unwetter hat völlig ausgetobt, und Benedikta steht am Fenster und schluchzt auf die gefalteten Hände.

»Warum muß ich dich lieben?« – Biese Worte leben fort in ihrem Herzen und erfüllen es mit unbeschreiblichen Qualen der Wonne und des Schmerzes.

Nach dieser Stunde ist ihres Bleibens nicht länger hier. Die wunderbare Ähnlichkeit der beiden Begegnungen im Sturm haben das Gedächtnis des Prinzen wachgerufen.

Er wird nun nachdenken und während der langen, dunklen Nachtstunden sinnen, wo er Marga Daja zum erstenmal im Leben geschaut, und er wird schließlich des Schneesturms gedenken und seines Unfalls bei der Parforcejagd.

Dann aber ist ihr Geheimnis verraten! Dann wird sich zu der Liebe noch die Dankbarkeit und die Rührung gesellen, und diese vereint auflodernden Flammen werden den letzten Rest der kaltblütigen Vernunft in ihm zu Tode brennen.

»Warum muß ich dich lieben?« – Klang nicht durch all die glückzitternde Innigkeit seiner Stimme dennoch eine Anklage, ein Vorwurf gegen das Schicksal? Er liebte sie, – obwohl er sie nicht lieben durfte!

Sein Herz schwankte zwischen Glück und Pflicht, zwischen sehnsüchtig heißem Begehren und schmerzvollem Entsagen.

Warum muß ich dich lieben!

Sie wird diesen Kampf durch ihre Flucht entscheiden und ihn aus allen Zweifeln an sich und seinen ernsten Verbindlichkeiten gegen Krone und Purpur erlösen.

Wiedersehen kann und darf sie ihn nicht.

Und just, als habe ihr Gebet und Flehen die Hilfe gerufen, hört sie, wie das Gittertor knarrt, sieht sie, wie die dunklen Gestalten der barmherzigen Schwestern, im unsichern Flackerlicht der Laterne kaum kenntlich, den freien Kiesplatz vor dem Haus betreten.

Gott sei es gedankt! – Benedikta fliegt wie ein lautloser Schatten durch die langen Korridore und erwartet die Heimkehrenden an der Treppe.

Sie reicht ihnen aufgeregt die Hände entgegen und berichtet voll bebender Angst von dem Anfall, der den Prinzen betroffen.

»Ist es eine schwere Verletzung?«

»Ein Knochenbruch?« klingt die erschrockene Antwort.

»Ich weiß leider noch gar nichts Näheres, Doktor Wacknitz läßt sich nicht auf dem Flur sehen, und Wasmuth wußte nichts Bestimmtes!«
»Ah, gottlob! Wacknitz ist bei ihm! Dann war er ja sogleich in guten Händen! Wir wollen nur unsre durchnäßten Kleider wechseln – es regnet oder nebelt sehr stark, und die Wege sind grundlos. Alsdann werden wir sofort im Krankenzimmer vorsprechen!«
Benedikta schreitet zurück. Ihr Herz duldet Unaussprechliches. Ist er schwer verletzt? Wird er lange krank liegen? Die Gedanken peinigen sie neben all der Aufregung, in die sie das Liebesgeständnis Percys versetzt.
Als sie zu ihrem Zimmer zurückkommt, tritt ihr Wacknitz vor der Tür entgegen.
»Ah, da sind Sie, liebes Fräulein Daja! Ich suchte Sie soeben! Wollen Sie die Güte haben und mich für einen Augenblick zu dem Prinzen begleiten! Ich möchte sein Lager gern in besondrer Weise herrichten, was Frauenhände geschickter bewerkstelligen als die ungeübte Männerfaust?«
»Die Schwestern sind zurückgekehrt, Herr Doktor, sie werden im Augenblick hier sein!«
»Ah, um so besser, so brauche ich Sie nicht zu bemühen. Das trifft sich ja vorzüglich, denn die Umschläge werden die ganze Nacht erneuert werden müssen, und eine geübte Hand kommt doch schneller damit zustande!«
Benediktas Augen stehen voll Tränen. »Wie geht es mit Hoheit, Herr Doktor? Ist die Verletzung schwer?« fragt sie mit bebender Stimme.
»O nein! Ich hoffe, daß er bei allem Unglück doch viel Glück gehabt hat! Die Hautabschürfungen auf der Wange sind unbedeutend, und die Quetschung der Schulter und des Armes werden in ein paar Tagen überwunden sein. Das Unangenehmste ist auf jeden Fall die Unbequemlichkeit und Schmerzhaftigkeit derselben.«
»Wird Hoheit etliche Tage das Bett hüten müssen?«
»Ich hoffe, ihn dazu bestimmen zu können. Eine ruhige, bequeme Lage ist hierbei die Hauptsache und beschleunigt die Heilung ganz wesentlich. Ah, ich höre Schritte, – Schwester Marie? – Nun sind wir mit unserm Patienten geborgen!« Er trat der Pflegerin entgegen und schüttelte ihr herzlich die Hand.
Benedikta aber sitzt noch lange schlaflos in ihrem stillen Stübchen und schreibt an Gräfin Lotzenburg. Sie setzt ihr die Notwendigkeit der so dringend verlangten Depesche auseinander und motiviert ihren Wunsch durch den so lästigen Heiratsantrag Hobrechts.
Das Haupt in die Hand gestützt, starrt sie sinnend vor sich nieder.
Sie kann es in Ruhe abwarten, bis die Depesche sie heimruft, – eine Begegnung mit dem Kranken ist unter den obwaltenden Verhältnissen

ausgeschlossen. Seine Krankheit wird ihr auch einen persönlichen Abschied ersparen, und Dr. Wacknitz wird zu bestimmen sein, erst nach ihrer Abreise dem Prinzen Meldung zu machen und ihm ein Dankesschreiben seiner so sehr erkenntlichen Patientin zu überbringen.

Sie reißt sich heldenmütig los von ihrem Lebensglück, sich zum ewigen Leide, dem Prinzen zu Heil und Frommen.

Sie preßt das bleiche Angesicht in die Hände und nimmt Abschied von allem, was ihr das Leben wert macht.

Dr. Wacknitz betritt das Zimmer Marga Dajas, um sich von dem fortdauernden Erfolg der Kur zu überzeugen.

Die junge Dame wendet sich ihm zu, sie sieht bleicher aus als sonst, aber eine ruhige, beinah starre Festigkeit spricht aus ihren Zügen.

Sie reicht dem alten Herrn mit leicht bebender Hand eine Depesche dar.

»Eine traurige Nachricht, Herr Doktor –« sagt sie leise, »die Mitteilung von der Erkrankung meines Vormundes, die mich umgehend heimberuft!«

Wacknitz wirft einen schnellen Blick auf die gedruckten Zeilen.

»Ah, – eine so ernste Erkrankung!« sagte er bedauernd. »Und Sie gedenken heute noch abzureisen?«

»Wenn ich um die Erlaubnis bitten darf?«

»Gewiß, Fräulein Daja, ich werde sofort mit Hoheit sprechen!«

Wie in jähem Entschlüsse hebt sie das bleiche Haupt.

»Ist es nötig, Hoheit mit dieser Geringfügigkeit zu belästigen?« wirft sie schnell ein, »Schwester Marie sagte mir, der hohe Kranke scheine ihr erregt und etwas zum Fieber zu neigen –«

»Bewahre! – Die gute Marie ist immer sehr ängstlich!«

»Nun, auf jeden Fall würde es mir sehr peinlich sein, wenn gerade jetzt ein Anlaß zu irgendwelcher Beunruhigung des Patienten gegeben würde! Hoheit erklärte vor wenigen Tagen noch meine Kur als nicht völlig beendet, – er würde meine Abreise vielleicht ungern sehen und dieselbe doch unter diesen Umständen nicht verhindern können!«

»Allerdings! – Vielleicht betrachten wir Ihre jetzige Abreise nur als eine Art Urlaub? Hält Hoheit eine Fortsetzung der Kur für notwendig, so kehren Sie noch einmal zurück.«

»Gewiß! – Und den Urlaub brauchen Sie doch nicht von Hoheit zu erbitten?«

»In diesem dringenden Fall kann ich ihn wohl eigenmächtig erteilen, da ich allerdings selber den Wunsch habe, alle Klinikangelegenheiten dem erlauchten Herrn fernzuhalten, bis ihn die Schmerzen der Quetschung nicht mehr so nervös machen! Er war stets eine etwas reizbare Natur und maß oft den kleinsten Dingen der Anstalt eine

Wichtigkeit bei, die ihn zum Sklaven seines eignen Barmherzigkeitswerkes machte. – Meiner Ansicht nach sind Sie vollkommen auskuriert, Fräulein Daja, – aber Hoheits enorme Gewissenhaftigkeit urteilt vielleicht doch anders. – Also Urlaub vorläufig, – nur einen Urlaub!«

Als er gegangen, setzte sich Benedikta nieder und schrieb an Prinz Percy. Sie dankte ihm, – dankte ihm mit der ganzen Innigkeit ihres tief erkenntlichen Herzens. – Ihre Zeilen redeten nicht von Urlaub und Wiederkehr, sie nahmen voll inniger Wehmut Abschied. – Wohl einen Abschied für das Leben. –

Als sie den Brief geschlossen, faltete sie die Hände darüber und neigte das Haupt darauf, als ob sie schlafe. – Sie weinte nicht, aber ihr Herz tat so weh, als verblute es an unheilbarer Wunde. Durch ihre Gedanken zog der Widerhall eines traurigen Liedes.

Sie hatte es oft gesungen, mit lächelnden Lippen und kummerfreiem Herzen, – heute zum erstenmal verstand sie es:»Auf daß dir Gott den Frieden sende, den meinem Herzen du geraubt!« –

Nach zwei Stunden hatte Marga Daja unter allgemeiner Teilnahme die Klinik verlassen.

Neunzehntes Kapitel

Prinz Percy saß auf dem laubumwachsenen Balkon und blickte über die Zeitung hinweg in das Blattgewirr der Klematis hinein.

Eine heiße, unbezwingliche Sehnsucht nach Waldesluft und Waldeseinsamkeit überkam ihn. Er hatte sich in diesem Jahre noch keine Erholung gegönnt, und doch war er derselben bedürftiger wie je. Gerade jetzt war wohl der passendste Zeitpunkt für eine Reise.

Wohin?

Er wird überall einsam und verlassen sein. Nur bei ihr kann er noch Nutze und Frieden finden, wo aber weilt sie?

Sie hat ihn verlassen, – heimlich, ohne eine Angabe ihrer künftigen Adresse. Sie wollte dieselbe vor ihm verheimlichen, sie wollte ihm entfliehen. Warum?

Weil er ihr in unbedachter Regung des Herzens gesagt hatte, daß er sie liebe.

Das hatte sie davongetrieben.

Nein, sie war nicht gekommen, um Herzen zu erobern, nicht um mit einem Prinzen zu kokettieren und ihn für sich zu gewinnen, sie verschmähte ihn und seine Liebe ebenso wie alle andern.

Und darum liebte er sie um so mehr.

Die Achtung und Verehrung bauten dieser Liebe einen heiligen Altar. Oft ist es wie ungestüme, leidenschaftliche Sehnsucht über ihn gekommen, hinauszustürmen in die weite Welt und sie zu suchen. – Ihre Spur muß sich finden lassen! Soll er an das Stadttheater zu H. schreiben, woselbst sie zuletzt engagiert war? Soll er sich an die dortige Polizei wenden? Ist Marga Daja nicht in das Ausland entflohen, muß sie gefunden werden.

Aber wozu dies?

Wäre es eine Möglichkeit, daß sie sich seiner Liebe erbarmen wollte und könnte, würde sie ihn nicht verlassen haben.

Sie liebt einen andern, – und das ist die schwarze, unerbittliche Wolke, die ihm den Stern des Glückes verhüllt, – für immerdar.

Prinz Percy erhebt sich und rührt die Schelle, um die nötigen Befehle zu erteilen: schon steht Wasmuth auf der Schwelle, eine Visitenkarte auf silbernem Tablett präsentierend.

Mechanisch greift Perch danach.

Er liest: »Roman Ermönyi, Komponist.« Ah – der Name klingt bekannt: was aber will er?

Der Komponist erscheint in der Tür und verneigt sich sehr tief.

Er besteht die Kritik, die der scharfmusternde Blick des hohen Heim über ihn verhängt, nicht sonderlich gut. Nicht, weil er trotz aller Bemühungen, sich stutzerhaft zu kleiden, doch sehr verwahrlost aussieht, sondern weil sein Gesichtsausdruck den verkommenen Menschen kennzeichnet.

»Sie wünschen mich zu sprechen, Herr Ermönyi«, sagt er zurückhaltend. »Womit kann ich Ihnen dienen?«

Abermals eine Verneigung. »Es ist ein etwas sonderbares Anliegen, Hoheit, das mich hierherführt, und ich bitte im voraus alleruntertänigst um Vergebung, – da aber meine Frau Eurer Hoheit ehemals einen so großen Dienst geleistet hat, der ihr selber sehr teuer zu stehen kam, so dachte ich –«

Percy hob befremdet das Haupt. »Mir einen Dienst geleistet? Darf ich fragen, wo und wann? Ich entsinne mich nicht, jemals im Leben einer Frau Ermönyi begegnet zu sein!«

»Sehr wohl, Hoheit, dermalen führte meine Frau noch ihren Mädchennamen – Marga Daja – und ...«

»Marga Daja!« Der Prinz wiederholte es wie einen Schrei. Leichenfahl stützte er sich auf die Kante des Tisches. »Marga Daja Ihre Frau?« wiederholte er tonlos, mit weit aufgerissenen Augen. »Und welchen Dienst hat sie mir erwiesen? Sprechen Sie!«

Der Komponist verbeugte sich abermals sehr unterwürfig. »Es ist allerdings schon längere Zeit her, und Hoheit werden sich kaum noch entsinnen, es war anläßlich einer Parforcejagd, als Hoheit mit dem Pferd stürzten –«

»Meine Frau weilte dermalen zu Besuch der Baroneß von Floringhoven, Enkelin Seiner Exzellenz des Ministers auf Schloß Floringhof« – fuhr Roman in renommistischem Ton fort, »sie hatte gerade eine Schlittenfahrt unternommen und kam just zu der furchtbaren Katastrophe recht. Sie sprang aus dem Schlitten, bändigte voll Geistesgegenwart das scheuende Roß, das im Begriff stand, Eure Hoheit zu Tode zu schleifen, und nahm sich alsdann voll treuer Aufopferung des Schwerverletzten an. Sie löste ihren Kopfschal, verband damit Ihre Wunden, allergnädigster Herr, und ließ Sie in dem Schlitten nach dem Jagdschloß transportieren, dieweil sie selber mutterseelenallein einen Weg von beinah drei Stunden durch den verschneiten Wald zu Fuß zurücklegte. Ein furchtbarer Schneesturm überraschte sie, und so zog sich die Arme, die unbedeckten Hauptes das Wetter über sich ergehen lassen mußte, eine furchtbare Erkältung zu, die an dem Leiden die Schuld trug, das die unglückliche Frau jetzt an den Bettelstab gebracht hat.«

Der Sprecher schwieg und blickte erwartungsvoll auf den Prinzen, der abgewendet vor ihm stand und die Hand gegen die Stirn preßte.

Dann wandte er sich jählings dem Komponisten zu, und dieser schrak zusammen bei dem Ausdruck dieses Gesichts, das seiner Ansicht nach einen grenzenlosen Zorn ausdrückte.

»Wissen Sie, daß Ihre Frau fünf Wochen lang hier in meiner Klinik war und dieselbe vor vierzehn Tagen erst verlassen hat?«

Ermönyi zuckte zusammen und entfärbte sich. Das hatte er nicht erwartet. Die schlaue Person hatte ihm den Rang abgelaufen, und er stand nun als entlarvter Scheinheiliger vor dem Prinzen, nachdem sie den Nutzen allein gezogen hatte. Sein Blick funkelte scheu zu dem hohen Herrn auf.

»Nein, Hoheit, das weiß ich nicht, das hat mir das nichtsnutzige Weib verheimlicht«, stieß er zischend hervor. »Und unter diesen Umständen habe ich nichts mehr zu sagen, denn Marga wird nicht schlecht über mich räsoniert und gelogen haben –«

»Halt – Sie bleiben! – Ihre Frau hat heimlich die Klinik verlassen und ich suche ihre Spur.«

Ermönyi schnellte empor, ein triumphierender Blick der Überraschung brach aus den listigen Augen: »So? Hat sie?« höhnte er, »nun, darin scheint sie ja Übung zu haben, Hoheit, mir ist die schlechte Person auch bei Nacht und Nebel durchgebrannt, und auf Grund dessen habe ich meine Scheidung von ihr beantragt.«

»Scheidung?«

»Nun, ich müßte doch wohl verrückt sein, wenn ich diese Gelegenheit nicht benutzen wollte, mir den Klotz von dem Bein loszubinden!« stieß Roman brutal hervor: »Ich habe selber nichts zu reißen und zu beißen und soll ein Weibstück und ein Kind durchfüttern?«

»Ein Kind? – Sie hat ein Kind?« – Der Prinz stieß es durch die Zähne hervor, seine Glieder bebten wie im Fieber.

»Wo befindet sich Ihre Frau und – und das Kind zur Zeit?«

Ermönyi zuckte die Achseln: »Sie wird wohl bei den Verwandten in Floringhof untergekrochen sein: ein Brief, der vorgestern ankam, war von dort adressiert.«

»Und wann soll Ihre Scheidung stattfinden?«

Der Komponist schielte verlegen zur Seite: »Sie ist bereits mit dem gestrigen Tage von seiten des Gerichts bestätigt.«

Ein tiefes Aufatmen hob Percys Brust. Er strich mit dem Batisttuch über die feucht perlende Stirn und antwortete nicht alsogleich.

Romans Blick hing lauernd an seinen verstörten Zügen, in den er eine hochgradige Mißstimmung gegen Marga Daja zu lesen wähnte.

Von neuem hub er mit schmeichelnder Stimme an: »Wie sehr beklage ich es, daß Hoheit auch so traurige Erfahrungen mit der infamen Person machen mußte! Natürlich hat sie nicht bezahlt? Oh, es ist empörend! Ich bin ja auch der reingefallene, mich hat sie ja auch zugrunde gerichtet, jener Schneesturm auf der Altfährner Heide hat ja auch mich zum Bettler gemacht! Seit die Frau nicht mehr verdienen konnte, habe ich ja darben und entbehren müssen. Du lieber Gott, unsereiner heiratet ja doch nicht aus sentimentaler Liebe, Hoheit, sondern um eines guten Auskommens willen! Ich *mußte* auf Geld sehen, und so lange Marga berühmt war und singen konnte, verdiente sie ja recht gut. Seit sie aber Euer Hoheit gerettet hat, kamen wir alle so ganz und gar herunter!«

Percy wandte sich voll Ekel ab. Der Schnapsgeruch wehte aus dem Mund des Sprechers bis zu ihm herüber.

Er trat an den Schreibtisch, entnahm seinem Portefeuille einen Geldschein und warf ihn auf den Tisch.

»Hier, nehmen Sie; künftighin wünsche ich nicht wieder belästigt zu sein!« sprach er mit der Miene eines Menschen, der einen räudigen Hund von sich weist.

Ermönyis Augen funkelten bei dem Anblick des hohen Scheins. Er raffte ihn gierig auf und verneigte sich bis zur Erde. – »Hoheit sind der großmütigste Herr, unter der Sonne, und wenn –«

»Schon gut – gehen Sie!«

Percy drückte auf den Knopf der elektrischen Schelle, und Wasmuth trat ein.

Eine stumme Geste – der Bittsteller war entlassen. –

Und wieder war der Prinz allein. Er riß die Fenster des Salons auf, um den Alkoholgeruch zu beseitigen, dann trat er auf den Balkon zurück und sank wie gebrochen an Leib und Seele auf den Sessel nieder.

Wie Fiebergebilde wirbelte es hinter seiner glühenden Stirn. Er preßte den Kopf in den Händen, um das Unglaubliche nur fassen und begreifen zu können!

Marga Daja das Weib dieses verkommenen, ehrlosen, gemeinen Menschen! – Marga Daja die Mutter seines Kindes!

»Unglückselige! – Arme, arme Frau!«

Wie Schleier zerreißt es vor seinen Augen.

Nun begreift er es, warum sie das Geheimnis über sich und ihre Schicksale bewahrte, die Scham schloß ihr den Mund.

Nun versteht er ihr ganzes Wesen und Sein; und ihr stilles Dulden, ihr Ertragen ohne Klagen, ihr Leiden ohne Haß und Schmähung gegen den Erbärmlichen, der zur Geißel ihres Lebens geworden; ihr vornehmes Schweigen hebt sie noch mehr in seinen Augen und fordert aufs neue seine Bewunderung und Verehrung für sie heraus.

Und nun gar die Enthüllungen über jenen Schneesturm! Wie Lachen und Weinen geht's durch seine Seele! – Ja, nun weiß er es, wo er Marga Daja schon einmal geschaut, nun weiß er es, warum er sie lieben muß.

Die Erinnerung an jene Stunde war längst verwischt und verschwommen, er war zu krank gewesen, um sich jener kurzen Lichtblicke, die seine Bewußtlosigkeit erhellten, noch klar zu entsinnen.

Jetzt plötzlich tritt ein Bild wie aus dichtem Nebel hervor, das Bild jenes dunkeläugigen Mädchens, das sich mit unaussprechlichem Blick der Angst und Sorge über ihn neigt, – dasselbe Bild, wie er es jüngst im Park, so rätselhaft bekannt, wiedergeschaut.

Tief und unauslöschlich hatte es sich in seine Seele geprägt, denn nie zuvor hatte eines Weibes Auge mit solchem Ausdruck auf ihm geruht. Das Antlitz, das Auge war ihm bekannt geblieben, aber der Nahmen, der das Gnadenbild umgab, ging unter in den dunklen Schatten der Bewußtlosigkeit und des Fiebers.

Marga Daja hatte ihm das Leben gerettet, – und sie verschwieg es ihm. Ihre Tat allein genügte ihr, sie begehrte keinen Dank. – Und sie begehrte ihn doch, denn sie kam zu ihm, auf daß er selber die Wunden heile, die er ihr geschlagen.

Hatte er das getan?

Nein! Tausendmal nein! Ihr körperliches Gebrechen konnte er mit Gottes gnädiger Hilfe von ihr nehmen, wie aber die seelischen Qualen gutmachen, die sie um seinetwillen gelitten?

Der Verlust ihrer Stimme hatte sie um Brot und Stellung gebracht, hatte sie den Mißhandlungen eines brutalen, ehrlosen Wüstlings ausgesetzt. Diese Schuld ist nicht abzutragen, – es sei denn durch Liebe, durch ungemessene, tiefinnige Liebe, die die Dornen der Vergangenheit so überhoch mit Rosen zudeckt, daß selbst keine Erinnerung an sie bleibt!

Marga Daja ist frei! Seit dem gestrigen Tage wieder frei!

Pflicht! Stolz! Ehrgefühl! Drei Riesen sind es, die das Herz eines edlen Mannes bewachen, – die Liebe aber ist ein goldlockiges Weib, die bläst mit einem einzigen Hauch ihres Mundes jene Riesen in den Staub, die entwaffnet ein ganzes Heer von trutzigen Feinden durch einen Blick, einen einzigen flehenden Blick ihrer Augen!

Die Rechtlichkeit tritt an ihre Seite und spricht:»Wehe dem, der die Unschuld verantwortlich machen will für fremde Schuld! Wehe der Grausamkeit, die an der Frau strafen will, was der Gatte gefehlt, wehe dem Undank, der die Hände von seinem guten Engel zurückzieht, weil schwere Ketten den Hilflosen in den Sumpf gezogen!

Prinz Percy hebt voll stolzer Entschlossenheit das Haupt. Er liebt Marga Daja. Hat er zuvor noch an seinen eignen Gefühlen gezweifelt – diese Stunde hat ihm die Gewißheit gegeben.

Er liebt sie – trotz allem und allem.

Und er wird sie auch künftighin lieben, treu und wankellos – für alle Ewigkeit.

Sein Herz ist bereit, der Vernunft die größten Opfer zu bringen. – Er will keinen Schatten auf Kron' und Purpur werfen, aber er will dem Glück auch nicht um ihretwillen entsagen.

Hat ein kaiserlicher Prinz nicht Namen und Titel an den Stufen des Thrones niedergelegt, um namenlos und unbekannt seine Liebe in ein fremdes Land zu tragen? – Hat nicht jüngsthin ein Prinz sein geliebtes Weib im Ausland als schlichter Advokat ernährt, und kann er nicht ein Gleiches als Arzt? Wie es auch kommen mag, – Prinz Percy ist ein Held geworden, der für seine Liebe in den Kampf ziehen will. Marga Daja befindet sich in Schloß Floringhof? Die Besitzung des Ministers liegt in unmittelbarer Nähe des Jagdschlosses Altenfähre, das Eigentum seines Bruders, des regierenden Herzogs ist.

Prinz Percy ist berechtigt, daselbst in beliebiger Weise Aufenthalt zu nehmen.

Altenfähre stand zur Stunde völlig unbenutzt, und es wird ein längerer Aufenthalt eines der Familienglieder dort sehr dienlich sein.

Der Prinz setzte ein Telegramm auf an die Schloß- Verwaltung von Altenfähre:»In aller Stille, ohne daß in der Umgegend etwas davon bekannt wird, soll die Wohnung für Herzogliche Prinzen hergerichtet und bereitgehalten werden. Montag abend wird Prinz Percy zu längerem Aufenthalt in strengstem Inkognito daselbst eintreffen. Wagen an die Bahn zu senden.«

Zwanzigstes Kapitel

Die Schloßtürme von Floringhof ragten sonnenvergoldet in die blaue Sommerluft empor. Selten hatte sich der alte Prachtbau so herrlich präsentiert wie heute, stolz aus dem Blütenmeer des Parkes aufwachsend, umgrenzt von weitgedehnten Waldungen und überragt von der malerischen Bergkette eines der lieblichsten Gebirge, die das deutsche Vaterland aufweisen kann.

Wo sich die rotblühenden Kastanien zu schattigem Dach wölben, wo der Rotdorn in Blüte steht und die letzten Goldregentrauben im Gebüsch verwelken, hat Marga Daja oder – wie sie sich nunmehr nennt – Frau Dallberg den Spielplatz für die Kinder errichtet.

Margas Blick hängt wie trunken vor Glück an dem rosigen, vollwangigen Gesichtchen ihres Kindes, als könne sie das Wunder, das sich mit dem blassen, elenden Geschöpfchen begeben, gar nicht begreifen.

Was ist aus dem Kinde geworden, seit die neue Liebessonne dieses Hauses es bescheint, seit Eckerts zärtliche Sorge es beschirmt!

Nicht der See hatte Marga verschlungen, sondern der große, breite Strom der Liebe, der eine Schiffbrüchige an rettend Land trägt.

Und diese Wogen der Liebe sind seit jener Stunde ihr Lebenselement geworden.

Sie umrauschen sie Tag und Nacht, sie wiegen sie treu und sanft, als sei sie von Engelsschwingen getragen. – Marga Daja mußte in der grossen, kalten, grausamen Welt sterben, damit Margarete Dallberg in dem Paradies dieser trauten Weltvergessenheit zum Leben erwachen konnte.

Seit gestern sind ihrem Herzen Schwingen gewachsen, die tragen es über die letzten Abgründe hinweg – nun liegt alles, was da Nacht und Elend war, hinter ihr –

Sie ist frei! – Sie hat nach unsagbar schweren Kämpfen endlich wieder errungen, was sie ehemals verblendet und unsinnig von sich geworfen, – sich selbst und ihr besseres Ich, sich und ihre Freiheit.

Sie wartet auf ihn: sie weiß, daß er kommen wird.

Und nun klangen seine Schritte auf dem Kiesweg: Fritz und Gretel stürmten ihm jubelnd entgegen, und Ada lachte und streckte die Ärmchen nach ihm aus.

Eckert setzte sich neben Marga auf die Bank nieder und nahm ihr mit strahlendem Lächeln das Kind, das ungestüm zu ihm verlangte, von dem Arm.

»Wenn Sie kommen, ist selbst die Mutter vergessen!« lächelte die junge Frau und sah doch gar nicht ärgerlich oder eifersüchtig dabei aus.

Adalberts Blick hing an dem Gesichtchen des Kindes.

»Es weiß wohl, daß es keinen besseren Platz auf der Welt gibt, als den auf dem Arme eines Vaters!« sagte er bewegt, »und da der seine es kaltherzig und gewissenlos verlassen hat, sucht es sich einen andern, der es treuer und besser mit ihm meint!«

Eine kurze Stille, nur Ada zauste voll Wonne die bunten Blumen und streute sie über die beiden lieben Menschen, als wolle sie dieselben mit Rosenketten zusammenschließen.

»Nun ist Roman Ermönyi für ewige Zeit von Ihnen geschieden, Margarete!« atmete Adalbert plötzlich tief auf.

»Gott im Himmel sei gelobt dafür!«

»Und das Kleinod, das er verständnislos von sich geworfen, habe ich gefunden!«

Er nahm sanft die Hand der jungen Frau in die seine: »Dieser Tag hat Ihrem Kinde den Ernährer genommen, Margarete, Ihnen selber die stützende, sorgende Liebe, deren das Weib im Leben bedarf, gleichviel, ob es auf Rosen oder Dornen wandelt. Solange Sie den Ring Ihres Gatten trugen, konnte ich Ihnen nur ein Obdach in meinem Hause bieten: jetzt, wo Sie losgelöst sind von allem, was Sie gekettet, jetzt kann ich Ihnen mehr geben als das tägliche Brot, – ein Herz voll treuinniger Liebe, – einen Vater für Ihr Kind, – eine Heimat für *uns*!«

Sie senkte das Haupt nicht mehr, – sie wich seinem Blicke nicht verlegen und verschämt aus, sie lächelte durch Tränen zu ihm auf und reichte ihm die zitternden Hände.

»Gott lohne dir diese Treue, Adalbert!« flüsterte sie weich, »wie Ada und ich sie dir ewig danken wollen.«

Schlicht und aus tiefstem Herzen empor klangen ihre Worte. Da war kein Hauch mehr, der an die beifallumjubelte, lorbeerüberschüttete Heldin der Bretter erinnerte, – – *diese* Stimme log nicht mehr, sie war echt und wahr geworden, und was sie sprach und ausdrückte, war keine erlernte Komödie, sondern tiefinnerste Empfindung.

Das Gold der Wahrheit war in den Flammen eines Fegefeuers geläutert, das auch aus dem Kind ein ernstes, lieblich sinnendes Weib erwachsen ließ.

Adalbert Eckert aber küßte voll unbeschreiblichen Glücks die Lippen, deren Lieder ehemals viel tausend begeistert, deren Sprache aber nur einem einzigen die ganze Fülle ihrer Seele dargetan.

Wie frisch und köstlich klar die Waldluft durch Herz und Seele weht! Pannkeuken geht recht gern ein wenig unter dem sonnendurchleuchteten Laubdach spazieren. Er pfeift sich ein hübsches Liedchen und schlendert gemächlich den Waldweg entlang. Kaum aber war er etliche Minuten gegangen, als er Schritte hinter sich vernahm.

Mißtrauisch schielte er rückwärts.

War's zu glauben! Da wimmelt so ein Berliner Tourist durch diese Einsamkeit. Der Fremde sieht sehr elegant und vornehm aus, unwillkürlich lüftet Pannkeuken die Mütze. Sie sind schon ganz in der Nähe des Schlosses, vor Räubern braucht er sich nicht mehr zu fürchten. Der Herr macht auch einen durchaus zuverlässigen Eindruck und tritt höflich näher.

»Verzeihen Sie, – Sie sind ein Bediensteter des Schlosses Floringhof?«

»Justement, mei bestes Herrechen.«

»Ist hier im Schloß eine Dame Marga Daja anwesend?«

»Justement. Das heeßt – frieher, wie se noch bei de Schnurranten an Deahter war, da hat se sich so bedittelt, jetzt is se zur Vernunft gekomm' und nennt sich Margarete Dallberg!«

»Ah! Dallberg! So hießen ihre Eltern?«

»Geraten, Dallberg hießen se, – een' Dag wie'n andern. Ihr Vormund, der friehere Gutspächter hier, hieß Sie nämlich och so!«

»Marga Daja ist verheiratet?«

»Jemersch, das wissen Se och? – Na – so richtig is es nich mehr dermit, dieser Dage läßt se sich von dem Kerle scheiden. Was nu der neie Pächter is, der nimmt sich ihrer höllisch an, un' ... na ... wenn Se versprechen, mei gutestes Herrechen, daß Se muddermeischenstille sein wollen, un mich nich' verraten –«

»Sprechen Sie!«

»Marga Daja soll ja Eckerten seine alte Flamme sein – un' – – wetten, daß? – Übersch Jahr is se längst mit'n gedraut!«

»Marga Daja – mit – – mit –«

»Mit Eckerten! Ganz richtig! – Aber bscht ... treten Se mal sachtgen uff ... potz Deitchen, ich globe wahrhaft'g, da kommen se!«

»Wo?« – Prinz Percy war stehengeblieben. Seine Augen starrten glanzlos geradeaus, tiefe Blässe bedeckte sein Antlitz. *Darum* also! Darum entfloh sie vor ihm!

»Wenn Se hier ans Parkgitter treten, können Se die beeden akkerad sehn! Alle Wetter! Gucke – gucke, gucke – grade hat'r se bein Koppe und küßt se, was d's Leder hält! – Sag' ich's nich? – Nu backen mer gar heile schon Verlobungsschnittchen!«

Percy zuckte zusammen. Gewaltsam öffnete er die Augen und schaute. Ein junges Paar, – Arm in Arm auf einer Bank sitzend. Die zierliche Frauengestalt hält ein Kind auf dem Schoß, – ihr Haar' leuchtet in der Sonne wie geschmolzenes Gold.

»Wo ist Marga Daja?« ringt es sich über Percys Lippen.

»Na – sehen Se doch auf de Bank dorten!«

» *Das*? – Das soll Marga Daja sein?«

»Se *soll's* nich bloß sein, mei schönstes Herrechen, – se *is* es Sie nämlich werklich un wahrhaftig!«

»Undenkbar! Sie irren! Marga Daja ist eine hohe, stolze Frauengestalt mit schwarzem Haar und dunkel leuchtenden Augen!«

»Potz Deitchen. was Se nich sagen!« Pankeuken lacht aus vollem Halse: »Da hat sich irgend e Luderchen das Schnärzchen gemacht und Ihnen unsre Benedikta als Marga Daja gezeigt!«

»Benedikta!? – Wer ist Benedikta?«

»Na unsre Baroneß! Dem alten Exzellenz Floringhoven seine Enkelin, – der de ganze Herrschaft hier gehört!«

»Baroneß Floringhoven? Undenkbar! – Marga Daja war sehr schwerhörig –«

Pannkeuken schnitt eine sehr heitere Grimasse und tippte den Prinzen mit dem Finger gegen die Schulter. »Siehste, wie de guckst? – Nachen meenen Se erscht recht die Baroneß!«

»Fräulein von Floringhoven schwerhörig?«

»Eene Zeitlang war se sogar daub wie 'ne Nuß!«

»Hielt sie sich in einer Klinik auf?«

»Das versteht sich! Zweemal warsche in der Residenz, un' jetzt noch wieder irgendwo!« Der Alte neigte sich vertraulich näher: »Da driber herrscht Sie nämlich e mordsmäßiges Geheimnis! Keene Seele erfuhr, wo die Gräfin –«

»Welche Gräfin?«

»Na, die Lotzenburgen!«

»Ah – sie? – O nun wird mir vieles klar!«

»Zusammen hingemacht sin! 's war aber ooch in 'ne große Stadt, un' die Gräfin wohnte alleene in Hotel, und Baroneß bei irgendeenen Quacksalber von Pillendreher. Na – er muß ja wohl de Sache gut fingeriert hamm, denn jetzt heert se wieder wie e Luchs! – Aber sehn Se, – zufrieden sin de Damens doch nie in Leben! Statt daß se sich nu ihres Gehörs freite un' deckenhoch sprang – nee, da unkt se mit rotgenatschten Oogen umher und bläst Driebsal nach Noden! So'n hibsches, reiches Mädchen, – 's is nich zu glooben!«

Percy konnte vor Erregung kaum reden. Feurige Sonnen tanzten vor seinen Augen, und der Rausch dieser glückseligen Überraschung erfaßte ihn wie ein Schwindel.

»Wann ist Baroneß hierher zurückgekommen?« stieß er schweratmend hervor.

»Na, – 's is so in der dritten Woche rum! – Lang genug hat se sich mit ihrem Elend rumplagen missen! Wenn ich noch an den Dag denke, wo se sich die verdeiwelte Krankheit holte –«

»Davon wissen Sie auch?«

»Na – wenn ich nich – wer etwa sonsten?«

»Sie haben es mit erlebt, daß Marga Daja einen gestürzten Parforcereiter rettete?«

»Marga Daja? – Jawohl! Deitchen! Die saß hibsch warm in ihrer Pelzdecke in Schlitten und schrie vor Angst wie an Spieße! – *Die* hätte de ganze Parforschjagd die Hälse brechen lassen! Aber die Baroneß! Ja Deiwel! Die hatte Kurasche un ging druff los wie 'ne Wallkire un packte Sie das Pferd mit beeden Händchens, daß es den Rotrock nich schleifen sollte! Un nachen hat se 'n aufgepackt un in Schoße gehalten un sein Kopp verwickelt, – mit ihren eegenen Schaale, un dann hat se 'n mit mir zusamm' nach 'n Schlitten gewärcht – un Konrad un ich schpedierten 'n nach Altenfähre. Hm, so is es gewesen. – An dann hat das arme Dierchen zu Fuße in Schneeschturm nach Hause latschen missen, ohne was um de Ohren – na, da kam's Mallehr!«

»Und dies alles tat Baroneß Floringhoven, und nicht Marga Daja?«

»Liewer gar! Wie hätte Marga Daja wohl so was fertichgebracht! – Die hockte bei Eckerten uffs Pferd un ließ sich wie 'ne Prostemahlzeit nach Hause galobbieren!«

Percy stand an dem Parkgitter und strich mit dem Batisttuche über Augen und Stirn: sein Gesicht glühte, die Augen strahlten wie verklärt. Er legte die Hand auf den Arm des Sprechers. »Noch eins, Alter! Wäre es möglich, daß ich die Baroneß einen Augenblick unbemerkt sehen kann?«

»Ei jemersch – gewiß, mei bestes Herrchen! So um diese Zeit sitze se merschtendeels auf der Feranda. Ich werde Sie mal dorthier durch'n Park führen, – dann setzen Se sich e bißchen der Feranda gegenüber in de Laube un warten, bis de Damens erscheinen.«

Der Prinz drückte dem Sprecher ein Goldstück in die Hand:

»Also hier kann ich warten? Ich danke Ihnen, guter Alter, – auf Wiedersehn!«

Und Percy ließ sich auf die versteckte Bank nieder und schloß momentan die Augen, wie ein Mann, der lange gegen Sturm und Fluten angekämpft hat und endlich den Boden der Heimat unter den Füßen fühlt.

Stille, sonnige, – blütenduftige Einsamkeit. Himmel und Erde fließen zusammen in einem Strom von Licht und Glanz.

Still und einsam liegt die Veranda vor ihm. Blühende Blumen und Palmen türmen sich zu reizendem Schmuck empor: in großem Goldbauer zwitschern bunte Vögel, und aus der weit offenen Salontür weht der Lufthauch den zarten Spitzenschleier des Stores.

Ein Laut durchzittert die Stille.

Klavierklänge, – und nun eine Stimme, – *ihre* Stimme!

Percys Herz erbebt in unbeschreiblicher Wonne, er fühlt und empfindet wieder ihre Nähe mit all dem süßen Zauber, den sie auf ihn ausgeübt.

Und welche Klänge sind es, die zu ihm herabtönen, weich und sehnsuchtsvoll, so wunderbar tief und innig empfunden, wie er es noch nie zuvor gehört?

»Dahin – dahin, laß mich mit dir, o mein Geliebter, ziehn!«

Mignon, – sie singt das Sehnsuchtslied der Mignon! Percy stützt das Haupt in die Hand und lauscht wie im Traume. Diese Klänge rufen ihn! Ihn allein, – und er hört sie und kommt. – In ihrem Lauschen durchkostet er die ganze Wonne eines Glückes, dessen Becher man schon in der Hand hält und nur noch an die Lippen zu heben braucht, um sich an seiner ganzen Fülle zu berauschen.

Er darf es, – und darf es sogar, ohne das schwere Opfer zu bringen. Für die Liebe Kron' und Purpur hingeben zu müssen? In ernster, stiller Stunde hat er mit dem Bruder über seine Zukunft verhandelt.

»Deiner Ehe mit einem braven, unbescholtenen Mädchen aus dem Volk – und wäre sie der Geringsten eine – würde ich nie ein Hindernis in den Weg stellen; mit der geschiedenen Frau eines Roman Ermönyi, – mit der Mutter seines Kindes jedoch kann nie und nimmer ein Prinz unsers Hauses verbunden werden. Kannst du nicht von ihr lassen – so mußt du von Namen und Titel lassen!«

Dazu hatte sich Percy entschlossen, als er nach Altenfähre weiter reiste – und nun war ein Wunder geschehen und hatte dieses Opfer unnötig gemacht.

Eine Depesche wird den Herzog von der Wendung der Dinge unterrichten, und Percy ist seiner Zustimmung sicher, führt er doch die Bravste und Beste seines Volkes heim!

Und dann erhebt er sich und steigt langsam die weißen Steinstufen der Verandatreppe empor.

Pannkeuken steht unweit in dem Gebüsch und beobachtet den Fremden.

Eine gewisse Menschenkenntnis ist auch ihm eigen, und wenn er den Gesichtsausdruck des vornehmen Herrn – und das Lied der Barone» droben zusammenreimt...

Pannkeuken nickt plötzlich mit starren, runden Augen vor sich hin, als gehe ihm ein großes, großes Licht auf.

Er faltet schier unbewußt die Hände und lauscht. Richtig, – ein leiser, zitternder Jubelschrei von Benediktas Lippen, – und dann eine lange Stille. – Die Vögel zwitschern im Käfig, und die Rosen neigen sich grüßend in der lauen Luft.

Eine Stunde später aber flatterten die Fahnen von den Türmen, und ein unbeschreiblicher Jubel erfüllte das Schloß.

Baroneß Benedikta hatte sich mit dem Prinzen Percy verlobt. Das war des Frohen und Überraschenden beinah zuviel!

Die Nacht sank hernieder.

Floringhof war ein Dornröschenschloß, das aus tiefem, langem Schlaf zu neuem Leben erwachte, als eines Prinzen Fuß seine Schwelle überschritten, als der Königssohn erschienen war, die liebliche Träumerin mit bräutlichem Kuß zu wecken! Lichtglanz flutete aus allen Fenstern, Lachen, Jubeln, Hasten und Treiben – der Petrefaktenhof war jung und lebendig geworden.

Und gleich wie jene grauen Mauern die Lichter festlicher Pracht erstrahlen ließen, flammten auch an dem nächtlichen Himmel Milliarden von Sternlein auf, die funkelten zu Häupten der beiden glückseligen Menschen, die Arm in Arm auf die Terrasse getreten waren.

Percy und Benedikta.

Aus den weitgeöffneten Flügeltüren fiel der Lichtschein verklärend über die duftigen Blütenzweige, die die weißgekleidete Mädchengestalt wie in zärtlicher Huldigung umrankten: in den dunklen Laubwipfeln des Parkes gurrten leise die wilden Tauben, und fern her schickte noch eine Nachtigall ihren Liebesgruß.

Sonst war es still und feierlich wie in der Kirche. Gräfin Lotzenburg saß am Schreibtisch und verfaßte mit stolzglühenden Wangen unzählige Depeschen, und Eckert und Marga, die an dem Festmahl im Ahnensaale der Floringhoven teilgenommen, das bräutliche Glück des Hauses zu verdoppeln, saßen traulich in einem Plaudereckchen des Salons und hatten zum erstenmal der getreuen Kindermuhme allein die liebe Pflicht überlassen, die Kleinen daheim zu betten. – Nachher, wenn die Kerzen im Schloß erloschen, wollten sie Hand in Hand an die Bettchen treten, ein Gebet aus übervollem Herzen zum Himmel zu schicken.

Es hatte Prinz Percy lebhaft interessiert, die wirkliche Marga Daja kennenzulernen, um sowohl sie, wie Gräfin Lotzenburg voll schier übermütiger Laune zu necken, daß beide Damen sich doch einer Täuschung, böswilligen, falschen Vorspiegelung und eines Mißbrauchs von Dokumenten schuldig gemacht hätten, welche Verbrechen eigentlich mit dem Strafgesetzbuch bekanntgemacht werden müßten!

Nur die so sehr erfreulichen Folgen dieser Hinterlist erwirkten die Absolution – und nur dann, wenn alle drei schwerbelasteten Damen zur Sühne Tag und Nacht die fleißigen Hände regen wollten, die Ausstattung der Braut binnen sechs Wochen fertigzustellen, wollte er einer Benedikta vergeben, daß sie ihm als Marga Daja das Herz gestohlen!

Und nun sitzt er unter der Terrasse, unter den sich sanft wiegenden Fächerblättern und den duftenden Rosenzweigen, und küßt voll himmelhoch jauchzender Liebe die Lippen der Braut. Wie viel haben sie einander zu sagen, – wie viel des Wunderbaren und Rätselhaften aufzuklären!

Was gestern noch ein Traum war, ist heute Wahrheit geworden, was ihnen gestern noch unerreichbar fern geschienen, ist heute erreicht. Percy blickt empor zu dem hellen, auffallend großen Stern, der just über ihnen am Himmel blitzt.

»Der Stern des Glückes!« sagte er weich, die Geliebte fester noch in den Arm schließend: »Die Wolken, die ihn verhüllten, sind verflogen. Die Liebe allein hat uns den Weg zu ihm gezeigt. Das Glück, das keine Nacht der Welt, nicht Gold, Krone und Purpur erkaufen können, – die Liebe macht es zum Geschenk!«

Eine Sternschnuppe zog ihren leuchtenden Weg über den Himmel, und Benedikta faltete die Hände um die des Sprechers.

»Auch der Liebe Macht ist zu klein, um stets das Glück an sich zu fesseln und es allen, denen sie das Herz verwundet, zu schenken! Nur Gottes Gnade allein verleiht die zauberkräftigen Schwingen, die über Felsen und Abgründe hinweg empor zum Himmel tragen!«

Leise, weiche Klänge ertönten im Salon und wuchsen und schwollen an zum jauchzenden Liebeslied.

Marga Daja saß seit langer, trüber Zeit zum erstenmal wieder an dem Klavier und sang:

>»Hell wie das Mondenlicht
>Lächelt die Ferne –
>Glückliche Sterne, täuschet mich nicht!«

Nein, diesmal täuschten sie nicht.

Klar und rein wölbte sich des Firmamentes Unendlichkeit, keine Wolke drohte am Horizont, und über Floringhof und seinen seligen Herzen wachte treu, strahlend und liebevoll der Stern des Glücks.

Bd. 90 *Gefährliche Liebschaften*, Pierre-Ambroise-François Choderlos de Laclos, Bd. 91 *Gegen den Strich*, Joris-Karl Huysmany, Bd. 92 *Geschichte des Fräuleins von Sternheim*, Sophie v. La Roche, Bd. 93 *Geschichte vom braven Kasperl und dem Annerl*, Clemens Brentano, Bd. 94 *Geschichten aus dem Wienerwald*, Ödön v. Horváth, Bd. 95 *Glanz und Elend der Kurtisanen*, Honore de Balzac, Bd. 96 *Glück und Unglück der berühmten Moll Flanders*, Daniel Defoe, Bd. 97 *Götz von Berlichingen*, Johann Wolfgang v. Goethe, Bd. *98 Gullivers Reisen*, Jonathan Swift, Bd. *99 Heidis Lehr und Wanderjahre*, Johann Spyri, Bd. 100 *Heinrich von Ofterdingen*, Novalis, Bd. 101 *Hiob Roman eines einfachen Mannes*, Joseph Roth, Bd. *102 Immensee*, Theodor Storm, Bd. 103 *Iphigenie auf Tauris*, Johann Wolfgang v. Goethe, Bd. 104 *Italienische Märchen*, Clemens Brentano, Bd. 105 *Ivannhoe*, Walter Scott, Bd. 106 Jahrmarkt der Eitelkeiten, William Makepaece Thackeray, Bd. 107 *Jane Eyre*, Charlotte Brontë, Bd. 108 *Jugend ohne Gott*, Ödön v. Horvath, Bd. 109 *Jürg Jenatsch*, Conrad Ferdinand Meyer, Bd. 110 *Kabale und Liebe*, Friedrich v. Schiller, Bd. 111 *Kasimir und Karoline*, Ödön v. Horvath, Bd. 112 *Kinder- und Hausmärchen*, Gebrüder Grimm, Bd. 113 *Kleiner Mann, was nun*, Hans Fallada, Bd. 114 *König Alkohol*, Jack London, Bd. 115 *Krambambuli*, Marie Ebner-Eschenbach, Bd. 116 *Lausbubengeschichten*, Ludwig Thoma, Bd. 117 *Lavinia - Pauline - Kora*, George Sand, Bd. 118 *Leben und Lüge*, Detlev von Liliencron, Bd. 119 *Lebensansichten des Katers Murr*, ETA Hoffmann, Bd. 120 *Lenz. Der hessische Landbote*, Georg Büchner, Bd. 121 *Lieutenant Gustl*, Arthur Schnitzler, Bd. 122 *Lord Jim*, Joseph Conrad, Bd. 123 *Luise*, Johann Heinrich Voß, Bd. 124 *Madame Bovary*, Gustave Flaubert, Bd. 125 *Märchen*, Wilhelm Hauff, Bd. 126 *Maria Stuart*, Friedrich v. Schiller, Bd. 127 *Max Havelaar*, Multatuli, Bd. 128 *Meister Floh*, ETA Hoffmann, Bd. 129 *Michael Kohlhaas*, Heinrich v. Kleist, Bd. 130 *Minna von Barnhelm*, Gotthold Ephraim Lessing, Bd. 131 *Moby Dick*, Hermann Melville, Bd. 132 *Nathan, der Weise*, Gotthold Ephraim Lessing, Bd. 133-1 und 133-2 *Nils Holgersson wunderbare Reise*, Selma Lagerlöf, Bd. 134 *Niels Lyne*, Jens Peter Jacobsen, Bd. 135 *Nußknacker und Mausekönig*, ETA Hoffmann, Bd. 136 *Oliver Twist*, Charles Dickens, Bd. 137 *Onkel Toms Hütte*, Herriett Beecher Stowe, Bd. 138 *Peter Schlemihls wundersame Geschichte*, Adalbert v. Chamisso, Bd. 139 *Peterchens Mondfahrt*, Gerdt v. Bassewitz, Bd. 140 *Pinocchio*, Carlo Collodi, Bd. 141 *Reinecke Fuchs*, Johann Wolfgang v. Goethe, Bd. 142 *Rheinmärchen*, Clemens Brentano, Bd. 143 *Rinaldo Rinaldini*, Christian August Vulpius, Bd. 144 *Robinson Crusoe*; Daniel Defoe, Bd. 145 *Romeo und Julia*, William Shakespeare Bd. 146 *Schach von Wuthenow*, Theodor Fontane, Bd. 147 *Schachnovelle*, Stefan Zweig, Bd. 148 *Schatzkästlein des rheinischen Hausfreundes*, Johann Peter Hebel, Bd. 149 *Schelmuffskys Reisebeschreibung*, Christian Reuter, Bd. 150 *Schloss Gripsholm*, Kurt Tucholsky, Bd. 151 *Siebenkäs*, Jean Paul, Bd. 152 *Sternstunden der Menschheit*, Stefan Zweig, Bd. 153 *Tao te king*, Laotse, Bd. 154 *Till Eulenspiegel*, Hermann Bote, Bd. 155 *Tolldreiste Geschichten*, Honorè de Balzac, Bd. 156 *Tom Jones, Geschichte eines Findelkindes*, Henry Fielding, Bd. 157 *Tom Sawyers Abenteuer und Streiche*, Mark Twain, Bd. 158 *Troquato Tasso*, Johann Wolfgang v. Goethe, Bd. 159 *Traumnovelle*, Arthur Schnitzler, Bd. 160 *Trost der Philosophie*, Boethius, Bd. 161 *Über den Umgang mit Menschen*, Adolph Freiherr v. Knigge, Bd. 162 *Uli der Knecht*, Jeremias Gotthelf, Bd. 163 *Uli der Pächter*, Jeremias Gotthelf, Bd. 164 *Ungeduld des Herzens*, Stefan Zweig, Bd. 165 *Ut oler Welt*, Wilhelm Busch, Bd. 166 *Vater Goriot*, Honorè de Balzac, Bd. *167 Väter und Söhne*, Ivan Sergejeviç Turgenev, Bd. 168 *Verlorene Illusionen*, Honorè de Balzac, Bd. 169 *Von der Freiheit eines Christenmenschen*, Martin Luther – Bd. 170 *Von der Ursache, dem Prinzip und dem Einen*, Bruno Giordano, Bd. 171 *Vor Sonnenuntergang*, Gerhard Hauptmann, Bd. 172 *Walden oder Leben in den Wäldern*, Henry D. Thoreau, Bd. 173 *Wilhelm Meisters Lehrjahre*, Johann Wolfgang v. Goethe, Bd. 174 *Wilhelm Meisters Wanderjahre*, Johann Wolfgang v. Goethe, Bd. 175 *Wilhelm Tell*, Friedrich v. Schiller

Von demselben Autor/Herausgeber sind bei BOD bereits erschienen:

Alle Tage Feiertage
ISBN 978-3-7386-0409-2, 280 S.
Allerlei Anlässe zum Aktionieren, Feiern und Gedenken

100 Kinderlieder
ISBN 978-3-7322-3024-2, 112 S.
100 Kinderlieder, altbekannt und immer wieder gern gesungen

Liederbuch (Deutsche Volkslieder)
ISBN 978-3-8423-6702-9, 312 S.
300 Volkslieder aus 8 Jahrhunderten und aller Herren Länder

Sagen und Erzählungen aus Marburg und Oberhessen
ISBN 978-3-7347-8909-0 , 164 S.
Allerlei Schwänke und Geschichten aus dem Marburger Land

Tausenderlei über die Freiheit
ISBN 978-3-7322-9721-4, 140 S.
Mehr als 1000 Zitate, Bonmots und Aphorismen über die Freiheit

Tausenderlei über das Glück
ISBN 978-3-7322-5525-2, 160 S.
Mehr als 1000 Zitate, Bonmots und Aphorismen über das Glück

Tausenderlei über die Liebe
ISBN 978-3-8423-7474-4, 140 S.
Mehr als 1000 Zitate, Bonmots und Aphorismen zum Thema Nr. Eins

Weihnachtsgedichte– Verse, Reime und Gedichte zum Fest
ISBN 978-3-7347-6393-9, 352 S.
290 Werke bekannter und unbekannter Dichter zum Weihnachtsfest

Weihnachtsgeschichten - Erzählungen und Märchen
ISBN 978-3-7347-6404-2, 392 S.
85 kurze und lange Texte zur Weihnachtszeit

Weihnachtsgeschichten 2
ISBN 978-3-7481-7533-9, 360 S.
35 kürzere und längere Geschichten zur Weihnacht

100 Weihnachtslieder
ISBN 978-3-7322-3375-5, 112 S.
100 Weihnachtslieder aus der Heimat und der ganzen Welt

Lob und Tadel an tessitore@web.de